À PROPOS DE L'AUTRICE

L.J. Shen s'est imposée dès son tout premier roman comme une voix incontournable de la romance New Adult – un succès confirmé dès la parution de *Vicious* qui s'est immédiatement hissé en tête de tous les palmarès de vente. Quand elle n'écrit pas, L.J. Shen est une véritable badass (comprendre qu'elle aime passer du temps avec sa famille et ses amis dans sa Californie d'adoption, regarder ses séries préférées ou lire un bon livre).

NO TEARS
FOR YOU

L.J. SHEN

NO TEARS FOR YOU

ROMAN

Traduit de l'anglais (États-Unis) par
LAURIANE CRETTENAND

HARPERCOLLINS FRANCE
83-85, boulevard Vincent-Auriol, 75646 PARIS CEDEX 13.

www.harlequin.fr

ISBN 978-2-2804-4598-6— ISSN 2271-0256

À Kristina Lindsey, l'une des âmes les plus tendres de cette planète, qui nous a quittés prématurément pendant que j'écrivais ce livre. À chaque flocon qui tombe, à chaque ampoule qui clignote, nous pensons à toi.

« Je ne peux te laisser me consumer, ni te résister. Aucun être humain ne peut se tenir dans le feu sans brûler. »

- A.S. Byatt.

1

Rory

Ma vie tient dans une belle boule à neige ronde. De celles que personne n'a pris la peine de ramasser sur l'étagère poussiéreuse depuis des années. De secouer. Calme et tranquille. De l'extérieur, mon impeccable petit village suisse a tout l'air d'être parfait. Et il l'est. En quelque sorte. À vingt-six ans, on dirait bien que j'ai ma vie en main.

Boulot parfait.

Appart' parfait.

Coloc parfaite.

Mec parfait.

Parfaits *mensonges.*

Enfin, ce ne sont pas des mensonges à proprement parler. Tout ce que j'ai accompli est réel. J'ai travaillé dur pour y arriver. Le problème, c'est qu'il y a huit ans j'ai promis de tout abandonner en un clin d'œil si je tombais de nouveau sur *lui.* Mais à l'époque, je n'étais pas celle que je suis aujourd'hui.

J'étais perdue. Endeuillée. Brisée. Désorientée.

Non pas que ça ait une quelconque importance, parce que c'était avant et que nous sommes maintenant, et que ce n'est pas *lui.* Non. Impossible.

Ce n'est *pas* lui.

Alors pourquoi ne puis-je quitter des yeux le mystérieux étranger en train d'entrer dans la salle de bal du Beerchman Hotel, faisant tourner toutes les têtes sur son passage ?

Joues rougies par cet hiver impitoyable, mâchoire carrée d'aristocrate, nez romain, et lèvres destinées aux péchés les plus sombres et aux plaisirs les plus sordides, le tout encadré par une tignasse noir charbon bouclant sur les oreilles, tout ébouriffée. Il est plus que beau, avec ses yeux sombres en amande, ses larges épaules et ses hanches fines. Il est parfait. *Trop* parfait.

Comme tout prince cruel de conte de fées, un détail devrait trahir son immortalité, un manque d'humanité. Prouver que sa perfection est purement impossible.

Des oreilles pointues. De longues canines. Une petite queue.

Allez, donnez-moi un petit quelque chose. N'importe quoi.

Il est grand, mais pas suffisamment pour attirer tous les regards. Non, Malachy Doherty n'a nul besoin d'une taille impériale, de vêtements chics, ou de millions de dollars en banque pour justifier l'émerveillement qu'il suscite chez les autres. Son existence seule suffit à mettre les femmes à genoux. J'en ai été témoin autrefois. Je le vois encore aujourd'hui.

Tous les regards sont posés sur cet homme énigmatique, le mien compris.

Arrête, Rory. Ce n'est pas lui.

Si seulement je pouvais voir ses yeux. Je pourrais alors passer à autre chose, être sûre. Personne d'autre n'a ces yeux. Une nuance rare de violet, comme des sucettes en cristaux de sucre.

« Manque de mélanine et vaisseaux sanguins rouges qui renvoient la lumière », avait expliqué Mal le soir où il a pris dans le même souffle mon innocence, mon cœur, et ma culotte.

L'homme passe la sécurité pour entrer dans la zone VIP sans aucune hésitation, ignorant les regards curieux et les admiratrices en train de se mordre les lèvres dans son sillage. Même les célébrités se jettent sur lui, pressent le pas pour se calquer sur sa démarche nonchalante, essaient d'engager une conversation, tandis que le vigile chauve décroche la corde en velours rouge qui sépare les mortels des divinités.

L'homme qui ne peut être Mal s'approche tranquillement du bar, les yeux rivés sur quelque chose. Ou plutôt *quelqu'un* : Jeff Ryner, magnat de l'industrie musicale, quadragénaire au visage rosi par une consommation excessive d'alcool et de cocaïne. Il est assis non loin, avec Alice Christensen affalée sur ses genoux – la prometteuse chouchoute du R&B, connue sous le nom de scène *Alicious*.

Lorsque l'homme approche, Ryner se lève, laissant glisser Alice au sol, que son cul heurte avec un bruit sourd. Ryner l'enjambe et se précipite vers l'Homme Mystère avant de tomber à genoux devant lui de manière théâtrale. Puis il tire de sa poche de poitrine une énorme liasse de billets, qu'il agite sous le nez de l'étranger. L'homme qui *n'est pas* Mal affiche un rictus glacial, cueille les billets entre les saucisses qui servent de doigts à Ryner et les glisse dans la poche de son manteau. Puis il dit quelque chose, et Ryner se relève d'un bond.

Voilà qui répond à ma question.

Jamais Mal ne ferait affaire avec un gros bonnet comme mon patron – plutôt mourir. Il préférerait s'immoler que de se rendre à un gala glamour. Boire du cyanure au goulot plutôt que de s'associer avec des Jeff Ryner et compagnie.

Mal n'est ni froid, ni arrogant, ni snob. Il se coupe lui-même les cheveux, tape dans la main d'étrangers à toute occasion et est persuadé que la *brown sauce* irlandaise est le remède à tous les maux du monde. Mal déteste les événements extravagants, les revues de divertissement, les labels musicaux et les mets raffinés. Il aime sa manman, mettre l'ambiance, se bourrer la gueule, et écrire des chansons allongé dans son jardin sous le ciel étoilé. Il a *refusé* le chèque de seize mille dollars qu'une starlette de la pop a voulu lui donner pour acheter une de ses chansons parce que cela l'amusait de voir son manager et son agent abasourdis essayer de comprendre le mot « non ».

Mais c'était il y a huit ans, me souffle une petite voix. *Et sur une période de vingt-quatre heures.*

Que sais-je du Malachy Doherty d'aujourd'hui ?

Que sais-je de lui tout court ?

— La voilà.

Callum passe ses bras autour de ma taille. Je sursaute, surprise un instant d'entendre son accent british snob.

— La belle du bal.

Il effleure mon oreille de ses lèvres, encore froides.

— Tu es là, dis-je.

Je me retourne et passe mes bras autour de son cou pour déposer un petit baiser sur sa bouche, comme si je pointais à l'usine.

Il porte encore son costume gris pâle du boulot.

— T'ai-je déjà fait défaut ?

Non. Callum est l'homme le plus précis et le plus digne de confiance avec lequel je sois sortie. Tout le contraire du rêveur et imprévisible Mal. Au deuxième coup d'œil, je remarque que mon petit ami a pensé à porter ma cravate préférée. Vert foncé avec des fils dorés. Lorsque nous l'avons repérée dans la boutique, après deux semaines de relation, je lui ai dit qu'elle me faisait penser à l'Irlande, et il l'a achetée aussi sec.

Je sors de mon sac le Nikon D18 qu'il m'a offert pour mon anniversaire et le prends en photo, capturant son sourire boudeur de garçon riche tandis qu'il sonde mon visage en quête d'approbation.

Je travaille pour Blue Hill Records en tant que photographe freelance depuis que j'ai décroché mon diplôme d'art il y a quatre ans. C'est payé presque rien, mais presque rien, c'est mieux que rien *du tout*, soit ce que je touchais en tant que stagiaire les trois premières années. Je suis aussi barmaid à temps partiel pour payer mon loyer astronomique.

Ce n'est pas que je sois obligée de vivre le cliché de la nana pauvre à Manhattan. J'ai reçu un héritage à la mort de mon père, mais je refuse de toucher à cet argent. M'en servir ne m'a jamais traversé l'esprit. Je le brûlerais si je pouvais, mais ma mère ferait une attaque, et je ne veux pas avoir ça sur la conscience.

Je n'ai jamais voulu de cet argent. Je voulais seulement que mon père soit présent dans ma vie.

Callum me fait lever la tête, le pouce sous mon menton.

— Tu es ravissante, trésor.

Vraiment ? Je suis tout l'inverse de la fille qui ferait craquer un homme comme Callum. J'ai la peau pâle, presque maladive, de grands yeux verts toujours ourlés d'une épaisse couche d'eye-liner, un anneau dans le nez, et un amour inconditionnel pour tout ce qui est punk rock, ce qui est certainement un peu décalé pour une femme ayant bientôt atteint l'âge vénérable de vingt-sept ans.

Quant à mes cheveux, attachés en queue-de-cheval floue, ils sont colorés en ombré gris-argent, et mes racines rousses sont en train de repousser. « Comme des fraises sur la neige », aime à dire Callum dans ces moments de transition. Enfin, je porte une robe à rayures rouges et blanches, que j'ai assortie de Toms et d'un tour de cou clouté. Pour faire court, on pourrait me prendre pour un fantôme de l'époque victorienne qui se serait perdu dans les rayons de chez Spencer's.

Parfois, je me demande si ce n'est pas ce qui a séduit Callum au départ. Cette coquille vive et excentrique bien plus susceptible d'élever son statut qu'une femme trophée en plastoc.

Callum est si ouvert d'esprit, si branché, avec sa meuf artiste hipster qui se cramponne à un vrai travail. Elle n'a pas les seins refaits et n'appelle pas les vendeuses de chez Neiman Marcus par leurs prénoms.

— On dirait que je sors tout droit de *Beetlejuice*, dis-je en riant avant de l'embrasser dans le cou.

Je sens son rire grave vibrer contre moi. Callum repousse une mèche échappée de ma queue-de-cheval du revers de la main et pose ses lèvres sur la peau qu'il a découverte à la base de mon cou.

— J'aime bien *Beetlejuice.*

Il ne l'a jamais vu. Il me l'a confié lors de notre premier rendez-vous, mais le corriger semble futile, comme si j'essayais de trouver des problèmes inexistants dans notre couple.

— Tu sais ce que j'aime d'autre ? *Toi*, avec ce collier de chez Tiffany's que je t'ai acheté.

Eh oui. Celui qu'il m'a offert en même temps qu'une robe convenable, parce que je suis cool, mais pas toujours assez cool pour apparaître aux côtés de *ses* amis.

— Attention. J'ai vingt-sept ans dans deux mois. Tu pourrais me donner des idées, dis-je pour plaisanter.

Ces mots semblent vides dans ma bouche, mais je sais combien ça lui fait plaisir de les entendre.

— Mon père disait qu'on ne peut pas menacer une pute avec sa bite. Tu sais ce que ça veut dire, Aurore Belle Jenkins ?

Voilà, c'est mon mec. Le courtier en Bourse, le loup de Wall Street. Éduqué à Oxford et Eton. Avec ses manières impeccables et son langage de charretier.

L'homme dont le seul défaut est d'être l'incarnation de ce que ma mère voulait pour moi.

Riche. Puissant. Bien élevé.

Stable. Gentil. Ennuyeux.

Ce que ma mère ne sait pas, c'est que ce n'est pas pour toutes ces caractéristiques que j'apprécie Callum, mais *malgré* elles. Il a fallu six mois avant que je cède face à sa persuasion, parce que je savais qu'il plairait à ma mère, et que ce qui plaît à ma mère est généralement artificiel et superficiel.

Cela faisait des mois qu'il me courait après. Il a fini par se pointer dans le bar en bas de chez lui – incidemment celui dans lequel je travaillais – et a frappé le comptoir du plat de la main avant de marmonner :

— Dis-moi ce que je dois faire pour que tu sois mienne.

— Arrêter d'avoir l'air si sérieux et sain d'esprit, ai-je rétorqué, impassible. Tu incarnes tout ce que veut ma mère. Et ma mère a toujours tort.

Il a froncé les sourcils, dérouté.

— C'est pour ça que tu n'arrêtes pas de dire non ? Je viens tous les soirs, te supplie de me donner une chance, et tu me repousses parce que, ô malheur, je pourrais plaire à ta mère ?

J'ai haussé les épaules et attrapé un autre verre fumant pour en essuyer la condensation.

— Je suis un déglingo, trésor. J'ai raté ma première année à Oxford. Lamentablement. Et pas parce que je n'ai pas essayé.

J'ai arqué un sourcil avec un petit sourire, l'air de dire *Vraiment ?* Il m'en fallait plus.

Callum a agité les bras en soufflant, comme s'il se préparait à courir un marathon.

— Bien, voyons voir. J'ai une tâche de naissance grosse comme mon poing sur les fesses. Je mange encore des céréales Lucky Charms au petit déjeuner. *Tous. Les. Jours.* Mon coach sportif dit que j'ai les mêmes bras que Rhys Ifans, alias le colocataire de Hugh Grant dans *Coup de Foudre à Notting Hill.* Je… je… je ne sais pas nager !

Il a levé les deux bras en l'air, triomphant, faisant lever la tête des clients autour de nous, un sourire aux lèvres.

J'ai ri et secoué la tête. Peut-être n'était-il pas parfait, mais il était loin d'être aussi tordu que les mecs qui m'attiraient d'ordinaire. Debbie, alias maman, se plaignait toujours que je choisissais invariablement le dernier de la portée. Les brisés, les incompris, les paumés qui n'avaient rien d'autre à m'offrir que chagrin d'amour et MST.

Ce n'était pas faux. Je ne regardais pas tellement les hommes, mais quand je le faisais, c'était pour me focaliser sur ceux qui avaient plus de soucis qu'un fleuriste.

Callum s'était alors penché en avant, le torse plaqué contre le comptoir, et avait placé ses mains autour de sa bouche, faisant semblant de me murmurer à l'oreille :

— Je peux te dire un secret ?

— J'ai le pressentiment que le feras quoi que je dise.

— Je pense que tu as été mise sur cette terre pour me détruire.

J'ai ri et reculé d'un pas. Ma conversation avec Mal plusieurs années auparavant me revenaient à l'esprit ; j'avais déjà entendu ces mots. Ce que Mal et moi nous étions dit rôdait toujours dans un coin de ma tête.

Mal m'avait dit que j'avais le pouvoir de le tuer.

Il ne savait pas que dans un sens, il m'avait tuée, lui aussi.

Chaque jour vécu sans lui se traînait comme un escargot, laissant derrière lui un sillage de substance visqueuse.

— Ok, mon pote. Je t'appelle un taxi, avais-je dit en tapotant la main de Callum.

C'était avant de savoir qu'il possédait le penthouse au-dessus du bar.

— Je suis sérieux, avait-il insisté, boudeur.

Il savait qu'il était séduisant. Il connaissait son meilleur profil, le charme de son accent, comment manœuvrer pour obtenir un numéro. Malheureusement pour lui, j'étais immunisée.

Mettant un autre verre propre de côté, j'ai jeté le torchon sur mon épaule.

— Je peux te dire un autre secret ?

Il a passé son pouce sur ses lèvres. C'est là que j'ai remarqué qu'il avait des lèvres qu'on meurt d'envie d'embrasser, même sans qu'il fasse la moue.

— Tu demandes toujours la permission avant de parler ? ai-je demandé en penchant la tête.

Ça l'a fait rire.

— D'habitude, crois-le ou non, c'est à moi qu'on demande la permission. Bref, je ne suis même pas bourré. Cette bière ? C'est la seule pinte que tu m'as servie ce soir, et elle est pleine. Je ne viens pas ici pour boire, Aurore. Je viens pour toi.

J'ai marqué une pause, les yeux rivés sur sa pinte. Il disait vrai. Je le savais parce que je le servais tous les soirs. J'ai alors pris conscience qu'il était tout le contraire de Mal – bien sapé, comme il faut, sobre.

Ce qui voulait dire que Callum était tout le contraire de mon père.

Peut-être était-il le remède pour me faire sortir le poète Irlandais de la tête.

Ce qui voulait dire que dans l'intérêt de ma santé mentale, je devais au moins lui laisser une chance.

Il était mon renouveau. Ma deuxième chance. Ma rédemption.

— Alors ? Tu m'accordes un rendez-vous ? a-t-il supplié. Je promets de te prouver que je suis merveilleusement instable, avec un soupçon d'incompétence, et de te fournir de nombreux témoignages d'imprévisibilité.

J'ai levé les yeux au ciel avec un sourire bête.

— D'accord.

— Ha ! s'est-il exclamé en donnant un coup sur le bar, triomphant. C'est le coup de l'instable qui l'a fait, c'est ça ?

Il s'est réinstallé sur son siège et a repoussé son verre de bière, comme s'il le pouvait enfin, comme si elle le révoltait.

— Ça les fait toutes craquer.

J'inspire profondément et plonge mon regard dans celui de Callum dans la salle de bal.

— Je suis sûre que tu as beaucoup à dire sur les putes et les bites, dis-je, sentant son érection palpiter entre mes jambes à travers son pantalon et ma robe.

Pour info : Callum a menti ce soir-là au bar. Il n'a rien de déglingue, de risqué, d'irréfléchi. Et sa tache de naissance ? Sa peau est aussi immaculée qu'une feuille de papier.

Callum Brooks a un charme du genre résidence secondaire à Nantucket, deux enfants et demi, polos et tournois de golf, avec ses chaussettes blanches, ses cheveux blond sable, sa stature impressionnante, et son physique de coureur. Summer, ma meilleure amie, aime à dire qu'il est l'incarnation du candidat rêvé pour David Duke[1].

Il me regarde dans les yeux.

— Je suis un monogame convaincu, j'ai trente-deux ans, et ça fait presque un an qu'on sort ensemble. L'engagement ne me fait pas peur, Rory. Si ça ne tient qu'à moi, on emménage ensemble demain matin.

Je déboutonne sa veste et desserre sa cravate, simplement pour m'occuper les mains. J'apprécie Callum, moi aussi, mais un an, c'est encore tôt dans une relation de couple.

Il t'a fallu vingt-quatre heures pour promettre l'éternité à Mal, dit la voix dans ma tête.

Mais je venais à peine de découvrir le cul et les orgasmes non solitaires. Je trouve des excuses à mon moi de dix-huit ans.

Callum me conduit jusqu'à notre table. Nous nous asseyons à côté d'une grappe de costards-cravates de la compta et du marketing, qui mâchonnent le ceviche servi en entrée et parlent de fonds spéculatifs et des dernières villes balnéaires à la mode qui chassent les gens des Hamptons. Callum s'infiltre aisément dans la conversation, son soda à la main – sans une goutte d'alcool, comme à son habitude. Je me concentre sur mes collègues, m'efforçant d'oublier l'homme dans la zone VIP.

De toute façon, ce n'est pas Mal. Bon, d'accord. Prêtons-nous à ce jeu délirant et disons que *c'est* lui… Et alors ? Il ne m'a pas vue. Et il est hors de question que j'aille le voir. Il ne doit être en ville que pour quelques jours. Mal est entièrement dévoué à sa famille, sa ferme, sa campagne. Je l'ai compris dès que je l'ai rencontré. Jamais il ne déménagerait en Amérique. Pas même pour une fille.

1. Homme politique américain connu pour ses positions racistes, partisan de la « suprématie blanche ».

Surtout pas pour une fille.

Certainement pas pour *cette* fille.

Et l'argent ? Il s'en contrefiche. Depuis toujours.

Je grignote un gressin, vide deux verres de vin et m'absorbe dans la conversation animée, qui est passée des maisons de bord de mer aux meilleures toilettes de Manhattan (Crate and Barrel, au coin de Houston et Broadway, est en tête), lorsque Whitney, la garce d'assistante de Ryner, se pointe à notre table l'air de rien, balançant ses hanches comme un pendule. Ses cheveux platine sont coupés au carré avec une telle précision que je me demande si son coiffeur se sert d'une règle. Elle porte une robe à la limite du BDSM, faite de lanières de cuir qui couvrent ses seins, son ventre, et pas grand-chose de plus. Elle penche la tête sur le côté, une moue sur ses lèvres écarlates.

Tout le monde se tait, parce que Whitney sait garder un secret aussi bien que je sais me passer de glucides. Pour preuve : vin et gressins.

— Aurore, ronronne-t-elle en posant une main manucurée à sa taille.

Tout le monde m'appelle Rory, mais Whitney m'appelle Aurore. J'ai fait un jour l'erreur d'exprimer mon aversion pour mon prénom, lors d'une séance photo avec une pop star à laquelle elle assistait avec Ryner. Si je lui disais que j'étais allergique à l'argent, elle virerait tout le budget de l'entreprise sur mon compte en banque.

En voilà une bonne idée.

— Whit.

Je fourre le dernier morceau de gressin dans ma bouche sans prendre la peine de lever les yeux vers elle.

— M. Ryner voudrait te dire un mot sur le balcon.

Elle me toise, et je jure qu'elle prend un plaisir orgasmique à s'éclaircir la gorge et ajouter :

— *Seule.*

Je me redresse, tête haute, et me dirige vers la terrasse de la zone VIP en avalant un troisième verre de vin pour me donner du courage. Ryner, c'est cent kilos de harcèlement sexuel, surtout quand il est défoncé et ivre. Ce qu'il est forcément en ce moment. Je fourre la serviette portant le logo de l'hôtel dans la poche de ma robe et jette un coup d'œil par-dessus mon épaule, pour voir Whitney s'installer à ma place et planter ses ongles rouges dans l'épaule de Callum en lui adressant un sourire mielleux. Whitney voudrait à tout prix prouver qu'elle est mieux que moi. Et elle l'est certainement, dans la catégorie « meilleur imposteur de *Desperate Housewives* dans un quartier de banlieue factice ».

La dernière chose que j'aperçois, c'est cette garce en train de murmurer à l'oreille de Callum, qui fronce les sourcils et fait non de la tête. Quoi qu'elle lui ait dit, sa suggestion semble le contrarier.

Je passe les doubles portes. Le balcon est désert, et il y fait plus froid que dans le cœur de ma mère. Je me frictionne les bras, pestant d'avoir laissé mon manteau à l'intérieur et me dirige vers la rambarde pour admirer la vue.

Le climat glacial est particulièrement pénible pour quelqu'un comme moi qui a froid en permanence. Depuis que je suis née, d'aussi loin que je me souvienne, je suis toujours obligée de porter de gros pulls et de gros manteaux, comme si ma peau était recouverte d'une couche invisible de glace.

Je lève les yeux, renvoyant leur clin d'œil aux étoiles, admirant leur beauté même par ce temps.

Des pas claquent sur le sol derrière moi. Un lourd vêtement tombe sur mes épaules : un beau manteau en laine, encore imprégné de chaleur corporelle. Il a un parfum riche et masculin : terre fraîche, pin, fumée, et de l'eau de Cologne trop coûteuse pour la grande distribution. Une ombre se dresse à côté de moi. Il pose son verre de whisky sur la large rambarde en marbre, son coude près du mien, me touchant presque, mais pas tout à fait.

Je tourne la tête, m'attendant à ce que ce soit Ryner, et me retrouve nez à nez avec… *Mal.*

Mon Mal. C'est donc bien lui.

Malachy Doherty et ses yeux lilas. Et son sourire ensorceleur. Qui a en sa possession le contrat signé sur la serviette.

Et un fragment de mon cœur qu'il ne m'a jamais rendu.

Seulement, Mal ne sourit plus. Il ne semble pas ravi de me voir.

À l'époque, il avait décrété qu'à notre prochaine rencontre il m'épouserait, en dépit de tout. Mais c'était il y a presque dix ans – sous l'influence de l'alcool, du désir, de la jeunesse. De la *possibilité*.

Mal ouvre la bouche.

— Bonjour, *chérie*.

Lorsque j'entends son accent irlandais rocailleux, mes jambes se dérobent, et je me cramponne à la rambarde.

Les premiers flocons de neige tombent autour de nous. Sur mon nez. Mes cils. Mes épaules. La tempête se lève dans ma boule à neige.

2

Huit ans plus tôt
Rory

Le dos plaqué contre la pierre tombale de mon père, j'arrache quelques brins d'herbe avant de les jeter en l'air et de les regarder tomber sur mes Toms sales. Les cloches de l'église sonnent, le soleil s'éclipse derrière les montagnes verdoyantes.

— Tu aurais pu attendre, tu sais. Arrêter l'alcool un mois ou deux, pour que je puisse te rencontrer, marmonné-je en retirant mes écouteurs.

La mélodie de « One » de U2 se poursuit en sourdine jusqu'à ce que je coupe l'application de musique sur mon téléphone et le jette à côté de moi.

— Désolée. C'était pas sympa. Je suis grincheuse quand je suis fatiguée, ce que… tu aurais pu savoir, si tu avais décidé de me rencontrer. Punaise, papa, t'es nul.

Je n'en pense pas un mot. Il n'était pas nul. C'était sûrement le meilleur.

Je me tape la tête contre sa stèle et ferme les yeux.

Comme d'habitude, je me les pèle, même en plein été, et je suis épuisée par le long vol entre Newark et Dublin. Et par la discussion de quarante-cinq minutes avec la réceptionniste de l'hôtel parce que ma réservation s'était perdue dans le cyberespace et qu'ils n'avaient plus de chambre libre. Après avoir posé ma petite valise dans un hôtel proche de Temple Bar, j'ai pris une douche, mangé un demi-paquet de chips rassis du minibar et flippé en pensant à ce qu'allait me coûter cet hébergement imprévu – qui de surcroît risquait d'anéantir mon projet d'acheter un nouvel appareil-photo avant de partir à la fac.

Puis ma mère m'a appelée, pour m'informer avec sa diplomatie légendaire que j'étais morte à ses yeux parce que j'avais osé partir en Irlande.

— Qu'est-ce que ça veut dire ? s'est-elle exclamée. D'abord, il est mort. Et puis, tu es bien mieux sans lui. Fais-moi confiance, ma puce.

— C'est toi qui le dis, maman. Tu ne m'as jamais laissé la chance de le découvrir par moi-même.

— C'était un alcoolique paresseux et un dragueur invétéré.

— Il était aussi talentueux et drôle et m'envoyait des cadeaux tous les ans pour Noël et mon anniversaire. Des choses bien plus intéressantes que tes cartes cadeaux Sephora et tes crèmes à sourcils, ai-je marmonné.

— Désolée d'avoir tenu à t'offrir de jolies choses. Tu aurais pu t'en servir pour acheter du maquillage de bonne qualité pour cacher ta tache de naissance. C'est facile d'être le parent sympa quand tu ne remplis pas vraiment ton rôle, a-t-elle pesté. Tu cherches ta demi-sœur ? Je parie qu'elle habite une maison chicos. Tout cet argent a bien dû aller quelque part.

Par « quelque part », elle entendait « certainement pas à toi ».

Je veux retrouver ma demi-sœur, mais je ne sais pas par où commencer. Pour être honnête, je n'ai pas vraiment planifié ce voyage. Je voulais seulement voir l'endroit où mon père est enterré. Je m'attendais à… quoi ? Une connexion magique avec la pierre froide sous mes pieds ? Probablement. Même si jamais je ne l'admettrais à haute voix.

— T'as fini, maman ?

— Ne joue pas à ce petit jeu avec moi, jeune fille. J'ai fait tout ce que je pouvais pour t'élever alors qu'il n'a fait que dilapider ton héritage dans la picole.

J'ai lâché un soupir d'agacement.

Money, money, money. Il était toujours question d'argent, avec elle.

— Je n'arrive pas à croire qu'ils l'ont enterré à côté d'une église, songea-t-elle. Avec un peu de chance, l'herbe ne repoussera pas, comme son cœur.

Elle a ensuite raccroché, après une série de jérémiades sur son balayage trop voyant et après m'avoir soutiré la promesse de lui acheter une cartouche de cigarettes détaxée sur le chemin du retour.

Et me voilà donc dans un cimetière du centre de Dublin, les yeux rivés sur un écureuil gris en train de zieuter le paquet de chips qui dépasse de mon sac à dos. J'envie son manteau de fourrure. J'envisage sérieusement de me balader avec une couche de fourrure sur tout le corps pour me préserver de la fraîcheur constante.

— Elles ne sont même pas bonnes. Qui a osé mettre du vinaigre sur des chips ? C'est barbare.

Je tire le paquet de mon sac à dos, en sors une chips et la jette dans sa direction. Effrayé, l'écureuil fait un bond en arrière, puis s'approche de l'en-cas avec précaution. Il renifle la chips, l'attrape entre ses pattes minuscules et s'enfuit en courant vers l'arbre le plus proche.

— Dans mon pays, on finit en prison si on aide un meurtrier, lance une voix derrière moi.

Je me retourne dans un sursaut. Un prêtre se tient à quelques pas de la tombe de mon père – robe noire, grosse croix, expression vous-autres-pécheurs-serez-damnés, tout le tintouin. J'attrape mon sac et mon téléphone et me lève en vitesse, me tournant pour lui faire face.

Certes, il n'a pas l'air bien dangereux, mais je me sens vulnérable, toute seule dans un pays étranger.

— Allons, allons.

D'un pas tranquille, mains nouées derrière le dos, l'homme avance sur la colline verdoyante où mon père est enterré. À le voir, on pourrait croire qu'il a survécu aux deux guerres mondiales, à la Renaissance… et à l'invasion de l'Italie par Hannibal.

— N'ayez pas peur. J'imagine que vous ne connaissez pas les écureuils gris et leurs funestes intentions.

Il s'arrête derrière la pierre tombale et son regard s'attarde sur la tache de naissance bien visible sur ma tempe. Je déteste quand les gens font ça. Quand ils la fixent ostensiblement. Surtout parce qu'on dirait une cicatrice. En forme de croissant, plus pâle encore que mon teint cadavérique. Maman m'encourage sans cesse à la cacher. À la couvrir avec du maquillage. À la faire enlever au laser.

Une lueur vacille dans les yeux de l'homme. Il a les cheveux blancs, un visage marqué par les années, et des yeux si petits sous les plis de sa peau ridée que je n'en distingue même pas la couleur.

— Les écureuils gris mettent les écureuils roux en danger, ils les chassent de leur propre territoire. Les roux étaient là avant. Mais les gris sont plus doués pour résoudre les problèmes. Ils sont futés. Les gris sont aussi porteurs d'une maladie qui n'affecte que les écureuils roux.

Il retire ses lunettes de vue, les nettoie avec l'ourlet de sa soutane. Je déglutis, me balance d'une jambe sur l'autre. Il rechausse ses lunettes.

— Bien sûr, les gris mangent aussi la nourriture des roux et sont plus actifs en termes de reproduction. Les écureuils roux ne se reproduisent pas lorsqu'ils sont sous pression.

Je le dévisage ; je ne sais pas si c'est un écolo acharné, s'il n'est pas doué pour la conversation, ou s'il est tout bonnement taré. Pourquoi me parle-t-il d'écureuil ?

Et surtout… pourquoi je l'écoute ?

— Je, euh, merci pour l'info.

Je joue avec l'anneau dans mon nez.

Va-t'en, Rory. Fuis dans la direction opposée avant qu'il te fasse un cours sur les fourmis.

— C'est simplement une petite anecdote sur les écureuils. Et, peut-être, sur le caractère indésirable de certains visiteurs qui s'emparent parfois du territoire des locaux au seul motif qu'ils sont meilleurs qu'eux. (Il sourit et penche la tête sur le côté.) Et vous êtes ?

Perplexe et excessivement émotive.

— Rory. (Je m'éclaircis la gorge.) Rory Jenkins.

— Vous n'êtes pas du coin, Rory.

— États-Unis.

Je donne un coup de pied dans un caillou. J'ai, sans raison, l'impression d'être un enfant qu'on a puni. Je complète :

— Je viens du New Jersey.

Il hoche la tête.

— C'est pour ça que vous lui avez donné à manger. Dois-je deviner la raison de votre présence ici, ou êtes-vous d'humeur communicative ?

Je suis trop gênée pour lui dire que je suis venue dans l'espoir de tourner la page avant d'aller à l'université, sacrifiant presque tout l'argent que j'avais mis de côté ces deux dernières années à travailler chez Applebee's.

Je jette mon sac à dos sur mon épaule. Il est temps pour moi de rentrer à l'hôtel. Ce fichu voyage ne m'apprendra rien.

— Ni l'un ni l'autre. Mais merci pour l'anecdote sur les écureuils.

Ça valait le coup de traverser l'océan.

J'ai déjà fait quelques pas en direction du portail quand j'entends sa voix dans mon dos.

— Vous êtes la fille de Glen O'Connell.

Je m'arrête, les épaules tendues. Mon corps tout entier se pétrifie. Lentement, je tourne les talons, les muscles figés.

— Comment le savez-vous ?

— Vous êtes sa dernière descendante à venir sur sa tombe. J'ai entendu dire que le dernier de ses trois enfants était américain. Nous vous attendions.

— Nous ?

— Enfin, moi.

— Qui sont ses autres enfants ?

Je regarde autour de moi, comme s'ils se cachaient derrière les pierres tombales.

— Son autre fille habite non loin d'ici. Je la connais depuis qu'elle est toute petite. Elle vient encore à l'église avec sa mère tous les dimanches. Glen faisait partie de sa vie autant qu'il pouvait l'être, compte tenu de ses… euh, handicaps.

Traduction : alcoolisme. Bizarrement, je l'envie quand même, cette autre fille.

— Et l'autre ?

— Il habitait au nord du pays. Dans le comté d'Antrim.

— Pourquoi parlez-vous au passé ?

— Il est mort il y a quelques semaines. D'une leucémie, vous y croyez ? Si jeune. Il a rencontré son papa quelques fois, mais il n'a jamais appris à le connaître vraiment.

Mon cœur se serre, mon ventre se retourne. J'avais un frère, qui est mort. Jamais je ne pourrai le rencontrer, ni apprendre à le connaître. J'avais une *famille* potentielle ici. Cet homme… j'aurais pu le serrer dans mes bras, le réconforter pendant ses derniers jours.

Je ne sais presque rien de mon père. Seulement qu'il est mort à cinquante ans d'une crise cardiaque qui n'était pas injustifiée, étant donné son penchant pour les bolides, les filles faciles, la cigarette, l'alcool, et la bouffe qui bouche les artères. Fils d'un boucher et d'une professeure, il était né à Tolka et était l'auteur d'une chanson de Noël qui l'avait rendu célèbre du jour au lendemain, « Belle's Bells ». Le tube s'était hissé en tête des ventes en Irlande, au Royaume-Uni et aux États-Unis, offrant un beau bras de fer à Mariah Carey et George Michael. C'était la première et dernière fois que Glen s'était de près ou de loin frotté au travail, ou à une éventuelle carrière, mais cela avait suffi à lui assurer une maison à Dublin et un budget annuel pour manger et picoler.

C'était un coureur. Le genre à mettre tout ce qui bouge dans son lit. Il avait rencontré maman dans un bar à Paris pendant qu'elle voyageait avec des amis, au moment où il était en quête d'une nouvelle muse. Ils avaient eu une aventure d'un soir, et il lui avait donné son adresse pour qu'elle puisse lui écrire si jamais elle était de passage en Irlande et voulait passer du bon temps. Quand elle lui avait écrit, pour l'informer que j'étais dans le tiroir, il lui avait proposé de venir vivre avec lui, mais maman avait refusé. Alors Glen versait une pension alimentaire chaque mois. Il m'envoyait des cadeaux, des lettres… mais toujours sous l'œil scrutateur de ma mère. Je détestais le contrôle qu'elle exerçait sur notre relation.

C'est pourquoi je me suis rebellée. Très jeune.

J'ai essayé d'entrer en contact avec lui par moi-même, au fil des années.

Je lui ai écrit des lettres sans que ma mère le sache, lui ai envoyé des photos, des mails, des poèmes arrachés dans des livres à la bibliothèque. Je suppliais ma mère de me donner des bribes d'information sur mon mystérieux donneur de sperme. Je n'avais jamais de nouvelles de lui, et je pensais savoir pourquoi. Il savait combien maman aimait jouer à la petite cheffe, et il avait peur qu'elle lui interdise toute communication avec moi si elle découvrait que nous nous parlions dans son dos.

Papa acceptait de ne me parler qu'à travers maman, et jamais par téléphone, par respect pour elle. Il m'a écrit un jour pour me dire qu'il avait honte de sa voix, de ce qu'il était devenu. Il disait qu'il mangeait ses mots, même quand il n'était pas beurré, et que sa voix tremblait en permanence.

Ça m'était bien égal, tout ça. J'avais seulement besoin d'entendre sa voix.

Je voulais un papa.

Pas forcément un bon.

Franchement, n'importe quel papa aurait fait l'affaire.

Mon père est mort deux mois avant la fin du lycée. J'allais dans la cuisine prendre un verre d'eau quand maman a répondu au téléphone. Je me suis plaquée contre le mur du couloir pour qu'elle ne me voie pas.

Elle n'était pas triste. Ni en colère. Ni effondrée. Elle s'est juste allumé une cigarette, le combiné vintage coincé contre l'oreille, puis s'est assise à la table à manger, rejetant sa chevelure derrière son épaule.

— Alors, il a fini par casser sa pipe, hein ? (Toussotement.) Ce qui est triste, c'est que je vais devoir le dire à Rory. Elle ne mérite pas ce chagrin.

Je ne savais pas à qui elle parlait, mais j'avais envie de vomir. Il était mon père, il faisait partie de moi – une partie de moi qu'elle n'aimait pas trop, vraisemblablement.

Si Glen avait attendu un tout petit peu plus longtemps, j'aurais pu le rencontrer en personne. À la place, je rencontre sa pierre tombale, et je prends connaissance de sa descendance hors mariage par un prêtre.

Grande classe, papa.

— Père… ?

Je zieute l'énorme croix sur son torse.

— Doherty, répond-il.

— Père Doherty, lui arrivait-il de parler de moi ?

Dans le laps de temps qui sépare ma question de sa réponse, je sens peser sur mes épaules le poids du monde, prêt à m'enterrer.

— Oui. Bien sûr. Il parlait sans cesse de vous. Vous étiez la prunelle de ses yeux. Il était fier de vos photos. Quand il lui arrivait de sortir, il en fourrait immanquablement sous le nez des gens en disant : « Ça, là, c'est ma fille. »

Quand il lui arrivait de sortir.

Il était dans un si piteux état ? Maman n'a jamais essayé de l'aider, pas une fois. Pourquoi ?

— Pourquoi n'a-t-il jamais voulu me voir ?

J'ignore pourquoi j'ai décidé de me décharger de toutes ces questions sur cet étranger. Pourquoi connaîtrait-il mon père ? Ce n'était pas comme si Glen allait souvent à l'église… du moins, je ne pense pas.

— Il vous envoyait de l'argent tous les mois et vous aimait à distance, il savait que vous étiez mieux sans lui, répond l'ecclésiastique, contournant ma pénible question. Certaines personnes sont faibles, mais pas nécessairement mauvaises. Il combattait la dépression et l'alcoolisme, ce n'était pas un état convenable pour s'occuper d'un enfant.

Peut-être papa m'a-t-il sauvée de lui-même. L'important, c'est qu'il parlait de moi, non ? Qu'il prenait soin de moi à sa façon, de manière détournée ? Oui, je peux me contenter de ça. Pourtant, je ne parviens pas à me défaire de l'impression tenace que maman n'est pas étrangère au fait que nous ne nous soyons jamais rencontrés.

— Puis-je rencontrer ma sœur ? Savez-vous où elle habite ?

Je me raccroche à tout ce que je peux. Le désespoir transparaît dans ma voix, je me déteste. *Reprends-toi. Il ne t'a même pas laissé de lettre avant de mourir.*

— Ah, la pauvre petite est dans tous ses états. Je crains qu'elle ne désire pas être contactée. Cependant… (Il se frotte le menton.) Je connais quelqu'un qui pourrait vous aider. Suivez-moi.

Je suis le père Doherty dans l'église, jusqu'à l'office sombre. Il s'assied derrière un bureau en chêne pour griffonner une adresse sur un bout de papier, avant de me dire :

— Mon petit-fils joue sur Drury Street. Il connaissait assez bien votre père. Glen lui a appris la guitare. Je suis sûr que Mal aura beaucoup d'histoires à raconter sur Glen. Pourquoi ne pas discuter avec lui autour d'une bière ou deux ? Mais pas plus, sauf si vous voulez que les histoires prennent un tour bizarre et inattendu.

Il rit, puis me glisse l'adresse sur le bureau avec un billet de cinquante euros.

— Merci, mais je ne peux accepter votre argent.

J'attrape l'adresse et la fourre dans la poche de mon pantalon en velours côtelé, sans toucher au billet.

— Pourquoi ?

— Parce que vous ne me devez rien, dis-je en haussant une épaule. Et vous avez déjà fait bien assez.

Il lève les yeux vers moi, et la tendresse que je lis dans son regard me donne des idées stupides – l'envie qu'il m'adopte, par exemple. Qu'il soit mon grand-père. Il n'y a rien de pire que la sensation de ne pas être à sa place. De flotter sur cette planète, déracinée, sans personne pour se battre pour vous. Il y a bien maman, mais elle a une drôle de façon de manifester son amour pour moi.

— « Si je dois vivre encore, veuille user envers moi de la bonté de l'Éternel. » Samuel, 20.14. Nous devons être bons les uns envers les autres, Rory. Un peu de bonté peut faire beaucoup.

Il a les dents aussi jaunes que les éclats de lumière qui transpercent les hautes fenêtres de l'église. J'avale ma salive, mais ne tends toujours pas la main vers l'argent.

— Maintenant, allez-y, avant que mon petit-fils ait fini. Malachy s'attarde rarement à un endroit. Il a toujours une amie ou deux dans les parages, prêtes à le traîner je ne sais où faire Dieu sait quoi.

J'ai ma petite idée du *quoi*. Mais je n'ai nullement envie de débattre de la vie sexuelle de son play-boy de petit-fils dans une église. Ni ailleurs, du reste.

— Comment le reconnaîtrai-je ? Il doit y avoir plus d'un chanteur sur Drury Street.

— Oh ! vous le reconnaîtrez.

Il plie le billet entre ses doigts et me le tend. J'hésite, puis le prends.

— Et si ce n'est pas le cas ? demandé-je en fronçant les sourcils.

— Criez son nom. Il s'arrêtera sur-le-champ. Malachy n'a jamais pu résister à une jolie fille, ni à un verre.

Ce Malachy ne me plaît pas, mais s'il peut m'aider à clore ce chapitre, je peux oublier qu'il a tout l'air d'être comme mon père : un coureur, un ivrogne, un homme qui fuit comme la peste toute responsabilité.

— Puis-je prendre quelques photos de sa tombe avant de partir ?

Le prêtre hoche la tête, les yeux emplis de compassion, celle qui s'insinue sous votre peau et y reste. Celle qui vous définit.

— Tout ira bien, Aurore.

Je ne lui ai pas dit mon prénom. Juste Rory.

— Aurore ? répété-je en haussant un sourcil.

Son sourire s'évanouit, et il s'éclaircit la gorge.

— Votre père me l'a dit, vous vous rappelez ?

Oui. Bien sûr. Mais pourquoi a-t-il l'air si… *coupable* ?

Une chose me frappe alors que je dévisage le père Doherty.

Cet homme a des yeux ensorcelants – étrange nuance de violet teintée de bleu qui vous réchauffe le cœur.

Ces yeux, j'ai l'intuition que je les reverrai, un jour.

Et qu'ils changeront ma vie. Pour toujours.

Je joue des épaules à travers la foule de spectatrices massées en arc de cercle autour de l'artiste de rue. Drury Street est une explosion de couleurs, d'odeurs et d'attractions. Murs en briques rouges couverts de graffitis éclatants. Marché asiatique qui apparaît au coin de la rue, parking à étages, arrêt de bus, et petites boutiques tendance. On dirait une photo, je ne peux m'empêcher de m'arrêter afin de saisir la beauté de la rue avec mon vieil appareil argentique.

Un bus qui passe dans un flou artistique, fendant les couleurs comme un coup de pinceau.

Clic.

Deux hommes en costume qui passent devant les mots « FUCK CAPITALISM » tagués sur un mur.

Clic.

Une bouteille de bière esseulée sur la chaussée, coincée comme un pauvre ivrogne entre des paquets de snacks.

Clic, clic, clic.

Quand j'arrive enfin face à l'artiste de rue, debout sur le trottoir à côté de son étui à guitare ouvert et rempli de billets roulés et de pièces de monnaie, je comprends pourquoi son grand-père m'a assuré que je le reconnaîtrais avec l'assurance d'un fervent croyant.

Jamais je n'ai rencontré un homme comme lui.

Il est beau, certes, mais ce n'est pas ce qui me saute aux yeux. Il est *rayonnant*.

C'est comme si son charisme était palpable. Il aspire l'air de tout ce qui l'entoure, rendant impossible de ne pas le regarder. Malachy, c'est un futur chagrin d'amour sur pattes. Tout chez lui – son jean déchiré, ses bottes sales, son T-shirt blanc, et sa veste en cuir qui porte la marque des années – annonce les problèmes. On dirait une idole des années 1970. Une icône. Une muse de Terry Richardson. Bruce Springsteen avant la gloire.

Sa voix évoque le miel et les épices exotiques. Elle est loin d'être belle – rauque, gutturale – mais elle m'emporte loin d'ici. Quelqu'un me bouscule pour s'approcher de lui, me tirant de ma rêverie, et je reconnais soudain la chanson.

« One » de U2.

Quelle étrange coïncidence. J'essaie de me dire que ce n'est rien. Nous sommes en Irlande. U2 est un trésor national.

Malachy chante les yeux fermés. Comme si personne d'autre que lui et sa guitare n'existaient. Une vague de chaleur court sur ma peau, et je frissonne de plaisir.

La chaleur.

J'ai toujours trouvé qu'il y avait une certaine mélancolie à être artiste de rue – les gens vous passent devant, ignorent votre musique, votre art, votre passion. Mais ce type-là inverse les rôles. C'est lui qui ignore les autres. La foule lui mange dans la main. Les femmes sont sous le charme. Il a ce petit côté Harry Styles qui donnent envie aux jeunes femmes de le mettre dans leur lit et aux plus âgées de l'adopter. Les hommes oscillent entre impatience, énervement et jalousie. Cela se sent à leur façon de taper du pied, de regarder leur montre, d'inciter leurs compagnes à avancer.

La chanson se termine, et Malachy ouvre les yeux et les plante dans les miens, comme s'il savait que je serais là. Comme si, à travers ses paupières closes, il m'avait regardée, moi, en train de le regarder, lui. Désorientée – pour une raison que j'ignore, je tiens à tout prix à faire quelque chose, *n'importe quoi* – je jette un billet dans son étui de guitare et détourne le regard, avant de me rendre compte avec horreur que j'y ai jeté le billet de cinquante euros que son grand-père m'a donné. Des murmures et des sifflements s'élèvent autour de moi. Les gens pensent que c'était intentionnel. Je sens mon visage virer au rouge. Malachy doit penser que je veux coucher avec lui.

En ai-je envie ? Probablement. *Est-ce pour autant qu'il doit le savoir ?* Oh que non.

Trop tard pour reprendre l'argent sans passer pour une folle. Et entre folle et fille facile, je préfère fille facile.

Rouge pivoine, je recule, mais Malachy se penche en avant et m'attrape le poignet pour me retenir. Une chaleur électrique s'insinue dans mes veines comme du venin. Je laisse échapper un cri de surprise.

Je baisse les yeux sur mes chaussures, mais il s'accroupit et me regarde, un sourire effronté dansant sur ses lèvres.

— Une demande particulière, baronne Rothschild de la Bonne Fortune ? demande-t-il avec un accent traînant.

Je peux reprendre mon argent ? J'en ai besoin pour vous payer un verre pour que vous me parliez de mon père. Je tente la télépathie, mais je dois avoir l'air d'une idiote.

— Rien qui me vienne en tête.

Je détourne le regard, l'air détaché, mais intérieurement je suis mortifiée.

Le bon côté : je ne pense plus à mon père décédé. Il faut voir le verre à moitié plein.

— « Copacabana » ! suggère quelqu'un.

— « Cavan Girl » ! crie une autre voix.

— « Dick in a Box » !

Malachy regarde autour de lui et rit, et à l'instant où ses yeux quittent mon visage, la chaleur disparaît. Ne reste que son rire, pareil à de la cire chaude coulant en moi.

— Qui est le barbare qui a suggéré ça ? demande Malachy en se relevant.

Un homme portant un béret vert et une veste en tweed orange lève la main et agite les doigts.

— Je ne suis pas barbare, mais anglais, dit-il avec un sourire suffisant.

— Encore pire, lance Malachy, pince-sans-rire, et tout le monde s'esclaffe.

J'en profite pour reprendre mes esprits, souriant avec les autres. *Ha ha, oui, très drôle.*

Malachy regagne sa place en roulant des mécaniques, puis ajuste la lanière de guitare sur son épaule. Il a le corps svelte et musclé d'un homme qui travaille dans les champs, et non à la salle de sport. Il pointe son médiator sur moi, et tout le monde le suit des yeux.

— Je n'aime pas les filles qui ne savent pas ce qu'elles veulent, dit-il en arquant un de ses épais sourcils noirs. Mais j'ai la sensation que vous êtes ici pour que ça change.

Il se met à jouer, et peut-être parce que je me sens petite, vulnérable et brisée, je m'autorise à m'abandonner à sa mélodie, à fermer les yeux, à lâcher prise. Je devine que cette chanson est une composition, car je ne connais pas les paroles. Elle est trop belle pour ne pas être un tube. Il ne la chante pas comme il a chanté « One ». C'est comme si chaque mot lui transperçait la chair. Une marque, une cicatrice, une chose brûlante.

Faiblesse, haine, désir,
J'aimerais tant t'embraser de plaisir,

Au milieu de jeunes filles perdues et de bad boys détruits,
Tu me trouveras, me glaceras, et noieras tout le bruit,
Je veux voir le monde par tes yeux et tomber amoureux,
Mais je crains surtout que tu n'existes que dans ma tête,
Car alors mon conte de fées n'aurait pas de belle,
Rien qu'une triste et seule bête.

Cet homme peut me mouvoir sans me toucher, et me toucher sans poser un doigt sur moi. Son grand-père avait raison. Il est source d'ennuis.

Le public est si silencieux que je commence à me demander si cet instant est réel. J'arrête de me balancer et ouvre les yeux. Toute la rue est en train de le regarder. Je n'en reviens pas. Même les serveuses sont sorties à la porte des restaurants et des cafés pour l'admirer.

Et Malachy ? Il me regarde, *moi.*

Je dégaine mon appareil et le photographie pendant qu'il chante.

La chanson finie, il salue, puis attend que les applaudissements et les cris cessent. Il me regarde et fait danser ses sourcils avec un sourire qui me dit qu'il va coucher avec moi, ce qui est stupide, parce que j'ai dix-huit ans, et que je ne suis pas du genre à coucher à droite à gauche.

Je n'ai couché qu'avec une seule personne dans ma vie : Taylor Kirshner, en terminale, parce qu'on sortait ensemble depuis un moment et que nous ne voulions ni l'un ni l'autre aller à l'université encombrés de notre virginité.

Pourtant, je crois Malachy. Nous coucherons ensemble.

Je le crois parce qu'il est *ce mec-là*. Le genre d'homme que mon père devait être. Un Roméo détraqué, abîmé, à l'âme ravagée, capable de briser votre lit, votre cœur et votre détermination, si vous le laissez faire.

Pas avec malveillance, non. Et pas parce qu'il en a envie. C'est juste qu'il ne peut pas s'en empêcher. Il anéantirait tout sur son passage. Ce garçon incompris, beau, brillant, accablé de dons qu'il n'a jamais demandés mais a tout de même cultivés. Son talent, son charme et sa beauté sont une arme, et dans l'immédiat, cette arme est braquée sur moi.

Je le regarde ramasser l'argent dans l'étui et le fourrer dans sa poche. Le cercle qui s'était formé autour de lui se disperse. Deux étudiantes s'approchent en mettant leurs cheveux derrière leurs oreilles. Il flirte impudemment avec elles, coulant un regard vers moi de temps en temps pour s'assurer que je suis toujours là.

Je ne suis là que pour mon père, ai-je envie de clarifier. Je lui dirai dès qu'il aura fini.

Puisque cela ne le dérange pas de me faire poireauter, je ne me gêne pas pour ressortir mon appareil et le photographier tandis qu'il passe l'étui de guitare à son épaule, gratifiant une des filles d'un baisemain.

— Je suis flatté, mais voyez-vous, j'ai promis à cette lady généreuse quoique collante que je la laisserai me payer une pinte.

Je baisse mon appareil-photo et arque un sourcil. Il m'offre un sourire éclatant tandis que les deux filles se précipitent vers un arrêt de bus en gloussant à qui mieux-mieux.

— Je crois que c'est *vous* qui allez payer un verre à la « lady généreuse quoique collante ».

Je range mon appareil dans mon sac à dos et enfile ma capuche.

— Seulement si elle m'envoie une copie de cette photo, réplique-t-il en désignant mon sac d'un signe du menton avec un sourire détendu.

— Pourquoi faire ?

Il passe son pouce sous la lanière de son étui à guitare et s'approche tranquillement de moi. Il ne s'arrête que lorsque nous pouvons chacun sentir le parfum de l'autre.

— Pour que j'aie son adresse.

— C'est qui le pot de colle maintenant ?

Je croise les bras.

— Moi, répond-il, tout sourires. Moi, sans aucun doute. T'es américaine ?

Je hoche la tête. Il me scanne des pieds à la tête.

Il a les yeux violets, aussi ensorcelants que ceux de son grand-père. Mais différents. Plus clairs, avec des profondeurs qui pourraient vous aspirer si vous ne faites pas attention. Voit-il le monde en mauve ?

Je me retourne et avance, certaine qu'il va me suivre. Ce qu'il fait.

— C'est quoi, ton histoire ?

Il fourre ses mains dans ses poches. J'ignore sa question et parcours la rue des yeux.

— On peut aller s'asseoir quelque part ?

J'ai bien besoin d'un verre et d'un truc à manger. Tout mec normal se demanderait ce que je lui veux, mais Mal semble loin du spectre de la normalité. Il fait un signe de tête pour désigner la direction opposée, et nous faisons demi-tour. C'est moi qui le suis à présent, et je peine à garder sa cadence.

Il retourne la situation. Ça, il sait faire, l'artiste de rue.

— Tu as un nom ? demande-t-il.

— Aurore.

— Aurore ! Princesse Aurore de… ?

Je lève les yeux au ciel. Quel dragueur.

— Du New Jersey.

— Le New Jersey. Bien sûr. Connu pour sa charcuterie, ses chardonnerets, et Jon Bon Jovi, même si je ne t'en tiens pas rigueur pour ce dernier.

— Quelle prévenance.

— Que veux-tu ? Moi aussi, je suis une âme charitable. Cela dit, tout ce que je sais sur le New Jersey, je l'ai appris d'une petite émission appelée *Jersey Shore*. Maman a un faible pour celui qui a suffisamment de gel dans les cheveux pour remplir une piscine.

— Pauly D., dis-je en souriant.

J'ai chaud, soudain. Il faut que j'enlève ma veste de treillis.

Peut-être même mon sweat à capuche. Que je m'épluche comme un oignon. Que je retire mes couches de fringues.

— Lui-même, confirme-t-il en claquant des doigts. Même si je suis sûr que ta famille et toi n'avez rien à voir avec lui et ses potes orange.

— À vrai dire, ma mère est un peu leur reine, avoué-je en me rongeant un ongle. Vingt-cinq pour cent faux bronzage, vingt-cinq pour cent laque, et quarante pour cent teinture pour cheveux et fringues très légères qui laissent peu de place à l'imagination. Elle est, genre, super inflammable.

Malachy rit et me lance un regard que je ne parviens pas à décoder.

— Et les dix pour cent restants ?

— Elle n'est pas très bonne en maths, dis-je, impassible.

Malachy renverse la tête en arrière et part d'un rire si fort que je le sens vibrer dans mon ventre. Chez moi, un garçon comme lui tirerait profit de son physique avantageux – pour devenir acteur, mannequin, instagrameur ou exercer tout autre métier inventé. Ma mère ferait une crise cardiaque sur-le-champ si elle voyait Malachy rire. Son rire franc creuse tout son visage de rides d'expression. Chaque centimètre carré de sa chair est plissé.

— Je m'appelle Mal, dit-il.

Puisque nous sommes en train de marcher et qu'il ne peut me serrer la main, il me donne un petit coup d'épaule, ce qui fait tomber ma capuche, révélant une partie de mon visage.

Puis il tourne brusquement au coin de la rue. Je le suis et demande :

— Et toi ? Tu casses les stéréotypes irlandais ?

— J'ai bien peur que non. Je suis catholique, fils à ma maman, et alcoolique plus ou moins en état de marche. Mon grand-père… enfin, ce n'est pas vraiment mon grand-père. Le père Doherty est prêtre catholique, mais le père de maman est mort jeune et le père Doherty, son oncle, s'est occupé d'elle comme si elle était sa propre fille. Enfin bref, il m'a appris à faire du ragoût, ce qui est, à ce jour, le seul plat que je sache cuisiner. Je vis dans une ferme avec un nombre impressionnant de moutons, tous des cons. Je préfère la *stout* à la *lager*, le missionnaire au doggy style, pense que George Best était un dieu, et estime que la *brown sauce* peut guérir n'importe quoi, à part le cancer, et notamment – mais pas seulement – les gueules de bois, les mauvais repas, et peut-être l'hépatite C.

— Nous sommes… des clichés vivants.

Je fais tourner l'anneau qui me perce le nez dans son trou. Je fais ça quand je suis nerveuse. Ça m'occupe les mains.

— Les stéréotypes existent parce qu'ils ont un germe de vérité, répond Malachy, avant de s'arrêter pour taper sur le toit d'une vieille Ford couleur chicots. Allez, viens. Nous avons des endroits à visiter, des choses à voir, et j'ai bien peur que tu doives conduire.

— Hein ?

— Tu n'as jamais vu de bonnes comédies romantiques, princesse Aurore du New Jersey ? Les meilleures scènes de rencontres de l'histoire du cinéma sont celles où la femme conduit l'homme quelque part en voiture. *Quand Harry rencontre Sally*, *Chantons sous la pluie*, *Thelma et Louise*…

— Le dernier n'est pas une rencontre romantique. Et Geena Davis n'est pas un homme.

Je ne peux me retenir de rire. Comment ose-t-il me faire fondre avant que je sois prête à dégeler ?

— Tu joues sur les mots. Votre carrosse est avancé, madame Sémantique.

Il me jette un trousseau de clés, que je rattrape au vol.

Ce mec est amène, charmant. La pire espèce de bourreau des cœurs – pas assez charitable pour vous faire savoir qu'il est un connard, en se comportant justement comme tel. Je parie que, où qu'il aille, il laisse dans son sillage une ribambelle de cœurs battant à peine, brisés, vidés – comme Hansel et Gretel sèment leurs miettes de pain pour retrouver leur maison. Seulement, je sais où mène ce chemin : à la destruction.

Je lève la main. Il vaut mieux clarifier tout de suite les choses.

— Attends. Avant d'aller où que ce soit, j'ai quelque chose à te demander.

— D'accord.

Il ouvre la portière côté passager et se glisse dans l'habitacle. Je suis toujours debout sur la chaussée quand il ferme la porte, baisse sa vitre et pose son bras sur le cadre de la fenêtre en chaussant ses lunettes d'aviateur.

— Tu viens ?

— Tu ne me demandes pas ce que c'est avant de me laisser monter ? dis-je, interloquée.

Il relève ses lunettes et m'adresse un sourire dont la magnitude peut englober tout l'univers.

— Quel intérêt ? Je vais te l'accorder de toute façon. Que ce soit de l'argent, un patin, une partie de jambes en l'air, un rein, mon foie. Mince, j'espère que ce n'est pas mon foie qui t'intéresse. Malheureusement, il est déjà bien usé. Allez, viens, Aurore.

— Rory.

— Rory, corrige-t-il, avant de planter ses dents bien alignées dans sa lèvre inférieure. Ça te va bien mieux. Tu n'as pas du tout l'air d'une princesse.

J'arque un sourcil. Je ne sais pas pourquoi son affirmation m'agace. Il a raison. Je n'ai rien de la princesse que ma mère voulait que je sois. Selon ma meilleure amie, Summer, je ressemble à un lutin suicidaire.

— Tu serais plutôt la demi-sœur plus jolie, dans un film Disney. L'opprimée qui finit par avoir le prince. Celle qui n'est pas née avec le titre mais l'a mérité, explique-t-il.

Je sens mes joues en feu. C'est ironique, puisque je viens de découvrir que *j'ai* une demi-sœur.

— Oh ! elle rougit, fait-il en levant le poing à travers la vitre ouverte. Tout n'est pas perdu. J'ai encore mes chances.

— En réalité, non.

Je refroidis son enthousiasme. Cela le fait rire de plus belle, parce qu'il sait déjà. Ce salaud sait qu'il est en train de me séduire.

— Je ne coucherai pas avec toi, dis-je.

— Bien sûr que non, concède-t-il aussitôt.

Avec légèreté. Sans en croire un mot.

Je réaffirme :

— Je le pense. Plutôt mourir.

Il rit aux éclats et tape sur la portière.

— Allez, en route, princesse.

Mal me guide pour sortir de Dublin, à sa manière (« À gauche. Non, l'autre gauche. Oublie la première gauche. ») et, bien que je sois terrifiée de conduire de l'autre côté de la route, et que je n'ai *pas* de permis de conduire international, je suis bel et bien au volant.

Peut-être est-ce le décor qui me libère de toute logique. Peut-être est-ce Mal lui-même. Tout ce que je sais, c'est que j'ai dix-huit ans, suis depuis peu orpheline d'un père que je n'ai jamais connu, et que j'ai l'impression d'être suspendue dans les airs, comme une marionnette. Entre ciel et terre. Rien à perdre, rien à gagner.

Nous entrons dans un petit village tout près de Dublin, perdu au milieu des collines verdoyantes. Un panneau en bois blanc annonce notre arrivée à Tolka, comté de Wicklow. Une rivière coule sur notre droite, enjambée par un vieux pont en pierre, et de vieilles maisons aux portes rouge vif bordent l'entrée de la ville. Ou plutôt, des maisons sont dispersées autour d'une grand-rue comme des touffes de cheveux sur un crâne dégarni. Nous descendons Main Street, passons devant une maison bleu vif, une église, une rangée d'auberges, de pubs, et un petit cinéma qui d'après Mal propose de vrais fauteuils individuels et utilise encore des bobines traditionnelles.

La route zigzague, monte et descend, et j'ai le cœur étrangement lourd quand je gare enfin la voiture, selon les instructions de Mal, non loin d'un pub nommé The Boar's Head – « la tête de sanglier ».

Lorsque nous descendons de voiture, je sors mon appareil-photo. La façade du pub est peinte tout en blanc, et ses fenêtres vertes sont décorées de pots de fleurs qui foisonnent de soucis et de bleuets. Le drapeau irlandais est pendu à un poteau près de la porte.

J'ai l'impression d'être en plein folklore, dans un conte que mon père décédé m'aurait raconté dans une autre vie.

— Qu'est-ce qui te retient, Rory ?

Mal se retourne à mi-chemin du pub et me surprend avec un genou au sol, les yeux plissés et braqués sur mon appareil pointé sur lui.

— Fais l'amour à la caméra, beau gosse, dis-je avec une voix de vieux pervers, m'attendant à ce qu'il me dise d'arrêter.

Au lieu de ça, Mal sourit de toutes ses dents et plaque une robe imaginaire en train de se soulever à cause du vent, puis il envoie un baiser à l'appareil, à la Marilyn Monroe. Seulement, la virilité intense qu'il dégage rend l'affaire cent pour cent hilarante et zéro pour cent féminine.

Clic. Clic. Clic.

Je me relève et le rejoins. Il m'offre son bras. Je le prends, trop lasse pour résister.

— C'est ici que tu habites ? demandé-je en montrant ce qui nous entoure. Dans ce village ?

Il passe ses doigts dans mes cheveux pour les écarter de mon visage, et je suis parcourue d'un frisson de plaisir inattendu. Il sourit, mon frisson ne lui a pas échappé.

— Au pied de cette colline. Avec tous ces cons de moutons dont je t'ai parlé. Tu les rencontreras bientôt.

— J'ai un avion à prendre demain.

J'éclaircis ma traîtresse de gorge, serrée par toutes sortes d'émotions.

— Et alors ?

— Je ne peux pas rester.

Il me dévisage, à la fois perplexe et amusé. C'est sans doute la première fois qu'on le repousse. Puis il fait l'impensable et passe son pouce sur ma tache de naissance, la contemplant avec fascination.

— Comment tu t'es fait ça ? demande-t-il d'une voix si douce qu'on croirait un murmure.

Une telle chaleur m'envahit que j'ai l'impression de sentir le soleil caresser ma peau, alors qu'il fait gris et froid.

— Je ne me suis pas fait ça. Je suis née avec.

— Ah oui ?

Il fait glisser son pouce de ma tempe à mes lèvres. S'attendait-il à une folle histoire d'accident de voiture ou autre incident curieux ?

Je m'écarte.

— Vraiment, je ne peux pas rester. J'ai réservé un hôtel à Dublin.

— Je vais te ramener pour que tu puisses libérer la chambre, assure-t-il, sortant de son étrange transe. Tu viens chez moi ce soir.

— Je ne coucherai pas avec toi. Plutôt mourir, tu te rappelles ?

Il prend mes joues entre ses mains. Elles sont rêches et fermes, les mains d'un artiste, et dans mon cœur gronde une sympathie nouvelle envers maman. Je comprends pourquoi elle a couché avec mon père. Tous les Casanova ne sont pas obséquieux. Mal ne l'est pas, en tout cas.

— Ne laisse pas tes sentiments se mettre en travers de la réalité.

— C'est-à-dire ?

— Ce n'est pas parce que l'idée de coucher avec moi ne te plaît pas que ça ne va pas se produire. (Il passe son pouce sur mes lèvres.) Et ce n'est pas parce que nous venons de nous rencontrer que nous sommes des étrangers l'un pour l'autre. As-tu l'impression que nous sommes des étrangers ? demande-t-il en m'attirant contre lui.

Non. Non, nous ne sommes pas des étrangers l'un pour l'autre. J'ai l'impression qu'il a toujours été là. Comme si je portais en moi une infime partie de lui depuis ma naissance, et qu'à présent qu'il est là nous pouvions remettre en lui ce petit morceau que j'ai gardé, comme la pièce finale d'un puzzle.

J'avale ma salive, mais ne dis rien.

— Exactement. Bon, tu es en train de foirer notre rencontre parfaite. Geena Davis se retourne dans sa tombe.

— Geena Davis n'est pas morte, Mal !

— Viens, madame Sémantique. Il faut que tu manges.

Trois corned-beefs et une *shepherd's pie* plus tard, Mal me pointe de sa pinte de Guinness à moitié vide – sa quatrième. Je sirote toujours ma première vodka-Coca.

— Tu voulais me demander quelque chose.

Il ferme un œil comme s'il me visait avec un pistolet et lèche la mousse blanche de la Guinness sur sa lèvre supérieure.

C'est parti…

— Je suis venue à Drury Street sur le conseil de ton grand-père. Je suis la fille de Glen O'Connell. Il m'a dit que tu pourrais m'en apprendre plus sur lui.

Je scrute attentivement son visage.

Il me prend la main, la retourne et suit les lignes de ma paume du bout du doigt. Les poils de ma nuque se hérissent.

— J'allais à l'église de mon grand-père tous les dimanches quand j'étais petit. Glen habitait juste derrière. Il me laissait écouter ses disques. Il m'a appris quelques notes et m'a aidé à former des phrases correctes quand j'ai commencé à écrire des chansons. Il m'a appris à coucher mes émotions sur papier. Alors oui, on se connaissait plutôt bien. Assez pour qu'il me dise qu'il me tuerait si jamais je touchais sa fille.

Hein ?

Il éclate de rire et secoue la tête en voyant mon expression.

— L'autre. Pas toi. Bon sang, Glen serait mort direct s'il t'avait rencontrée. Il aurait engagé une armée pour préserver ta vertu.

— De toi ?

— De toute l'Europe, dit-il avec un sourire railleur.

Est-ce sa façon tordue de me dire que je suis jolie ?

— Pourquoi mon grand-père ne t'a pas envoyée voir Kathleen, la fille de Glen ? Elle habite au bout de la rue.

Mal fronce les sourcils et finit sa pinte.

Kathleen.

Ma sœur s'appelle Kathleen.

Ça fait tilt, et Mal comprend que je ne connaissais pas son nom.

— Tu savais que tu avais une sœur, hein ?

Je hoche lentement la tête.

— Ma mère a refusé de me dire son nom. Elle a dit que ça ne devrait pas me tenir à cœur, parce que personne ne veut me connaître ici. Comment ça se fait que tout le village fréquente une église de Dublin si vous habitez tous ici ? C'est bizarre.

Je fais tourner la paille dans mon verre. Mal s'adosse à son siège.

— Pas tout le village. Juste nous. Maman travaille le week-end chez Lidl, alors la mère de Kathleen nous emmenait tous les deux à la messe du dimanche à Dublin pour soutenir mon grand-père. Elle me gardait en gros. En général, je rentrais à la maison avec mon grand-père, mais parfois je restais avec Kathleen quand elle traînait avec Glen après la messe.

— Quel genre de père était-il pour elle ?

— Un bon père, dit-il, avant de froncer les sourcils et de corriger : mais pas assez bon pour toi.

Je ne tiens pas compte de sa tentative de réconfort.

— Quel âge a Kathleen ?

— Mon âge.

Mal étudie toujours ma main comme si c'était la chose la plus intéressante qui soit.

— Vingt-deux ans, précise-t-il.

— Tu dois bien la connaître.

— On a grandi ensemble.

Il pose brusquement son verre vide sur la table en bois collante.

— Je me demande bien pourquoi il t'a envoyé à moi et pas vers elle.

— Il a dit qu'elle était dans tous ses états et ne voulait voir personne.

— Foutaises. Kathleen est plus sociale qu'un pingouin.

Quelle étrange comparaison. J'essaie de sourire face à ce choix de mots. Tout est si… différent chez lui.

— Elle est comment ?

J'ai l'impression d'être un agent du FBI, mais c'est difficile de me retenir alors que je veux savoir tout ce qu'il y a à savoir sur mon père. Sur ma sœur. Et puis, enchaîner les questions me permet d'ignorer la pointe de jalousie qui perce dans ma voix. Kathleen a grandi avec notre père dans sa vie. Et près de Mal.

— Douce. Gentille. Une sainte. Tu verras. Allons la voir. Elle doit avoir plein de photos de lui.

— Je ne crois pas que ce soit une bonne idée.

— Moi, si. Hors de question que tu repartes d'ici les mains vides. Allons-y.

Il me tire par la main pour me forcer à me lever. Il plaque quelques billets sur la table, et je ne fais même pas semblant d'essayer de payer ma part du repas ; avec cette histoire d'hôtel, ce voyage me met déjà dans le rouge.

Ma main dans la sienne, Mal remonte Main Street comme un boulet de canon. Il se met à pleuvoir, et je baisse la tête pour tenter d'échapper au déluge.

Mal éclate de rire, sa voix étouffée par la tempête.

— Je n'arrive pas à croire qu'il pleuve en été. C'est comme si tu avais amené l'hiver avec toi, Rory.

C'est étrange, mais cela nous rapproche encore plus, alors ça m'est égal.

Je crie :

— Pourquoi ne pas prendre la voiture ?

— On est garés juste devant chez elle, en réalité. Et puis, elle aura pitié de nous si elle nous voit en galère et tout trempés.

— Je croyais que c'était une sainte ?

— Même les saints ont leurs limites, d'autant que ça fait trois mois que je l'ignore.

— Mal !

Je m'offusque, mais il rit de plus belle.

Nous arrivons devant une maison victorienne aux briques blanches et aux volets noirs. Mal frappe à la porte et passe une main dans ses cheveux dégoulinants. Ils sont tout ébouriffés, ce qui lui donne – c'est énervant – un air délicieux. Quelques secondes passent avant que la porte s'ouvre en grand, laissant apparaître une fille qui me ressemble, en plus ronde et plus classique. Elle a les cheveux roux, un peu plus clairs que les miens, et les mêmes grands yeux verts, le même nez osseux, les mêmes lèvres boudeuses que moi. Elle a des taches de rousseur, comme moi, et le même grain de beauté près de la lèvre supérieure.

Mais pour ce qui est de l'apparence, les similitudes s'arrêtent là. Kathleen porte un sage cardigan blanc et une longue robe trapèze bleue, par-dessus un legging d'un blanc immaculé, comme des os. Je piétine d'un pied sur l'autre, dans mes Toms et mon sweat à capuche, et fourre mes mains dans mes poches pour ne pas jouer avec mon piercing au nez.

— Mal ! s'écrie-t-elle, avant de jeter ses bras autour de son cou et d'enfouir son visage dans son épaule. Qu'est-ce que tu fais ici ? Ma parole, mais tu es trempé !

— Kath, je veux te présenter mon amie, Aurore, du New Jersey.

Il lui adresse un sourire idiot et me présente d'un geste, comme si j'étais un genre de lot dans un jeu télé.

Nous sommes toujours sur le palier, visages battus par la pluie. Mais cela n'empêche pas Kathleen de retenir son souffle, les yeux écarquillés, quand elle me remarque enfin. Mal est trop occupé à soulever ses bottes pleines de pluie et à secouer la tête comme un chien pour prendre la mesure de la situation délicate qu'il vient de créer.

— Tu as dit que tu avais toujours rêvé de la rencontrer, et elle m'a dit qu'elle n'avait même pas de photo de Glen. Eh bien, je l'ai croisée à Dublin et je me suis dit qu'il était grand temps de faire une réunion de famille. Tu me remercieras plus tard.

Il lui décoche un clin d'œil avec un petit coup d'épaule, les poings enfoncés dans les poches de sa veste.

Maman avait raison sur une chose. Les hommes ont autant d'intelligence émotionnelle qu'un tas de briques.

Je ne dis rien et tâche d'oublier que le père a affirmé qu'elle ne voulait voir personne, alors que Mal soutient qu'elle rêvait de me rencontrer. Une seule de ces affirmations est vraie, et j'ai ma petite idée sur laquelle.

Kathleen me jauge – je ne peux pas lui en vouloir, c'est un choc – et je me sens aussitôt coupable d'être allée à l'encontre du souhait du père Doherty. Elle secoue la tête, reprend ses esprits, puis lance ses bras autour de moi pour me serrer contre elle, malgré la pluie qui nous mouille toujours. Je chancèle puis lui rend son étreinte.

— Mon Dieu. Mon Dieu. Mon Dieu.

Elle va me briser les os si elle continue.

Je me laisse aller contre elle et éclate de rire et de larmes à la fois. C'est une vraie diarrhée émotionnelle, mais ce n'est pas tous les jours qu'on rencontre sa demi-sœur pour la première fois.

— Vous êtes tous les deux trempés ! Entrez ! Je nous fais du thé ?

Elle se détache de moi, me tire par la main et nous fait entrer, avant de trottiner jusqu'à la salle de bains, d'où elle revient avec deux serviettes chaudes. Nous nous en enveloppons avec gratitude.

— Du thé ! s'exclame Mal comme si c'était la meilleure idée de sa vie. Le mot magique. Rory, tu sais que Kath fait du thé méchamment bon ? Le meilleur du comté. Sans déconner.

Kath frappe Mal au torse et glousse comme une écolière tandis que nous nous rendons dans la cuisine. Nous empruntons un couloir étroit où manteaux et écharpes s'entassent sur des portemanteaux. Tout est petit, ordonné, douillet. La maison a une atmosphère *seventies*, avec son papier peint vert, ses meubles marron et ses lumières jaunes. Baignée de familiarité. Proprement habitée – ce n'est pas un simple espace avec des meubles, comme la maison de maman dans le New Jersey.

— Du pays, même, renchérit Mal.

Kathleen lui donne un coup à l'épaule et sa main s'y attarde, possessive. Soupirant comme si c'était une corvée, Mal lui attrape le poignet, et, d'un mouvement fluide, la retourne et la plaque contre le mur du couloir. Je m'arrête, interdite. Il la tient comme un fermier tient du bétail, fermement, sans passion, mais la respiration de Kathleen s'est accélérée. Les paupières lourdes, elle défie Mal de faire un autre geste, d'un regard lubrique. Un soupir lui échappe, et ce signe d'abandon la fait tressaillir, puis carrément rougir. Mal la regarde de haut comme si elle n'était qu'un jouet mâchouillé. Du genre vieux, familier, qu'on conserve par nostalgie mais avec lequel on ne veut plus jouer.

— Comment ça va à l'école, Kiki ? demande-t-il avec une pointe de regret dans la voix, comme s'il détestait faire ça – la mener en bateau.

Alors pourquoi le fait-il ?

Il est pleinement conscient de l'effet qu'il lui fait, et ça ne me plaît pas, parce que je vois le contrôle qu'il exerce sur elle. Elle est prise au piège de l'instant, mais lui est un observateur, le geôlier qui l'enferme dans un rêve idiot, gardant la clé hors de portée.

— Super, dit-elle d'une voix tremblante. J'ai… j'ai essayé de t'appeler plusieurs fois. Je suis passée le dimanche après la messe. Ta mère a dit que tu étais occupé.

— Oui.

— Pas trop occupé pour voir Aurore, manifestement.

Elle vire de nouveau au rouge. Son ton n'a rien de méchant. Ce n'est que du désespoir.

Ma loyauté oscille entre le garçon qu'elle aime et qui essaie de m'aider, et la sœur qui souffre par sa faute.

— Elle préfère qu'on l'appelle Rory, fait Mal en écartant une mèche de cheveux du visage de Kathleen pour la coincer derrière son oreille.

J'ai envie de lui donner un coup dans les valseuses de la part de Kathleen, puis dans le genou de la mienne.

— Désolée, Rory.

Elle m'adresse un sourire nerveux, avant de reposer ses yeux sur lui, comme s'il pouvait s'évaporer à tout moment.

— Tu m'as manqué.

Il lui a *manqué.*

Il lui *plaît.*

Je ne peux pas lui faire ça. Je ne peux pas l'embrasser ni coucher avec lui ni faire aucune des choses que j'ai envie de faire avec Mal. Parce que je m'en vais et qu'elle reste. Parce qu'elle a l'air adorable, et que même si elle ne l'est pas, elle reste ma sœur.

Je me dirige vers la cuisine sur la pointe des pieds, sans laisser paraître que leur conversation en apparence amicale est en train de détruire quelque chose en moi, brique par brique.

— *Ne bouge pas*, dit sèchement Mal dans mon dos.

Il n'a plus l'air si gentil.

Je m'arrête, mais ne me retourne pas. Kathleen en pince pour lui, c'est évident, et je veux lui montrer que je ne suis pas une menace.

— Tous les deux, vous êtes…, commencé-je.

— Rien, clarifie Mal. Nous sommes juste amis, n'est-ce pas, Kathleen ?

Elle s'éclaircit la gorge, lisse sa robe. Mon cœur n'est plus que poussière dans le vent. La pauvre.

— Bien sûr.

Quel connard. En un éclair, Mal se retrouve à mes côtés. Une main posée au creux de mes reins, il me pousse vers la cuisine, abandonnant Kathleen derrière nous. Je tourne la tête vers elle, et elle m'adresse un sourire las en nous faisant signe d'avancer.

— Je vais aller me passer de l'eau sur le visage, marmonne-t-elle. Et peut-être éteindre le chauffage. Je ne me sens pas très bien.

Je m'assieds à table et étudie les photos de famille accrochées au mur avec convoitise. Mais pas de Glen en vue. Seulement Kathleen et sa mère, Kathleen et les chiens de la famille, Kathleen qui embrasse sur la joue un jeune Mal, lequel prend un air horrifié, dégoûté, comme tous les garçons à cet âge. Même le petit Mal me rend toute chose. Qu'est-ce qui cloche chez moi, bordel ?

Tout, apparemment. Il est comme ton père.

Ma demi-sœur nous sert du thé et des biscuits en s'efforçant de faire la conversation. Elle m'explique qu'elle fait des études pour devenir vétérinaire et dit sur le ton de la plaisanterie que Mal l'embauchera quand il finira par reprendre la ferme familiale.

— En réalité, c'est Mal qui m'a conseillé de devenir vétérinaire. Tu te rappelles, Mal ? Le jour où j'ai essayé de sauver ce pigeon ? Il me semble que c'était à Noël, l'année de nos onze ans.

Mal ne me quitte pas des yeux.

— Ouais. Bien sûr.

Il ne se rappelle pas. Le fervent sourire de Kathleen ne faiblit pas.

— Il fait son modeste. Attends que j'aie mon diplôme, Mal. Tu as des tas de moutons et de vaches. Tu pourrais faire tellement de choses avec si tu te décidais. Louer la terre à d'autres fermiers est un mauvais investissement. Je pourrais t'aider.

Mal verse une demi-brique de lait dans son thé, les yeux au fond de sa tasse.

— Je suis musicien. L'agriculture ne m'intéresse pas.

— Tu aides quand même les Boyle de temps à autre.

— Quand ils ont besoin d'aide, oui, dit-il en haussant les épaules. Je vais souvent aux chiottes aussi. C'est pas pour autant que je veux devenir plombier.

Je manque de recracher mon thé sur la table. Il s'en faut de peu.

— En quoi t'es musicien, Mal ? Tu ne veux pas être chanteur, et on a beau te faire des offres, tu refuses de vendre tes chansons.

Elle bat des cils, les joues roses.

Le débat se poursuit, puis Mal interrompt le flot de questions et d'arguments de Kathleen et lance :

— On se demandait si tu pouvais partager des souvenirs de Glen avec Rory. Puisqu'elle ne l'a jamais rencontré. Ça ne te dérange pas, n'est-ce pas ?

— Oh ! ne t'embête pas, dis-je. Je ne voulais pas forcer les choses.

Elle sourit, puis s'avance vers moi sur sa chaise.

— Tout ce que tu voudras, Rory. Qu'est-ce que tu veux savoir ?

Je pianote sur mon genou sous la table.

— Hmm… Il était comment ?

Lui arrivait-il de parler de moi ?

Est-ce que je lui manquais ?

Est-ce que je comptais pour lui ?

— C'était le meilleur, Rory. Nous avions une relation géniale. Il avait un super sens de l'humour et un immense talent musical. À vrai dire, le seul mec à avoir plus de talent que lui, c'est Mal. Papa m'appelait McNugget, parce que j'étais petite et un peu rondelette quand j'étais enfant. Tu t'en souviens, Mal ? Ça m'a vexée tellement longtemps.

Elle tend la main pour pincer l'épaule de Mal. Il a toujours les yeux rivés sur moi. Les mots de Kathleen semblent détachés, mais je me convaincs que c'est seulement parce qu'elle est agacée que Mal se soit pointé ici avec moi.

— Est-ce qu'il avait beaucoup de taches de rousseur, comme nous ?

La question me semble plus bête à voix haute que dans ma tête. Mais le truc, c'est que je n'ai jamais vu mon père. Pas une seule fois. Maman m'a dit qu'il était brun, avait des yeux clairs, et un triple menton. Ma mère, cette poète.

— Non, répond Kathleen en riant. Son visage était pâle et lisse. Je les tiens de maman, moi.

J'imagine que moi aussi, je les tiens de ma mère.

Je me tords les doigts sous la table.

— Tu as une photo de lui ?

— Je ne crois pas, répond-elle en fronçant le nez. Tu ne l'as jamais vu ?

Je secoue la tête et ravale la boule de larmes qui a élu domicile dans ma gorge. Peut-être était-ce une erreur de venir ici voir la seule vraie famille qu'il a laissée derrière lui.

Mal fixe Kathleen du regard, dubitatif.

— Tu dois bien avoir une photo ou deux de Glen, Kiki.

Elle se mord la lèvre.

— Je suis désolée. Maman a fait un grand ménage il y a quelques semaines et elle a tout mis au grenier. J'imagine qu'elle a la clé, mais elle est sortie. J'aurais aimé savoir que tu venais, Rory. Je lui aurais demandé de la laisser.

— Lui arrivait-il de parler de moi ? dis-je dans ma tasse de thé, n'ayant pas la force d'affronter la pitié sur son visage quand elle répondra.

J'ai beau avoir les yeux baissés, j'entrevois Kathleen poser sa tasse de thé et pousser un lourd soupir. De manière presque théâtrale. Je ne sais pas pourquoi je m'impose ça. Chaque question enfonce un nouveau clou dans le cercueil de mon amour-propre.

— Oh ! Rory, je suis vraiment désolée.

Je soulève la tasse et la porte à mes lèvres. Le liquide bouillant me brûle de la langue à la gorge, mais je le bois presque d'un trait, désireuse de ressentir quelque chose – même la douleur – pour me distraire de ce qu'il se passe dans ma tête. Mal finit par me forcer à abaisser ma tasse.

— Je suis sûr qu'il parlait de toi de temps en temps. Qu'il t'aimait ! dit Kathleen, essayant de se rattraper. Papa aimait tout le monde, n'est-ce pas, Mal ? Même ce blaireau de Jared qui vendait des faux Burberry au coin de la rue tous les dimanches.

Mal lui lance un drôle de regard, que je ne peux déchiffrer, puis il m'observe d'une telle façon que j'ai l'impression de n'avoir plus ni vêtements, ni peau, ni os. Comme s'il sondait mon âme et la disséquait avec un couteau et une fourchette.

Il s'arrache à cette contemplation et s'étire.

— Excusez-moi, mesdames. La nature m'appelle, elle a trois gallons à me faire déverser au petit coin.

Il se lève et s'en va d'un pas lent. Je me rends compte qu'il connaît cette maison par cœur – il est certainement venu des dizaines de fois. Kathleen et lui partagent une histoire, une alchimie. Je devrais être heureuse que Kathleen puisse faire sa vie avec un mec comme Mal, si elle arrive un jour à le dompter. Marrant, charmant, beau.

Mais pour une raison que j'ignore, je ne le suis pas.

Dès que Mal n'est plus à portée de voix, je secoue la tête et souris.

— C'est un électron libre, hein ?

Le gentil sourire de Kathleen s'évanouit. Elle sort un tube de gloss de son sac à main posé sur la table et en applique une dose généreuse sur ses lèvres pincées.

— Ce qu'il est ou n'est pas ne devrait pas t'importer. Il est à moi.

Sa voix chaleureuse est à présent une lame froide et tranchante contre ma gorge.

J'ai un mouvement de recul.

— Je te demande pardon ?

Elle fait claquer ses lèvres, soulève sa tasse – petit doigt en l'air – et sirote lentement son thé.

— Le problème avec Malachy, c'est qu'il a un faible pour les animaux errants. Qu'ils soient sales, qu'ils aient la rage… ou qu'ils soient *dangereux*, finit-elle me lançant un regard noir.

Son visage se tord, révulsé. Je n'en reviens pas.

Faux.

Tout cela était faux.

Ma sœur n'est ni gentille, ni timide, ni perdue. Elle est le diable.

Elle me déteste. Elle m'a toujours détestée. C'est pour ça que le père Doherty ne voulait pas que je m'en approche. C'est pour ça qu'il m'a envoyé voir son gentil petit-fils. Kath a seulement revêtu un masque en présence de Mal.

— Tu sais, papa disait avoir fait une terrible erreur quand il est rentré de Paris et qu'on a su qu'il avait engrossé une salope d'Américaine. Mais personnellement, j'ai toujours voulu rencontrer ma petite demi-sœur. Jusqu'à ce qu'il meure et qu'il devienne évident que tu en aurais après son argent. Je refusais de le croire. Vraiment. Je voulais même t'écrire.

— Et pourtant tu ne l'as pas fait.

Je serre les dents, soutiens son regard.

Voilà que j'ai de nouveau froid. Je veux que Mal revienne, qu'il emplisse la pièce de sa chaleur.

— C'est facile de dire que tu voulais me contacter alors que tu ne l'as jamais fait.

— C'est marrant de te voir débarquer une seconde après sa mort, rétorque-t-elle avec sourire moqueur.

Mes narines se dilatent, mon pouls s'emballe. Ce qu'elle insinue est à l'opposé de la vérité, ce ne sont que des conneries.

— Je ne suis pas venue pour son argent, sifflé-je en plissant les yeux, espérant avoir l'air aussi hostile que je le suis à l'instant. Je suis venue pour voir sa tombe, voir où il a vécu et grandi. Pour prendre des photos, pour pouvoir les regarder et me dire que je suis venue ici et que j'ai retrouvé mes racines. Il y a une moitié de moi que je ne connais même pas. Je porte dans mon corps les gènes d'un étranger, merde alors.

Kathleen lève les yeux au ciel avec un sourire sarcastique.

— Pourquoi ne pas être venue plus tôt, dans ce cas ?

— Je n'avais pas l'âge légal de prendre cette décision !

— C'est pour ça que ta mère a envoyé une lettre à mes grands-parents pour demander à voir le testament ? Pour que tu puisses te reconnecter à ton héritage, et à un joli sac Gucci par la même occasion ?

Je suis surprise que ma mâchoire ne touche pas le sol. J'ai envie de tuer ma mère. Ou je crois que je devrais, du moins. Je ne sais pas à quoi j'ai droit. Je m'en *fous*. Je ne vais pas m'en servir de son putain d'argent. Ce n'est pas pour ça que je suis venue.

— Écoute, je…, dis-je, mais Kathleen m'interrompt.

Elle se penche en avant, attrape ma main sur la table et la serre fort, m'écrasant les os. Son sourire factice fait son grand retour. Je sais à présent que, lorsqu'elle m'a prise dans ses bras à la porte d'entrée, elle voulait en réalité me faire mal. Elle a l'air d'être le genre de fille qui noie son vieux chien pour que ses parents lui achètent un chiot.

— Non, toi, tu m'écoutes. Tu ne toucheras pas un penny de l'argent de papa. Il m'a tout laissé, et à juste titre. Je suis son enfant *légitime*. Toi et l'autre connard qui a cassé sa pipe, en revanche, n'êtes rien de plus que de malheureux accidents. Et puis, tu peux te taper Mal tant que tu veux le temps que tu seras là, c'est *moi* qui l'épouserai. Alors souviens-t'en quand tu gigoteras contre lui et que tu le laisseras se servir de toi. Il va te baiser, parce qu'il le peut, mais c'est moi qui réchaufferai son lit pour toujours. Ça te résume bien, Aurore. Tu es moi, mais au rabais. Dans la vie de papa. Et dans celle de Mal.

Elle resserre l'étau autour de ma main. Je tire, mais elle est forte, et je suis trop abasourdie pour me lever. Ses lèvres tiquent et son sourire s'élargit.

— Et je t'en prie, ne te rends pas ridicule en faisant le même coup que ta mère et en tombant enceinte. Tu dois savoir qu'il ne te suivra pas aux États-Unis, et si tu penses pouvoir laisser ton rejeton à ma porte, attends-toi à être terriblement déçue.

Je la dévisage. Comment puis-je être liée génétiquement à ce monstre en cardigan et aux yeux verts cracheurs de feu ?

— Tu te trompes sur toute la ligne, dis-je.

J'essaie de nouveau de retirer ma main, mais elle tire plus fort, enfonçant ses ongles à la manucure naturelle dans ma peau.

Je ne suis pas du genre à me laisser faire d'habitude. Mais je ne suis pas chez moi, et entendre de telles paroles de la bouche de ma seule famille vivante à part maman… Je reste figée, sous le choc. En définitive, je ne suis ni dans la lutte ni dans la fuite. Je suis du genre à attendre-gentiment-que-ça-se-passe-sans-moufter.

— Ne t'approche pas de Mal. Il est à moi. L'argent est à moi. Tout ce que tu vois ici, tous ceux que tu rencontreras, tout ça m'appartient. *Va-t'en.*

— Tu crois que j'en ai après l'argent ? Après ton *chouchou* ?

Je crache ce dernier mot.

Quelques minutes plus tôt, il était hors de question que je touche à Mal. Maintenant ? Je lui grimperais volontiers dessus sur la table de la cuisine, de préférence pendant qu'elle est en train de dîner.

— Je crois que tu es une pute vénale, comme ta mère. Elle a ruiné mon père et tout ce que je connaissais et aimais. Tu es la raison pour laquelle je l'ai perdu pendant un moment.

Pendant un moment ? Que veut-elle dire ? Inutile de poser la question, puisqu'elle est loin d'être coopérative avec moi.

— T'es qu'une salope, rétorqué-je.

Pas la repartie la plus éloquente, mais elle vient du cœur.

Kathleen sourit.

— Eh bien, je suis la salope qui possède tout ce que tu désires, alors j'accepte ce titre avec plaisir. Allons, ne t'énerve pas comme ça. Je suis tout pour Mal. Si tu lui dis que j'ai dit quoi que ce soit, il te mettra à la porte.

Mal reparaît à la porte de la cuisine pile au bon moment et se laisse tomber sur sa chaise. Il remarque la main de Kathleen sur la mienne. Elle me la tapote de manière maternelle et se redresse.

— Vous créez des liens. C'est bien, dit-il en nous regardant l'une et l'autre avec un bâillement. J'ai loupé quoi ?

— Rien d'important, ronronne-t-elle en me regardant avec un rictus hypocrite, lourd de sous-entendus. J'ai juste mis Rory au parfum.

3

Huit ans plus tôt
Rory

— Tu sais ce qui est ironique ? demande Mal lorsque nous sortons de chez Kathleen.

Je suis encore ébranlée par la visite, nauséeuse même. Quand j'ai dit à Mal que j'en avais assez de notre conversation amicale, Kathleen, altruiste, s'est portée volontaire pour me ramener à Dublin. C'est vraiment une sainte. *Ou pas*. Mal, avec ses talents diplomatiques confondants, l'a informée que nous prévoyions de passer le reste de la soirée ensemble.

C'était la première – et j'espère la dernière – fois de ma vie que je me réjouissais du malheur de quelqu'un d'autre. Elle pouvait rôtir en enfer, je ne lui passerais même pas de crème solaire.

Le ciel est telle une couverture de velours bleue et orange. Le parfum de la terre fraîche s'élève du béton et des arbres, amplifié par la pluie.

J'ai encore la tête qui tourne à cause des mots haineux que Kathleen m'a lancés comme des grenades en pleine figure.

Vénale.

Animal errant.

Pute.

— La Terre à Rory ?

Mal attrape un lampadaire et tourne autour comme dans un film, avant de sauter dans une flaque pour m'éclabousser.

— Qu'est-ce qui te tracasse ? Ça ne peut pas être moi, sinon tu aurais un sourire aux lèvres.

— Tu n'es pas drôle, je réplique sans m'arrêter.

Il m'attrape par le poignet et me fait pivoter pour lui faire face. Nous sommes devant sa voiture. Je n'ai pas envie de conduire. Ni de parler. Ni de respirer. Je veux juste rentrer chez moi, aux États-Unis, la queue entre les jambes, pour lécher mes blessures. Je n'ai pas de famille au New Jersey à part maman, et je n'en ai assurément pas ici. Au moins, j'ai Summer.

— Qu'est-ce qui ne va pas ? Kathleen a dit un truc qui t'a contrariée ?

Une main posée sur mon épaule, Mal fronce les sourcils.

Une petite voix me souffle de ne rien dire du discours à la Don Corleone de Kathleen – pas parce que je lui souhaite le meilleur, mais parce que je souhaite le meilleur à Mal, et il ne mérite pas de savoir que son amie d'enfance est une connasse. Je passe vingt-quatre heures en Irlande. Je ne suis qu'une tache d'encre dans le tableau complexe qu'est sa vie. Pourquoi bouleverser leur relation – si encore il me croyait ? Et puis, j'ai vu sa façon de la regarder. Elle ne lui plaît pas. Elle l'amuse, oui, mais jamais il ne se mettra avec elle.

Dans un instant de pure folie, je fais une chose que je n'ai jamais faite de ma vie. Je coule un regard vers la maison de Kathleen pour m'assurer qu'elle est à la fenêtre, en train de nous observer.

C'est le cas.

Kathleen est en train de jouer avec le bouton du haut de son cardigan. *Ouvert, fermé. Ouvert, fermé.* Lèvres pincées, ses yeux de rapace scrutent mes moindres gestes.

Lentement, je me hisse sur la pointe des pieds.

« Tout est à moi. Rien n'est à toi. »

Nous verrons bien, ma chère sœur.

Je presse mes lèvres contre celles de Mal. Timide. Hésitante. Incertaine. C'est la première fois que j'embrasse de moi-même un garçon. Ça a toujours été dans l'autre sens. Mais je ne suis pas là pour apprécier le baiser. Je suis là pour faire passer un message.

Sa bouche, douce et chaude, se referme délicatement sur la mienne. Il ne s'attendait pas à ce que je l'embrasse. Mais il se fond contre moi de telle façon que nos corps sont entièrement collés l'un à l'autre. Les secondes passent. Je regarde Kathleen qui nous regarde nous embrasser, les yeux grands ouverts tandis que ceux de Mal sont fermés. Je me repais de la douleur de Kathleen pendant de longues secondes avant de me laisser retomber au sol, me détachant de lui. Je regarde de nouveau par-dessus son épaule. Kathleen est rouge, et ses lèvres, si fines qu'elles sont inexistantes.

— Non, entends-je Mal grogner.

Je lève les yeux vers lui, et son expression me coupe le souffle. Un nuage noir est passé sur son visage pendant que je lui donnais ce baiser. Il n'a plus rien d'espiègle, plus rien de mignon. On dirait un démon, assoiffé de sang – il est renfrogné, le tonnerre crépite dans ses yeux, sa bouche est dure, tordue, comme une tempête de glace.

— Non ? je murmure.

— Non. C'était pas un putain de baiser, et ce n'est assurément pas *notre* premier baiser.

En un éclair, il me saisit par la taille et me plaque contre sa voiture. Je me cambre et gémis quand ses mains trouvent mes joues, mon cou, mes cheveux ; elles sont *partout*. Comme une pieuvre, il s'enroule autour de moi, il ne fond plus mais conquiert, et c'est fou, mais la pluie cesse soudain, et le soleil perce les nuages.

Les rayons transpercent ma peau, et Mal fait le reste du boulot, déversant en moi une chaleur qui tourbillonne et danse dans mon ventre.

Lorsque nos lèvres se reconnectent, elles ne se rencontrent pas, elles se percutent. Il fourre sa langue dans ma bouche avec un râle. Nos langues tournent, errent, explorent, se battent. Il agit comme un animal, guidé par un instinct charnel, il me dévore comme une bête. Nous nous embrassons encore et encore et encore, et *punaise*, ce qu'il embrasse bien. Il sent bon, il a un *goût* divin, et quand il baisse la tête pour me suçoter le cou, je me rappelle soudain, horrifiée, que Kathleen est toujours là.

Elle nous regarde par la fenêtre, des larmes roulant sur ses joues, sa paume de main posée contre la vitre devenue blanche à cause de la pression qu'elle exerce sur le carreau, et je sens ce contact pesant sur ma peau.

Mal et moi ne nous embrassons plus. Nous sommes en train de nous peloter en pleine rue, ses lèvres se refermant autour de ma langue pour l'aspirer dans sa bouche.

— Bordel, marmonne-t-il.

Il pose sa bouche sur la peau sensible de mon épaule, puis la fait glisser le long de mon cou, de mon menton, avant de revenir à mes lèvres, toujours oublieux de notre public.

— Tu brûles sous mes doigts, Rory. Comment te laisser partir ?

Brûler, me dis-je. Étrange choix de mots, puisque j'ai toujours froid. Mais je ressens la même chose que lui. Cette traction. Cette envie. Ce n'est pas forcément doux, tendre, ou attendu. Je brûle au bûcher, sorcière rousse, et regarde son feu me consumer.

J'arrache ma bouche à la sienne et marmonne :

— On ne peut pas faire ça ici.

Il m'embrasse de nouveau sur la bouche. Puis le nez. Puis le front. Il ne s'arrête plus. Il ne se contrôle plus.

— Allons libérer ta chambre de cet hôtel qui te coûte des sous et rentrons chez moi. Je veux passer chaque instant en toi jusqu'à ce que tu partes.

— *Quoi ?*

— *Avec* toi. T'as l'esprit tordu, miss.

— C'est toi ! dis-je en riant.

— Tu parles de vol de voiture, je parle d'emprunt. À quoi sert de discuter ?

Hébétée, je me glisse sur le siège passager de sa voiture, mets ma ceinture. Mal s'installe au volant et fait vrombir le moteur. Il a bu pas mal de Guinness il y a quelques heures, et pourtant il semble étrangement sobre. Je lève une dernière fois la tête et croise le regard de Kathleen. Elle a les yeux gonflés et humides. Ce n'est pas dans ma nature d'être une garce, mais ce n'est pas non plus dans ma nature de ne pas me défendre.

Mal ne regarde pas en arrière et ne semble pas remarquer Kathleen tandis qu'il fait demi-tour pour retourner à Dublin. Nos mains se touchent, et je ressens une chose que je ne peux expliquer. Comme s'il y avait plus que nos chairs qui nous liaient. Ce n'est rien. Je dois être la seule à le sentir. Je glisse ma main entre mes cuisses et nous frissonnons tous deux à l'unisson, comme si on nous avait débranchés d'une prise électrique.

Brûler sous tes doigts, c'est prendre vie, me dis-je.

Pendant le trajet, je comprends ce que voulait dire le père Doherty. Je suis un écureuil gris, un nuisible indésirable qui vole aux locaux. Un être fourbe, rusé, malade, pareil à un rat. Mais les méchants sont seulement des héros incompris. Je l'ai appris le jour où j'ai compris que l'ennemi juré de ma mère – Glen – était celui que je voulais rencontrer à tout prix.

Je me détends sur mon siège et laisse Mal prendre ma main et entrelacer ses doigts aux miens au-dessus du levier de vitesse.

La vie est trop courte pour ne pas embrasser qui on veut.

Au milieu de Dublin, je me souviens d'une chose.

— Mal ?

— Princesse ? répond-il naturellement, comme si nous avions l'habitude de converser ensemble.

— Tu as dit que quelque chose était ironique, mais tu ne m'as jamais dit quoi.

— Vraiment ? demande-t-il, feignant l'innocence.

— Dis-moi.

— Même si ce n'est plus vrai ?

— Surtout si ça ne l'est plus.

— Eh bien, mon prénom, Malachy, signifie « ange ». Mais quand nous étions adolescents, Kath me disait toujours que j'étais le diable, que ce serait moi qui la tuerais un jour. Elle plaisantait à quatre-vingts pour cent, j'en suis persuadé. J'étais toujours en train de trafiquer à droite à gauche. De grimper aux arbres, d'allumer des torches faites maison, d'essayer de monter le bétail…

Un tic de sa bouche m'indique qu'il essaie de contrôler son visage, qu'il sent le désastre arriver.

— Mais pour les vingt pour cent restants, elle le pensait vraiment. C'est pourquoi j'ai toujours gardé mes distances avec elle. Mon subconscient a toujours eu peur que je lui fasse du mal.

— Oui, c'est ironique que l'ange soit le démon de quelqu'un.

— La deuxième partie de mon nom, Doherty, signifie « malchanceux ». Et pourtant, maman affirme que j'ai *the luck of the Irish*, « la chance des Irlandais ».

— Alors pourquoi dis-tu que ce n'est plus ironique ? demandé-je.

— Parce que je ne me sens plus si malchanceux, là, tout de suite.

Il détache ses yeux de la route, son regard trouvant le mien.

Ma déclaration reste coincée dans ma gorge. *Tu me plais, Malachy Doherty. Plus que de raison. Bien plus que ma demi-sœur ne te l'autorise.*

Je me tourne vers la fenêtre, m'éclaircis la gorge.

— Tu l'aimes ? C'est pour ça que tu as peur de lui faire du mal ?

— Bien sûr. Je l'aime bien.

— Tu joues avec ses sentiments.

— Elle aime ça.

— Elle aime ça, avoir le cœur brisé ?

Je n'en crois pas mes oreilles.

Qu'est-ce que ça dit de lui, sa façon de jouer avec Kathleen comme avec un taureau dans une corrida ? Quels que soient mes sentiments à l'égard de ma demi-sœur, elle ne mérite pas ça.

Il reporte son regard sur la route, enroulant sa lèvre inférieure sous ses dents.

— Kathleen préfère qu'on joue avec elle plutôt que d'être ignorée. C'est pour ça qu'elle vient chez moi deux fois par semaine. Écoute, j'ai essayé de lui dire qu'il ne se passerait rien. Elle a pleuré. Elle a cassé des trucs. Elle a même dormi devant ma porte une nuit, en plein hiver. C'est ce qu'elle veut. Un soupçon d'espoir auquel se raccrocher. Kath est une chic fille, mais je n'ai pas peur de ce qu'elle pourrait me faire. N'est-ce pas l'essence de l'amour ? Trouver quelqu'un pour qui on est prêt à tuer ? Quelqu'un qui a le pouvoir de vous détruire ?

Le silence se fait entre nous. J'ai toujours considéré l'amour comme une chose douce et joyeuse – pas mélancolique, sombre et dévorante. Mais il faut dire que je n'ai jamais imaginé tomber amoureuse un jour.

— Toi, en revanche…, dit-il en tapant sur le volant. Tu peux me tuer quand tu veux.

— Alors tu peux tuer Kathleen, et je peux te tuer ? dis-je en regardant le paysage défiler. C'est une façon morbide de voir les choses.

Les champs s'étendent comme des draps sous le ciel qui s'assombrit. Demain, je les verrai de jour, puis je ne les reverrai jamais plus. Il n'y a rien pour moi ici. L'Irlande s'est révélée être une belle promesse non tenue.

Malachy hausse les épaules.

— La vie est morbide. *Spoiler alert* : à la fin tout le monde meurt.

— Eh bien, je suis une pacifiste, alors ne t'inquiète pas pour moi. Jamais je ne te tuerai.

Je me retourne vers lui. Sur ses lèvres s'étire un sourire triste que je ne lui ai encore jamais vu, et il me prend la main et m'embrasse les doigts sans quitter la route des yeux. L'énergie que j'ai ressentie plus tôt lorsque nos mains se sont touchées revient, et je ne peux la nommer, mais c'est électrique. Palpable. Elle a même un goût.

— Tu m'as déjà tué.

Mal porte ma valise jusqu'à sa voiture, puis passe l'heure suivante à se disputer avec la réceptionniste de l'hôtel, essayant de la convaincre de me laisser partir sans payer la nuit que j'ai réservée. La réceptionniste a dans les cinquante-cinq ans, des poches sous les yeux et zéro patience. La discussion fait rage, chacun campant sur son point de vue. Je tire Mal par la main, le suppliant d'arrêter. Je paierai. Je me fiche de l'argent. (En fait, je ne m'en fiche pas, mais j'aimerais ne pas passer les quelques heures qu'il me reste en Irlande à les regarder se chamailler à cause de ma note d'hôtel.)

Mal me repousse et continue de se prendre le bec avec la réceptionniste. Il lui dit de se glisser dans ma peau et de se mettre à ma place, faisant référence – je ne plaisante pas – à *Ne tirez pas sur l'oiseau moqueur.* J'ai envie à la fois de me faire toute petite et de l'embrasser à en perdre haleine.

— Cette jeune fille est venue du New Jersey pour pleurer le père qu'elle n'a jamais connu, s'exclame-t-il en me montrant du doigt. Ses réservations d'hôtels ont merdé et elle s'est enregistrée ici seulement pour avoir un endroit où mettre sa valise.

— Monsieur, je comprends, mais nous avons un règlement strict, soutient-elle.

Mal pousse un soupir exaspéré et tire un portefeuille de sa poche arrière. Il jette un tas de billets sur le comptoir.

— Vous avez gagné. J'espère que vous êtes heureuse et que cela aidera votre patron à financer sa villa à Ibiza et ses trois enfants illégitimes avec sa secrétaire.

— En fait, monsieur, réplique la femme en baissant les yeux sur les billets éparpillés, c'est trois cent euros la nuit.

— Mer… *credi.*

Mal inspire avec humeur, lui jette d'autres billets ainsi que quelques emballages de chewing-gum, une poignée de pièces et ce qui ressemble à un papier de biscuit chinois. Il se retourne et me prend par la main.

Nous sortons en vitesse dans la rue fraîche. Mon cœur bat à tout rompre.

— Tu n'avais pas à faire ça. Je te rembourserai.

— Même pas en rêve, chérie.

Il se tourne vers moi, et, à mon grand étonnement, il est tout sourires. On dirait qu'il ne s'est rien passé. Il est déjà passé à autre chose. Je n'en reviens pas.

— Tu n'es pas énervé ?

— À propos de quoi ?

— Bah… d'avoir dépensé tout l'argent que tu as gagné cette semaine pour une chambre dont on ne va pas se servir, pour commencer.

Il rit et balaie ma remarque d'un geste.

— C'est du passé. Il faut tourner la page. Il ne faut pas se laisser emmerder par les petites choses de la vie, OK ?

Ça a beau être fou, je comprends ce qu'il veut dire. La vie est trop courte pour perdre du temps pour rien.

Nous montons dans sa voiture et retournons au village. Lorsque nous passons devant la maison de Kathleen, sur le chemin de la ferme de Mal, je ne peux m'empêcher de jeter un coup d'œil vers sa fenêtre. Elle n'y est pas.

Nous arrivons à son cottage style Tudor, blanc avec des colombages noirs, un toit foncé, et une lourde porte en chêne minutieusement taillée. Il a l'air petit, mais charmant, désuet, dans la nuit du moins. Il nous faut frayer notre chemin à travers les buissons et l'herbe haute qui nous fouette les chevilles pour atteindre la porte.

— Maman est chez mon grand frère Desmond à Kilkenny. Il n'y a que toi et moi.

— C'est cool que tu aies un frère aîné.

De l'épaule, Mal pousse la vieille porte avec force. Elle s'ouvre dans un grincement, et nous entrons dans le salon. Le parquet, les lampes en fer forgé et le bois de récupération qui abondent me confirment que je ne suis plus en Amérique. Si on exclue le canapé jaune-orange et l'écran plat, cet endroit pourrait passer pour un intérieur Régence.

— Six, dit-il en posant ses clés dans un vase près de la porte avant de se retourner pour me prendre dans ses bras.

— Tu as six frères ?

Je fonds entre ses mains et m'enfouis dans sa chaleur, déchirée entre surprise et jalousie. Il hausse les épaules.

— Cinq frères, une sœur. Famille catholique, tu sais. Dez est le plus âgé. J'ai aussi cinq nièces et quatre neveux. Ne me lance pas sur les animaux de compagnie.

— Et ton père ?

— Il est mort jeune. Crise cardiaque à quarante ans. J'étais tout petit quand il a passé l'arme à gauche. Un coup d'éclat inutile, car je ne me souviens pas assez de lui pour qu'il me manque.

— Je suis désolée, dis-je quand même.

Il me prend par la main et me conduit dans la vieille cuisine étroite et son coin repas jauni, délabré. Il pousse une autre porte et nous sortons dans le jardin, dont je devine l'immensité malgré l'obscurité. Je distingue quelques enclos, où ils doivent garder le bétail.

Je n'imagine pas Mal en fermier. Manifestement, lui non plus, puisqu'il préfère jouer dans la rue pour gagner sa vie. Il me conduit jusqu'à un coin d'herbe et m'ordonne de ne pas bouger. Il disparaît dans la maison et revient avec des couvertures, une bouteille de whisky et un paquet orange de biscuits qui s'appellent des « Hobnobs ». Nous nous allongeons sur l'herbe côte à côte et admirons les étoiles qui disparaissent derrière les nuages. Au bout d'un moment, je lui demande :

— Tu crois en Dieu ?

Je mâchonne un biscuit couvert de chocolat. C'est tellement plus facile de poser des questions bizarres en étant enveloppés par l'obscurité – ce qui ne m'empêche pas de voir du coin de l'œil que Mal sourit.

— Quand ça m'arrange.

— Quand est-ce que ça t'arrange ?

— Quand j'ai besoin de Lui parler, ou quand l'Irlande a besoin de prières pendant la Coupe du monde. À mon tour de poser une question.

Je lève déjà les yeux au ciel, sans doute grâce à mes dons de voyance.

— Pourquoi tu n'aimes pas ta cicatrice ? demande-t-il.

Tache de naissance, ai-je envie de corriger.

— Comment sais-tu que je ne l'aime pas ?

— Tu n'avais pas envie d'en parler.

Je soupire.

— Comment pourrais-je l'aimer ? Elle est moche. Trop visible.

— C'est ce qu'il y a de plus beau chez toi. Grâce à elle, tu es plus qu'un visage génériquement beau, dit-il.

Je secoue la tête. Je ne veux pas y penser.

— À moi. Est-ce que parfois tu as l'impression qu'on brûle tout seul, tous autant qu'on est ?

— Tout le temps, répond-il d'une voix rauque. Moins quand je suis avec toi, cela dit. À moi. Tu as déjà eu un orgasme avec un mec ?

Je m'étouffe sur des miettes de biscuit et tourne la tête vers lui, irritée. Il garde les yeux levés vers le ciel, parfaitement serein.

— Sérieux, Mal ?

— Je suis désolé, est-ce plus intime que de demander si je crois en Dieu ? Et puis, on ne va jamais se revoir, tu te rappelles ? À qui vais-je le dire ? À mes cons de moutons ?

Il a raison. Notre petit univers a une date d'expiration.

— Non. Enfin, je ne suis pas vierge. C'est juste que je n'ai… enfin bref, non. Je pense que je suis trop dans ma tête quand je suis au lit avec un mec. À moi, dis-je pour couper court.

Ça m'agace qu'il soit en train de sourire. Ça m'agace que son sourire fasse fourmiller chaque centimètre carré de ma peau. Mais surtout, ça m'agace qu'il illumine tous mes sens, comme une drogue, alors que je vais devoir le quitter bientôt.

Je demande :

— Tu détestes vraiment l'argent ?

— Je le hais, confirme-t-il. Jamais je n'en gagnerai à foison. Pas volontairement, en tout cas.

— Alors Kathleen avait raison ? Tu pourrais vendre tes chansons mais tu ne le fais pas ?

Il penche la tête vers moi, prend ma joue au creux de sa main. Un feu s'embrase dans mon ventre.

— Ne pas avoir besoin d'argent te rend riche d'une toute autre manière, Rory. C'est tellement mieux. Moins tu en dépends, moins l'argent te limite. À moi. Tu penses que tu vas épouser un homme riche aux couilles ratatinées quand tu seras plus âgée ?

— Aux couilles ratatinées ?

J'éclate de rire. Mal prend une gorgée de whisky sans me quitter des yeux, parfaitement sérieux.

— Oui. Les hommes riches aiment prendre des leçons de vol. Ça leur ratatine les couilles, et ils reprochent à leur femme d'être stérile alors que c'est leur numération de spermatozoïdes qui est en berne. J'ai lu ça chez le dentiste pendant que j'attendais pour un détartrage.

— Merci pour l'anecdote, dis-je en calmant mon rire. Non, je ne compte pas épouser un mec riche. Pourquoi ?

— Parce que je ne veux pas que tu le fasses, et tu as un truc qui rend les hommes fous.

— Quoi donc ?

Mal hausse les épaules, puis me prend la main et dépose un baiser au creux de ma paume.

— T'es sympa.

— Tu as déjà été amoureux ?

— Repose-moi la question demain avant de partir. À moi. Tu as déjà eu un orgasme avec juste un baiser ?

— Pardon ?

Je suis ébahie. Son visage se fend d'un sourire espiègle qui illumine tout le jardin. Il me transperce de chaleur, me réchauffant tout entière.

— Tu m'as très bien entendu.

— Non.

Il est sérieux ? Je viens de lui dire que je n'avais jamais eu d'orgasme avec un *mec*.

Mal se penche vers moi et me caresse la joue avec son pouce tandis que ses autres doigts s'enroulent derrière ma nuque. Il effleure mes lèvres des siennes. Je le laisse faire, les yeux toujours ouverts, sur le qui-vive, attentifs. Il darde sa langue et me lèche le bout du nez sans prévenir.

Je pouffe, baissant la garde.

— Ça ne va rien me f…

Mal plaque sa bouche contre la mienne, et en un clin d'œil il est sur moi, bloquant mes poignets au-dessus de ma tête dans l'herbe froide et mouillée. Je gémis contre sa bouche et sens son corps couvrir le mien complètement, là où ça compte, parce qu'il est dur et chaud, à l'inverse de moi qui suis si froide et cotonneuse. C'est comme si nous n'étions pas taillés dans le même matériau.

Sa langue trouve la mienne et, je ne sais comment, elles entament ensemble une danse sensuelle, à l'unisson, comme si nous avions répété. Il embrasse *divinement* bien, me tirant dans un tourbillon de passion qui m'aveugle de désir. Je sens ma culotte se mouiller et coller à mon corps. Ce baiser, ce baiser est partout, jusqu'à mes orteils recroquevillés et, au moment où je commence à croire en cette promesse latente d'orgasme-par-un-baiser, il libère mes poignets et se redresse, essuyant sa bouche du revers de la main.

— Tu ne m'as pas fait jouir, dis-je d'une voix rauque, les lèvres gonflées, engourdies.

C'est plus une accusation qu'un défi. Presque une plainte.

— Va-t-on coucher ensemble ce soir, Rory ? demande-t-il sérieusement en détournant le regard.

Il est la personne la plus directe que j'aie jamais rencontrée, et je ne sais pas qu'en penser.

— Ce… Ce n'est pas ton tour de poser une question, bégayé-je.

— Je t'en devrai une. Réponds.

Il se reconcentre sur moi, et nos regards se croisent dans le noir. L'herbe est fraîche et couverte de rosée, même à travers la couverture. Il fait frais, mais pour une fois, ce n'est pas pour cette raison que j'ai la chair de poule. J'ai du mal à respirer. *Bon sang.*

— J'en ai envie, avoué-je.

Il avale sa salive, activant les muscles de son cou.

— Mais nous ne devrions pas, si ? dis-je dans un murmure. Pas alors qu'on s'apprécie déjà tant.

— Je ne sais pas, répond-il d'une voix rauque. Je ne veux pas passer le reste de ma vie à me demander comment ce serait avec toi.

Il fait glisser sa main jusqu'à mon cou, qu'il enserre, et se penche en avant pour m'embrasser, si tendrement que la délicatesse de son contact me fait frissonner. Il glisse sa langue dans ma bouche et roule au-dessus de moi, ses mains caressant chaque parcelle de mon corps – mes bras, mes épaules, ma taille, mon ventre… mes seins. Il relève ma veste et mon sweat et pince un de mes tétons, qui pointent à travers mon T-shirt. Je porte une brassière de sport, mais tout en moi est dur, avide et tendu à l'extrême, à cause du froid et de l'instant que nous partageons.

Nous gémissons à l'unisson, et il me pince de nouveau. Puis il remonte pour m'embrasser, et nous sourions l'un contre la bouche de l'autre. Je ne sais comment, toutes les couches que je portais – veste, sweat, haut – se retrouvent en tas à côté de nous. Mal dégrafe mon soutien-gorge d'une main, tout en fourrant l'autre dans mon pantalon en velours côtelé.

— On t'a déjà touchée ici ? demande-t-il en passant son majeur le long de ma vulve.

Je frémis de plaisir. Ma chair se contracte. Je salive.

— Oui.

— Et comme ça ?

Il plonge un doigt en moi, et nous entendons à quel point je mouille. Je vire au bordeaux entre ses bras.

— Hmm-mm. Mon ex, Taylor.

— Est-ce que Taylor faisait ça aussi ?

Il fait glisser son doigt mouillé sur mon clitoris, le massant lentement par petits gestes circulaires.

Je renverse la tête en arrière, les yeux fermés. Ce n'est pas que Taylor ne savait pas où me toucher. Seulement, je me sentais toujours trop en retrait de l'instant pour le savourer pleinement. Comme si je jouais à la fille sexy. Là ? Je sens ce qu'il me fait. Partout. Je délire, j'ai chaud, je mouille sous ses doigts. Mal prend mon téton gauche dans sa bouche et suce. Des étoiles explosent comme des feux d'artifice derrière mes paupières. Tout mon corps se crispe de plaisir. Ça me plaît qu'il pense d'abord à moi. Ça me plaît qu'il soit encore tout habillé. Ça me plaît qu'il sache exactement ce qu'il est en train de faire – même si ça veut dire qu'il s'est exercé sur d'autres filles. Beaucoup d'autres filles, sans nul doute.

— Mon Dieu, dis-je dans un soupir.

— On n'est pas sûrs de croire en lui, tu te rappelles ? plaisante Mal.

Il m'embrasse les seins, les épaules, le cou, me mord et me taquine, tandis que je fais onduler mes hanches pour chevaucher sa main fourrée dans mon pantalon. Il frictionne mon clitoris, plus vite, d'avant en arrière, et je me prépare à exploser. Il enfonce deux doigts en moi et pousse un grognement. Puis, lorsque l'orgasme me submerge, des orteils au sommet de la tête, il plonge la main dans mon sac, en sort mon appareil et me prend en photo pendant que je jouis.

Il me capture dans un moment de telle vulnérabilité que j'ai envie de lui hurler dessus, mais lorsqu'il laisse retomber l'appareil-photo sur la couverture à côté de nous et baisse les yeux sur moi, j'oublie. Cette impulsion ne lui confère aucune suffisance, aucun bonheur, aucune impertinence. Il a l'air… *torturé*.

— Rory.

— Hmm ?

— Je t'ai fait jouir.

Je cligne des yeux et les baisse vers mon pantalon froissé, descendu à mi-cuisses.

— Et tu vas me faire jouir maintenant, dit-il. Une fois que je serai en toi, avec un peu de chance. Putain, je suis incapable de te quitter des yeux. Tu es magnifique.

Il déboucle sa ceinture, baisse son pantalon, ouvre son portefeuille et enfile un préservatif. Je retire mon pantalon, refusant de m'attarder sur le fait qu'il a des capotes à portée de main à tout moment.

Je n'observe pas bien son pénis, évitant sciemment un contact direct regard-bite. Les pénis me font flipper. Surtout les circoncis. On dirait des manches de pull retournées après leur passage dans le tambour de la machine à laver.

Une fois équipé, il baisse les yeux vers moi, un bras de chaque côté de ma tête.

Je rougis et me couvre le visage.

— Arrête de me regarder comme ça, dis-je.

— Comme quoi ?

— Avec ce sourire qui dit que tu as pissé dans le jacuzzi où tout le monde est en train de se prélasser sans te faire choper. Tu m'as fait jouir ; tu n'as pas découvert le remède contre le cancer.

— La soirée n'est pas terminée, fait-il en m'embrassant au sommet de la tête. Prête ?

Il se place entre mes jambes.

Bordel, oui. Je hoche la tête.

Il me pénètre, nous nous regardons dans les yeux et, quand il se met à bouger en moi, presque timidement – et sans la douceur et l'adresse auxquelles je m'attendais —, nous prenons conscience qu'en fin de compte Taylor n'a pas tout à fait fini le boulot quand il a pris ma virginité.

Je gigote. Mal retient son souffle. Il m'embrasse avec tant de passion que je sens son baiser nouer délicieusement mon estomac.

Sans prévenir, il pose sa main sur mon sein gauche, l'air attentif, les yeux levés vers le ciel, encore en moi.

— Qu'est-ce que… ?

Je me tais quand je comprends ce qu'il est en train de faire. Je lui ai dit que je préférais mourir que de coucher avec lui. Je glousse, c'est plus fort que moi.

— Tu respires encore, confirme-t-il avant de se pencher pour m'embrasser voracement. Tu es si vivante sous mes doigts.

— Ça fait mal, dis-je dans un gémissement contre sa bouche ouverte, m'agrippant à ses épaules.

— Ne t'inquiète pas, princesse Aurore, souffle-t-il, si chaud, si velouteux, si vivant contre moi. Je compte bien te faire vivre un conte de fées, même si je dois y laisser ma peau.

2 :00

Je me réveille dans le lit de Mal. Il fait si noir dans la pièce – pas de lumière extérieure, de voiture qui passe ni d'appareil électronique – que cela ne fait aucune différence que j'aie les yeux ouverts ou fermés. Je sens sa langue chaude et humide entre mes cuisses, en train de me lécher avidement, de plus en plus profondément, entre mes jambes.

— Que fais-tu ?

— Je te goûte.

Il plonge sa langue entre mes lèvres, et je me tortille de plaisir.

— Nom d'un chien, Rory. Tu es délicieuse.

— Mal, qu'est-ce que tu…

Là, il effleure mon clitoris avec sa langue et referme sa bouche autour pour le sucer. Je serre les cuisses contre son visage et l'attrape par les cheveux, me cambrant contre l'oreiller et gémissant en enfonçant sa tête contre moi.

— Tu vas réveiller l'Angleterre, chérie.

Il plonge un doigt en moi, tout en me titillant le clitoris avec sa langue.

— Et alors ? Vous avez une dent contre eux, non ?

Il rit en léchant mon clitoris, ses doigts s'enroulant en moi pour trouver mon point G. Mes orteils se recroquevillent avec délice.

Je jouis encore, son nom sur mes lèvres.

3 :00

— C'est plus une question d'enthousiasme que de technique, explique Mal en me présentant son pénis.

Il est plus large et plus long que celui de Taylor. L'air mauvais et violacé. J'ai enfin trouvé quelque chose chez lui qui ne soit pas parfait, même si c'est bon quand il est en moi.

— Fais de ton mieux. Franchement, je vais certainement jouir au bout de vingt secondes de toute façon. T'es un vrai rodéo, Rory.

J'enroule mes lèvres autour de son sexe, puis me rends compte qu'il avait raison quand il me repousse moins de quinze secondes plus tard et éjacule sur ma poitrine. Nous tombons du lit sur le sol, tout entremêlés, en riant comme des bossus.

— Rory ! gronde-t-il. J'ai eu une éjaculation précoce. Je dois te tuer pour que tu ne divulgues pas mon secret.

— Détends-toi. Je ne vais pas te dénoncer.

Je roule au sol en bâillant et me prends la porte. Je sens encore sa chair salée dans ma bouche. Comme si elle était pleine de lui.

— Et puis, il y a un océan qui nous sépare, tu te rappelles ? À qui je le dirais ? À mon poisson rouge ?

— Tu as un poisson ?

Il a l'air surpris, comme si ça le vexait de ne pas tout savoir sur moi.

— J'en prendrai un si ça peut te rassurer.

— Admets juste que, moi aussi, je peux te tuer, dit-il.

— Pourquoi ?

— Parce que tu me coupes le souffle. Tu es déjà à deux doigts de m'achever.

Je secoue la tête et fais mine de me zipper la bouche. Il attrape un médiator sur le sol près de lui et me le jette.

— Je te laisse te cramponner à ton cœur un peu plus longtemps. Mais ne t'attache pas, souffle-t-il.

Je ris, mais il s'arrête et me regarde, et je jurerais lire du regret sur son visage.

— Tu me pardonnes ? demande-t-il.

— De quoi ?

Je plisse le nez. Il détourne le regard et déglutit.

— Bonne question. De ne pas t'avoir donné ce pour quoi tu es venue, j'imagine.

4 :00

— Parfois, c'est toi qui crées de la musique. Parfois, c'est la musique te façonne, explique Mal.

Nous sommes assis sur le lit, en train de partager un paquet de ce qu'il appelle des « *candy rolls* » et de boire du lait au goulot.

— Et quand elle te façonne, elle te change, et quand elle te change, tu ne sais jamais comment tu vas en ressortir.

— C'est pareil avec la photo, dis-je. J'ai l'impression d'être une réalisatrice, je te montre ce que je veux que tu vois. Je peux rendre le champ derrière chez toi sublime ou flippant, triste ou heureux. Tout est une question d'angle, de filtres et de composition.

— Je ne veux pas chanter. Ça me fait pas bander, l'attention.

— Je sais, dis-je en souriant. C'est aussi pour ça que je me cache derrière un appareil-photo. Moi non plus, ça ne me fait pas… mouiller, j'imagine.

Je rougis.

Il sourit, soulagé.

— Alors tu comprends. Je ne vendrai pas mes chansons. Elles m'appartiennent.

— Fais ce qui te rend heureux. Le monde comprendra. Sinon, c'est le problème du monde, pas le tien.

Silence.

Puis il se tourne vers moi.

— Épouse-moi, Rory. On n'a qu'à rester ici, baiser, faire de la musique et des photos.

Je ris et fourre un autre bonbon dans ma bouche. Mais il semble sérieux, dans l'attente d'une réponse.

— Mal…

Bon sang. Il ne cille pas. Il attend ma réponse.

— J'ai cours. Je commence la fac dans quelques semaines.

— Il y a des facs ici aussi.

— Je me suis déjà inscrite. J'ai déjà payé. J'ai un dortoir. Ma meilleure amie, Summer, vient avec moi.

— J'ai des sous de côté, insiste-t-il. Je suis bon dans ce que je fais. Je peux subvenir à nos besoins.

— T'es taré.

— Je n'ai jamais dit le contraire.

Il se renfrogne, et la tension dans sa voix trahit qu'il a du mal à garder son calme. Puis il secoue la tête, sourit, roule sur moi et couvre mon visage de baisers chauds et mouillés.

Il tâtonne sur la table de nuit pour prendre un autre préservatif. Il n'y en a plus. Nous sommes à court. Il écarte son visage du mien pour me demander la permission sans prononcer un mot. Je sens le poids de cette décision m'écraser les os. Surtout quand on sait comment je suis venue au monde. C'est là que je deviens ma mère. Que je laisse mon désir primer sur ma logique.

Je hoche la tête.

— Retire-toi, s'il te plaît. Ce serait pas facile de s'occuper d'un petit bébé pendant les exams.

— Va te faire foutre, Rory.

— Avec plaisir, Mal.

Le matin, j'insiste pour lui offrir le petit déjeuner avant d'aller à l'aéroport. Il a payé mon hôtel et mes repas depuis que je suis arrivée. C'est le moins que je puisse faire.

Nous finissons à The Boar's Head, qui est manifestement le seul endroit où mangent les locaux. Les touristes viennent du monde entier à Tolka pour son petit village, sa couleur locale, pour arpenter la terre et visiter la brasserie locale. J'ai également appris que cet endroit est connu pour son beurre. Le pub est bondé quand nous entrons, mais, quand elle repère Mal, la jolie barmaid blonde nous trouve une table sans délai.

— Tu m'as manqué, vaurien.

Elle lui décoche un clin d'œil. Il est évident qu'ils ont une histoire commune. Mal lui donne une pichenette à l'oreille.

— Ça fait à peine deux secondes.

— Tu m'appelles ce week-end ?

— Ça dépendra de mes belles.

Je sais qu'il fait seulement référence à ses soupirantes. Mais Belle est aussi mon deuxième prénom. Bien sûr, ça, il ne le sait pas.

Je suis toute ankylosée d'avoir fait l'amour cinq fois avec Mal la nuit dernière, sans parler des autres activités que nous avons pratiquées en sus. Nous ne parlons pas de la fois sans préservatif, parce qu'il s'est retiré. Tout ira bien, j'en suis certaine, mais pour en être sûre, j'achèterai une pilule du lendemain à la pharmacie de l'aéroport.

Après avoir passé commande au bar, je m'assieds en grimaçant. Mal prend ma main et la porte à ses lèvres.

— Réessayons en plein jour, dit-il avant de s'éclaircir la gorge. Reste.

J'ouvre un paquet de chips, en fourre une dans ma bouche et mâche, pour gagner du temps.

— Comme je l'ai dit, je commence la fac dans deux semaines.

— On s'en tape.

— Et ma mère ?

— On se la tape pas. C'est pas trop mon fantasme ce genre de chose. Mais tu la détestes, Rory. Et puis, on lui enverra sa laque tous les mois. Et des billets d'avion pour Noël. Et Pâques aussi, si tu insistes.

Il prend sa Guinness – oui, de bon matin – et en avale une généreuse gorgée.

— Reste, Rory. C'est le destin. Dis-moi que tu n'as pas remarqué que la pluie s'est arrêtée quand on s'est embrassés hier.

J'ouvre la bouche pour dire que ça ne veut rien dire, mais l'électricité saute tout à coup. Il fait jour, mais je ne suis tout de même pas très sereine lorsque la télé accrochée au mur s'éteint, que la musique style *Lord of the Dance* s'arrête, et que le bourdonnement des frigos industriels cesse.

Le silence se fait entre nous. Tout le monde semble s'être tu. Je n'en suis pas sûre, mais il me semble que certaines personnes nous observent. Elles ont dû entendre la dernière partie de la conversation quand la musique s'est arrêtée et attendent ma réponse.

Savent-ils que Mal m'a demandé de l'épouser ? Je déglutis, les yeux rivés sur mes mains sur la table.

— Rory ? demande-t-il.

— Je ne crois pas au destin, dis-je doucement, les yeux posés sur le sachet ouvert de chips. Tu as vingt-deux ans, moi dix-huit. Nous savons tous les deux que ça ne durera pas.

Suis-je en train d'aller à l'encontre de mon propre destin ?

Le courant revient. Cette ânerie de destinée est à la limite du paranormal. Agacée, je me rassure en me disant que le football qui passe à la télé et la musique vont noyer notre conversation, et que les locaux vont retourner à leurs bavardages.

Mal ne dit rien. Son visage se décompose, comme s'il venait de prendre conscience que j'avais raison. Je pince mon anneau et le fais tourner dans ma narine.

— Et si on essayait une relation longue distance ? Je compte prendre un boulot pendant mes études, alors je pourrai certainement te rendre visite l'été prochain. Peut-être même pour Noël, selon le prix des billets.

J'essaie de me convaincre moi-même que ça peut marcher. Je n'aurais que les billets à payer. Mal a une voiture et un logement.

Mais il secoue la tête, s'adosse à sa chaise et la met en équilibre sur les pieds arrière.

— Avec moi, c'est tout ou rien, Rory. Jamais je n'arriverai à maintenir une relation à distance.

Sa réponse m'agace. Il me veut, mais seulement selon ses propres conditions ? C'est naze. Si quelqu'un n'est pas disposé à vous attendre, il ne vous mérite pas.

Je ne peux pas lui demander de se déraciner et de venir aux États-Unis, de quitter ses six frères et sœurs, ses neveux et nièces, sa mère, son grand-père d'un certain âge, et son amie d'enfance endeuillée et amoureuse de lui qui veut certainement me faire la peau.

Et vu la désinvolture avec laquelle il m'a rembarrée quand j'ai évoqué l'idée d'une relation longue distance, je n'essaierai même pas.

— On pourrait rester amis sur Facebook ou MySpace…, je commence, mais il me coupe la parole.

— Pour te voir tracer ta route avec d'autres mecs ? Non, merci. Je ne voudrais pas que ma haine de moi-même passe au niveau « suicidaire ». Et nous savons tous les deux que nous voir l'un l'autre baiser d'autres personnes serait éblouissant de stupidité.

Je lui lance un regard dur et croise les bras.

— D'accord. Alors on en reste là.

— Je ne peux pas en rester là, dit-il.

Bon sang, qu'il est difficile.

— Tu ne laisses de place pour rien d'autre, dis-je, frustrée.

— Faux, rétorque-t-il.

— Que proposes-tu ?

— Un contrat.

Il se penche en avant, faisant retomber les pieds avant de la chaise au sol.

— Vous les Yankees, vous aimez tous ces machins juridiques, non ?

Il attrape mon sac posé à côté de moi et l'ouvre. Il en sort mon appareil-photo et un stylo, puis il enlève les couverts de la serviette pliée sur la table et la lisse devant lui.

— Ce n'est pas le bon moment pour être ensemble, je suis d'accord. Mais si nous nous revoyons, quels que soient les circonstances ou le moment dans le futur, nous allons faire en sorte que ça marche, Rory. On oublie mari et femme. On oublie les copains et copines. On oublie le monde. Si le destin frappe à notre porte, nous le laissons entrer, quoi qu'il arrive, tu m'entends ?

Je le dévisage comme s'il était tombé du ciel. Qu'est-ce qu'il fume et comment être sûr que nos jeunes n'y toucheront pas ?

— Les chances qu'on se revoit par hasard sont plus que nulles.

— Bzzz. Encore raté. Elles sont un peu au-dessus de zéro. Je dirais zéro virgule quinze pour cent, dit-il avec entrain.

Je ne sais pas comment il peut se montrer si nonchalant, mais j'imagine que je ne peux pas me plaindre. Il m'a demandée en mariage, et je suis quasi sûre qu'il était sérieux. J'ai refusé. Et en public.

— Et si l'un de nous se met à la recherche de l'autre ? demandé-je.

— C'est de la triche, répond Mal en secouant la tête. Nos retrouvailles doivent être fortuites. Nous ne pouvons pas partir à la recherche de l'autre.

— Mais si l'un de nous le fait ?

J'ai le sentiment que ce sera moi.

— Alors le contrat est invalidé et tu n'es pas obligée de m'épouser.

— Je dois t'épouser si nous nous revoyons ?

J'ai les yeux écarquillés, mais un sourire aux lèvres. Il hausse les épaules.

— Jouer gros, ça donne lieu à de belles histoires, princesse Aurore du New Jersey.

— Ça vaut bien la peine d'avoir le pouvoir de te tuer. Tu ne veux même pas me donner ton numéro de téléphone, maugrée-je en sirotant mon Coca Light.

— Je ne te donne pas mon numéro de téléphone *parce que* je ne veux pas que ça me tue, lâche-t-il, taciturne.

Je fais de mon mieux pour ne pas le détester, parce que je sais que tout ce qu'il dit est juste, et vrai. Nous ne pouvons pas être ensemble, et rester en contact nous donnerait envie de plus. Mal note les termes du contrat sur la serviette. Puis il signe et la glisse vers moi.

— Quand tu es prête.

Je le lis d'abord.

Nous, Malachy Isaac Doherty, et Aurore c'est-quoi-ton-nom-complet ? nous promettons par la présente que, si jamais un jour nous nous revoyons, par hasard, quelles que soient les circonstances, en vertu des règles et des conditions, nous ferons ce qu'il faut pour que ça marche. Peu importe les dommages et les conséquences. Nous nous marierons. Nous vivrons heureux et aurons des enfants, des chiens, et des cons de moutons.

Les règles :

On ne se cherche pas sur Internet.
On ne part pas à la recherche de l'autre.
Mais si ça arrive... on se lance.
Malachy Isaac Doherty / Aurore McSublime O'Géniale

Si jamais un jour.

Il le sait. Je le sais. Pourtant, on ne peut forcer personne à entamer une relation. On ne peut forcer personne à s'engager dans une histoire vouée à l'échec. Je n'ai pas pour projet de déménager en Irlande après mon diplôme, et Mal a toute sa vie ici.

Je modifie mon nom en Aurore Belle *Jenkins*, pour qu'il le sache – j'ai déjà envie qu'il triche – et signe. Je ne m'attarde guère sur le fait que je ne lui ai jamais dit mon deuxième prénom, et qu'il y a fait référence. Il prend la serviette en photo et me donne mon appareil.

— Ton exemplaire de l'accord, pour tes archives personnelles.

Puis il fourre la serviette dans sa poche arrière et avale une gorgée de Guinness.

— Je suis sérieux. Je vais le faire authentifier et apostiller par un notaire.

— Je sais.

Je fourre une autre chips dans ma bouche et essaie de me comporter nonchalamment.

— J'espère juste ne pas dépérir d'amour avant, dit-il avant de finir sa bière.

Je pense aux bras ouverts de Kathleen et au troupeau de filles qui l'accompagne où qu'il aille.

— Oh ! je ne m'inquiète pas pour toi.

NOTE DE LA SERVIETTE

Honnêtement, je ne nourris pas trop d'espoir vis-à-vis de ce contrat impulsif. Vous pensez que c'est mon premier tour de piste ? J'en ai vu d'autres, les gars. J'ai roulé ma bosse… suffisamment pour savoir comment ça marche. Ces petits jeunes, ils vont tenir leur promesse quelques semaines. Un mois, peut-être, s'ils se plaisent vraiment. Puis je me froisserai, commencerai à sentir mauvais, et me déchirerai, ou bien sa mère me trouvera et me jettera en pestant contre son fils bordélique, qui, bien entendu, ne sera pas là, parce qu'il sera en train de se taper une autre fille.

Je ne suis que la victime de leur décision hâtive. J'aurais dû mourir avec dignité, dans une poubelle recyclable, confortablement installée au milieu d'autres serviettes, de bouteilles en plastique, et de restes épars que les employés auraient eu la flemme de racler dans l'autre poubelle.

Et puis – et ce n'est pas complètement hors sujet – j'ai une tache de ketchup de la taille d'un petit pois sur le mot *dommages*, et ça gratte, c'est l'enfer.

Tout ça ne me dit rien qui vaille.

Une fois que nous sommes arrivés à l'aéroport de Dublin, je jette mon sac à dos sur une épaule, récupère ma valise dans le coffre de Mal et insiste pour qu'il ne vienne pas avec moi. Il se gare en double file et fais le tour de la voiture au petit trot.

— Je déteste les scènes d'aéroport dans les films. C'est affreusement ringard. On vaut mieux que ça, Mal.

Je mets mes cheveux derrière mes oreilles et ris, les yeux rivés sur mes pieds.

La vérité, c'est que je suis déjà anéantie, et que si nous partageons un autre moment d'intimité, je passerai tout le trajet du retour à pleurer, ce qui serait assez gênant.

Souriant, Mal passe son pouce sur ma lèvre inférieure.

— Bon voyage.

— Merci.

Mais je reste plantée là comme une idiote. J'attends… quoi, au juste ?

Je ne veux pas partir. Je ne veux pas te quitter.

Une idée me vient en tête. J'ouvre ma valise, à la recherche de mon Polaroid. Une fois que je l'ai en main, je me relève d'un bond et prends une photo de nous deux, que je lui donne.

— Ce n'est pas juste que j'aie toutes ces photos de nous, et que tu n'aies rien du tout.

— Je n'ai pas rien du tout, rétorque-t-il en souriant. J'ai le souvenir.

— Et notre contrat. Tu auras ça, aussi.

J'étreins son épaule, mais je sens déjà nos corps s'éloigner. Comme si nous étions de nouveau des étrangers.

— Espérons que je ne me branle pas dessus à mort la première semaine après ton départ.

Je ris et jette un coup d'œil à la serviette en question, soulagée que ce soit un objet inanimé. Mais mon rire est triste.

Mal prend mon visage entre ses mains et m'embrasse avec tant de passion que je perds l'équilibre. Son cœur bat la chamade, on croirait qu'il va ouvrir sa poitrine en deux. *Peut-être qu'il le devrait*, me dis-je dans un élan de désespoir. Je veux le lui voler et l'emporter avec moi – là où Kathleen ne pourra pas l'atteindre.

Nous nous détachons l'un de l'autre lentement, comme si nous étions collés.

— Ne te mets pas avec Kathleen, dis-je dans un murmure en levant les yeux vers lui. Elle ne te tue pas.

Cette citation de Bukowski me vient à l'esprit : « Trouve ce que tu aimes et laisse-le te tuer. » Je crois que c'est ce que je viens de faire.

— Promis. Ne te mets pas avec un type stupide et clinquant aux couilles ratatinées. Tu es destinée à la grandeur, princesse.

— Promis.

Je souris. Il me redresse le menton d'un doigt pour que nos regards se croisent et dit :

— Redemande-moi.

Je n'ai pas besoin d'explication. Je sais. Je sais parce que je le ressens aussi, et que cela ébranle ma détermination. Je pose ma paume contre son torse pour mesurer les battements de son cœur.

— As-tu déjà été amoureux ?

J'ai la gorge serrée.

Mal me sourit.

— Au revoir, Rory.

J'écarquille les yeux, mais souris.

— Salaud !

— Quoi ?

Il éclate de rire. Moi aussi. Cette fois-ci, c'est un rire franc. Nous en avions besoin tous les deux. De briser la glace.

— Pourquoi m'as-tu demandé de te poser la question si la réponse est non ?

— Je n'ai pas dit que la réponse était non. Mais si je te l'avouais, poursuit-il en faisant courir ses mains le long de mes bras, je me l'avouerais aussi à moi-même. Et je serais obligé de te chercher, ce qui serait un manquement au contrat. Tu dois comprendre, Rory, la prochaine fois que je te verrai, tu seras à moi. Ça me sera égal que tu aies un mec, un mari, ou un harem d'admirateurs qui se disputent ton amour. Si tu as des enfants, je les élèverai comme les miens. Alors j'imagine que des excuses sont de rigueur.

— Pourquoi ?

Je ne comprends pas.

Il se retourne pour partir. Je ne suis pas prête à lui dire adieu, je ne le serai jamais.

— Parce que je vais sans doute bouleverser ta vie et l'anéantir la prochaine fois que je te verrai. Tous les coups sont permis, en amour comme à la guerre, n'est-ce pas ?

Il ne me laisse pas le temps de répondre. Il monte dans sa voiture et s'en va, me laissant plantée là, son pouls battant encore dans la paume de ma main.

4

Aujourd'hui
Mal

Sur le balcon, Aurore me regarde comme si j'avais pissé dans sa soupe.

À sa décharge, après tout ce qui s'est passé ces huit dernières années, je l'aurais fait si j'en avais eu l'occasion. En l'occurrence, ce n'est pas le cas. Alors qui sait pourquoi elle est si surprise et terrifiée.

Quoi qu'il en soit, le temps passé loin l'un de l'autre semble avoir été clément avec elle – à l'inverse de moi. Elle a toujours des cheveux funky qui iraient très bien autour de mon poing, un anneau dans le nez qu'elle doit encore triturer en permanence, des jambes interminables dans un collant résille déchiré, et la garde-robe d'une ado de quinze ans folle amoureuse de Yungblud et 5 Seconds of Summer. Elle a un grain de beauté à la Marilyn Monroe au-dessus de la lèvre supérieure, cette cicatrice proéminente en forme de croissant dont elle ne doit toujours pas connaître l'histoire, et des cils si épais qu'ils font de l'ombre à ses joues quand elle baisse les yeux.

Tout à fait charmante. Comme beaucoup de femmes le sont.

Beaucoup de femmes pour lesquelles je n'ai pas fichu ma vie en l'air.

L'idée que j'aie pu être rongé par la culpabilité à cause de tout ce que je ne lui ai pas dit, tout ce que je n'ai pas pu lui dire – me suis *promis* de ne pas lui dire – me donne envie de rire.

Oui, j'ai caché des choses à Aurore.

Mais elle est allée plus loin et m'en a *arraché*.

Si vous me demandiez ce qui m'a attiré vers elle en ce jour fatidique sur Drury Street, je serais incapable de mettre le doigt dessus. Elle était belle, mais trop éprise de l'idée d'elle-même, comme toutes les jolies filles soi-disant artistes qui savent se servir d'un appareil-photo et de leurs bouches autour de la queue d'un mec riche.

Je ne lui en tiens pas rigueur. Entre seize et vingt-deux ans, ma vie n'a été qu'un flou de biture et de trous noirs à répétition. Une fille comme Aurore n'a eu aucun mal à se frayer un chemin jusqu'à mon cœur désespérément optimiste.

À trente ans, cependant, on a le cœur aussi froid qu'un jardin d'hiver. Et puis, ça fait bien longtemps que j'ai arrêté de mettre des nanas destructrices dans mon lit pour leur promettre l'éternité.

J'ai retenu la leçon, et Rory a été un excellent professeur.

Non, Aurore Belle Jenkins n'a pas changé.

Moi, en revanche ? Un tout autre homme.

Elle se tourne vers moi pour me prendre dans ses bras, un peu hésitante, mal à l'aise. Je me tourne à mon tour, mais les mains dans le dos. Quand elle comprend que nos retrouvailles n'auront rien de chaleureux, je tends la main et, du pouce, remonte sa mâchoire pour fermer sa bouche bée.

— Tu es là, murmure-t-elle.

— Aurore, toujours aussi observatrice et vive d'esprit.

Je lui adresse un sourire impatient. Mon manteau est sur ses épaules, parce que je n'ai pas oublié qu'elle a tout le temps froid. Je n'ai jamais eu l'occasion de lui dire que moi, je meurs toujours de chaud.

Nous étions vraiment bien assortis. Pour vingt-quatre heures du moins.

Elle recule d'un pas, les yeux ronds, l'air méfiant – tel un animal apeuré qui vient d'entendre le cliquetis fatal de la gâchette. Elle ne devrait pas. Jamais je ne lui ferais du mal. Physiquement, du moins. N'ai-je pas été le seul bouffon à la calculer quand elle était en Irlande ? Si, si, c'était bien moi.

Il y a comme un malaise, et si elle pense que je vais la tirer d'affaire en abordant le sujet le premier, elle va vite découvrir que le nouveau Mal n'a rien à voir avec celui qu'elle a quitté.

— Pourquoi… comment… qu'est-ce que tu fais là ?

La voir ainsi perdue et désorientée ne me donne pas la satisfaction que, pendant toutes ces années, je m'imaginais ressentir si jamais nous nous recroisions. Et connaissant Aurore, ça ne va pas durer longtemps. Elle va vite reprendre pied.

J'ai pu la repérer dès mon arrivée, ce soir. Je l'ai reconnue sans même la regarder. Elle est, après tout, tatouée dans mon esprit, de manière cuisante et permanente.

— Le boulot, dis-je. Et toi ?

— Pareil.

Elle s'éclaircit la gorge, redresse les épaules, retrouve son sang-froid.

— Tu es chanteur maintenant ? C'est super, Mal.

— J'écris des chansons, rectifié-je en prenant une gorgée de whisky.

Je vois bien qu'elle est choquée et vexée que je ne me jette pas à son cou avec de grandes déclarations d'amour. On est deux, si on inclue le jeune Mal de vingt-deux ans.

— Et toi ?

— Photographe pour Blue Hill Records, répond-elle, puis elle sourit pour essayer de briser la glace. Mince alors, Mal. Je ne pensais pas te revoir un jour. Mais nous sommes toujours aussi prévisibles que les lieux d'où nous venons.

— Parle pour toi.

Je l'observe de la tête aux pieds en mettant un point d'honneur à ne pas m'attarder sur une quelconque zone d'intérêt passé.

— Tu es peut-être prévisible, toi. Moi, j'ai plus d'un tour dans mon sac.

Son sourire s'évanouit. Elle ouvre la bouche pour parler. Contester, probablement – Aurore avait un tempérament de feu, je doute que ça ait changé – lorsque les portes du balcon s'ouvrent sur un Jeff Ryner titubant.

Jeff Ryner est ce qui arrive quand tous les clichés du monde rencontrent un homme avec zéro personnalité, de gros moyens, et un impressionnant héritage. C'est comme s'il avait été Frankensteinisé dans les sous-sols d'un studio hollywoodien à petit budget. Le patron de label obséquieux, vidé, camé.

Il a hérité de Blue Hill, le petit label de son père, il y a quelques années et s'est senti enclin à le ruiner. On trouve parmi ses dernières conquêtes le fameux Ashton Richards, un artiste solo aussi doué qu'un tube de lubrifiant à moitié vide. Richards, c'est un croisement malheureux entre un mannequin, un clochard et un ex-One Direction. Il est capable de tenir une note comme moi une putain de pyramide sur mon dos. Affublé de la tessiture d'une baleine battue, il mise tout sur le logiciel Auto-Tune et ses yeux bleu ciel.

Ce qui m'amène à la deuxième prise récente de Jeff Ryner : votre dévoué. Je suis censé écrire des chansons pour le prochain album de Richards, pour la modeste somme d'un million d'euros. Je dis *modeste*, parce que ma dignité n'a pas de prix. Et pourtant, je suis là, à transiger avec mon art pour le bien commun. Une autre chose dont elle est responsable.

Merci bien, Aurore.

— Jenkins ! Je vois que vous avez rencontré le héros du moment.

Ryner applaudit paresseusement en zigzaguant jusqu'à nous, une cigarette pendue aux lèvres. On dirait Humpty Dumpty dans un costume en Technicolor, sa lèvre supérieure luisant de sueur comme du jus de poubelle.

— Rory, je vous présente Malachy Doherty. Mal, je vous présente Rory, notre photographe junior. Mal, Rory a shooté la jaquette du nouvel album de Fiona au Pays des Merveilles.

Cette pochette était géniale. La princesse de la pop portait un masque à gaz et une robe de mariée, debout dans un champ.

Je me demande brièvement si c'était le concept d'Aurore avant de décider que je m'en tape. Il s'avère que cette traîtresse n'est pas mauvaise dans ce qu'elle fait. La belle affaire.

— Rory, Mal est l'un des plus grands poètes de notre temps. Il a écrit certains des titres les plus vendus, dont « Finding You, Losing Me », « Drury Street », « Underneath the Stars », et « Princess of New Jersey ».

Si elle fait le lien – et ce n'est pas bien compliqué – elle ne laisse rien paraître, et je lui en suis reconnaissant. *Idiote ou sans cœur ?* Je mise sur la deuxième option, d'après ce que je sais d'elle.

— Enchantée, dit-elle d'un ton sarcastique en me fusillant du regard, comme pour percer un trou dans mon crâne.

Elle sait se conformer à l'atmosphère changeante. Je vois bien qu'elle n'est pas ravie de me revoir. Ce n'est pas grave. Je ne m'attends pas à ce qu'elle participe à ce petit jeu de bon gré. Je veux seulement qu'elle y participe. Ce sera plus compliqué ainsi, et donc bien plus marrant pour moi.

— Je vous ai demandé de venir parce que j'ai une occasion en or pour vous, Rory. Jake, notre photographe en chef, est sur la dernière tournée de Cold Blaze. Une fois qu'il aura fini, il va rester à New York un moment – sa copine est enceinte. Nous avons donc besoin d'un photographe pour ce nouveau projet.

— Vous pouvez compter sur moi, dit Aurore en se tournant vers lui avec un hochement de tête.

Je me pince les lèvres pour réprimer un sourire satisfait. Ryner vient se placer entre nous, puis se retourne pour s'appuyer contre la rambarde du balcon, nous regardant l'un et l'autre tour à tour.

— C'est un gros projet, Jenkins.

Elle hoche la tête, concentrée.

Elle est toujours d'une extrême beauté. C'est ça qui m'embête le plus, même si ça ne devrait pas. Cela veut seulement dire que ce ne sera pas trop désagréable de la baiser – ce que je compte bien faire, avant de la renvoyer à sa patrie, sans aucune affection ni promesse cette fois-ci.

— Trop de suspense, Ryner. Je veux des détails.

Aurore se met à jouer avec son piercing.

Petite idiote prévisible.

— Deux mois dans un village près de Dublin. Tokyo, c'est ça ? demande Ryner en m'adressant un regard interrogateur.

— Tolka, dis-je, fourrant mes poings dans mes poches.

— J'y étais presque, s'esclaffe-t-il.

Mais oui. Tu t'es juste planté de ville, de pays et de continent, ducon.

— Doherty écrira les chansons et Richards les enregistrera dans son studio privé – en version acoustique, en tout cas. Un peu comme une résidence artistique, à l'ancienne. Puis Richards rentrera à New York en mars pour enregistrer l'album de A à Z.

Ce que Ryner veut dire, c'est que Richards reviendra pour que des professionnels déforme sa voix afin qu'elle se rapproche davantage d'un son qui ne casse pas le verre, le béton et le moral des gens. L'expression d'Aurore passe de la contrariété à la terreur en l'espace de quelques secondes. La revoilà bouche bée.

— C'est-à-dire deux mois en Irlande, Jenkins, tous frais payés. De rien.

Il lui fait un clin d'œil, mais Aurore lève une main en l'air.

— Attendez. Pourquoi ai-je besoin de rester en Irlande ? Je peux prendre des photos pendant une semaine puis les laisser tranquilles.

Ryner secoue la tête.

— C'est pour un genre de documentaire. Nous avons besoin d'un maximum de contenu. De centaines de photos. Notre campagne marketing est colossale. On chie de l'argent comme du sang après une coloscopie ratée. Nous avons besoin de toute la matière possible.

— Vous ne pouvez pas me demander d'aller vivre en Irlande pour les deux mois à venir, fait Aurore avec un sourire tendu.

Je sais ce qu'elle a fait pour que je la déteste, mais je me demande ce que j'ai fait, moi, pour mériter un tel rejet. Si ce n'est de me comporter comme un salaud à l'instant.

À bien y réfléchir, il n'en fallait peut-être pas plus.

Et puis, bien entendu, il y a le problème du petit ami.

Le petit ami riche et clinquant avec lequel elle avait promis de ne jamais sortir. Pourtant, je l'ai vue dans la salle de bal, cramponnée à son bras en costume Brioni, comme la mauvaise haleine se cramponne à l'alcoolique.

Quelle déception nous sommes l'un pour l'autre, princesse.

— Je peux faire des allers-retours en avion, propose-t-elle en se mordant la lèvre inférieure. Ça ne me dérange pas et je parie que vous avez besoin de moi ici aussi.

Ryner secoue la tête, commençant à perdre patience – tout comme moi.

— L'emploi du temps de Richards est imprévisible maintenant qu'il sort avec cette nana qui est une cousine éloignée de la famille royale. Je ne sais pas quand il prévoit d'aller ici ou là. Il faut que vous soyez présente à tout moment.

— À l'hôtel ? demande-t-elle non sans espoir.

Cette fois ci, un sourire étire mes lèvres. Que voulez-vous ? Ça me fait quelque chose de voir Aurore prendre conscience que je l'ai bien baisée sur ce coup-là.

— Quel intérêt ? Il faut que vous soyez là, avec eux, sous le même toit. Ça pose problème, Jenkins ? demande Ryner avec un regard noir. Dois-je confier cette mission à quelqu'un d'autre ? Quelqu'un de plus expérimenté, peut-être ?

Aurore se renfrogne, puis secoue la tête. Non, elle n'est pas du genre à se défiler face à l'adversité.

— Je vais tout déchirer, souffle-t-elle.

— Je n'en doute pas, ma p'tite.

Vomi, je te présente le seau. Il ne t'a pas demandé de sauver le monde, contente-toi de prendre quelques photos de ce débile de Richards en train de faire semblant de travailler dur.

Aurore se tourne vers moi. Je suis prêt à l'affronter, avec le sourire faux-cul de quelqu'un qui a non seulement pissé dans le jacuzzi, mais aussi noyé son petit ami dedans pour faire bonne mesure.

— Mal.

J'arque un sourcil.

— Aurore.

— Pour ta gouverne, j'ai un petit ami, déclare-t-elle en retirant mon manteau de ses épaules avant de me le jeter.

Je l'attrape, et du même coup je lève la main gauche, paume face à moi, pour qu'elle puisse voir l'anneau d'or à mon annulaire.

— Je suis content pour toi, poupée, dis-je, impassible, en faisant tourner ma bague. Vous vous êtes déjà pelotés ? Vous avez gravé vos initiales sur un tronc d'arbre ? Vous vous êtes donné des bagues de pureté peut-être, dis-je, pensif, avant de secouer la tête. Nan. Trop tard pour ça.

Je ne pense pas qu'elle ait écouté mon monologue cela dit. Elle est concentrée sur l'alliance, suivant mes moindres mouvements des yeux. Je perçois la question au fond d'eux, et, bien sûr, en salaud charitable que je suis, je lui donne volontiers l'information qu'elle désire.

— Kathleen.

Je fourre la main dans ma poche, et son visage a beau pâlir et ses doigts agripper la rambarde, Aurore ne s'effondre pas.

— Peu de temps après ton départ. Magnifique cérémonie, officiée par le père Doherty. Toutes mes excuses de ne pas t'avoir envoyé d'invitation.

Je vois la gorge d'Aurore tressauter lorsqu'elle avale sa salive, et je me rappelle sa délicatesse sous mes doigts. Elle redresse le menton, refusant de craquer.

La soirée est loin d'être terminée, chérie.

Son visage se transforme en pierre, totalement dénué d'émotion.

— Tu vends tes chansons et tu es marié à Kathleen ? Tu as raison, Mal. Je ne sais plus du tout qui tu es.

Ryner nous regarde tour à tour, évaluant la situation. Il sait que nous nous connaissons, puisque je le lui ai dit, mais je nous ai présentés comme de vieux amis, pas de parfaits ennemis, ce qui serait plus proche de la vérité.

— Vous avez besoin d'un moment ?

Il renifle de son nez crochu, finit sa cigarette et l'éteint dans une plante.

Bon sang, ce type gâche vraiment notre oxygène. Sa mère devrait planter un arbre pour chaque jour qu'il passe sur cette planète.

— *Oui*, affirme Aurore.

— *Non*, dis-je en même temps.

Un silence s'étire pendant quelques secondes, puis je hausse une épaule à l'attention de Ryner, avant de me retourner vers la rambarde, à laquelle je m'accoude en ignorant Aurore.

— D'accord, les tourtereaux.

Ryner se frotte le menton puis regagne la salle de bal en *moonwalk*, comme le débile qu'il est.

Une fois que nous sommes seuls, Aurore baisse la voix.

— Dans le contrat, tu disais que peu importait que nous ayons quelqu'un ou soyons mar…

Je l'interromps aussitôt.

— Tu veux dire il y a huit ans, quand nous venions à peine de sortir de nos couches ? Enfin, Aurore. Nous étions amoureux du concept, pas l'un de l'autre.

Pourquoi en parle-t-elle, après tout ce qu'elle a dit, tout ce qu'elle a fait ? C'est comme craindre un test sanguin alors que vos membres découpés sont en train de flotter dans la Méditerranée.

T'as loupé le coche, poupée.

Je ne prends pas la peine de la regarder. Au lieu de ça, je contemple les gratte-ciel laids et sans âme de Manhattan et me rappelle combien elle les aime. Et que, comme toutes les écervelées que j'ai eues dans mon lit avant et après elle, sa tête est farcie d'idée inspirées d'Instagram et de rêves photoshopés. Sa vie est parfaite comme sur Pinterest, et il n'existe aucun filtre pour rendre la mienne convenable dans sa réalité.

— D'accord…, commence-t-elle lentement, digérant mes paroles. Je ne faisais que vérifier que tu étais conscient que je ne compte pas honorer ce contrat.

— Si tu veux bien m'excuser, je vais aller sécher mes larmes avec le million d'euros pour lequel je suis ici.

Je finis mon verre d'un trait et le pose sur la large rambarde en marbre.

Lorsque je me retourne vers elle, j'ai un sourire poli et factice aux lèvres. Je ne voudrais pas qu'elle pense que ça me tient à cœur qu'elle vienne ou non.

— Ça ne dérangera pas Kathleen que je sois là ? demande-t-elle en jouant avec l'anneau dans son nez. Vu notre passif.

— Ça ne dérangera pas Kathleen.

— Contente de voir qu'au moins l'un de vous deux a grandi pendant cette décennie, lance-t-elle sans cesser de triturer son piercing. Et je voudrais que Callum puisse aller et venir comme bon lui semble pendant mon séjour chez vous. Nous serons des invités modèles et éviterons autant que possible de croiser votre chemin, bien sûr.

— Très bien, dis-je sèchement.

Elle me regarde ; je regarde de nouveau la vue. Je ne lui facilite pas les choses. Pourquoi le ferais-je ? C'est elle qui a tout foutu en l'air.

— Tu habites toujours dans ton cottage ? demande-t-elle.

— Oui.

— Tu as des enfants ?

— Non.

— Y a-t-il un…

— Est-ce que j'ai une tête de steak ?

Je lui ai encore coupé la parole.

Elle secoue la tête et me dévisage avec encore davantage de perplexité et de dégoût.

— Alors arrête de me cuisiner.

Je tourne la tête pour la fusiller du regard.

À en croire son visage qui se tord de douleur, elle a saisi la référence pas si subtile à la fois où elle m'a posé toutes ces questions sur son père. Je me remémore ce que j'ai dû endurer ces dernières années à cause d'elle et refoule mon sentiment de culpabilité. Et dire qu'à chaque minute passée avec elle, je m'en voulais de ne pas lui dire la vérité.

Sur elle.

Sur son père.

Quoi que je fasse à Aurore, ça n'aura un impact qu'à court terme. Elle retombera sur ses pieds. *Un jour ou l'autre*. Moi ? Je suis foutu jusqu'à ma prochaine vie, et peut-être même celle d'après.

— Écoute, dis-je en soupirant. Ryner est déterminé à t'envoyer en Irlande, et vu la paie, et le fait que tu n'es rien pour moi, je ne suis pas sûr de devoir m'opposer à lui sur ce point. Tu viendras, tu feras le taf, et tu repartiras. Si tu veux venir avec ton mec, ne te gêne pas. On n'est pas obligés de redevenir « meilleurs potes ».

Je mime les guillemets avec mes doigts, étayant l'insulte d'un faux accent américain plaintif pour pousser mon comportement de salaud plus loin encore. Puis j'ajoute :

— Pas la peine de faire un caca nerveux.

— Pourquoi es-tu si en colère ? demande-t-elle, plus choquée que blessée à présent.

Je cligne des yeux, comme si elle était folle.

— En colère ? C'est juste que ça ne m'intéresse pas de transformer notre relation en plus que ce qu'elle n'est. Ça fait huit ans, et beaucoup de choses se sont passées dans ce laps de temps.

Mais pas assez pour que je prononce les mots qu'elle veut entendre : *Je suis pris. Tu es prise. Ce n'est qu'une question de business.*

Je ne vais pas essayer de te ravir.

Je ne vais pas essayer de saboter ton couple.

Je ne vais pas essayer de me venger.

Ce sont toutes les choses que je ne dis pas. Les choses que j'omets. Les choses qu'elle devrait exiger.

Heureusement, Aurore semble trop troublée pour lire les petits caractères tacites de cette conversation. Elle est toujours l'impétueuse rouquine.

— Je vois, répond-elle, mâchoire serrée, épaules carrées. Si tu veux la jouer comme ça, je le respecte.

Elle hoche la tête et recule d'un pas.

J'ai envie de l'étrangler. Lui dire que *non*, je n'ai pas envie de la jouer comme ça, mais qu'elle m'y a obligé. Elle est passée à autre chose, et je suis resté coincé. Aujourd'hui, je suis en colère, revanchard, et d'humeur à lui infliger moi aussi quelques dommages.

Elle plante ses mains sur ses hanches.

— Quand est-ce que je commence ?

— Entre Noël et jour de l'an. Richards fait une soirée chez moi, et Ryner a évoqué le sujet. Vois avec lui.

— Tu as quelque chose de prévu pour Noël ?

La pauvre fille ne lâche pas l'affaire. Elle est bipolaire ou quoi ? Elle a été claire sur ce que je représentais pour elle après notre séparation, tout ça n'a donc aucun sens.

— Tu recommences, lui fais-je remarquer.

— Quoi ?

— Tu essaies d'entamer une agréable petite conversation. T'être agréable n'est pas dans mes intentions, Aurore.

Elle tourne les talons et se dirige vers la porte. Je n'en ai pas fini avec elle.

— Chez Kathleen, dis-je dans son dos. Je passe Noël chez Kathleen.

Elle s'arrête, mais ne dit rien. J'ai une jolie vue de son petit cul rond.

— Et toi ?

Je ne peux pas m'en empêcher.

— Noël avec la future belle-famille en Angleterre ?

Elle se retourne et m'adresse un sourire serein.

— Moi non plus, ça ne m'intéresse pas d'être agréable avec toi, Malachy Doherty. Mais tu sais ce qui nous différencie ? Contrairement à toi, je tiens parole.

Je m'appuie contre la rambarde et la regarde partir en souriant.

Tous les coups sont permis, en amour comme à la guerre, et je suis prêt à me battre.

NOTE DE JEFF RYNER

L'hystérie et l'histoire ont davantage que quelques lettres en commun.

Ces deux-là ? Ils ont une histoire ensemble, c'est sûr, et ce que j'ai vu sur le balcon n'était rien de moins que de l'hystérie.

Je l'ai vu maintes fois dans cette industrie.

Des ex qui travaillent ensemble, pensant qu'ils sont *mûrs*, qu'ils ont *tourné la page*, et sont *capables d'être amis.*

C.O.N.N.E.R.I.E.S.

J'aurais pu leur dire que ça ne ferait qu'empirer à partir de maintenant. Les prévenir de ne pas s'emmerder. Que l'argent n'en vaut pas la peine, et que jouer aux baby-sitters pour un connard comme Ashton Richards va seulement les mettre sous pression, les forcer à enfreindre d'autres règles, et les faire basculer par-dessus bord.

J'aurais *pu*…

Mais soyons honnêtes. Je suis un camé de quarante ans accro

au sexe, et je ne doute pas une seconde que c'est ainsi qu'ils me voient. À ce stade, voir les autres gâcher leurs vies ne me fait plus rien. C'est même – oserais-je le dire ? – thérapeutique. Comme tricoter.

Tricoter un désastre.

C'est pour ça que les gens font les commères, non ? Pour prendre du plaisir à observer les problèmes des autres. Et quand ces autres n'ont pas de problèmes qu'ils peuvent voir, goûter ou juger, ils en créent de toutes pièces. Analysent leurs moindres mouvements pour se rassurer eux-mêmes. Et ça, c'est la cata assurée. Comment pourrais-je empêcher que ça arrive ?

Et puis, ça m'intéresse sincèrement de voir comment tout ça va finir. Connaissant l'histoire de Malachy Doherty, je ne sais pas comment il peut bousiller sa vie plus qu'il ne l'a déjà fait. Ce mec est déjà tellement dans la merde que tout ce qui pourrait lui tomber dessus, même un scandale, ne pourrait être qu'un progrès.

Je fourre les deux pilules de je-ne-sais-quoi que mon dealer m'a données et reviens à la fête, conscient que je ressemble à un décor de l'Eurovision, mais rien à battre.

Je m'en tape.

Vraiment.

Que les gens me jugent. Ils ne valent pas mieux. La seule différence entre eux et moi, c'est que je sais ce que Malachy et Rory pensent de moi. Eux ne savent pas ce que je pense d'eux.

5

Rory

— Tu rentres tôt.

Summer dresse la tête au-dessus des coussins molletonnés du canapé avant de se tourner vers la télé en fourrant une autre cuillérée de glace Ben & Jerry's dans sa bouche. Elle est en train de regarder *Pretty Woman*.

Elle agite la cuillère en direction de la télé en pestant :

— Ce que je hais les comédies romantiques. Tomber amoureuse d'un milliardaire et finir par l'épouser, c'est des conneries avec un grand C, surtout quand t'es une prostituée. T'as plus de chances de te faire trucider. Tu sais, comme souvent les prostituées n'ont pas de famille. Ça aurait dû être *Pretty Dead Woman : une mise en garde.*

— Ne t'attends pas à recevoir un appel d'Hollywood.

Je pends mon manteau près de la porte et m'appuie au comptoir de la cuisine, qui se trouve dans notre minuscule salon, pour retirer mes baskets et nous servir deux grands verres d'un vin bon marché.

Callum voulait que je vienne chez lui, mais je commence tôt demain matin, et je dois bien admettre que voir Mal m'a bouleversée.

— Pourquoi la glace ?

Je pose la bouteille de vin vide dans l'évier, restant dos à Summer.

Je m'efforce de paraître nonchalante, surtout pour me convaincre que je ne suis pas en train de faire une dépression nerveuse d'envergure. Ce n'est pas le cas. Sentir mon pouls battre contre mes paupières, c'est totalement normal, non ?

— C'est juste que je pensais à l'amour de ma vie, lâche Summer en soupirant.

— Ça ne devrait pas être une bonne chose ?

Je la rejoins, me laissant tomber à côté d'elle sur le canapé, et lui tends un verre de vin.

— Non, puisque je ne l'ai pas encore rencontré, et qu'il est fort probable qu'il soit en train de coucher avec quelqu'un d'autre *en ce moment même*, Rory. C'est samedi soir, le monde entier est bourré et en train de quitter une soirée de Noël en marchant de travers. Comment peut-il me faire ça ? renifle-t-elle. Il est certainement en train de se taper une autre nana. La meuf canon des ressources humaines. Quel connard.

Je réprime un sourire, essayant de comprendre sa logique inversée. Ses cheveux blond soleil sont attachés en énorme chignon flou et elle a encore son trait d'eyeliner d'hier. Elle porte un pantalon de jogging gris et un sweat à capuche noir, à l'opposé de son personnage habituel d'actrice Off-Broadway glamour. Summer est entre deux projets en ce moment, elle est en plein dans les répétitions pour son prochain spectacle, qui doit commencer mi-février. Ces quelques semaines étaient censées être notre moment privilégié à toutes les deux, mais voilà que je dois me taper l'Irlande et travailler avec Mal – qui a subi une greffe de personnalité au cours de ces dernières années, est mort sur la table d'opération et a ressuscité en Satan.

Summer baisse le son et pivote sur le canapé pour se poster face à moi.

— Qu'est-ce qu'il y a, Rory ? On dirait que t'as sucé Lucifer et qu'il t'a rempli la bouche de cendres et de lave.

— Non, mais pas loin.

Je pose mon verre. Summer est ma meilleure amie depuis toute petite. Nous sommes allées à l'école primaire et à l'université ensemble. Nous partageons un appartement. Elle sait tout de moi.

— J'ai vu Mal au bal ce soir.

Elle me dévisage.

— Mal… ?

— Mal *l'Irlandais*.

Elle écarquille les yeux et laisse tomber son front contre le revers de sa main de manière théâtrale. Summer peut être scandalisée plus facilement qu'une duchesse du XVIIe siècle dans un bordel.

— Dis-moi pas que c'est pas vrai.

Je hoche la tête.

— Si, ça l'est, et c'est pire que ce que tu crois.

— Je ne vois pas comment ce serait possible, sauf s'il est l'amant de Callum et que c'est son cul qu'il veut et pas le tien. Tu as enfin ta vie en main, Rory. Ça fait des années que tu fais une fixette sur lui.

S'il y a une chose que j'ai apprise dans la vie, c'est qu'il faut vous entourer d'amis qui aiment vous voir gagner et vous soutiennent quand vous perdez. Summer fait les deux.

— Il est marié, dis-je.

— Aïe.

— À ma sœur, Kathleen.

— L'enfoiré !

Elle se lève d'un bond sur le canapé, son plaid tombant au sol, et agite les poings en l'air.

— Je vais le tuer.

— Le pire, ce n'est même pas que tout ce que Kathleen a dit s'est réalisé. C'est que Mal ne supporte pas de me voir, pour je ne sais quelle raison. Il m'en veut, et il refuse de me dire pourquoi.

J'attrape un coussin pour le serrer contre ma poitrine.

— On s'en tape que ce soit un trouduc, fait Summer. Estime-toi heureuse de l'avoir échappé belle. Regarde comment il a traité ta demi-sœur. Ce connard l'a fait mariner pendant que tu étais là. Je vais m'avancer et parier que leur mariage est un vrai merdier.

Summer se laisse retomber sur le canapé, attrape mon verre de vin, et le porte à mes lèvres, me forçant à le boire comme si c'était un médicament.

— Et puis, tu as Callum maintenant ! Il est super canon et ne déteste pas l'argent, le standing, ni… tu sais, la vie de manière générale.

— Mal ne déteste pas la vie. Il adore la vie.

C'est la raison pour laquelle il est qui il est. Parce qu'il aime la vie avec tant de passion. Mais c'est au jeune Mal que je pense. La version actuelle semble aussi joyeuse qu'une réunion du Ku Klux Klan.

— Qu'est-ce qu'il foutait là, d'abord ?

— Il travaille avec Jeff Ryner maintenant, dis-je en renversant ma tête en arrière sur le coussin. Nous allons travailler ensemble. En Irlande. Pendant deux mois. Je vais habiter avec lui. (Je déglutis.) Et sa femme.

Summer me regarde comme si je venais de lui annoncer que je comptais entrer dans un cirque, où je ferais un numéro d'acrobaties à dos d'éléphant pendant une heure en string panthère. Et les yeux bandés.

— Mais qu'est-ce qui t'a pris de dire oui ?

— L'occasion professionnelle. Et puis, l'histoire avec Mal, c'était il y a huit ans, et ce n'était rien, manifestement.

— Ce n'était rien ?

Summer se lève d'un bond et fait les cent pas dans notre minuscule salon, les bras dans le dos.

— *Ce n'était rien ?* T'étais accro à lui comme si c'était le seul homme de l'univers à avoir une bite en état marche. Il t'a fallu des années – pas des semaines, ni des mois, mais des *années* ! – avant de pouvoir enfin passer à autre chose avec Callum. Tu rêvais de lui. Tu te réveillais en pleurs. Tu pensais le voir aux coins des rues, dans les festivals, dans les aéroports. Tu te souviens de ce jour où tu as couru après cette pauvre asiatique parce que tu pensais que c'était lui ?

Si je m'en souviens… elle m'a frappée avec son sac pour me chasser.

— Elle était grande et avait les mêmes cheveux bleu-noir, marmonné-je dans mon verre.

— Ce que je veux dire, c'est qu'il te *hantait.* À l'université, on devait se relayer pour te surveiller afin que tu ne rompes pas ton stupide contrat-serviette en le cherchant sur Internet. Ce n'est pas rien, Rory. C'est tout.

Je me frotte les yeux, avale une goulée d'air. Summer a raison. Ce salaud de Mal et cette salope de Kathleen ont fini ensemble et sont arrivés je ne sais comment à la conclusion commode (et stupide) que je suis la cause de tous leurs maux, mais je n'ai jamais cessé d'aimer Mal.

— Tu ne peux pas y aller, affirme Summer en tapant du pied. Je ne le permettrai pas.

— Ma décision est prise.

Je garde les yeux rivés sur la télé pour échapper à son regard noir. Julia Roberts et Richard Gere sont en train de se prendre le bec. Je repense à la réaction de Callum quand je suis revenue du balcon et lui ai tout expliqué. Il a aussitôt chassé Whitney, puis il s'est levé et m'a emmenée jusqu'à un petit bar. Là, il m'a dit que je devais le faire. Que je ne pouvais pas refuser une si belle occasion à cause d'un ex.

Et puis, a-t-il dit, qui savait combien de temps je garderais ce job de toute façon ? Une fois qu'il m'aura fait sa demande, je serai à sa disposition, ferai le nécessaire pour la cérémonie, gérerai notre calendrier social.

J'ai un peu occulté tout ce qui a suivi la partie « fonce », cela dit. Je n'ai aucune envie de devenir une femme au foyer, mais ce n'était pas le moment d'aborder le sujet.

Summer croise les bras.

— Tu vas coucher avec ton beau-frère. Penses-y une seconde, Lubrique McDégueu. Tu as toujours envie d'y aller ?

— Je ne vais coucher avec personne là-bas. Enfin, si, peut-être avec Callum.

Assurément avec Callum. Et avec force bruit.

— Mal est heureux en ménage et il me l'a fait comprendre. Et il y a autre chose qu'il m'a bien fait comprendre : il me déteste.

— La frontière entre haine et amour est ténue, et vous allez vous y frotter avant de basculer du côté amour et d'envoyer vos conjoints se faire foutre. Crois-moi, assure Summer en me menaçant de son doigt. Que dit Callum de tout ça ?

Summer était dans la *team* Callum avant même que j'aie accepté de sortir avec lui – soi-disant parce qu'il est équilibré, sain d'esprit, et a un travail qui paie bien. Je décide de passer sous silence la neige qui s'est mise à tomber au moment ou Mal est sorti sur le balcon. Summer se moquerait de moi.

— Il le prend très bien, pour tout te dire, dis-je, ravigotée.

Enfin, en quelque sorte. Ses mots exacts ont été : « Considère ça comme ton dernier tour de piste. Tu vas bientôt devoir remettre en question ton travail au bar et ta manie de courir partout avec ton appareil-photo à la main. Ce pourrait être une bonne occasion de réfléchir à notre avenir ensemble. »

— Vraiment ?

Je vous jure, elle me regarde comme un chat sur le point de recracher une plume.

— L'Angleterre n'est pas loin de l'Irlande et il sera dans sa famille pour Noël et le jour de l'an. Il est enthousiaste. Et puis, deux mois, ce n'est rien.

— Deux mois, c'est un mois et vingt-neuf jours de plus que ton dernier séjour chez Mal et, si je me rappelle bien, tu as promis de laisser tomber sur-le-champ ton mec, ta culotte, et ton hypothétique famille pour être avec lui.

— Si je me rappelle bien…

Je finis mon verre de vin et le repose brutalement sur la table basse.

— J'avais dix-huit ans, j'étais en deuil, et je croyais moins en l'orgasme qu'à la petite souris. J'ai grandi.

Summer m'adresse un regard sceptique.

— Écoute, je veux cette promotion, dis-je, essayant une autre tactique. C'est un projet prometteur qui pourrait m'ouvrir tellement de portes. Callum est sceptique vis-à-vis de ma carrière, et ça, ça pourrait lui prouver que je peux gagner ma croûte. J'ai besoin que tu me soutiennes là-dessus.

Elle inspire profondément, toujours sur ses gardes.

— Tu veux vraiment cette promotion, ou tu penses que tu *devrais* la vouloir ?

— C'est quoi la différence ?

— Ton bonheur.

— Je veux cette promotion, affirmé-je.

— Ne gâche pas tout avec Callum, Rory.

— Ça n'arrivera pas. Au contraire, je vais sûrement faire venir Callum tout le temps pour dissiper le malaise. J'ai envie de revoir Kathleen comme de dîner avec Hitler, Staline, et Vlad l'Empaleur.

— Eh, ne mets pas Vlad dans le même panier que ces trouducs. C'est juste un homme incompris loyal à son pays.

Summer renifle, et je lui donne un petit coup d'épaule.

— En tout cas, j'appréhende chaque instant passé là-bas. Rien ne se passera entre Mal *marié* et moi.

— Appelle-moi tous les jours.

— Juré craché.

— Et quand t'auras envie de te le faire, rappelle-toi qu'il s'est aussi tapé ta sœur, et que c'est trop *Jerry Springer Show* pour que notre amitié perdure.

— Je ne mettrais pas notre amitié en péril, concédé-je.

— Le laisser tremper sa saucisse deux fois dans la sauce familiale, c'est… à vomir.

— Merci pour l'analogie culinaire, maugrée-je. J'ai bien compris ton point de vue.

— Promets-le-moi, Rory.

— C'est bon, Gaston. C'est *promis.*

Elle me dévisage longuement sans ciller. À la télé, Richard et Julia sont en train de conclure. Une histoire comme quoi l'amour est plus fort que tout, bla-bla-bla. Je n'ai jamais trop aimé *Pretty Woman.*

Je me souviens soudain de ma conversation avec Mal, sur les femmes qui doivent conduire les hommes quelque part pour que ce soit un classique du cinéma romantique. Julia Roberts le fait. Je parie que Mal aime ce film.

Arrête de penser à Mal. Mal est un salaud.

Summer enfonce la cuillère dans sa glace et cueille la moitié du pot avant de l'agiter sous mon nez.

— Empiffre-toi, ma poule. Si ça, c'est pas une excuse, je sais pas ce qu'il faut.

Une semaine plus tard
Rory

Le chauffeur de taxi nous dépose Callum et moi devant le cottage de Mal et fait demi-tour, laissant des gerbes de boue derrière lui.

C'est surréaliste de revoir le cottage après huit ans d'obsession sur ce qui s'est passé entre ces murs. L'endroit semble avoir été laissé à l'abandon. La façade, autrefois d'un charme ancien, est totalement décrépite. Le toit est en piteux état, tombant en ruine, et la pelouse est envahie de mauvaises herbes et de flaques de boue. Je ne sais pas à quoi je m'attendais. Peut-être à une touche féminine de Kathleen, la diablesse en cardigan qui sait causer ?

Hélas, l'endroit aurait besoin d'un bon ménage, d'une bonne tonte, et d'un câlin. De l'extérieur du moins.

— Mince alors, marmonne Callum derrière moi.

Nous étions censés aller voir sa famille en Angleterre – ce devait être la première fois que je rencontrais ses parents – et au lieu de ça, il a décidé de venir un jour avec moi pour m'aider à m'installer. Il doit prendre l'avion pour l'Angleterre demain matin, et je redoute déjà son départ.

— Je pourrais nous prendre une chambre à l'auberge du village, propose-t-il.

C'est sa façon – gentille – à lui de dire que cet endroit est invivable pour quiconque n'est pas chasseur de fantômes.

— Ryner a insisté pour que loge ici, dis-je d'un ton que je veux apaisant, en remontant l'allée pavée jusqu'à la porte en bois ébréchée.

Mon cœur bat si vite que j'en ai la nausée. Je vais me retrouver face à Malachy et Kathleen en tant que couple. Ils vont me balancer leur amour à la gueule, et je vais travailler sous leur toit.

Je frappe à la porte.

— Ils savent qu'on vient ? demande Callum.

— Oui. Whitney a dit qu'elle a envoyé un mail à Mal avec l'horaire de notre vol.

Même si ça ne doit faire ni chaud ni froid à Mal. J'ai une boule au ventre. Va-t-il faire de ma vie ici un enfer ?

— Tu devrais envoyer un message à ta mère, me fait remarquer Callum.

— Mm-mm, dis-je sans me retourner.

— Ça lui a brisé le cœur que tu ne passes pas lui dire au revoir.

— On a fêté Noël avec elle, ronchonné-je.

Je n'étais pas d'humeur à l'écouter me supplier de cacher ma tâche de naissance sous du maquillage, m'implorer de ne pas aller en Irlande – pays qu'elle déteste le plus au monde – et, de manière générale, me barber avec ses ragots sur des gens que je ne connais même pas.

Personne ne répond, je frappe donc une nouvelle fois, plus fort. Il fait froid dehors. Callum se balance d'un pied sur l'autre à côté de moi. Il porte un caban et une chemise de costume bleu pastel.

Il passe son bras autour de moi et me caresse l'épaule.

— Détends-toi, trésor. Ça va bien se passer. Ça fait huit ans, il est marié, et puis, toi, tu es follement amoureuse.

Il dit ça sur le ton de la plaisanterie, mais un questionnement pointe dans sa voix. Avant de signer officiellement le contrat pour ce projet, j'ai raconté à Cal ce qu'il s'était passé avec Mal il y a huit ans, espérant de toutes mes forces qu'il prendrait la décision pour moi en exprimant son malaise face à cette situation. Je ne suis pas du genre à aimer qu'on me dise quoi faire, mais j'aurais eu bien besoin qu'il me pousse dans la bonne direction… s'il n'avait pas été aussi sûr et certain d'être l'homme de ma vie.

Bon, et puis peut-être que je n'ai pas été à cent pour cent honnête.

J'ai omis un truc. Un *tout petit* truc. Si petit que vous pourriez le mettre dans votre poche. Plus précisément, je n'ai pas parlé de la serviette en papier. Du contrat. Mais pour une bonne raison : ça n'a pas d'importance. Mal ne l'a pas gardé, c'est sûr. Il est marié et heureux de l'être. Et puis, c'est carrément gênant.

Je frappe encore à la porte, plusieurs fois, mais il devient évident que personne n'est à la maison. Quoi de plus normal, que Mal ne soit pas là juste pour me contrarier. Bien sûr, Kathleen a joué le même jeu. Je décide que nous pouvons être deux (ou plutôt trois) à jouer. Je refuse de rester à la porte pour me choper une pneumonie simplement parce qu'il mène une absurde vendetta contre moi. Le centre du village est trop loin pour y retourner à pied si nous voulons nous réchauffer dans un pub ou un hôtel en attendant que Son Altesse revienne, et le temps d'appeler un taxi et qu'il arrive, nous serions morts de froid.

Je plaque mon épaule contre la porte et prends une profonde inspiration.

— Rory ? demande Callum dans mon dos, l'air inquiet.

— Promets de ne pas me juger, d'accord, Callum ?

— Promis.

D'un coup d'épaule, je pousse la porte, sachant pertinemment qu'elle n'est pas fermée à clé, puisque la dernière fois – il y a huit ans – elle ne l'était pas non plus.

Nous entrons dans la maison, dont l'intérieur a lui aussi bien souffert depuis ma dernière visite. Callum fait une moue de dégoût en faisant le tour du séjour, observant les vieux meubles croulants et les journaux, CD et vinyles éparpillés çà et là. Des livres de poésie et autres carnets froissés ou à moitié roulés jonchent le canapé, et la table basse et celle de la cuisine croulent sous des piles et des piles de bazar, de poussière et de crasse.

Je regarde autour de moi, sous le choc, essayant de trouver un seul espace au sol qui ne soit pas étrangement collant ou recouvert de quelque objet.

Je me retourne vers Cal, qui avale péniblement sa salive mais ne dit rien.

— Je suis désolée que tu sois obligé de dormir ici ce soir, dis-je en me mordant la lèvre inférieure.

Cet endroit est un taudis. Pas parce que c'est petit ou ancien, mais parce que c'est sale et en désordre. On dirait que ça fait longtemps que personne n'a vécu ici. Chaque recoin est orné de toiles d'araignée. Malgré le froid glacial de l'extérieur, j'ouvre une fenêtre pour chasser l'odeur de rassis des boîtes de plats à emporter qu'on a laissé pourrir quelque part dans la maison.

— Ce n'est pas grave.

Callum s'efforce de garder son calme, même si je sais qu'il graisse la patte de ses agents d'entretien afin qu'ils viennent tous les jours faire en sorte que tout soit impeccable dans son penthouse new-yorkais.

— C'est pittoresque, charmant. Et puis, un toit est un toit. Ce sont les gens qui sont dessous qui comptent. Tu es là. C'est tout ce qui m'importe.

Nous passons les vingt minutes suivantes à faire le tour de la maison. Nous commençons par la cuisine, où nous trouvons l'origine de cette odeur rance : une poubelle laissée à l'abandon sous l'évier. Bien que, sur le principe, je n'aie aucune envie de nettoyer la porcherie de ces deux-là, je n'ai pas non plus envie de dégueuler ; je sors la poubelle.

Puis je remonte l'étroit couloir. La grande chambre, qui était celle de sa mère avant que Kathleen emménage, est vide, à l'exception d'un lit *king size*, défait. Les oreillers sont d'une couleur suspecte, jaunis, et la couverture mériterait d'être lavée. Je passe à la salle de bains, qui a elle aussi connu des jours meilleurs, et m'arrête finalement dans l'ancienne chambre de Mal, celle que Callum et moi allons occuper, j'imagine. Elle comporte un lit *une place* et une petite armoire. Je me retourne vers Callum, qui est tout sourires.

— Moins de place, plus de câlins, dit-il. C'est ce que j'appelle une bonne journée.

Je devrais aimer cet homme.

Je *devrais*.

Et dans l'immédiat, je suis à deux doigts d'éprouver ce sentiment insaisissable.

— Rien de tout ça n'est ta faute, ajoute-t-il. Alors ne t'avise pas de t'excuser.

Nous nous dirigeons vers la dernière pièce au bout du couloir, qui est fermée à clé – ce doit être le studio dont Ryner a parlé. Ce qui expliquerait le verrou, le cadenas, et le panneau DÉFENSE D'ENTRER sur la porte.

Callum ne perd pas une seconde et fait rouler ma valise jusqu'à la chambre, pendant que j'ouvre la porte rouillée menant au jardin à l'arrière de la maison pour aller voir les vaches et les moutons.

Il n'y a plus de vaches.

Plus de moutons.

Il n'y a plus… rien, en réalité.

Je sors, et quelque chose craque sous ma chaussure. Je baisse les yeux, fronce les sourcils, et ramasse une boucle d'oreille. Elle doit être à Kathleen. Un diamant rose en forme de goutte. On dirait que c'est une fausse pierre – aussi fausse que Kathleen. Peut-être sont-ils fauchés. Pour quelle autre raison Mal aurait-il accepté ce job ? Je lève les yeux pour contempler les collines verdoyantes.

Une voix retentit derrière moi :

— En Irlande, c'est interdit d'entrer par effraction.

Je sursaute et me retourne. Mal est appuyé contre le chambranle de la porte, les mains dans les poches de son jean décoloré, un pied passé devant l'autre, tous deux chaussés de boots Blundstone. Sa beauté me paralyse pendant exactement cinq secondes avant que je reprenne le contrôle de mon visage.

— Jolie baraque.

Il se dégage du chambranle et descend les deux marches pour me rejoindre dans le jardin.

— Je l'ai saccagée rien que pour toi.

— Et j'imagine que Kathleen était ravie de t'aider. Prête à tout pour que je ne me sente pas la bienvenue.

Mal m'adresse un sourire désinvolte et attache un bandana rouge autour de son front comme s'il se préparait au combat. Il me rappelle l'ancien Mal – aventurier, gamin, irrésistible.

— Elle est où, d'ailleurs ? demandé-je en regardant autour de moi.

Autant me prendre cette claque de les voir ensemble tout de suite pour pouvoir me remettre à respirer normalement.

— À Dublin.

— Quand compte-t-elle nous honorer de sa présence ?

Il siffle, puis laisse échapper un rire rauque. Évidemment, Kathleen s'est soustraite à cette équation. Je ne sais pas pourquoi elle se cache. Elle est bien du genre à exposer son mari canon comme dans un concours canin. Manifestement, Mal ne compte pas répondre à ma question.

— Où est le bétail ? dis-je en montrant le néant d'un geste.

— Vendu.

— Et le père Doherty ? Il va bien ?

Mal s'accroupit, enlève de la boue de sa chaussure.

— Il est vivant.

— Et ta mère ?

Il cesse de triturer sa bottine, lève la tête et me regarde, incrédule, comme si je ne parlais plus anglais.

— Je ne suis pas un steak, Aurore, grogne-t-il.

— Il faut que tu ouvres le studio. Je veux le prendre en photo avant l'arrivée de Richards.

— Il n'y a pas de studio, dit-il en guettant ma réaction.

Alors qu'y a-t-il dans cette pièce ? Bien entendu, je ne pose pas la question.

— Alors comment allez-vous enregistrer les chansons ?

— On ne les enregistrera pas. On va seulement les écrire.

— Ryner a menti, maugrée-je.

Je ne sais pas pourquoi je suis surprise. Je ne croirais pas Ryner s'il me donnait l'heure dans une pièce remplie d'horloges.

Mal hausse les épaules.

— Tu devrais vraiment faire le ménage, dis-je. Richards ne voudra jamais vivre dans de telles conditions. Il est habitué aux jolies choses.

— Vous êtes deux, *princesse*.

J'ai envie de lui demander ce qu'il entend par là, mais je suis censée rester indifférente. Je n'ai rien fait de mal. J'ai respecté notre contrat, je n'ai jamais cessé de penser à lui, j'ai essayé de tourner la page. À quoi s'attendait-il ? À ce que je reste sans rien faire, à attendre que le destin prenne la main pendant que lui passait la bague au doigt de ma sœur ?

Il secoue la tête avec un rire morose, prenant manifestement mon silence pour une approbation. Il se retourne et rentre, me laissant plantée là.

C'est fou. Il y a huit ans, j'ai senti son pouls contre ma main pendant des jours, des semaines après notre séparation.

Aujourd'hui, j'aimerais lui arracher le cœur de la poitrine, juste pour voir s'il bat encore.

S'il est encore là.

Et s'il est noir, comme le croit ma mère.

Mal

Quand je rentre dans la maison, le mec clinquant d'Aurore se lève du canapé et tend la main vers moi avec son sourire mielleux de banquier.

Je passe devant lui pour aller dans ma chambre et claque la porte. Je me jette sur le lit sale, les yeux rivés sur le plafond, ignorant mon portable qui vibre.

C'est peut-être une de mes belles.

C'est peut-être mon agent.

C'est peut-être Richards.

C'est peut-être Ryner.

Je ne sais pas, et je m'en fous.

Aurore. Aurore. Aurore. Que vais-je faire de toi, Aurore ?

Pas te baiser. Pas tout de suite. Tu n'es pas encore prête pour ça, et puis, il y a cette histoire de petit ami à résoudre. Il part demain. Je le sais, parce que j'ai lu le mail que l'assistante de Ryner – qui sait à peine écrire – m'a envoyé, même si, bien entendu, je n'y ai pas répondu.

Peut-être devrais-je commencer par t'apprendre à quel point tu as gâché ma vie ?

Non. C'est encore trop tôt.

T'expliquer que j'ai essayé de te protéger en te cachant la vérité et qu'en échange tu as tué mon âme pour la donner en pâture aux loups ? Hmm. J'ai encore tout le temps pour ça aussi.

La maison est en bordel. Elle n'est pas toujours dans cet état-là, mais je voulais qu'Aurore se sente mal. J'essaie de me frayer un chemin dans son âme à la petite cuillère pour voir si elle a toujours une conscience.

Je ferme les yeux, laissant un autre appel aller directement sur messagerie.

— Trésor ?

La version anglaise d'*American Psycho* appelle Aurore de l'autre côté de la porte.

— Mal est allé s'allonger. Tu veux que j'appelle un taxi pour que nous allions acheter des produits de toilette ? Je n'en ai vu nulle part.

Premièrement, Mal ? Je ne suis pas un de ses camarades de masturbation d'Eton. Ce sera Malachy pour toi, *merci bien*.

Deuxièmement, il s'attendait à quoi ? Au Ritz ? Je ne lui dois rien.

Troisièmement… il n'y a pas de troisièmement, mais je suis sûr que je trouverai autre chose qui me fera râler d'ici la fin de son séjour ici.

Tu vois, Kiki ? Tu disais toujours que je devrais être plus positif.

Quelques minutes plus tard, on frappe doucement à la porte. Je ne veux pas reconnaître le bruit de ses doigts contre le bois, à moins que ce bois soit entre mes jambes. Pourtant, je sais que c'est elle.

— Mal ? demande-t-elle.

— Va-t'en.

— On sort.

Je ne dis rien, parce que c'est exactement ce que je lui ai demandé de faire. Dégager.

— Tu as besoin de quelque chose ? Des provisions ? Du lait ? De la javel ? Des bonnes manières ?

Je souris au plafond, les mains derrière la tête. Que la partie commence ! Aurore est là, elle est en colère, elle est drôle, et elle est à moi. Douce, attentionnée, et bagarreuse – le combo parfait. Mec Clinquant ne peut rien y faire si ce n'est rester les bras croisés pour assister au match.

— Non, grommelé-je.

— Quand comptes-tu te mettre au travail ?

— Quand la muse me frappera.

— Tu peux être plus précis ? J'ai besoin de savoir quand je dois déballer mon équipement.

— J'ai besoin d'être inspiré pour écrire, dis-je d'un ton condescendant que je viens de m'inventer. Prendre une photo est à la portée de n'importe qui. Moi, je produis, avec des mots, tout ça. C'est un peu plus complexe qu'appuyer sur un bouton.

C'est un coup bas, mais c'est là qu'elle a visé quand elle est rentrée aux États-Unis et a fait des confettis de mon cœur, qu'elle a éparpillés dans son sillage. Silence de l'autre côté de la porte.

— Je peux écrire à Whitney, l'assistante de Ryner, pour qu'elle envoie quelqu'un nettoyer la maison avant que Richards…

— Tu te prends pour Joanna Gaines ou quoi ? Pourquoi tu ne te mêles pas de tes affaires au lieu de critiquer les maisons des autres ?

Au fond, j'espère que son mec clinquant va s'offusquer de ma façon de parler à sa nana, débouler, et me mettre un pain. J'ai bien envie d'une bonne bagarre. Hélas, monsieur le banquier ne compte visiblement pas ruiner sa manucure, vu le silence déprimant qui me parvient depuis l'autre côté de la porte.

— Comment tu connais Joanna Gaines ? demande-t-elle au bout d'un moment, un sourire dans la voix.

La mère de Kathleen, Elaine, regarde tout le temps l'émission qu'elle produit avec son mari. Parfois, elle pleure. Je pleurerais aussi si je devais passer une heure à regarder des gens choisir du papier peint pour une maison qui n'est même pas pour eux.

— Ouais. D'accord. Compris, finit par dire Aurore en tapant sur la porte du plat de la main.

Deux minutes plus tard, j'entends claquer la porte d'entrée. Je ferme les yeux. Mon téléphone se remet à sonner. J'ouvre un œil, juste pour vérifier que ce n'est pas le numéro de Kathleen. Quand je vois que c'est un indicatif américain, je mets le téléphone en silencieux et m'endors.

Lorsque je me réveille, les criquets chantent. Je m'étire, prenant mon temps pour m'adapter à l'obscurité – rien ne m'attend – avant de m'asseoir au bord du lit, plantant le talon de mes mains dans mes yeux.

Un bruit sourd retentit dans le séjour. Puis la porte d'entrée grince. Je retourne mon téléphone et regarde l'heure. Minuit. Ils ne se sont pas contentés d'acheter des tampons et du shampooing, c'est certain.

Aurore glousse, son mec clinquant grogne, puis ils murmurent tous les deux.

Quelqu'un se cogne contre un meuble. Aurore rit en haletant. Je déteste son rire. Il est guttural et grave et, putain, lequel des deux en moi a cru que ce serait une bonne idée, le masochiste ou l'ivrogne ?

Me venger en la forçant à venir passer du temps ici avec moi, c'est comme baiser avec du papier de verre autour de la bite et entrer dans les ordres.

J'entends des baisers mouillés, mous. Des grognements, des gloussements, des soupirs. Son crétin de mec embrasse comme un lévrier, si je me fie à ce que j'entends. Trop. De. Langue. Mais elle aime ça. Je le sais, parce qu'elle gémit comme elle gémissait quand je lui faisais des trucs.

Il gémit.

Elle soupire.

Il grogne.

Elle glousse.

Je plante mes ongles rongés dans la chair de mes paumes. Façon saine et sympa de me retenir de les étrangler tous les deux.

— Et notre hôte ? murmure Mec Clinquant.

Son hôte est sur le point de sortir un pistolet de sous le plancher pour lui faire exploser la cervelle. La seule faille de ce plan, c'est que je n'ai pas d'arme. Et que c'est de la moquette au sol. Tant pis. Ce n'est pas réalisable.

— Il dort, sûrement. Sa porte est fermée, répond-elle.

Ils vont jusqu'à leur chambre, que je n'ai jamais pris la peine de leur montrer, se cognant en chemin contre tous les objets qu'ils croisent. Ils sont ronds comme des queues de pelle. Leur porte se ferme, mais seul un mur fin nous sépare, et on entend tout à travers.

Les baisers cessent, mais bien pire commence. Elle gémit à présent, et je sais qu'elle ne fait pas semblant, parce que je connais le bruit qu'elle fait quand elle jouit.

— Trésor, dit Mec Clinquant dans un râle.

J'entends une fermeture Eclair qu'on ouvre. Je plante mes ongles dans ma peau jusqu'au sang. J'ai l'impression d'avoir le corps entier recouvert d'épines.

— Mords ta robe. Il va nous entendre.

Il vous entend déjà, couillon gâcheur d'oxygène.

Je me lève d'un bon, comme si le lit était en feu, ouvre ma porte à la volée et fais les deux pas qui me séparent de la porte. Plutôt que de frapper, comme tout être humain normalement constitué, je l'ouvre comme le connard sans manières qu'Aurore commence à connaître.

Je reste à la porte, bras croisés, et les regarde sans rien dire. Aurore est plaquée contre le mur, presque nue, ne portant qu'un soutien-gorge en dentelle noir, et Mec Clinquant est à genoux, en train de la brouter. Ils ont les yeux fermés, et il lèche le sexe exposé d'Aurore – parfaitement, merveilleusement épilé – quand je m'éclaircis la gorge, tranquillement posé contre l'encadrement de la porte. Ils ouvrent tous les deux les yeux.

Aurore pousse un cri mais lui ne bouge pas d'un poil, pour protéger la pudeur de son aimée.

Pas la peine, mec. Je l'ai vue de si près que je pourrais la reconnaître en séance d'identification au poste de police.

— Elle aime qu'on lui suce le clito pendant qu'on la doigte, dis-je en fourrant mes poings dans mes poches, bâillant pour chasser le sommeil. Mais elle n'aime pas trop qu'on lui pince le clito. Va comprendre.

Loin d'apprécier mes conseils avisés, Aurore se penche, ramasse une de ses chaussures, et la lance dans ma direction avec un rugissement barbare. Je l'évite et bâille encore pour faire bonne mesure. J'espère qu'elle est plus douée en photo qu'en lancer de chaussure, sinon Ryner aura un problème.

— Vous avez passé une bonne soirée ?

Je parcours la chambre des yeux. Je devrais vraiment m'occuper de cette pièce. Peut-être la brûler pour qu'ils n'aient aucune intimité.

— Dégage ! hurle-t-elle.

Elle est tellement rouge que sa cicatrice blanche brille telle la lune. Son mollasson de mec se relève à la hâte, lui tend sa robe et range son érection dans son pantalon.

— Tu ferais mieux de partir, dit le petit génie en s'avançant vers moi, mais je sens que c'est le genre de mec à vous intenter un procès avant de vous mettre son poing dans la figure.

Je l'ignore et regarde Aurore avec un ennui glacial.

— Aurore.

Elle enfile sa robe noire en vitesse, marmonnant dans son souffle des louanges ironiques sur l'hospitalité dont j'ai fait preuve jusqu'à présent.

— Je suis prêt.

— Prêt à quoi ? À affronter les dures réalités de la vie ? En voilà une : tu es un enfoiré, Mal. En voilà une autre : il n'y a plus rien chez toi que j'apprécie un tant soit peu.

Ma poitrine se serre, mais c'est certainement parce que je n'ai pas bu de verre depuis New York. Et avant New York, cela faisait des mois. Des années. J'ai largement réduit ma consommation d'alcool depuis La Nuit Qui A Tout Gâché. Je ne voulais pas devenir comme le père d'Aurore, Glen.

— À travailler.

Je ramasse sa chaussure et lui lance. Elle l'attrape, sourcils froncés, interloquée.

— Mal, il est minuit.

— Elle sait lire l'heure et, toi, les situations sociales, dis-je en levant les deux pouces à l'intention de Mec Clinquant. Ensemble, vous êtes une force rare d'intelligence et de potentiel.

— Je suis sérieuse, dit-elle, l'air renfrogné.

Je hausse les épaules.

— L'inspiration me frappe à des heures indues.

— Est-ce qu'elle peut te frapper en pleine tronche pour que tu te rendormes ? Jusqu'à demain matin ? demande-t-elle, les joues roses.

Cela dit, elle remet ses chaussures comme je m'y attendais. C'est ça, les vrais artistes, ils sont incapables de dire non à leur art, même – surtout – quand ils souffrent.

Mec Clinquant nous regarde tour à tour, manifestement pas très au fait de l'éventail des émotions humaines. On dirait que c'est la première fois qu'il assiste à une dispute. Il est un peu plus grand que moi et maîtrise à la perfection ce look Brad Pitt des années 1990, « Ceci est votre vie, et elle s'achève minute après minute. ». Cependant, contrairement à Tyler Durden, Mec Clinquant n'a rien du mâle alpha – même si je cherchais à la loupe —, plutôt des phéromones en tutu.

Déçu par ma concurrence, je me tourne vers Aurore et claque des doigts.

— De mon vivant, si tu veux bien. Et prends une veste. J'écris dehors, et il est bien connu que tu es plus frigide que l'iceberg qui a fait couler le Titanic.

Aurore avance vers la porte en tapant des pieds.

— N'accuse pas l'iceberg. Accuse les Irlandais qui ont construit le bateau…, murmure-t-elle.

— Il était en parfait état de marche quand il a quitté l'Irlande pour Southampton. On ne nous accusera pas de travail bâclé.

Je réprime un sourire. Je l'admets, Aurore n'est pas totalement rasoir.

— Et puis, t'es quoi, toi, au juste ? Aux dernières nouvelles, ton père n'était pas viking.

Elle ouvre la bouche, sans doute pour me lancer une réplique bien sentie, quand le bouffon nous interrompt.

— Trésor ?

Je hais ce petit nom. *Trésor.* Sa façon de le dire, avec tant de désinvolture, me donne envie de lui fourrer la tête dans un seau de javel.

Aurore se retourne.

— Tu auras peut-être besoin de ça, dit-il en prenant l'appareil-photo sur la table de chevet, avant de lui faire un clin d'œil.

Aurore rougit de plus belle. Mortifiée et tremblante, elle le lui arrache des mains.

— Merci.

— Oh ! et tu as fait tomber la serviette que tu as absolument voulu ramener du pub.

Il s'accroupit pour ramasser une serviette en papier du Boar's Head puis lui tend.

Ok, ça ne me laisse pas indifférent. C'est normal. J'ai une réaction à chaud, genre quitte-ton-mec-tout-de-suite-parce-que-je-m'ennuie.

Je suis humain, après tout, même si je n'en ai pas eu le sentiment dernièrement.

Je garde néanmoins un visage neutre, même lorsqu'elle prend

la serviette, la froisse, et la jette dans la corbeille à côté de la table de nuit.

— C'est étrange de ramener ça d'un pub, dis-je en me tapotant la lèvre inférieure, fasciné par la tournure inattendue que prennent les événements. Tu as attrapé froid dans l'avion ? J'ai des mouchoirs et de l'Advil dans l'armoire à pharmacie si tu veux.

— Non, non, répond Mec Clinquant en riant, manifestement ravi par mon changement soudain d'humeur, tombant dans mon piège. Rory est un genre de spécialiste de la serviette en papier. Elle en récupère partout où elle va. C'est un peu stupide.

— Un peu, je répète en imitant son accent *so british*.

Je n'arrive toujours pas à croire qu'elle sorte avec ce mec, pour qui collectionner des objets sentimentaux est débile. Je n'arrive pas à croire qu'elle ne lui ait pas parlé de notre contrat. Enfin, si, j'arrive à le croire. Elle a toujours été une sale menteuse.

— Tu veux bien m'en dire plus sur cette fascination qu'elle a pour les serviettes en papier ?

Aurore m'attrape par le poignet pour me tirer à l'extérieur de la chambre.

— Fini de jouer. Finissons-en.

— Waouh, je ne me rappelais pas qu'elle était si bagarreuse. Tu lui donnes quoi à manger ?

J'échappe à Rory et souris à Callum, qui éclate de rire. Il pense que nous sommes amis. Punaise, ce type n'a pas un seul neurone en état de marche.

Dans le couloir, ma détermination à jouer les enfoirés s'effrite. Je dérape et plaque Aurore contre le mur. Elle me repousse, mais ses efforts restent vains. Nos corps sont collés l'un à l'autre, proches, faisant remonter la chaleur, les hormones et un historique que la princesse Aurore ne peut effacer, peu importe le nombre de grenouilles qu'elle embrasse.

Je plaque mon torse contre son épaule et lui glisse à l'oreille :

— Prise en flag'.

Dehors, je m'assieds dans l'herbe, mon carnet ouvert devant moi, faisant semblant d'écrire. Les chances pour que j'écrive des chansons cette nuit sont inférieures à mes chances de devenir une nonne italienne aveugle. Mais si Rory doit faire l'amour sous ce toit, ce sera avec moi. Ou pas du tout.

C'est tout ou rien, j'en ai bien peur.

— Il fait nuit.

Elle se frictionne les bras, vêtue de sa veste en cuir, et parcourt le jardin du regard.

— Quel talent d'investigation ! Tu as songé à postuler à la CIA ? Il ne faut pas gaspiller un esprit si vif.

Je place le stylo derrière mon oreille et contemple la page ouverte devant moi, l'air concentré. Je pourrais dessiner une bite ou un nœud papillon, ça n'aurait pas d'importance ; il fait noir et ni elle ni moi ne le verrions.

— *Suí síos le do thoil.*

« Assieds-toi » en gaélique.

Elle ne tient pas compte de mon commentaire de rabat-joie.

— Désolée, je ne parle pas les langues mortes. Ne bouge pas, s'il te plaît.

Aurore retourne dans la maison, puis revient avec un sac plastique, duquel elle sort deux lampes-torches, un tas de petites bougies, et une boîte d'allumettes. Je l'observe froidement tandis que des bougies tombent de ses mains délicates. Elle est confuse et peine à toutes les tenir entre ses mains.

— Tu veux faire une séance de spiritisme pour convoquer une âme perdue, inexistante ?

— C'est juste que je me rappelle à quel point il faisait noir dans ton jardin la nuit quand…

Elle allume les deux lampes, en place une derrière moi et une devant, puis secoue la tête.

Quand j'ai pris sans le savoir ta virginité parce que ton ex avait été incapable de finir le boulot et qu'en échange je t'ai donné de multiples orgasmes. Ouais.

— Bref. Je vais sortir des meubles pour pouvoir poser les bougies. Je ne peux pas prendre de belles photos sans lumière.

— Merci, Captain Obvious.

Je la dévisage, à la recherche de fragments d'émotion.

Aurore ne répond pas. Quand elle retourne dans la maison, je la suis. J'ai beau m'efforcer de jouer au salaud – et, à mon humble avis, mes efforts ne passent pas inaperçus —, je n'en suis pas au point de la laisser porter des meubles lourds toute seule au beau milieu de la nuit.

Je porte la table basse qu'elle me désigne et la mets dehors. Elle y aligne des bougies et les allume. Je retourne à mon poste entre les lampes-torches et prends le stylo derrière mon oreille. Je me reconcentre sur le carnet. Aurore est en train d'installer la bague d'adaptation sur son appareil-photo.

Elle s'accroupit sur une jambe et me prend en photo. Je serre les dents, me souvenant de ce qu'elle a fait des premières photos qu'elle a prises de moi. De ses confessions cruelles. De son joli cœur glacé.

Et en même temps, elle collectionne les serviettes en papier, me demande si j'ai besoin de quelque chose quand elle va faire les courses et prend des nouvelles de maman et du père Doherty. Ça n'a pas de sens.

— Serviettes.

Je lève la tête, songeur. Un mot. Porteur de cinq tonnes d'histoire.

— Ce n'est pas toi qui as décrété qu'on ne devait pas se mêler de la vie de l'autre ?

Elle bat des cils, feignant l'innocence, et prend une autre photo de moi.

Elle se lève et change la position des lampes pour les braquer sur mon visage. Je ne cille pas. Cette position assise dans l'herbe avec un carnet sur les genoux est suffisamment rabaissante comme ça.

— C'est une déclaration, pas un rameau d'olivier.

— Dans ce cas, je choisis de ne pas commenter cette déclaration et piétine le rameau d'olivier non offert, dit-elle sèchement.

Je prends un plaisir sadique à savoir que j'ai touché un point sensible. La haine que vous pouvez tirer de l'inatteignable est ce qui se rapproche le plus de l'amour.

Je l'ai blessée en retour !

Je lève les yeux et nos regards se croisent, comme il y a si longtemps sur Drury Street. Déjà à l'époque, je savais sans l'ombre d'un doute que cette fille était entrée dans ma vie pour la changer. Ce que je ne savais pas, à l'époque, c'est qu'elle choisirait de la faire dérailler et me forcerait à la collision frontale avec tous ceux à qui je tenais.

— Tôt ou tard, il va falloir que nous fassions la paix tous les deux. Mec Clinquant part demain, sifflé-je.

— Il a un prénom, dit-elle en baissant son appareil pour me fusiller du regard.

Ken. Je parie que c'est Ken.

— Je m'en fiche.

Je pose le stylo sur le papier jusqu'à ce qu'il saigne, les yeux toujours plantés dans les siens.

— Callum. Il s'appelle Callum Brooks.

Je hausse une épaule.

— Tout ce que j'ai entendu, c'est « Mec Clinquant ».

Je gribouille une phrase dans le carnet.

Pourquoi faut-il que tu sois si belle, si réelle, si vivante, et que tu te comportes chez moi comme si tu étais chez toi ?

Pourrait-elle arrêter ?

Pourrait-elle avoir la *gentillesse* de me dire ce qui m'est passé par la tête quand j'ai planifié tout ça ? Ce que j'espérais accomplir, à part l'entraîner avec moi sur cette route de malheur que j'ai moi-même trop arpentée ?

Rory continue de faire des photos. Je mâchouille le bout de

mon stylo. Je ne sais pas comment font les auteurs, pour déverser des mots sur un clavier en plastique, clinique. Cela semble froid et impersonnel. J'arrive à peine à écrire sur du papier. Je parie que Rory pourrait être autrice. Je parie qu'elle pourrait écrire sur un MacBook, père de tous ces maux technologiques sophistiqués. Ça me rend malade rien que d'y penser.

Et puis, depuis quand j'ai arrêté de l'appeler Aurore dans ma tête pour repasser à Rory ?

Je lui demande :

— Tu as un MacBook ?

Elle secoue la tête, mais elle ne me regarde pas comme si j'étais zinzin. Ça m'a toujours plu chez elle.

— Pourquoi ?

— Pour rien. Donc, les serviettes, répété-je.

Elle soupire.

— Ça ne veut rien dire.

— Rien ne veut rien dire ; sinon ça n'existerait pas.

— Certaines personnes collectionnent les dessous de verres, les cartes postales, les timbres. Je collectionne les serviettes en papier. Pas de quoi en faire un foin.

Silence.

Je baisse les yeux sur le carnet. Reviens en arrière.

— C'est juste que je trouve ça bizarre, puisque j'avais l'impression que tu me détestais.

Elle lève les yeux des photos qu'elle est en train de parcourir sur son appareil, dubitative.

— Pourquoi je te détesterais ?

Pourquoi, en effet.

Pourquoi ?

Je me suis posé la question un million de fois, hésitant à acheter un billet pour les États-Unis, ou à lui en envoyer un pour l'Irlande, ou à m'arracher le cœur pour le déposer devant sa porte.

— Je ne te détestais pas à l'époque, murmure-t-elle. Mais je commence à te détester aujourd'hui.

Elle me regarde, et je me rappelle pourquoi je n'ai jamais pu l'oublier, même quand mon monde s'est écroulé autour de moi. Certaines personnes vous élèvent, d'autres vous tirent vers le bas. Rory ? Elle me tire dans toutes les directions possibles et imaginables, me déchirant en morceaux.

Je pense à Kathleen.

À nos familles.

À ma priorité du moment, qui ne devrait pas être Rory.

Je déchire la page et la froisse dans mon poing.

— Attends, laisse-moi prendre une photo de…

Elle avance vers moi, mais c'est trop tard. Je fourre le papier dans ma bouche et l'avale. Elle s'arrête, les yeux écarquillés, la lueur orangée des bougies lui donnant l'allure d'une sorcière médiévale.

— T'es taré, murmure-t-elle.

Je sais.

J'écris une autre phrase.

La vie est partout où vos yeux se posent. Même dans les objets. Mais la mort aussi.

— Viens plutôt prendre ça en photo.

— Tes pensées photoshopées ? (Elle secoue la tête.) Non, merci.

Aurore Belle Jenkins me déteste.

Mais *détester* se conjugue à l'infini.

Et je vais lui prouver que je la déteste plus encore.

6

Rory

Le soleil peint le ciel en lilas, sa lumière ruisselle sur Mal, soulignant les arcs et les aplats de son visage.

Je prends une autre photo. Il n'a pas beaucoup écrit, mais je ne suis pas là pour surveiller sa progression – ou sa non-progression, en l'occurrence.

Je ne sais pas combien de photos Ryner compte utiliser pour le site Internet, la pochette de l'album, le documentaire, ou je ne sais quoi d'autre pour ce projet, mais j'ai hâte de les télécharger sur mon ordinateur pour me mettre à la retouche. J'ai envie d'être seule pour étudier le visage de Mal, sans qu'il soit là pour voir l'effet qu'il me fait.

Je me lève et fais le tour du jardin, en quête de mon prochain cliché parfait. Cela fait dix minutes que Mal analyse la chanson « Ironic » d'Alanis Morissette.

— … littéralement, aucun de ses exemples n'est ironique. Surtout celui de M. Play It Safe, qui a peur de voler pour finalement mourir dans un crash aérien. Ce n'est *pas* ironique. Ça l'aurait été s'il était mort dans un accident de voiture. C'est ça, la définition de l'ironie. L'expression d'un sens par un langage qui signifie l'opposé. Un tas de gens ont bossé sur cette chanson et personne – pas un péquenaud – n'a pris la peine de lui dire qu'il n'y avait rien d'ironique dans sa chanson. Si ce n'est, bien sûr, le fait qu'elle a écrit une chanson sur l'ironie qui n'était pas ironique. Ce qui est ironique, en soi, j'imagine.

Je souris pour moi-même, mais ne lui réponds pas. C'est si bon de le voir dans son élément. Cela me rappelle que, sous le connard amer qu'il est devenu, il existe toujours un homme aventureux, drôle, follement créatif, et un peu gamin.

Qui se trouve être incroyable au lit.

— Tu aimes ce que tu fais, affirme-t-il sans préambule.

Nous avons discuté par périodes pendant toute la nuit. Sur un ton sec – à peine civilisé —, mais ça reste un progrès. Il est encore trop tôt pour être optimiste, et la dynamique pourrait changer dès que Kathleen rentrera de Dublin, mais je pense que découvrir que je collectionne les serviettes en papier l'a un peu déraidi. Je ne sais même pas pourquoi Mal se comporte comme un vrai salaud. Ça ne lui va pas du tout. C'est l'une des personnes les plus belles et les plus excitantes que je connaisse.

— Oui. Et toi ?

Je fais tourner la bague du zoom, concentrée sur mon appareil. Il ne tient pas compte de ma question.

— Est-ce que tu aimes Callum ?

Je retiens mon souffle, mon pouce s'arrête sur la bague. Je prends une profonde respiration, puis m'approche de lui pour faire un gros plan. Nous sommes si proches que je sens son souffle sur ma peau. Indolent. Brûlant. Sauvage.

— Est-ce que tu aimes Kathleen ? je murmure en réponse.

— Ce que j'aime, dit-il lentement, c'est me délecter de la certitude que, bientôt, tu seras à genoux pour moi, Aurore Jenkins.

Je me dis qu'il plaisante, puis détecte l'intensité dans son regard et me fige. Il le pense. Il n'est pas heureux avec Kathleen. Un frisson me parcourt l'échine.

— Tu ne l'aimes pas, dis-je dans un souffle.

Il est piégé dans un mariage sans amour.

Il ouvre la bouche pour parler quand on frappe sur le chambranle de la porte de la maison.

Je tourne vivement la tête pour découvrir Callum sur le palier. Il est douché, habillé, les cheveux peignés en arrière, prêt à partir. Il porte un sac en cuir camel sur l'épaule. On dirait une pub Armani.

Ses yeux passent de Mal à moi, confus. Quand je prends conscience de ma proximité avec Mal et m'écarte de lui comme d'un brasier, l'expression de mon petit ami s'adoucit.

— Je décolle.

Il recourbe le doigt et me fait signe d'approcher pour lui dire au revoir. Je pose mon appareil-photo sur la petite table et avance vers lui. Il faut que je lui fasse comprendre que, quoi qu'il ait cru voir, ce n'était rien.

Il n'y avait rien à voir, d'ailleurs. Ma main posée sur l'épaule de Mal était un simple geste pour demander : « Est-ce que ça va ? » Rien qui veuille dire « J'ai envie de t'arracher tes vêtements ».

Je fais reculer Cal dans la maison, sachant pertinemment que Mal n'apprécie pas qu'on étale notre affection. Après sa confession, je comprends pourquoi. Il est malheureux en ménage, et vivre sous le même toit qu'un couple câlin quand on est dans cet état, c'est un vrai cauchemar.

Je ferme la porte moustiquaire derrière moi, regarde par-dessus mon épaule pour m'assurer que Mal ne nous regarde pas, puis passe mes bras autour du cou de Callum et couvre son visage de baisers.

— Viens à la soirée du nouvel an, dis-je. S'il te plaît.

Il frotte son nez contre le mien, prend un air sérieux et demande d'une voix un peu sèche :

— La nuit a été productive ?

Je hoche la tête. Ce n'est pas un mensonge. J'ai été productive, moi. Mal, en revanche…

— On dirait que vous vous êtes réconciliés tous les deux.

Il me caresse la joue avec son pouce. Je l'embrasse sur le menton.

— À peine. Mais nous n'avons plus envie de nous trucider, je crois.

— Bien. Je veux que tu sois vivante et en bonne santé pour les sept années à venir, dit-il.

— Tu es toujours d'accord pour que je fasse ce projet ?

Et *moi* ?

— Bien sûr. Non seulement il est marié, mais c'est aussi un sacré cinglé. Qui pourrait se laisser séduire par un mec aussi barré ?

Il pouffe, et je me mords la lèvre pour me retenir de dire quoi que ce soit.

Callum regarde autour de lui en haussant les épaules.

— Sa baraque aurait bien besoin d'un lifting. Non, tu n'es pas du genre à te mettre avec un homme pareil, trésor.

Callum me tire vers la porte d'entrée, ma main dans la sienne. Dehors, son taxi l'attend, le moteur tournant au ralenti. Le chauffeur en sort et range la valise de Callum dans le coffre. Je me hisse sur la pointe des pieds pour l'embrasser. Je m'attends à notre petit bisou d'au revoir traditionnel, mais à ma grande surprise Callum m'attrape par la nuque, penche la tête et plaque ses lèvres contre les miennes. J'ouvre la bouche pour accueillir sa langue et gémis sous son baiser, qui s'intensifie de seconde en seconde et ne ressemble en rien à nos baisers habituels.

Je ne sais pas combien de temps s'écoule avant que ses lèvres désertent les miennes, mais le chauffeur klaxonne et agite un bras impatient par la vitre.

Quand Callum finit par s'écarter, ce n'est pas moi qu'il regarde. Il a les yeux rivés par-dessus mon épaule, un sourire décontracté éclairant son visage ciselé. Je me tourne, redoutant déjà ce que je vais découvrir.

Mal.

Debout à la porte d'entrée, il nous observe comme Kathleen nous a observés lui et moi il y a huit ans alors que nous échangions un baiser passionné. Seulement, il n'a pas l'air effondré.

Non, Mal est nonchalant, suffisant, délicieux et… *il sourit* ? Pourquoi sourit-il à Callum ?

Comme s'il ne m'avait jamais fait l'aveu qu'il vient de me faire.

Comme si le moment que nous venons de partager n'avait pas existé.

Comme s'il savait une chose que j'ignore.

J'ai une boule au ventre. Elle grossit de plus en plus, comme une balle en caoutchouc qui roule dans des épines.

Mal sort un objet de sa poche et me fait signe de venir le chercher.

— Tiens, essuie-toi la bouche.

Je ne bouge pas. Il veut peut-être me jouer un mauvais tour. Il a déjà été si détestable.

— Rory, chantonne-t-il, enjôleur. On fait la paix ?

Rory.

Sommes-nous de nouveau en bons termes ? Ça ne me plaît toujours pas qu'il me donne des ordres. Je fais quelques pas vers lui et prends ce qu'il me tend en le fusillant du regard. Il affiche un sourire en coin, et cela me rappelle qu'avant d'être un salaud il était l'homme capable de capturer une rue entière avec sa guitare et son charme.

— Oh ! tu es bien méfiante. C'est illégal d'être sympa là où tu habites ?

— Non, mais ça pourrait. J'habite à New York.

Je prends son machin, essuie ma bouche luisante et lui rends.

Il secoue la tête.

— Garde-la. C'est à toi.

Je regarde par-dessus mon épaule et me rends compte que le taxi de Callum est parti. Je n'ai même pas pu lui dire au revoir. J'ai envie de m'en mettre une, parce que je sais qu'il aura été témoin au moins d'une partie de cette échange.

Je baisse les yeux, prenant conscience que ce que je tiens entre mes mains est bel et bien à moi. Ou plutôt, ça l'était, avant que je la jette à la poubelle.

J'ai essuyé le baiser de mon mec avec la serviette du pub The Boar's Head.

NOTE DE CALLUM BROOKS

À ce stade, je me demande *pourquoi.*

Pourquoi les ai-je laissés tous les deux seuls, connaissant leur historique ? Quatre-vingt-dix-huit pour cent des gens logiques ne l'auraient pas fait. C'est une statistique inventée de toutes pièces, alors n'allez pas chercher sur Internet, mais quand même.

Permettez-moi de faire la lumière sur les raisons de mon départ.

Mon père m'a raconté une histoire, un jour, alors que nous étions bloqués sur la route près de Londres à cause d'une tempête de neige, ce qui m'a fait rater un rendez-vous avec la duchesse d'un lieu-dit-que-je-ne-peux-révéler en Angleterre. Ladite duchesse a pu aller au lieu de rendez-vous, elle, et y a rencontré quelqu'un pendant qu'elle m'attendait. Ils ont fini par se marier. J'ai manqué l'occasion de devenir un membre de la famille royale.

À cause de la neige.

Je pensais que c'était le pire jour de ma vie.

Voici l'histoire : un garçon supplie son père de lui prendre un chien. Pas un chien en particulier, n'importe quel chien à tête de rat ferait l'affaire. Le garçon rêve d'avoir un chien, cette idée l'obsède, il ne vit plus que pour ça. Le temps passe. Le père fait miroiter ce chien à son fils, poussant l'enfant à faire tout ce qu'il lui dit. Le garçon a les meilleures notes de sa classe, excelle en sport, ne s'attire pas d'ennuis. Il reste dans le droit chemin, et fait tout ce qu'il peut pour avoir son chien.

Un jour, pour Noël, son père lui offre enfin son foutu chien.

Le garçon est dévoué au chien, judicieusement baptisé Chien. Le chien est toute sa vie. Le garçon lui donne la meilleure nourriture qui soit, l'emmène faire de longues balades dans les champs verts et luxuriants. Lui brosse le poil et l'emmène chez le vétérinaire pour ses visites de contrôle. Un jour, pendant leur balade, une tempête éclate. Le garçon se rend compte que Chien et lui ne peuvent pas rentrer, et il se met en quête d'un abri. Il trouve une grotte au milieu de la forêt et se faufile à l'intérieur. Il pleut beaucoup. Chien a peur, il a froid, il tremble. Le garçon ne supporte pas l'idée de perdre son animal bien-aimé, celui qu'il a tant désiré et pour lequel il a tout fait. Il serre le chien contre lui pendant tout le temps que dure la tempête. Quand le soleil revient enfin, le garçon baisse les yeux et comprend avec horreur que, dans son désir de le sauver, il a étouffé son chien.

Morale de l'histoire : se cramponner désespérément à une chose ne veut pas forcément dire que vous allez la garder. Vous pourriez tout aussi bien la tuer.

Et puis, traitez-moi de con prétentieux si ça vous chante, mais je ne considère pas Malachy Doherty comme un concurrent. Il est négligent, sa maison est un bordel sans nom, et sa vie semble prendre le même chemin, voire pire. Toutes ces choses ne séduisent pas les femmes.

Et puis, Rory est certes un esprit libre, mais elle n'est pas stupide. Je crois.

Dans le taxi, je sors mon téléphone de ma poche et chasse l'idée que Rory et Malachy puissent être ensemble.

Je peux la garder.

J'ai réussi jusqu'à présent, non ?

Alors qu'elle n'a pas toujours été partante.

Je ne vais pas tarder à conclure l'affaire. L'autre Tête de Con ne sera alors plus qu'un lointain souvenir.

7

Huit ans plus tôt
Mal

La personne qui a inventé l'expression « Loin des yeux, loin du cœur » a de toute évidence une mémoire de poisson rouge. « Loin des yeux, loin de mon putain de cœur » semble plus approprié.

Elle me manque.

Elle me manque comme le soleil manque à une fleur. Comme les Clash ont manqué leur coup avec « Cut the Crap ». Elle m'obsède, et ce contrat est possiblement la pire idée que j'ai eue depuis que je me suis branlé dans une *shepherd's pie* à la sortie du four, en seconde.

Mon pote Daniel me donne une tape dans le dos pendant que Sean, son frère jumeau, fait glisser une pinte d'or noir sur la table du Boar's Head. D'un geste simultané du menton, ils me font signe de boire.

— Oublie le contrat, crache Daniel. Décroche ton téléphone et appelle-la.

Je garde les yeux rivés sur l'épaisse mousse blanche de ma bière. Ce n'est pas si simple. Ce n'est pas seulement la partie contrat, mais ce qui vient après. Pour que ça marche.

— Et si elle a tourné la page ? dis-je à mon verre.

— En trois semaines ? Peu probable, répond Sean avec un rire rauque.

Sean et Daniel se ressemblent, comme des vrais jumeaux. Mêmes cheveux blonds coupés court, mêmes yeux verts, et même sourire en coin présomptueux disant j'ai-baisé-ta-femme. J'arrive à les distinguer seulement parce que Daniel dit parfois des choses à peu près sensées tandis que Sean est un vrai macaque. Et je le dis avec beaucoup d'amour. (Pas envers Sean. Envers les macaques. Ce sont des créatures adorables et intelligentes.)

— Je ne peux pas avoir une relation longue distance.

Je plonge un doigt dans ma Guinness et lèche la mousse amère. J'entends soupirer à la table voisine. Kathleen. Elle est là avec ses amies, Maeve et Heather. Elle joue avec ses cheveux lissés, me sourit timidement et se retourne vers Maeve.

— Il le faut apparemment, puisque tu n'arrêtes pas de penser à elle et de parler d'elle, rétorque Daniel avant de fourrer une poignée de chips dans sa bouche.

— *Giorraíonn beirt bóthar*, « voyager à deux raccourcit le chemin », dit Sean en se tapant la tempe. Penses-y.

— Proverbe mal employé, mais l'intention y est, mon frère, s'esclaffe Daniel avant de s'adresser de nouveau à moi. Je sais que tu as dit ne pas vouloir te caser, mais c'est exactement ce que tu es en train de faire alors qu'elle n'est même pas là. Tu te contentes de te noyer dans ton malheur au lieu de tenter ta chance. Tu n'as couché avec personne depuis qu'elle est partie. Si tu ne le fais pas pour toi, fais-le pour nous. On n'en peut plus de t'entendre geindre.

— Mal ? demande Sean.

— Hmm ?

— Est-ce que Kathleen est… célibataire ?

— Je crois, oui.

— Est-ce que tu penses que…

Il doit bien terminer sa question, mais mon esprit est retourné à Roryland. Je prends mon téléphone et tape son nom dans le moteur de recherche sur Internet. Il ne doit pas y avoir mille Aurore Belle Jenkins. Je tombe sur une floppée d'images de princesses Disney et d'articles sur « comment faire son propre slime Disney » avant de trouver ce qui m'intéresse.

Dehors, le tonnerre retentit, et tout à coup il se met à grêler.

Hasard ou destin ? Parfois j'ai l'impression que l'univers me joue des tours quand je pense à Rory.

Je la trouve sur le site Internet d'un lycée du New Jersey, dans un article qui date d'il y a deux ans. Elle a gagné un genre de prix de photographie. Il y a une photo d'elle tenant son trophée bas de gamme en forme de pellicule, regardant l'objectif avec une moue moqueuse, majeur levé. Eyeliner, résilles, et Toms aux pieds. La fille qui m'a abandonné.

Pourquoi faut-il que je découvre que tu existes ?

Je secoue la tête.

— Oui mais… même si je voulais lui donner une bague, je n'ai pas son numéro, rien.

— Franchement…, marmonne Sean dans son verre en regardant les filles de la table d'à côté.

Il a l'air fâché. Mais oui, mince, il m'a posé une question sur Kathleen. Sean et Kathleen n'ont pas le même niveau de QI. Ils formeraient un drôle de couple, mais plus étrange est déjà arrivé, j'imagine.

— Attends, ton grand-père ne connaît pas sa mère ? lance Daniel, dont les yeux s'illuminent, en claquant des doigts.

Oui. Oui, il la connaît. Il doit avoir leur numéro de téléphone. Rory n'est pas censé le savoir – qu'il connaît sa mère, et que je le savais et le lui ai caché. Il n'y a aucune chance pour que mon grand-père me donne ce numéro, mais je pourrais regarder dans son petit carnet d'adresses. Problème résolu.

Bien sûr, il y a toujours le risque que Rory soit rentrée, partie pour l'université, et qu'elle ait déjà rencontré l'amour de sa vie. Mais si ce n'est pas le cas…

Si ce n'est pas le cas, je choisis la relation longue distance.

Ou la relation ouverte.

Ou n'importe quoi, en réalité.

Je me lève, finissant ma pinte d'une traite.

— Tiens-nous au courant, dit Daniel en me donnant une tape dans le dos.

Sean desserre le col de sa chemise, s'éclaircit la gorge et se glisse sur un siège à côté des filles.

Je quitte le pub et vais jusque chez mon grand-père à pied. Il habite de l'autre côté du village, pas très loin, et j'ai besoin d'air frais pour m'aérer la tête. Des bruits de pas retentissent soudain derrière moi, mais je ne ralentis pas. Kiki apparaît à mes côtés, le souffle court.

— Tu vas vraiment le faire ?

— Pourquoi pas ?

Cela devrait me déranger que Kath ait écouté ma conversation. Elle a toujours fourré son nez dans mes affaires. Elle est comme ça. Il faut accepter le bon comme le mauvais chez les autres.

Le bon : c'est une bonne amie, protectrice, et elle ne m'induit jamais en erreur.

Le mauvais : elle est folle à lier et aime que je la torture en lui envoyant des signaux contradictoires. Si j'arrête, elle s'effondre et tombe en dépression.

— C'est délirant : vous vivez sur des continents différents. Elle ne quittera jamais l'Amérique pour déménager ici. Quel avenir tu peux avoir avec elle ?

— On trouvera une solution.

Je tourne au coin de la rue. Kathleen sur les talons.

— C'est ce que disent les gens quand ils ne savent pas quoi faire pour que ça marche.

Kath doit presque courir pour me suivre. Arrivé devant chez mon grand-père, je sors les clés de ma poche – j'ai la clé de chez lui car il a parfois besoin qu'on vienne s'occuper de son chat, Saoirse, quand il est à un de ces trucs d'église qui durent une semaine entière.

Kath m'attrape par le bras et me tire en arrière pour se planter devant la porte.

— Non ! s'écrie-t-elle, tremblante. Ne l'appelle pas.

Je l'examine lentement, des pieds à la tête. Dites donc, la folie de Kathleen est particulièrement en forme aujourd'hui.

Elle me repousse, les deux mains posées sur mon torse, les yeux brillants.

— Ce n'est pas la fille qu'il te faut, Mal. C'est moi. C'est moi la O'Connell qu'il te faut, affirme-t-elle en se frappant la poitrine d'une main, en pleurs. Et ça m'est égal que tu aies probablement couché avec ma demi-sœur. Et ça m'est égal que tu aies des sentiments pour elle. Ça m'est égal qu'elle m'ait dit que tu n'étais qu'une passade pour elle. Je te veux quand même, et j'en ai marre d'attendre.

J'ai toujours su que Kathleen était amoureuse de moi. J'ai découragé ses sentiments comme je pouvais – en repoussant ses avances, en me montrant indisponible et en réduisant nos interactions au strict minimum. Mais je pensais qu'elle était amoureuse de moi comme je l'étais de Mlle Flynn, ma prof de collège, quand j'ai découvert pour la première fois que mon pénis ne servait pas qu'à faire pipi – cette attirance qu'on ressent pour une personne tout en sachant que l'idée d'être réellement avec est totalement dingue.

Kathleen est la personne la plus réfléchie, la plus ambitieuse et la plus motivée que je connaisse. Je suis un musicien des rues, un flemmard, et, le week-end, un putain d'ivrogne. Nous n'avons absolument rien en commun, si ce n'est le fait que nous respirons tous les deux de l'air. Même si je suis sûr que Kathleen est plus douée que moi pour ça.

Une seconde.

Une passade ?

Je lève la main.

— Attends un peu. Tu as dit qu'elle t'avait dit quoi ?

Au fond, je sais que je suis un salaud insensible, de questionner Kathleen sur Rory alors qu'elle vient de m'offrir son cœur à vif et de m'avouer son amour inconditionnel pour moi, mais nous y reviendrons dans une seconde. Une fois que nous aurons parlé de mon propre cœur à vif. (*Tu vois, Kath ? Je suis égoïste, aussi. Franchement, qu'est-ce que tu me trouves ?*)

Elle contemple ses pieds, se mordant la lèvre.

— Tu te rappelles, chez moi, quand tu es allé aux toilettes ? Quand tu es revenu, Rory et moi nous tenions la main. C'était une minute après qu'elle m'a dit qu'elle avait l'intention de coucher avec toi. Je lui ai avoué mes sentiments pour toi, et elle m'a dit qu'elle n'en avait rien à faire. Elle a dit que j'avais déjà l'argent, papa et l'héritage, et qu'elle, elle aurait le mec. Qu'elle ferait tout pour que tu ne sois pas avec moi. C'est pour ça que je n'ai pas essayé de rester en contact avec elle, Mal. J'étais profondément blessée.

Je recule d'un pas, digérant l'information.

Ça ne ressemble pas du tout à Rory. Non seulement ce n'est pas une garce fourbe, mais elle est aussi trop passive pour exprimer une telle vilénie à haute voix. On dirait plus une réplique de *Sexe Intentions* que celle d'une princesse Disney. Mais Kath n'est pas une menteuse. Du moins, je ne l'ai jamais surprise à mentir, et je la connais depuis toujours.

Je prends Kathleen dans mes bras et la serre contre moi.

— Kath ?

Elle tressaille entre mes bras. Elle sait. Elle ne peut pas ne pas savoir. J'ai baisé, galoché et/ou doigté presque toutes les filles du village, en prenant soin de ne pas toucher à un seul de ses cheveux, et pas seulement parce que son père me l'a interdit.

— Écoute-moi. Tu es belle, intelligente, drôle, et tu fais un thé du tonnerre. Mais tu es comme une sœur pour moi. C'est déjà trop pour que j'aie envie de fourrer ma main dans ta culotte. Et je ne pense pas que ça changera un jour. Je préfère botter les fesses du connard qui t'a mal traitée plutôt que d'être le connard en question. Tu me suis ?

Je la sens se raidir entre mes bras. J'embrasse ses cheveux propres, soigneusement peignés, et la crinière ébouriffée de couleurs hasardeuses – racines claires, longueurs foncées, pointes décolorées – me manque.

— Je suis désolé si elle t'a dit ça, ajouté-je.

— Comment ça, *si* ? Elle me l'a dit.

Kathleen a un mouvement de recul, et la lueur au fond de ses yeux vacille, telle une flamme en train de mourir. Elle tire sur mon T-shirt.

— Tu me crois, n'est-ce pas ? Tu sais que je dis la vérité.

— Tu plais à Sean, dis-je pour changer de sujet.

— Vraiment ?

Elle fait la tête, comme si je venais de lui suggérer de sortir avec un seau de lubrifiant.

— Eh bien, il ne me plaît pas, à moi.

— Ce n'est pas grave. Mais je pense qu'il est temps que tu trouves quelqu'un qui te plaît.

J'essaie la méthode pansement. Vite arraché pour une douleur brève, au lieu de tirer lentement dessus pour une douleur insoutenable. Si je lui brise le cœur une fois, elle recollera les morceaux et passera à autre chose. Si je le lui brise peu à peu, elle se cramponnera à l'espoir futile que nous pourrions être ensemble. Ça n'arrivera pas. Que Rory veuille de moi ou non, jamais je ne serai avec Kath.

Je fais un pas de côté, insère la clé dans la serrure et ferme la porte derrière moi, abandonnant Kath sur le perron. Puis je pénètre dans le salon obscur de mon grand-père, prends son carnet d'adresses sur la table basse, m'assieds sur le canapé, et compose le numéro de Debbie Jenkins.

— Allô ?

— Madame Jenkins ?

— Qui est-ce ?

— Je m'appelle Mal. Malachy. Je suis le petit-fils du père Doherty.

Je m'attends à ce qu'elle fasse semblant de savoir qui je suis. Je sais qu'elle connaît mon grand-père. Mais au lieu de me saluer, elle ne dit rien. Le silence est tel un ongle qu'on fait crisser sur un tableau noir. J'y case des mots, voulant à tout prix combler le vide.

— J'appelle parce que... eh bien, je voulais savoir comment va Rory. Nous avons passé du temps ensemble pendant son séjour ici, et elle était très émotive, et...

Vas-y, encore un « et » dans ta phrase, crétin.

On croirait que je perds la boule. Qu'est-ce qui cloche chez moi ? Mais la mère de Rory ne répond toujours pas, et j'essaie maintenant de savoir ce qui cloche chez *elle.* Je tiens le compte de tous les trucs stupides que je dis et pense, comme si c'était un entretien d'embauche.

Je m'éclaircis la gorge.

— Enfin bref, est-ce qu'elle est là ?

— Non, dit sèchement Debbie Jenkins.

Encore un silence. Rory Jenkins méprise sa mère, et je commence à comprendre pourquoi.

— Puis-je avoir son numéro, s'il vous plaît ?

— Malachy... (Elle pousse un soupir exagéré.) Écoute, je sais que ma fille et toi avez vécu... *quelque chose.* Nous ne sommes pas si distantes que ma fille aime à le faire croire. Rory est inexpérimentée, influençable, et désespérément romantique. Je suis sûre que ça a pris une certaine ampleur dans vos esprits, mais avouons-le, entre nous, votre histoire n'a aucun avenir, n'est-ce pas ?

Je suis déchiré entre l'envie de lui dire d'aller se faire voir et celle de plaider ma cause. Si je pensais que notre relation n'avait aucun avenir, je n'aurais pas appelé.

Elle poursuit.

— Elle a déménagé. Elle est à la fac. Elle fréquente...

— Fréquente ? je répète.

— Mmm-hmmm.

Debbie allume une cigarette à l'autre bout du fil.

— Un garçon très bien. D'ailleurs, je suis certaine que ça ne la dérangera pas que je t'envoie les photos qu'elle a prises de toi. Elles doivent traîner quelque part dans sa chambre. Elle ne les a pas emmenées avec elle. Tu les veux ? Pour tes archives personnelles ?

Je sens la serviette avec notre contrat dans la poche arrière de mon jean, comme si elle s'était enflammée. Je l'emporte partout, comme si je m'attendais à la voir, Rory, en train de se balader à Tolka ou Dublin, pour pouvoir lui agiter sous le nez.

Tu vois ? Tu te rappelles ? On est censés être ensemble.

Ma fierté me conseille de dire à Debbie de se foutre ces photos de moi là où je pense, mais l'ego est un luxe que les cœurs brisés ne peuvent se permettre.

— Je veux bien, marmonné-je.

Je commence à lui dicter mon adresse, mais elle m'informe qu'elle les expédiera au père Doherty. C'est mieux, parce que ma maison est la plus éloignée du village, et il arrive souvent que mon courrier se perde.

— Comment va-t-elle ?

Je ne peux pas m'empêcher de reposer la question avant qu'elle raccroche, même si je commence à croire Kathleen sur cette histoire de passade. Certes, Rory a parlé de relation longue distance. Mais ce devait être dans le feu du moment. La magie a dû s'évaporer bien vite de son côté.

— Je te l'ai dit, Malachy. Elle va bien.

— Puis-je vous appeler de temps en temps pour m'assurer qu'elle va bien ?

Raccroche, t'es pitoyable, putain.

— Je ne pense pas que ce soit une bonne idée, répond Debbie d'un air confus. Il est préférable pour Rory qu'elle laisse l'Irlande derrière elle.

— D'accord.

— Au revoir.

J'ai reçu aujourd'hui les photos que Debbie Jenkins m'a envoyées. Je suis passé chez mon grand-père tous les jours depuis notre conversation téléphonique, trop impatient. Elles ont mis deux mois à arriver. Deux mois pendant lesquels je me suis comporté comme un idiot célibataire et mal luné. Deux mois pendant lesquels j'ai enfreint toutes les règles de notre stupide contrat.

J'ai cherché Rory sur les réseaux sociaux, sans succès. Si elle a un profil, ce n'est pas sous son vrai nom.

Je me suis inscrit à la newsletter de son université, qui félicite parfois ses étudiants nommément, et voir son nom me rend heureux. (Elle a gagné deux concours de photographie et participé au tournage d'un court-métrage étudiant.)

Mais rien ne pouvait me préparer à l'instant où j'ai retourné les photos (d'une belle qualité, au passage) et vu les légendes qu'elle avait inscrites au dos.

Photo n° 1, de moi en train de chanter dans la rue :

C'était un sale dragueur, et il était teeeeellement ringard !

Photo n° 2, de moi debout sur le seuil du Boar's Head, prenant la pause comme Marilyn Monroe :

Il parle trop, et parfois ce qu'il dit n'a aucun sens.

Photo n° 3, de nous deux au lit, dans *mon* lit, après lui avoir donné trois cent orgasmes et une partie de mon cœur.

Il en fait trop au lit.

Le pire, c'est que peu de temps après, au pub, j'ai sorti la serviette et comparé son écriture aux mots inscrits au dos des photos. Sean, Daniel et moi sommes tous arrivés à la conclusion que c'était la même écriture. Sa mère ne l'a pas falsifiée.

Daniel pianote sur la table.

— Eh bien, tu peux peut-être passer à autre chose maintenant. Ça a l'air d'être une garce de classe internationale.

— Le truc, c'est qu'elle ne l'est pas, marmonné-je.

Je saisis ma cinquième… sixième pinte et la descends. Kathleen est encore assise en face de nous avec ses amies. Sean a les yeux rivés sur elle, se languissant… *encore*. Elle fait la même chose avec moi. J'aimerais autant qu'ils baisent et me laissent me noyer dans mon malheur.

— Ce n'est pas du tout une garce.

Mais plus le temps passe, plus le souvenir net et précis qu'elle n'est pas une garce faiblit. Les légendes des photos sont plus vives dans mon esprit que son sourire innocent.

— Je vais appeler sa mère, dis-je.

— Ça faisait longtemps que tu n'avais pas eu une idée aussi débile, réplique Daniel avec un pouce vers le bas, avant de siffler en plaquant sa main sur la table. Et t'en as à la pelle.

— Limite suicidaire, confirme Sean en hochant la tête, quittant Kath des yeux.

Depuis notre conversation devant chez mon grand-père, Kathleen est souvent passée chez moi – toujours vêtue de robes très courtes qui ne collent pas à son personnage, et toujours avec un bon petit plat maison pour moi et une bouteille de vin et quelques Guinness à la main. Je l'invite à entrer, mange pendant qu'elle me raconte sa vie, puis la renvoie chez elle. En apparence, elle semble satisfaite que nous soyons juste amis. Plutôt séductrice, l'amie, avec ce genre de tenue.

— Non, j'ai besoin de parler à Rory.

Je secoue la tête et me lève. Je garde la serviette, bien sûr, que je range soigneusement dans ma poche, mais j'ai enfreint toutes les règles établies.

Et me voilà en train de composer le numéro de Debbie, une nouvelle fois.

Elle décroche à la troisième sonnerie. Il y a un décalage horaire, et je sais qu'il est tôt là-bas.

— Allô ?

— Debbie ?

Le Mal bourré appelle manifestement la mère de Rory par son prénom. Le Mal sobre, en revanche, s'inquiète pour le cul du Mal bourré.

— Oui ?

Elle semble déjà tendue.

— C'est Mal, le petit-fils du père Doherty.

— Qu'est-ce que tu veux ?

Votre fille. Faut-il que je souffre encore avant que vous compreniez ?

— Merci pour les photos. (Je hoquète dans le combiné.) Elle est très douée, notre Rory, n'est-ce pas ?

Je suis conscient que j'ai tout l'air de la harceler. Le premier appel était un coup de bluff. Le second, c'est un coup que je me tire dans le pied. Je ne suis pas le bienvenu dans leurs vies – c'est évident – et pourtant je ne cesse de revenir à la charge.

— Qu'est-ce. Que. Tu. Veux ? demande-t-elle une nouvelle fois.

Pas commode. Bien, allons droit au but.

— Je veux écrire une lettre à Rory, mais je ne veux pas vous l'envoyer à vous. Je veux lui envoyer directement. Je sais où elle va à la fac, je n'aurais donc aucun mal à trouver son adresse par moi-même. Reste à voir si vous allez me faciliter ou me compliquer la tâche. Je ne pense pas qu'elle voulait que je voie ces légendes, et je suis prêt à garder ça entre vous et moi si vous me donnez sa boîte postale.

Je fais chanter ma future belle-mère. Ce sera délicat d'honorer ma promesse à Rory d'inviter sa mère tous les ans pour Noël.

Debbie marmonne dans sa barbe, mais étonnamment elle me communique l'adresse. Je l'écris sur le dos de ma main, puis sur un papier, puis dans une note sur mon téléphone. *Au cas où.*

— Ça ne va pas te rendre service, murmure-t-elle non sans amertume. Ma fille ne veut pas de toi, Malachy.

— À Noël prochain, madame Jenkins.

Je plaisante, comme si nous étions amis, mais au fond j'ai envie de croire ce que je dis. Ce qui, bien sûr, en dit long sur l'emprise que Rory a sur moi. La voir à Noël ? Ha.

— Bye-bye, dis-je d'une voix chantante.

Elle me raccroche au nez.

J'espère que Debbie ne compte pas goûter aux *mince pies* de maman à Noël prochain.

Elle ne les mérite pas.

8

Aujourd'hui
Rory

Déterminée à éviter Mal, je n'ai pas quitté ma chambre de toute la journée hier.

Enfin, ce n'est pas tout à fait exact. J'en suis sortie une fois, après avoir entendu le pot d'échappement de la vieille voiture de Mal crachoter et donc su qu'il était parti. Où, je n'en avais pas la moindre idée. Mais cela m'a décidée à sortir de la chambre, à enfiler mes baskets, et à marcher sous la pluie jusqu'au village en posant un pas lourd dans les flaques et en faisant un doigt d'honneur aux vaches et aux moutons en chemin. Je me suis ravitaillée en barres de céréales et en bouteilles d'eau, puis je me suis offert une tasse de café, un cookie aux pépites de chocolat gros comme mon visage, et un pétage de plombs en bonne et due forme au café du coin.

Lorsque je suis revenue au cottage, la voiture de Mal était garée devant la porte d'entrée. Le Seigneur des Poubelles était dans sa chambre. J'ai entendu murmurer derrière la porte fermée et compris qu'il était avec quelqu'un. Une femme.

Mon cœur-ballon a rebondi dans ma poitrine. *Kathleen*. Je suis allée jusqu'à la porte sur la pointe des pieds pour y apposer mon oreille. Je n'ai déchiffré que quelques mots mais vite compris que ça ne *pouvait pas* être Kathleen. De un, sa voix ne ressemblait pas du tout à celle de ma demi-sœur. De deux, elle avait un fort accent du nord de l'Angleterre, et non irlandais. Et, enfin, voilà ce que j'ai surpris de leur conversation :

Mal : « Ce n'est que pour quelques mois. »

La femme : « Et ensuite ? »

Mal : « Ensuite nous partons. Elle aime aller à la plage, alors peut-être que nous irons dans un endroit très ensoleillé. La Grèce, ou l'Espagne. Le Sud de la France, pourquoi pas ? »

La femme : « Elle ne t'en veut pas qu'*elle* soit ici ? »

Il ne fallait pas être un génie pour comprendre que « *elle* », c'était moi, et que j'étais aussi bienvenue qu'une gonorrhée.

Mal : « Elle n'est pas au courant pour Rory, et je ne veux pas qu'elle l'apprenne. Je veux que les choses restent simples. J'aime la simplicité. »

La femme : « Je pourrais être simple pour toi, Mal. »

Mal : « Tu peux, et tu l'es. »

Qui que soit cette fille, elle n'a pas saisi l'insulte. Dommage. Un coup de poing dans les castagnettes, voilà ce que méritait Mal.

Puis le ramdam a commencé. Les langues, les coups de reins, la peau qui claque contre la peau. Mes cuisses se sont resserrées, et le creux entre elles s'est réveillé. J'ai songé à interrompre Mal, moi aussi – œil pour œil, tout ça tout ça – mais ne voulais pas lui donner la satisfaction de savoir que j'avais entendu.

Que je n'y étais pas *indifférente.*

Non.

Je suis retournée dans ma chambre, me suis jetée sur le lit, ai mis mon bras en travers de mes yeux et secoué la tête.

N'y pense même pas.

Mais c'était trop, et j'étais trop faible. J'ai fourré ma main dans mon jean et me suis donné du plaisir en écoutant Mal coucher avec une autre femme.

Ce n'est pas tromper, me disais-je tout du long. Je ne le touche pas.

Je ne le toucherai jamais plus. Callum et moi n'avions seulement pas eu l'occasion de terminer ce que nous avions commencé la nuit précédente.

J'ai décidé de ne pas quitter la pièce à moins que Mal m'appelle pour travailler. C'était stupide de penser que nous pouvions nous rabibocher. Il était devenu une toute autre personne, et je devais arrêter de lui trouver des excuses.

J'ai envoyé une série de messages à Callum pour lui dire qu'il me manquait, allumé mon ordinateur, et j'ai travaillé jusque tard dans la nuit. Ma mère m'a appelée plusieurs fois, mais je l'ai renvoyée sur ma messagerie. Mal et sa conquête ont fini par faire ce que Cal et moi avions été sur le point de faire la veille, et avec force bruit, certainement pour que je puisse les entendre.

Quel genre de monstre sans pitié et immoral trompe sa femme et lui cache que sa demi-sœur (à elle) et amour d'autrefois (à lui) va vivre avec lui pendant deux mois ?

L'entendre pilonner une femme qui n'est pas la sienne finit de me convaincre que ce n'est pas un homme bien, ce qui est une très bonne nouvelle.

Je ne suis plus jalouse de Kathleen, et être polie avec son époux ne m'intéresse plus.

Enfin bref, tout ça, c'était hier, et aujourd'hui, je me suis réveillée sur un fond musical agréable et une bonne odeur de nourriture : bacon, œufs, café fraîchement passé, et *banana bread*.

J'en ai l'eau à la bouche, et j'ai du mal à avaler ma salive. Je tuerais pour une bonne tasse de café. Et puis, puisque je ne ressens plus pour Mal que des sentiments négatifs, ce ne devrait pas être trop dur de lui faire face.

J'ouvre doucement ma porte et entre dans le salon pieds nus, mon pyjama à motif écossais couvrant à peine mes jambes, et mes cheveux hirsutes emmêlés comme un tas de branchages autour de mon visage. Je marque une pause dans le recoin entre le salon et le couloir, et mon cœur s'arrête en même temps que mes pieds.

Ashton Richards (oui, *le* Ashton Richards) est assis dans le salon de Mal, en train de fumer un joint, dans une robe de chambre dorée avec ses initiales brodées sur la poche de poitrine et des lunettes de soleil. Il sirote son café en lisant le carnet de Mal, tandis que son petit personnel s'affaire à l'arrière-plan à nettoyer et à cuisiner, comme les animaux parlants qui aident Cendrillon à se préparer pour le bal.

Je ne peux m'empêcher de remarquer que, malgré ses nombreux défauts, Richards est, comme le soulignent les médias, d'une indéniable beauté. C'est Jésus, version canon – ou un frère Hemsworth aux cheveux longs.

Mal est assis en face de lui dans un fauteuil inclinable, jambes croisées sur la table basse, en train de mâchouiller une kretek éteinte et de lancer un ballon de rugby dans les airs. Une radio portative joue « Boys Don't Cry » des Cure, et je *refuse* de me laisser attendrir par le fait que Mal a gardé ses cassettes et sa radio *old school*. Mal n'est pas un romantique.

La cuisine, le coin repas et la table à manger regorgent de plats garnis de pâtisseries, de fruits, de mets incontournables du petit déjeuner anglais, et de coke.

Une seconde. *De coke ?*

Ébahie, je me concentre sur le plateau d'argent sur lequel sont alignées des lignes blanches régulières. Richards lève la tête du carnet et fait un geste dans ma direction.

— Qu'on fasse signer un accord de non-divulgation à cette nana. J'essaie de bosser, moi.

Une blonde qui ressemble étrangement à Whitney (l'assistante personnelle de Ryner) vient vers moi au pas de course avec une épaisse pile de papiers et un stylo.

Mal fait comme si je n'existais pas. Il a les pommettes rougeâtres – à cause du froid ou des orgasmes d'hier soir ? – et cet air perdu à la Peter Pan – charismatique et modeste, et pourtant si destructeur. J'ai beau essayer, je suis incapable de le détester pour de bon.

— C'est qui la bombe ? demande Richards en donnant un coup de pied dans la jambe de Mal.

— Mon esclave sexuelle, dit Mal, impassible, en rattrapant le ballon avant de le faire tourner sur son doigt comme un pro, les yeux toujours rivés au plafond.

Y a-t-il une seule chose que cet homme ne sache pas faire ?

Oui, rester fidèle.

— Sérieux ?

Ashton arrache ses lunettes de soleil et se penche en avant pour m'étudier de plus près de ses yeux d'un bleu aussi cristallin que la mer caribéenne.

Je croise les bras sur ma poitrine, consciente que j'ai les tétons qui pointent à cause du froid.

— Sa tenue n'est pas un peu… inappropriée pour le job ?

Je vais tuer Mal.

Je vais l'étrangler. Même pas dans son sommeil. Non, je veux qu'il soit pleinement conscient quand je le ferai.

Mal suit le regard de Richards jusqu'à ce qu'il croise le mien. Je garde le silence, attendant de voir jusqu'où il va pousser le vice.

— Ça la fait kiffer de jouer les clodos, alors je ferme les yeux sur ses choix vestimentaires, explique Mal en faisant de nouveau tourner le ballon comme une toupie. Je la laisse faire, mais j'ai fixé quelques limites : interdit d'uriner en public et pas d'exhibitionnisme.

Je hoche la tête et adresse un sourire mièvre à Richards. La blonde me donne un contrat, que je signe sans même le regarder, les yeux rivés sur son patron, avant de lui rendre son stylo.

Je contre-attaque :

— Mal fait le modeste. C'est lui que ça fait bander de se prendre pour un clodo. Il *adoooore* les ordures. Il n'y a qu'à regarder autour de nous. Parfois, je me dis qu'il ne s'arrêtera pas avant d'avoir fait de cet endroit un dépotoir. Un jour, je l'ai surpris en train d'enfiler une boîte de conserve, des haricots blancs.

— Non, c'était une boîte de soupe à la tomate, corrige Mal,

toujours impassible, mais avec une lueur de malice dans ses yeux violets. Et cette boîte de conserve a un nom. Elle s'appelle Laura.

Ashton nous regarde l'un et l'autre en riant si fort que des larmes roulent sur ses joues – un Big Lebowski plus jeune et plus canon.

— L'amour naissant. C'est tellement exaltant, putain. C'est quoi ton p'tit nom, mon lapin ? me demande-t-il en souriant.

— Rory, dis-je en même temps que Mal lui donne mon nom complet.

— Aurore Belle Jenkins. Toute la culture de sa mère se résume aux films Disney. Personnellement, je pense que Cruella d'Enfer lui va bien mieux.

— Personnellement, je pense que les hommes qui trompent leur femme et leur cachent des choses devraient être lapidés par des joueurs de base-ball, rétorqué-je en me dirigeant vers la cuisine pour me servir une tasse de café à la machine toute neuve qui a été installée entre hier et aujourd'hui.

J'attrape une viennoiserie sur un grand plateau dans le coin repas et en croque un morceau à pleines dents.

— Tu devrais déménager en Arabie saoudite, suggère Mal. Les personnes adultères sont condamnées à mort là-bas. Bien sûr, toi aussi, tu courrais des risques.

— Je n'ai jamais trompé personne.

— Pas encore, répond-il d'un ton monotone.

Enfoiré.

Je passe outre ses railleries puériles et demande, la bouche pleine :

— Pourquoi tu ne m'as pas dit que vous étiez en train de travailler ?

Richards est en train d'essayer de compter je ne sais quoi sur ses doigts, ou peut-être est-il en train de *compter ses doigts*, et semble complètement ailleurs. Il est évident que la coke et lui sont de vieux amis, et qu'il est sous l'influence de nombreuses autres substances.

Croyez-le ou non, je suis dans une maison où c'est Mal, l'adulte responsable.

— Parce qu'il y a ici assez de drogues pour shooter toute la Chine, dit sèchement Mal. Je me disais que ce n'était peut-être pas très malin de le documenter.

— J'ai un travail à faire, dis-je, les dents serrées.

Une lueur danse au fond des yeux de Mal.

— Vraiment ? Tu veux dire un vrai travail, autre que te balader avec ton appareil-photo à la main, l'air boudeur, pensif et idiot ?

Nous nous regardons dans les yeux, et j'ai envie de craquer.

De craquer parce qu'il s'est tapé une autre fille dans la chambre d'à côté.

Parce qu'il s'amuse à jouer les méchants, et pire encore.

Parce qu'il est infidèle et menteur, et un vrai crétin.

Mais surtout, craquer parce qu'il est en train de me bousiller cette occasion en ne me laissant pas faire mon travail.

Pourtant, je me retiens de me jeter sur lui pour l'étrangler. Avec grand-peine.

— Il faut qu'on parle.

— J'ai déjà essayé plein de fois de te parler, et la réponse a toujours été non. Voilà la monnaie de ta pièce, Rory. Ça a le goût d'une capote usagée, hein ?

Mais de quoi il parle ? Il a essayé de me parler ? Quand ? Où ? Je n'ai pas bougé. Je le saurais s'il était venu frapper à ma porte. Il est complètement dérangé. Peut-être a-t-il un peu sniffé lui aussi.

— Mec, ton esclave sexuelle a pas sa langue dans sa poche.

Richards s'étale sur le canapé, attrape un bong en forme de gode et l'allume en louchant, avant de recracher un nuage de fumée.

— J'espère que tu la paies pas.

— Seulement en compliments.

— C'est toujours trop cher payé pour son insolence, ronchonne Ashton en me regardant. Elle est baisable, cela dit. Tu partages ?

Mal hausse les épaules, mâchouillant un briquet.

— Certains trous.

— Merci, je noterai ça dans la partie « éloges », quand je porterai plainte pour harcèlement sexuel, dis-je gaiement.

Cela fait tousser Ashton, qui se penche en avant. Il sort enfin de sa transe.

— Allons, Esclave Sexuelle. Sois pas si coincée du cul. (Ricanement.) Je viens de dire le mot *cul.*

Il faut que je me tire d'ici.

Il le faut. Je ne veux pas passer le reste de ma vie en prison, et ces deux-là pourraient me pousser au double meurtre. Et il y a trop de témoins. Non, merci.

Furieuse, je regagne ma chambre, m'habille, attrape mon sac à dos et mon appareil-photo, et sors dans le froid mordant de décembre. Ils sont encore là où je les ai laissés, sur le canapé et le fauteuil, quand je quitte la maison pour m'avancer entre les collines recouvertes de mousse verte et les arbres dénudés, descendant le chemin caillouteux entre chez Mal et Main Street.

Je plante mes écouteurs dans mes oreilles et laisse les paroles de « Drunken Lullabies » de Flogging Molly m'envahir. Je donne des coups de pied dans des paquets de chips vides et des canettes broyées sur le chemin du village. *Je déteste cet endroit. Je ferais mieux d'acheter un billet pour rejoindre Cal en Angleterre.*

Cette idée desserre le nœud qui étouffe mon cœur-ballon. Voilà une perspective prometteuse. Un séjour chez les parents de Callum, à Virginia Water, dans le Surrey. J'ai vu des photos de leur propriété, et, à côté, Buckingham Palace ressemble à un studio à Williamsburg. Mais être *là-bas* ne fera pas progresser ma carrière.

J'ai parlé à sa mère au téléphone. À sa sœur Lottie, aussi. Les membres de sa famille semblent être tous gentils, aimables, joyeux, et *sains d'esprit.*

Sains d'esprit. Voilà ce que Summer voulait dire quand elle m'a poussée dans les bras de Callum. Je note mentalement de l'appeler.

J'ai promis de le faire tous les jours, et pour l'instant j'ai seulement réussi à lui écrire quelques SMS. Je brise déjà ma promesse.

Je donnerais cher pour avoir quelqu'un à qui parler, mais je ne veux pas inquiéter Callum pour rien. Il faut que je me calme, que je me gave de café, et que j'y retourne pour prendre ces clowns en photo (photos que je retoucherai pour retirer toute preuve de la consommation de drogue).

Mon téléphone vibre dans ma poche, et je le tire pour voir le nom de ma mère s'afficher sur l'écran. Je le remets dans ma veste en soupirant. Elle sait pertinemment que je vais bien. Je lui ai envoyé deux mails en ce sens. Peut-elle m'en vouloir de ne pas avoir envie de lui parler ? Tout ce qu'elle veut, c'est me culpabiliser d'être venue ici.

Une fois au village, j'achète un paquet de chewing-gums chez le marchand de journaux. Lorsque je range la monnaie dans ma poche, j'entends bavarder derrière moi – deux nanas qui semblent avoir mon âge, ou un peu plus. Je ne me retourne pas, même si l'une d'elles a un accent du Nord de l'Angleterre. Je dirais Liverpool, même si je ne suis pas une experte.

— … ne peut pas être elle.

— Regarde sa cicatrice, Maeve. C'est elle.

— Elle est censée être américaine.

— Elle a un accent américain.

— Ne sois pas ridicule ! Pourquoi serait-elle…

Je me risque à les regarder à la dérobée – en toute discrétion, juste pour voir à quoi elles ressemblent.

Ce sont peut-être des amies de Kathleen. Peut-être me connaissent-elles à travers Mal, qui a parlé de ma tache de naissance autour de lui, même s'il sait qu'elle me complexe. Quoi qu'il en soit, c'est de mauvais goût, et au moins l'une des deux – la blonde toute en jambes avec l'accent anglais qui m'est familier – n'a aucun droit de me juger, puisqu'elle couche avec un homme marié.

J'attrape une serviette à côté de la caisse, la fourre dans ma poche, me retourne et leur adresse un grand sourire.

— Laissez-moi vous donner une réponse directe : oui, c'est bien moi. Vous avez entendu quoi sur moi ? Que j'ai volé Mal à Kathleen ? Que ma mère est une salope ? Que mon père était un ivrogne absent ? J'ai déjà tout vu, tout entendu, alors écoutez-moi bien : je vais vivre chez Malachy pendant deux mois. Sous le même toit. Mais je ne vais pas coucher avec le mari de votre amie. Je ne veux rien avoir à faire avec lui ou elle, n'hésitez pas à passer le message à Kathleen.

Et à tout le village, manifestement. C'est officiel, grâce à mon charmant hôte, je suis une paria dans ce bled paumé.

Bouche bée, les yeux comme des soucoupes, elles sont hébétées. La blonde porte un jean blanc moulant et un énorme manteau de fourrure rose synthétique. Son amie est une petite brune pulpeuse, en bottes de ferme et bomber vert fluo. Elles tiennent toutes deux des tasses de café fumantes au creux de leurs mains.

— Comment oses-tu parler de Kathleen ainsi ! s'offusque la blonde de manière théâtrale, sortant de son état de choc.

A-t-elle oublié qu'elle *couche* avec le mari de Kathleen ?

— Laisse-moi deviner, tu es là pour l'héritage de ton père ?

Quoi ? Pourquoi reviendrais-je ici huit ans après sa mort ?

— L'argent de mon père ne m'intéresse pas, dis-je sèchement. J'ai choisi de ne pas y toucher.

J'aurais aimé qu'il soit fauché, pour que les gens cessent de m'accuser de n'en avoir qu'après son argent. Pas étonnant que Mal déteste autant le fric. Les gens ne pensent qu'à ça.

— C'est ça, rétorque la blonde.

La brune secoue la tête et donne un coup de coude à son amie.

— Arrête, Maeve. Je pense qu'elle n'est pas au courant. Je suis Heather, et voici Maeve.

À contrecœur, je leur serre la main. Maeve a toujours l'air

contrariée que j'existe, et je prends sur moi pour ne pas aborder ses agissements sordides d'hier devant son amie.

— Rory.

— On sait, disent-elle à l'unisson.

— Je ne pensais pas qu'elle serait si jolie. Kath a dit qu'elle était juste pas mal, ronchonne Maeve, avant de se mordre la lèvre quand elle se rend compte qu'elle a pensé à haute voix.

— Vous habitez dans le coin ? je leur demande, dans un effort pour briser la glace.

Heather hoche la tête.

— Au bout de la rue. Sur Christchurch Grove. Nous habitons la maison bleue et la maison rouge face à face. Nous sommes mariées aux jumeaux O'Leary. Elle à Sean, et moi, Daniel.

C'est plus d'informations que je n'en ai demandé. Je souris et avance en direction de la rue.

— Pourquoi tu habites chez Mal si vous n'êtes pas ensemble ? demande Maeve d'un air soupçonneux.

Son visage est concentré à l'extrême, comme si sa vie dépendait de ma réponse.

— Nous travaillons ensemble. Je pensais qu'il avait épousé Kath.

— En effet, lâche Heather avec impatience, comme si tout le monde était censé savoir comment les choses avaient tourné.

Eh bien moi, je ne sais pas. Je tuerais pour le savoir. Enfin, je n'irais peut-être pas jusque-là, mais je pourrais blesser gravement quelqu'un. Mal, de préférence.

— Ils ont divorcé ?

Je commence à croire que je suis devenue folle. Soit Mal et Kathleen sont en couple libre, soit j'ai loupé un épisode.

— Mal ne ferait jamais ça, dit Maeve d'un ton amer qui ne m'échappe pas. Il est trop fidèle.

Ouais. Fidèle. Tellement fidèle.

— Alors Kath l'a quitté ?

Elles écarquillent tellement les yeux que je crains qu'ils ne sortent de leurs orbites. Prenant conscience que cette conversation est sans issue, je bafouille un au revoir et les quitte.

J'ai vraiment besoin de parler à quelqu'un. Le père Doherty. Oui, lui saura m'expliquer cette obsession autour de l'héritage, et peut-être faire la lumière sur la situation entre Mal et Kathleen. Dieu sait que Mal n'est d'aucune aide sur ce front.

Je sais que le père Doherty habite le village. Il me suffit de le trouver. Je ferai du porte à porte s'il le faut.

Je reprends la direction du cottage de Mal d'un pas lourd, par le chemin le plus long, à travers les champs d'orge et de blé. L'air est frais, et le blé brun battu par le froid ondule comme de la soie sous le vent. Lorsque je repère enfin le cottage, mon rythme cardiaque est revenu à la normale.

Je pousse la porte et aperçois Mal assis dans le jardin, qui a été entièrement meublé – chaises longues, table à manger, deux tables basses avec foyer intégré, et barbecue haut de gamme. Toute la maison est différente. Rangée et remplie d'objets flambant neufs. À travers la fenêtre du salon, j'observe Mal, assis à l'une des tables. Il est en train de flirter avec deux Américaines du personnel de Richards. Il est redevenu l'ancien Mal, le gentil Mal. Celui dont je suis tombée amoureuse. Je secoue la tête, lève les yeux au ciel et vais me réfugier dans ma chambre.

Je passe le seuil et n'en crois pas mes yeux.

Je tourne les talons.

Retourne dans le couloir.

Vérifie que c'est bien ma chambre – c'est le cas – puis je rentre à nouveau et regarde autour de moi.

C'est. Quoi. Ce. Bordel ?

On a retiré le petit lit sur lequel je dormais pour le remplacer par un gigantesque matelas de luxe, posé sur un sommier avec tête de lit tapissée de blanc et portant les initiales AR. Il y a aussi deux tables de chevet, une sono, une télé, toutes les consoles de jeux existantes, et un portant de peignoirs, manteaux chics et vestes colorées.

Je fuse dans le jardin, les pieds flottant au-dessus du sol. Je ne suis pas en colère. Non. Je suis en furie. Je sens mon pouls battre partout, sous mes paupières, dans mes orteils, partout. Un cri sauvage monte dans ma gorge.

J'ouvre à la volée la porte de derrière, qui claque contre le mur sous la force de l'impact.

— Comment oses-tu ?

Mes bras s'abattent sur Mal. Il détache ses yeux du téléphone que lui montre l'une des filles – les fesses perchées sur la table où Mal a posé ses pieds – et tous trois me toisent.

Mal garde son calme, amusé.

— Tu peux préciser ? J'ai arrêté ma carrière de voyant la semaine dernière.

Les filles échangent un regard en ricanant.

— Ma chambre ! Mes affaires ! Tout a disparu.

J'ai du mal à me retenir de lui taper une crise, et Mal le sait : plus je m'énerve, plus il semble serein. Il bâille pour me provoquer et s'adosse à son fauteuil.

— À ce propos : nous avions un problème de place, puisque Richards emménage, donc j'ai mis tes affaires dans ma chambre. Coucou, coloc.

Il me décoche un clin d'œil, les yeux pleins de malice.

Les filles poussent un lourd soupir. J'ai envie de vomir.

— Je ne partagerai pas ta chambre, dis-je en croisant les bras.

— On dirait bien que si, de mon point de vue. Mais il est vrai que tu es affreusement petite. Parfois, tu ne saisis pas la vision d'ensemble.

Non, il n'a pas osé.

— Tu te fourres le doigt dans l'œil si tu penses que je vais partager un lit avec toi.

— Personne n'a dit que nous allions partager un lit, bécasse. Je t'ai déroulé un sac de couchage par terre. La galanterie est encore de ce monde, Rory. J'en suis la preuve vivante.

— Tu veux que je dorme par terre ?

Il hausse les épaules.

— Tu peux rester éveillée par terre, si tu veux. Ce que tu fais de ton temps libre – *par terre* – ne regarde que toi.

Encore des rires.

Il vaudrait mieux qu'il se fiche de moi.

— Debout, dis-je sèchement.

Les filles échangent un regard du genre « Elle est tarée cette meuf ». Elles n'ont pas tort. À l'instant T.

Mal leur lance un regard lourd de sens, du type : « Voyez ce que je dois supporter ? »

Il se lève et avance vers moi avec arrogance et aussi lentement qu'il le peut. Une fois qu'il est à ma portée, je l'attrape par le col et le pousse à l'intérieur. Tous les autres employés sont partis, la maison est prête pour Richards, mais je ne veux pas prendre le risque qu'on nous entende. Richards est probablement en train de faire le tour du village pour goûter à la bière, au beurre et aux filles. Je pousse Mal dans la salle de bains et ferme la porte à clé. Il s'appuie contre la coiffeuse et m'adresse un sourire en coin, comme s'il me trouvait adorable.

— Mal, dis-je en prenant une profonde respiration. Nous ne pouvons pas dormir dans la même chambre. Je suis en couple. Tu es marié. Ce que ta femme pense compte pour toi. Je le sais.

Je ne sais pas si c'est lui ou moi que j'essaie de convaincre.

— Je t'ai entendu parler à cette Anglaise, hier…

À ces mots, les lèvres de Mal se retroussent avec satisfaction. Bien entendu, il tenait à ce que je l'entende pendant qu'il envoyait Maeve au septième ciel – ou au plus profond de l'enfer.

— Tu as dit que tu voulais amener Kath dans un pays ensoleillé une fois que tout ça sera fini. Peut-être que vous traversez une mauvaise passe…

— C'est le cas, m'interrompt-il. Une très mauvaise passe.

Je hoche la tête, impatiente d'aller au bout de mon raisonnement.

— Oui. Ça arrive à tous les couples. Je comprends. Et peut-être que vous faites une pause, et que c'est pour ça que tu étais avec quelqu'un d'autre. Je ne juge pas. Mais si nous partageons une chambre, Kathleen ne te le pardonnera jamais, et nous le savons tous les deux. Et je ne pourrai jamais me rabibocher avec ma sœur.

Non pas que j'en ai réellement envie… mais j'aimerais en avoir la *possibilité.*

Il tire sur sa lèvre inférieure, scrutant mon visage de ses yeux violets. Il est si douloureusement, si injustement beau. J'ai envie de le frapper, pour oser abuser de son charme en étant si impossible. Il s'humecte les lèvres, et ses yeux se posent sur ma bouche. Je sais à quoi il pense, et le sang qui bouillonne de colère dans mes veines vibre aussi désormais d'une sensation qui s'apparente dangereusement à de l'envie. Le froid familier redevient chaleur, et je sais qu'il est mon briquet. Prêt à m'embraser d'un claquement de doigts.

Je recule d'un pas et m'éclaircis la gorge.

— Il y a une autre option…

— Tu ne peux pas aller à l'hôtel, m'interrompt-il. C'est bientôt le nouvel an et tout est complet.

— Non, dis-je en levant les yeux vers lui. Il y a une autre pièce au bout du couloir.

Je ne lui dis pas que je meurs d'envie de savoir pourquoi elle est fermée à clé. Je me contente de regarder son expression passer de la décontraction à une effroyable apathie. Ses épais sourcils se froncent, ses yeux s'assombrissent et sa mâchoire se serre. Je n'ai pas besoin qu'il ouvre la bouche pour comprendre que c'était une erreur d'en parler, mais pour ne laisser aucun doute, il s'écarte de la coiffeuse et fond brusquement sur moi, ses membres longs, agiles et menaçants.

Je déglutis, mais ne faiblis pas. Je redresse le menton sans ciller – pas même lorsqu'il tend la main pour me saisir par le cou, penchant la tête sur le côté pour planter ses yeux brûlants dans les miens, jusqu'à consumer mon âme et la fouiller comme si c'était un tas de vêtements d'occasion dans une friperie.

— Que les choses soient claires : je t'interdis de parler, de mentionner, ou de *penser* à cette pièce. C'est toi qui as causé l'existence de cette pièce. Tu dormiras dans le sac de couchage, ou tu ne dormiras pas. Prends le canapé si tu veux choper une pneumonie. Il n'y a pas de chauffage central, et les seuls radiateurs sont dans ma chambre et celle d'Ashton. Et après le petit numéro que tu as fait dans le salon tout à l'heure, je doute qu'il te laissera réchauffer sa couche. Et pour éviter toute ambiguïté : tu n'es pas la bienvenue dans le mien.

J'ouvre la bouche pour lui dire d'aller se faire voir, quand on frappe à la porte. Je sursaute, et il recule d'un pas en se passant une main dans ses cheveux noir d'encre. Je baisse les yeux et vois qu'il bande. Il bande comme un taureau. Je rougis et pose la main sur la poignée de la porte, pressée de sortir d'ici.

Mal pose sa main sur la mienne pour m'en empêcher. Nos yeux se rencontrent.

Clic. Et voilà, je brûle.

— Mal ! On s'en va. N'oublie pas de réveiller Ashton dans une demi-heure, d'accord ? Il a un rendez-vous téléphonique avec Ryner à 18 heures. À demain. Ou plus tôt, si tu veux… Tu as mon numéro. (Une des filles glousse.) Ciao, beau gosse !

La porte d'entrée claque. Mal est le premier à se remettre en mouvement. Il ouvre la porte, et nous sortons tous les deux pour disparaître dans des pièces séparées. Je vais dans la chambre de Mal pour transférer mes affaires au salon – et tant pis pour l'absence de chauffage – tandis que lui va dans mon ancienne chambre pour réveiller Ashton.

Je suis en train de border le drap sur le coussin du canapé quand

Mal reparaît dans l'entrée, le teint blême. Je ne lui demande pas ce qui ne va pas, parce que, franchement, ça m'est complètement égal.

— Richards a disparu, me dit-il. Il n'est pas dans sa chambre.

Nos regards se croisent, et nous lâchons tous deux à l'unisson :

— Merde.

NOTE DE MAEVE

Coucou ! C'est moi, Maeve.

Juste une toute petite chose avant que vous repreniez votre programme de la journée.

Pour être tout à fait claire : quand Mal m'a appelée à l'improviste, après des années de silence radio, j'avais très envie de l'ignorer. Ce que j'ai fait. Il a été horrible avec moi ces dernières années, vous savez.

Il m'a brisé le cœur quand il a dit au revoir sans prévenir, sans me donner de raison valable.

Et pourtant, je n'ai pas pu garder mes distances. Au fond, c'était stupide, je pensais qu'il avait peut-être changé d'avis, qu'il avait enfin percuté et compris que j'étais pas qu'un simple plan cul. Que nous étions faits l'un pour l'autre, un truc dans le genre.

Il m'a prouvé le contraire dès que je suis entrée dans sa chambre. Je vous jure, il était plus occupé à me faire crier et à faire grincer le lit qu'autre chose. C'était pour se venger qu'il voulait coucher avec moi – petite veinarde que je suis, je me retrouvais dans le lit de Mal pendant qu'*elle* écoutait à la porte.

Je sais qu'elle écoutait, parce qu'elle aussi elle gémissait.

Ce qui l'a poussé à me baiser avec plus de force et d'endurance que jamais.

J'avais l'impression d'être une capote, la seule chose qui les séparait l'un de l'autre. Ce n'était pas vraiment avec moi qu'il couchait. Mais avec elle. Et elle, c'était lui qu'elle imaginait entre ses cuisses.

Ce qui m'a rappelé pourquoi je trompais mon mari chaque fois que Mal m'appelait, même si je ne suis pas une idiote. Je savais – je *sais* – pourquoi Mal s'est mis à coucher avec moi : pour blesser mon mari.

Et pourquoi il l'a fait hier soir : pour blesser Aurore.

Coucher avec un autre homme quand vous avez votre propre famille est ignoble, c'est vrai. Mais, et moi ? Et mes sentiments ? Mon existence ?

Dois-je passer toute ma vie à laver, nettoyer, nourrir et cuisiner ?

Sans amour, seule, esclave d'enfants qui n'en ont rien à faire et d'un mari qui ne me regarde même plus ?

Je ne voulais pas faire de mal à ma famille.

Mettre ce que j'ai en péril.

Je ne voulais pas tomber pour l'insaisissable.

Gâcher tant de choses au passage.

Maintenant, mon Sean le sait, mais nous ne divorçons pas.

Non. Il vaut mieux que ça. Mieux que moi. Il m'a seulement dit que, si jamais je revoyais Mal seul à seule, il emmènerait les enfants.

Je sais qu'il a envie de tuer Mal.

Moi aussi, j'ai envie de tuer Mal.

Mais pour une autre raison. Je viens de rencontrer la fille dont il est tombé amoureux et de me rendre compte que je n'ai aucune chance.

Ce n'est pas pour rien que les contes de fée se terminent juste après que le prince a sauvé la princesse. Personne n'a envie de voir une princesse en pleine dépression post-partum et son ivrogne de mari en train de plier le linge.

Et Mal ? Il est le prince croisé à toute allure sur son cheval, fonçant dans l'autre direction.

9

Aujourd'hui
Mal

Rory grelotte.

Je lui avais dit de ne pas venir. M'a-t-elle écouté ? Non. Écoute-t-elle jamais ? Négatif, encore une fois. Elle a juste attrapé son appareil-photo et passé la porte au pas de course, sautant sur l'occasion de bosser.

Moi, j'ai plutôt envie de me taper la tête contre le mur, entre autres parce que je suis l'hôte d'une rock star camée dont le nom est synonyme d'imprudence et qui manque à l'appel. Ashton Richards est un mec tout-bon, dans le sens où il n'a aucunement conscience qu'il est tout bonnement agaçant. C'est un de ces connards de naissance qui pensent que tout leur est dû et que les autres doivent faire tout le boulot pour eux. L'addiction à la coke est un corollaire du statut de super rock star. Si Mick Jagger et Steven Tyler avaient décidé d'avancer à cloche-pied quatre jours par semaine pour clamer leur esprit de rébellion, Ashton Richards aurait des quadriceps ultra-musclés et serait tout le temps en retard.

Mon téléphone sonne mille fois par minute.

Dix appels manqués de Grand Ponte Cocaïnomane.

C'est le surnom dont j'ai affublé Ryner.

Nous traversons péniblement les champs qui entourent le cottage, et j'oublie le fait que, techniquement, nous sommes en violation de propriété. Les champs ne m'appartiennent plus. J'ai vendu jusqu'au dernier centimètre carré de mes terres, à l'exception du cottage, suite à La Nuit Qui A Tout Gâché. Je ne voulais pas de cette responsabilité, et j'avais besoin d'argent pour acheter une nouvelle maison pour maman, le père Doherty et la mère de Kathleen, Elaine. Et puis, il y a eu cette opération pour laquelle nous avons dû faire venir des médecins de l'étranger. Ça aussi, ça m'a coûté un bras.

Je m'arrête devant un pavillon aux allures de cabanon, le seul qui soit un tant soit peu proche de chez moi, puis serre le poing et frappe à la porte. C'est la maison des Smith (la famille, pas le groupe), et les Smith savent des choses que Rory ignore, ce qui veut dire, bien sûr, que je redoute nos échanges à venir.

— Bonjour.

Brenda, femme au foyer d'une soixantaine d'années, ouvre la porte, déversant la lueur dorée et chaude de son intérieur avec un parfum de tarte à peine sortie du four.

Elle essuie ses mains gonflées et veinées sur le revers du tablier noué autour de sa large taille. Dès qu'elle me voit, son expression neutre se mue en compassion.

— Mon Dieu, Malachy. Comment vas-tu ? Je voulais venir voir comment tu…

— Est-ce que vous avez vu passer un homme étrange ? dis-je.

J'aurais dû me rappeler que tout le village me traite comme Moïse qu'on a laissé dans les roseaux du Nil – pour lui sauver la vie, peut-être, ou probablement l'abandonner à une mort lente et solitaire.

Rory va finir par avoir vent de mon histoire à faire pleurer dans les chaumières, si ce n'est pas déjà fait.

Brenda fronce les sourcils.

— Comment ça ? L'air louche ? Suspect ?

— Plutôt du genre allumé. Peignoir doré, cheveux longs. Un peu comme Jésus version Kardashian.

— Non, désolée, mon petit.

— D'accord, dis-je en tournant les talons. Merci.

— Attends ! Entre ! Viens manger une part de tarte !

Brenda m'appelle, désireuse de venir en aide au pauvre garçon perdu que je suis, mais je tire Rory par la main avant qu'elle puisse entendre les questions, les suppliques et les condoléances.

— T'es obligé de te comporter comme si t'avais été élevé par des créatures des marécages ?

Rory se libère de mon emprise et fourre ses poings dans ses poches.

Elle claque des dents. Elle va crever si elle s'entête à dormir dans le salon ce soir. Je ne lui réponds pas.

— Ryner n'arrête pas de m'appeler, dit-elle pour changer de sujet. Toi aussi ?

— Oui.

— Nous devrions peut-être répondre ?

— Il n'y a pas de *nous*. *Je* fais ce que je veux, et *tu* es libre de faire de même.

Aujourd'hui, quand Rory et moi nous sommes disputés dans la salle de bains, ce qui a eu pour effet d'envoyer tout mon sang entre mes jambes, j'ai failli lui dire qu'elle pouvait dormir dans mon lit et que je prendrais le sac de couchage. Puis elle a évoqué la pièce fermée et tous les mauvais souvenirs sont revenus, éliminant en moi toute bonne intention.

— Où a-t-il pu aller ? Il n'a pas pris la voiture.

Elle sautille pour se réchauffer, ne se laissant pas déconcerter par mon attitude.

La voiture est toujours garée devant chez moi. Et puis, je doute qu'Ashton Richards sache actionner un interrupteur, alors une voiture… Non, il ne doit pas être loin. Mon téléphone sonne de nouveau. Ryner. Ça m'est égal de manquer l'appel. Je tiens à ce job autant qu'au bien-être des cafards en voie de disparition à Madagascar. Non, c'est Richards qui va avoir des ennuis.

Et Rory.

— Ryner est remonté. Ce projet va bousiller ma carrière, râle-t-elle.

— On va le trouver, dis-je.

— Mouais, marmonne-t-elle en se contorsionnant de façon étrange, sautant dans tous les sens pour se réchauffer. Peut-être. À part cette maison, il n'y a que des champs. Je suis même surprise que ton courrier arrive jusqu'ici.

Tu en sais quelque chose.

Tu m'as envoyé une sacrée lettre.

Nous dépassons la maison des Smith et descendons dans la vallée. La nuit est en train de tomber, et je sais que ça deviendra problématique si nous ne le trouvons pas dans la demi-heure. Je n'ai aucune envie d'appeler la police pour signaler sa disparition. C'est une chose de perdre son portefeuille, mais comment peut-on perdre la plus grande rock star du monde ?

Dans le reste de l'actualité, Rory s'est donné pour mission de me casser les oreilles.

— Il me semble avoir entendu du bruit par là-bas, dit-elle en désignant les cabanes plus loin sur la gauche, à cinq minutes à pied. Allons voir. L'isolement postal, je sais ce que c'est. Pendant mes deux premières années de fac, les dortoirs étaient blindés, du coup je logeais dans une maison subventionnée en partie, hors campus. C'était immense, mais dans une ferme, loin de toute civilisation. On recevait le courrier peut-être une fois par semaine. On était toujours en retard pour payer nos factures. Du coup, on a fini par louer une boîte postale sur le campus, mais elle était tout le temps forcée, parce que les parents envoyaient de l'argent et des objets de valeur. C'était un cauchemar.

Elle blablate. Je m'en tape de sa boîte postale.

De la maison où elle habitait.

Des dortoirs bondés et des parents d'inconnus, et je me fiche bien de savoir quelles factures elle payait ou non il y a huit ans.

— Du coup, poursuit-elle sans se démonter, j'ai préféré faire suivre tout mon courrier chez ma mère. Tu sais ce que je pense d'elle, mais je ne pouvais pas prendre de risque. Déjà que je croulais sous les dettes. Je n'avais pas besoin de factures impayées par-dessus le marché. Et puis, elle a proposé de payer et de s'en occuper elle-même, c'était tout bénef pour moi. Viens, par ici. (Elle s'arrête un instant et désigne l'arrière de la grange.) J'ai entendu du bruit.

Je la suis, confus. Je crois que j'ai changé d'avis sur sa diarrhée verbale.

— Tu as fait suivre tout ton courrier vers le New Jersey, dis-je, contrôlant le niveau d'intérêt perceptible dans ma voix.

— Oui. Vivre au milieu de nulle part, c'est pas bon pour le courrier, mon gars.

— À partir de quand ?

— Je dirais, trois mois après avoir déménagé ? Par là.

— *Ha.*

Je joue le blasé, mais je suis en train de hurler *PUTAIN. DE. MERDE.* dans ma tête. En majuscule.

Des pièces manquantes du puzzle sont en train d'apparaître, mais le tableau d'ensemble est encore lacunaire. En tout cas, il s'annonce différent de ce que j'imaginais. Il ne dépeint pas Rory comme la méchante et moi, comme le héros sans espoir.

— La maison était top, par contre. Je la partageais avec huit autres filles. Dont ma meilleure amie, Summer. Je ne sais plus si je t'ai parlé d'elle. Elle est devenue actrice dans un spectacle Off-Broadw…

— Ce qui veut dire que c'est ta mère qui ouvrait tes lettres, dis-je en la coupant, le cerveau en ébullition.

Elle est encore en train de s'agiter et de grelotter. Je pourrais abréger ses souffrances en la touchant – lui tenir chaud n'a jamais été un problème – mais cela m'anéantirait si elle me repoussait.

— Oui. Mais je ne recevais pas de *lettres* à proprement parler. Juste… des factures, tout ça. Je commençais à monter mon dossier de crédit. Je ne pouvais pas me permettre de retards de paiement, dit-elle en jouant avec son appareil-photo, pendu à son cou.

Derrière ma mine parfaitement contrôlée, je me prends une énorme claque.

Il me manque une bonne partie de la vérité sur cette histoire. Celle qui n'a jamais été formulée. Sa vérité, à *elle*.

Je n'ai jamais pris la peine de lui demander sa version des faits – non que j'aie eu l'occasion de le faire. Mais quand bien même. *Quand bien même.*

J'ai entendu deux versions de l'histoire, mais aucune n'était la sienne. Aucune ne sortait de sa bouche.

L'une venait de Kathleen.

L'autre de Debbie, sa mère.

Et pendant tout ce temps, il semblerait bien que Rory ignorait tout. Son courrier était expédié dans le New Jersey.

Bien sûr, il reste quelques questions en suspens, mais tout à coup, je sais au fond de moi que tout ce que j'ai cru jusqu'à présent n'était qu'un mensonge. Tout ce que j'ai cru sur elle. Rory n'a jamais cherché à me détruire. Rory ne savait pas. Sa mère était responsable. De tout.

Rory ne m'a pas rejeté.

Elle ne m'a pas trahi.

Elle ne m'a pas haï pour ce qu'il s'était passé.

Ce qui ne s'est probablement *jamais* passé.

Elle est toujours en train de parler, insouciante. Essayant de me convaincre, peut-être. Elle joue avec son piercing au nez. Elle est nerveuse.

Mince alors, Rory. Mince.

La terre tremble sous mes pieds. Des choses remuent en moi. Ça change tout.

Rory est toujours pure et sincère et censée être à moi. Et elle le sera. Même si je dois pour cela affronter Callum, la mère de Rory, et le village tout entier.

Je le ferai.

(Il faudrait peut-être me remettre aux pompes tous les matins si je m'apprête à partir en guerre contre l'univers tout entier.)

Rory tend le cou, à la recherche d'Ashton, ne se doutant pas une seconde que je suis en train de m'adresser un discours d'encouragement qui peut changer ma vie. Elle ne sait pas que mon monde tout entier vient de basculer.

— … déménagé à Manhattan, d'une maison de quatre cent cinquante mètres carrés à un T2 de quarante-cinq mètres carrés. Summer a installé un rideau de perles pour séparer nos chambres de fortune. Mais laisse-moi te dire que c'est gênant quand elle ramène des mecs…

Je m'arrête.

Elle s'arrête aussi, au bout d'un moment. Elle a déjà fait cinq pas quand elle se rend compte que je ne suis plus à ses côtés. Elle se retourne vers moi et penche la tête, perplexe.

Tout ce temps.

Toute cette colère.

Pour *rien*.

J'ai envie de la prendre dans mes bras.

J'ai envie de tomber à genoux et de lui demander pardon.

De pleurer.

De lui raconter ce qu'il s'est passé.

De le lui cacher, pour qu'elle ne sache pas l'enfer que j'ai vécu.

J'ai envie de l'embrasser. De planter mes doigts dans ses longs cheveux, couleur neige en ce moment. De presser mes lèvres entre ses yeux et entre ses cuisses, et sur ce cœur si beau, si parfait, qui bat toujours un peu plus fort sous la paume de ma main. Je veux lui tenir chaud. Pour toujours.

— Quoi ? demande Rory, l'air interloqué, comme un petit enfant qu'on a grondé pour rien. Pourquoi tu me regardes comme ça ?

— Comment ?

Je souris, heureux que l'obscurité lui cache la lueur qui brille dans mes yeux.

— Comme… je ne sais pas. Comme si je venais de te sauver la vie. Tu as l'air à la fois contrarié et heureux.

— Je le suis. Et tu m'as sauvé la vie, dis-je dans un murmure, sachant qu'elle ne pourra m'entendre.

— Je t'en prie, ne le prends pas mal, mais tu es l'homme le plus déroutant, le plus exaspérant, le plus impulsif que j'aie jamais rencon…

Je suis sur le point de m'avancer vers elle pour l'embrasser comme jamais elle n'a été embrassée – on les emmerde, Mec Clinquant, sa famille clinquante, et la bague de fiançailles clinquante que j'ai trouvée dans le tiroir de la table de nuit dans leur chambre quand j'y suis allé pour récupérer la serviette du pub The Boar's Head dans la poubelle (oups).

Elle ne saura jamais qu'il avait l'intention de la demander en mariage avant que je la force à venir ici sous un prétexte professionnel, elle ne saura jamais qu'il a oublié la bague de fiançailles parce qu'il a autant de neurones qu'un tube de Benadryl.

Rory ne partira pas d'ici. Elle reste avec moi.

Elle s'est tue, mais pas pour accueillir mon baiser imminent. Elle lève la main, tête penchée, attentive. Un cri retentit derrière la grange.

— N'essaie même pas de m'échapper. Tu sais qui je suis ?

Une vache meugle bruyamment. Rory et moi nous regardons, sourcils froncés, et nous précipitons à l'arrière de la grange sur l'herbe boueuse et glissante.

Nous faisons le tour de l'énorme bâtiment et trouvons Ashton Richards, l'empêcheur de rouler des pelles, l'air déprimé et complètement perché, toujours vêtu de son peignoir doré, les bras en l'air. Face à lui, une vache est en train de reculer, manifestement consciente qu'entre Ashton et elle, c'est elle la créature la plus intelligente et la plus responsable.

Ashton avance d'un pas incertain vers la vache en levant une jambe en l'air, essayant de se hisser sur l'animal. Bordel. Il essaie de monter la vache comme un cheval.

— Viens ici. Tu sais combien de femmes abandonneraient père et mère pour que je leur grimpe dessus ? Tu le sais ? demande-t-il, entre rire et larmes.

Il est réellement en train de pleurer, ce qui rend la situation d'autant plus bizarre.

Il semble… anéanti. Dévasté. À deux doigts de la crise de nerfs.

Rory braque son appareil vers lui, ajuste le flash et prend une série de photos en silence. *Badass*, me dis-je. Pas seulement parce qu'elle pense d'abord à son travail, mais à cause de son expression stoïque. Une fois satisfaite de ce qu'elle a capturé, elle me tend l'appareil sans un bruit et s'approche de lui pour le tirer par le peignoir.

— Ashton !

Il se retourne et la regarde, incrédule, en se frappant le front du plat de la main.

— Esclave Sexuelle ! Putain, meuf, ton mec fait la gueule depuis que t'es partie. J'espère que vous allez remédier à tout ça tous les deux.

Il tripote sa poche de poitrine avant d'en sortir un paquet de Lucky Strikes. Soudain, il est de nouveau tout sourires. Ce type n'est vraiment pas net.

Bien qu'il n'ait pas tort, Rory choisit d'ignorer cette information sur mon compte et attrape Richards par la taille. Ça ne me plaît pas de voir sa main sur lui, mais si nous ne le ramenons pas tout de suite à la maison, il risque de passer la semaine à l'hôpital à cause d'une vilaine infection pulmonaire.

— Je peux te dire quelque chose ? demande-t-elle.

Il hausse les épaules.

— On ne monte pas à dos de vache, Ash.

— Ce n'est pas une vache, répond-il en montrant l'animal de sa cigarette à moitié allumée, l'agitant dans tous les sens comme si ça prouvait quoi que ce soit. C'est un cheval, ça, mon lapin.

Je plaque mon poing contre ma bouche pour masquer mon sourire. Rory hoche patiemment la tête. De la main, elle tapote gentiment le dos de Richards, le persuadant tout en douceur de marcher jusqu'à moi et de sortir du champ.

— Qu'est-ce qui vous fait penser que c'est un cheval ? demande-t-elle pour maintenir la conversation.

— Il est marron. Les vaches, c'est que noir ou blanc ou les deux.

— Hmm…, fait-elle comme si elle prenait en considération son argumentation. Quoi d'autre ?

— Je l'ai vu sortir de la grange en courant quand je suis passé à côté. Les vaches, ça court pas. C'est gros et paresseux.

C'est faux. J'ai vu des vaches courir, et pas qu'un peu. D'accord, c'est rare, mais c'est possible. Elles ont une course un peu balourde, comme de vieilles dames qui essaient d'attraper le bus.

— Que faisiez-vous là, pour commencer ?

Elle continue de le faire parler. Ils atteignent le chemin en gravier sur lequel je me tiens. Nous avançons en direction du cottage, tout à fait conscients qu'Ashton est suffisamment perché pour faire demi-tour à tout moment et retourner voir la vache pour exiger de la chevaucher. Nous devons l'occuper jusqu'à avoir refermé la porte de la maison derrière lui.

— Je te cherchais, dit-il en se tournant vers Rory, et il lui enfonce sa cigarette dans le bras.

Heureusement, elle s'est éteinte, parce qu'il n'a pas réussi à l'allumer correctement. Je grimace, puis me glisse entre eux pour soutenir Ashton, brisant leur contact. C'est un soulagement de pouvoir me montrer protecteur envers Rory. M'efforcer de la détester était éreintant, et vain.

Déjà, elle ne l'entendait pas de cette oreille. Et puis, je me sentais mal d'essayer de la rendre triste.

— Pourquoi me cherchais-tu ? demande Rory.

— Parce que notre hôte boudait comme un con. Tu sais, je ne pense pas qu'il ait juste envie de coucher avec toi, mon lapin. La seule fois où je l'ai vu sourire, c'était quand tu étais là.

— Notre hôte est marié, fait remarquer Rory, tandis que nous remontons tous les trois la route jusqu'au cottage. À une autre. Tu n'avais pas besoin de venir à ma recherche.

— Non, il ne l'est pas.

Ashton rit, haut et fort, et plus lourdement que la loi ne l'autorise, certainement.

— Tu pensais aussi que la vache était un cheval, Richards. Je ne suis pas certain que tu sois en état de donner ton opinion sur quoi que ce soit, et encore moins mon statut marital, grommelé-je.

Je ne suis pas encore prêt à ce qu'elle découvre la vérité. Pas comme ça. Je veux faire les choses bien, pour qu'on ait une chance. Nous devons être seuls. Au calme. Au chaud. Là où je pourrais m'expliquer.

— Ce n'est pas une opinion.

Il siffle, zigzague sur la route. Je resserre ma prise autour de ses épaules.

— T'es pas marié, mec. Ryner m'a raconté toute l'histoire.

À quelle altitude il plane, ce con ?

— Il a une alliance, fait remarquer Rory.

— C'est parce qu'il est mariéré, hoquète Richards.

— Richards, dis-je, menaçant.

— « Mariéré » n'est pas un mot, intervient Rory.

— Bien sûr que si. C'est marié. Mais au passé.

— La ferme, dis-je en enfonçant ma main dans son épaule, mais il est trop *stone* pour s'en rendre compte.

— Alors quoi, il est divorcé ?

Rory donne un coup de pied dans un caillou. Elle tape dedans depuis que nous sommes sur le chemin en gravier.

— Non, il est veuf. Genre, sa femme est morte et tout. Comment ça se fait que tu le sache pas ? T'es son esclave sexuelle. Vous discutez pas après avoir baisé ? Ou pendant qu'il va chercher le fouet ou te met les pinces à mamelons ? Ah, les jeunes, souffle-t-il en secouant la tête avec désapprobation.

Rory se fige, ce qui nous oblige à tous nous arrêter, puisque nous sommes agglutinés les uns aux autres. Je baisse les yeux pour regarder mes bottes.

Je la vois secouer la tête. Se mordre la lèvre. Je ferme les yeux. *Putain, Richards.*

L'enfoiré trébuche et échappe à notre étreinte. Il nous regarde et essaie de rallumer sa cigarette. Mais la cigarette n'est même pas dans le même hémisphère que le briquet qu'il actionne.

— Oh ! je vois, dit-il en posant ses mains sur ses genoux, riant comme un bossu. Je vois très bien ce qui est en train de se passer.

Nous gardons tous deux le silence. J'ai envie de dire à Rory que je n'ai pas menti. J'étais marié à Kathleen. Elle est morte, mais nous étions mariés. Et ça n'a pas été une partie de plaisir. Rien de tout ça.

Notre mariage.

Sa mort.

Le fait que Kathleen avait dit qu'un jour je la tuerais.

Et le fait que c'est arrivé.

— Vous n'êtes pas une esclave sexuelle et son maître, lance Richards, qui finit par abandonner et balancer sa cigarette. Vous êtes, genre… je ne sais pas. Des ex qui s'étaient perdus de vue ou un truc dans le genre.

Silence.

— Tu es amoureux d'elle, dit-il en enfonçant un doigt dans ma poitrine. Mec, t'es *trop* amoureux. Et toi… (Il se tourne vers elle.) Tu es… je ne sais pas trop ce que tu es. Sacrément paumée, ça c'est sûr.

— J'ai un petit ami, marmonne-t-elle en donnant un coup si fort dans un caillou qu'il atterrit de l'autre côté du champ.

Je n'arrive pas à identifier son ton, et cela me tue, parce qu'*elle* me tue. Ce soir, tout a changé pour moi, mais si tout restait au même point ? Si c'était trop tard ?

Si elle finissait par épouser le connard aux couilles ratatinées ?

— Ton petit ami sait que tu regardes un autre mec comme si son sperme était le nectar des dieux ? demande Richards.

J'avance vers lui et enroule mes doigts autour de son cou.

— Fais gaffe à ce que tu dis sur elle, je fais, ou tu n'auras plus de dents pour le répéter.

Je le relâche et Richards éclate de rire et reprend sa route comme si je n'avais pas essayé de lui broyer les os à l'instant. Rory et moi restons quelques mètres derrière lui, avançant au même rythme. Il chantonne, oubliant notre existence. Je ne sais pas ce qu'il a pris, mais j'espère qu'il y avait du cyanure dedans, parce que, chaque année qu'il passe sur Terre, notre génération s'abêtit un peu plus et un ange (de Victoria's Secret) perd ses ailes.

Rory finit par briser le silence.

— *Mal.*

Ton contrit. Nous y voilà.

— Toutes mes condoléances. Je suis désolée.

Au moins, elle ne m'en veut pas de lui avoir menti.

— Et tellement en colère que je pourrais te trucider.

Ok, j'ai rien dit.

Je me passe la main dans les cheveux.

— Pourquoi tu n'as rien dit ? demande-t-elle dans un murmure.

Devant nous, Ashton balance ses bras en chantant à tue-tête. Une chanson sur les oiseaux et les abeilles. J'espère qu'il ne croit pas réellement à cette méthode de conception, car cela voudrait dire qu'il y aura beaucoup de bébés Richards sur cette Terre dans un avenir proche.

— Tu ne serais pas venue si tu connaissais la vérité.

— Exactement.

Elle triture son piercing.

— Exactement, dis-je à mon tour en levant la tête pour croiser son regard pour la première fois depuis qu'elle a appris la vérité. Tu mérites ce job. Pourquoi gâcher une telle occasion à cause d'un contrat signé sur une serviette en papier ? À cause d'un amour de jeunesse ?

— Parce que ça me consume encore. Les amours de jeunesse ne s'éteignent jamais.

Elle détourne le regard.

Il se met à pleuvoir.

Elle ne demande pas si j'ai gardé la serviette. Elle doit penser que je l'ai jetée dès que j'ai pu, la pensant contaminée, si on considère comment je l'ai traitée jusqu'à présent.

— Comment ? demande-t-elle.

Elle parle de Kathleen, mais je ne suis pas prêt à avoir cette conversation. J'ai d'abord besoin d'un bon remontant et qu'elle soit nue dans mon lit. Et ni l'un ni l'autre n'arrivera ce soir.

Elle déglutit. Détourne le regard. J'imagine qu'elle prend un instant pour digérer le fait que sa demi-sœur et elle ne se réconcilieront jamais. Que les choses vont rester ainsi. À jamais brisées.

— Quand tu seras prêt. Et que tu ne seras plus un enfoiré, bien sûr, ajoute-t-elle, ne plaisantant pas entièrement.

Je le mérite.

Elle prend ma main dans la sienne et la serre.

Je sais que c'est un geste amical. Censé être réconfortant. Mais je ne peux m'empêcher de ressentir un élan de plaisir, et de détermination.

Ashton Richards est en train de faire la roue sous la pluie, en criant :

— Nous allons tous mourir un jour, et nous nous regardons le nombril et faisons des fixettes sur des trucs à chier qui n'ont aucune importance.

Nous ne lui prêtons pas attention.

— Qu'est-ce que t'attend, Dieu ? crie-t-il au ciel, les bras en croix.

Rory et moi nous tournons l'un vers l'autre.

— Je vais dire à Ryner de le mettre en cure de désintox dès qu'on aura terminé, dit-elle.

— Bonne idée.

NOTE DE KATHLEEN, DÉCÉDÉE

D'accord, je l'admets d'emblée de jeu. C'est moi la méchante dans l'histoire.

J'ai menti.

J'ai trompé.

J'ai manipulé les autres pour faire tourner la situation à mon avantage.

C'est ce que vous voulez entendre, et c'est ce que je vous dis, mais ce n'est *pas* la seule chose qui me définit, et je suis loin d'être aussi mauvaise que Glen.

J'ai tout de suite été amoureuse de Mal. Vraiment. Depuis que j'ai deux ans, pas quatorze, quand toutes les autres filles de Tolka ont fini par remarquer que le petit Doherty un peu bizarre n'était plus si bizarre, et était, comme par hasard, excitant, trop cool, et savait conduire des motocross et percer son propre nez et ses oreilles.

Je l'aimais depuis qu'il me laissait jouer au docteur avec lui, prenant son rôle de patient au sérieux, me demandant pour plaisanter de le toucher à des endroits que je n'aurais pas dû connaître à cet âge-là.

Depuis qu'il partageait avec moi les bonbons qu'il apportait en douce à la messe du dimanche parce qu'on s'ennuyait ferme.

Je l'aimais quand il s'exerçait à la guitare et moi, à la couture, et que nous étions tous les deux nuls.

Je ne regrette rien. J'ai fait tout ça parce que je pensais pouvoir le rendre heureux.

Souvenez-vous-en pendant que vous lirez la suite, d'accord ?

Rappelez-vous que Rory a une raison d'être là maintenant.

Et qu'avant de détester ma demi-sœur, j'aime mon mari resté sur Terre.

Si fort.

Oui. Je l'aime *à mourir.*

NOTE DE LA VACHE

Pour info, sachez que les fermiers qui travaillent dans la grange où je vis mettent tout le temps la station de rock à la radio, et j'essaie de ne pas leur en tenir rigueur. En tout cas, cela implique que je connais le travail d'Ashton Richards et, bien que je ne me considère pas comme experte en la matière, je peux dire qu'il n'est pas bien doué.

Ni comme artiste, ni comme chanteur, et probablement pas en tant qu'humain, à en juger par la première et dernière heure que nous avons passée ensemble sur Terre.

Ashton Richards contribue moins que moi à l'effort humain. Au moins, moi, je produis du lait, qui vous fournit du calcium, ce qui renforce vos os. Il est déprimant de se dire que certains humains, comme lui, refusent de se servir de l'intelligence supérieure dont ils ont été dotés.

Il peut marcher sur deux pieds. Apprendre une langue étrangère. Jouer au sudoku.

Et pourtant, il connaît à peine les animaux.

Donc non, je n'ai pas voulu qu'il me monte.

Comme un cheval, une voiture, une femme, ou un vaisseau spatial.

Sûrement pas comme une vache.

Non, un point c'est tout.

10

Mal

De retour dans la maison, Richards plane toujours plus haut que l'Empire State Building, mais semble être dans de meilleurs dispositions. Il est d'humeur tactile, cependant, et pose ses mains sur tout ce qu'il trouve. J'ai un peu l'impression qu'il me touche quand il touche ce qui m'appartient, et je n'aime pas trop qu'on me touche ces jours-ci – sauf si c'est Rory.

— Mec, arrête de gigoter, tu veux ? dis-je dans un soupir.

Il allume la radio et se met à danser dans le salon, même s'il n'y a rien de bien joyeux à ce que George Michael chante que « Last Christmas », on lui a brisé le cœur. Je ne comprends pas pourquoi ils passent des chansons de Noël *après* Noël, mais tout le monde est trop ballonné par les fêtes pour résoudre ce mystère.

Rory est dans la salle de bains, en train de se laver les dents et de se préparer pour la nuit.

Lorsque je me retourne vers Richards, il est en train de se faire un Martini, remplaçant l'olive par un œuf au vinaigre. Je suis sur le point d'aller sous la douche pour me laver et me répéter mentalement le script de ce que je veux dire à Rory. Je ris en moi-même, parce que je l'ai fait venir pour une raison précise et dois à présent changer mes plans du tout au tout, comme si je me dépêchais pour accueillir un nouveau-né à quelques heures de son arrivée. Tout est différent, excitant, nouveau.

La chanson se termine, et une autre commence.

« Belle's Bells », écrite et chantée par Glen O'Connell.

Non. Non. Non. Il ne faut pas qu'elle l'entende.

— Éteins, dis-je sèchement en attrapant le ballon de rugby que Richards a apporté plus tôt dans la journée (« Mec, ce ballon de football est trop bizarre. Il fallait que je l'achète. ») et en le serrant de toutes mes forces entre mes mains pour évacuer ma nervosité.

— Pourquoi ? J'adore cette chanson ! Ce O'Connell a été la star d'un seul tube, mais punaise, quel tube !

Il se met à bouger sur la lente mélodie acoustique d'une manière qu'il doit penser charmeuse, mais en pratique on dirait un mec bourré en train de rentrer chez lui tout titubant.

Comprenant qu'il ne va pas obtempérer, je coince le ballon sous mon bras et me dirige vers la radio posée sur la table de la cuisine avant que Rory ne sorte de la salle de bains.

— Je t'ai demandé de l'éteindre.

Je tends la main vers l'appareil, mais Richards me donne une tape pour m'en empêcher.

Sous la pluie ou le vent, sous la neige ou le soleil, Tu seras toujours la seule chose qui compte…

— Non ! Ça me donne de l'inspiration.

— Quelle inspiration ? Tu n'écris même pas tes propres chansons – probablement parce que t'es un putain d'analphabète.

Pour être honnête, je suis déjà en pétard contre lui d'avoir craché le morceau à propos de Kathleen. Et je ne m'appelle pas Instagram, je n'ai pas de filtres pour les gens, sauf pour Rory. Si quelque chose me passe par la tête, je le dis – conséquence de n'avoir rien à perdre.

Les cloches sonnent, les chorales chantent, ce doit être Noël…

— Pas cool, dit Richards en faisant la moue. Retire ce que tu viens de dire.

— Éteins-moi ça.

— Non.

J'ai beau t'aimer, nous devions nous quitter, quitter
Les sommets, pour toucher le fond…

Je tends la main vers la radio au moment où il essaie de l'attraper. Je lui lance le ballon de rugby en plein visage et récupère l'appareil. Richards chancèle en arrière en se tenant le nez, heurte le mur et tombe à terre. Je bataille pour trouver le bouton pour éteindre l'engin, mais monte accidentellement le son. Très fort. La voix de Glen résonne dans toute la maison, pénétrant dans les murs.

Merde, merde, merde.

Quelque chose tombe au sol. Lorsque je lève les yeux, Rory se tient devant moi, les larmes aux yeux.

Je finis par éteindre la radio, mais trop tard. Elle a entendu. De toute évidence. Merde. Ce crétin de Richards, il a tout gâché.

Elle court jusqu'à la porte d'entrée, l'ouvre à la volée, et s'en va.

D'instinct, je me lance à sa poursuite, ne prenant même pas la peine de verrouiller la porte derrière moi.

Certaines personnes ont tendance à dramatiser. Pas Rory. Je sais que cela l'a physiquement secouée d'entendre la chanson de son père.

Courir après elle me rappelle qu'en un autre temps je n'y suis pas arrivé.

Mais c'est fini. Cette fois, j'aurai la fille.

Il pleut des cordes. Rory porte son pyjama léger et elle est pieds nus. Elle doit être gelée. Je ne supporte pas de la savoir dans une situation un tant soit peu inconfortable.

Elle n'est pas à toi. Elle est à un autre, me dis-je pour rappel.

Mais son Mec Clinquant n'est pas là. Le diable sur mon épaule joue avec sa moustache à la Salvador Dalí.

Et puis, le plan, ça a toujours été qu'elle soit tienne. Mon ange lisse son peignoir blanc, laissant pendre sa jambe par-dessus mon autre épaule.

Une seconde, mon ange n'est-il pas censé me décourager de détruire son couple ?

Mon ange hausse les épaules. *S'ils se marient, il va l'obliger à emménager dans une banlieue artificielle et sans âme et la tromper avant ses quarante ans – avec sa secrétaire à peine sortie de la fac. Je connais ce film par cœur. La fin ne va pas lui plaire.*

C'est juste. J'accélère.

Je suis trempé, le gravier s'enfonce sous mes pieds dans un crissement. La poursuite n'est pas seulement une poursuite parce que mes jambes bougent, mais parce que mon esprit ne veut plus qu'une chose.

À moi.

C'est primaire, charnel, primitif et stupide, mais je ne me suis jamais pris pour un type particulièrement brillant.

Je savais que j'allais détruire sa vie, que je le veuille ou non, à l'instant où j'ai posé les yeux sur elle, quand elle s'est avancée sous les lustres de la salle de bal new-yorkaise comme une fée de légende.

Mais être plus qu'un simple ami pour elle est une tout autre affaire. Je pensais que tout était perdu. Plus maintenant.

Je rattrape Rory et lui bloque le passage vers Main Street. Tout est fermé, à des kilomètres à la ronde et, de toute façon, fuir ses ennuis, c'est un peu comme les poursuivre. Ils restent avec vous, où que vous alliez, vous ne pouvez pas les distancer.

— Laisse-moi partir ! hurle-t-elle, des gouttes de pluie tombant de son nez, de ses cils, des coins de sa jolie bouche triste. S'il te plaît, laisse-moi tranquille. Ça fait mal. Ça fait tellement mal.

Elle fond en larmes, tombe à genoux, tête baissée, vaincue.

Je pose ma main sur sa tête. Curieusement, je ne sais comment, je sais qu'elle a besoin qu'on la touche. Avec Rory, je sais, c'est tout.

Quand je l'ai vue à New York, mon premier instinct a été de lui donner mon manteau, parce que je savais qu'elle avait toujours froid. Je fais la même chose aujourd'hui. Je retire ma veste de chasse cirée et la passe autour de ses épaules, repoussant ses cheveux mouillés qui doivent la gêner.

— Comment les choses ont pu aussi mal tourner ? dit-elle d'une voix brisée. Tu es veuf. Ma sœur est morte. Elle me détestait, et je vais devoir vivre avec ça pour le restant de mes jours. Et je ne peux même pas écouter la voix de mon père sans avoir une poussée d'urticaire. Il n'y a que la mort, tout autour de nous. Même le jour où je t'ai rencontré, j'étais dans un cimetière. C'est comme si nous étions liés par la douleur. Chaque minute passée sous ton toit me déchire, et j'en ai assez de me sentir écartelée.

Je la tire par les bras, bien qu'elle résiste et se laisse retomber au sol. La pluie continue de battre nos visages. Je ne porte rien d'autre qu'un T-shirt, et je sais que je vais le payer demain matin, mais dans l'immédiat, ça m'est égal.

— Ne dis pas ça.

J'essuie ses larmes chaudes de mes doigts, comme si ça changeait quoi que ce soit sous toute cette pluie. Mais ça compte. Pour moi.

— Pourquoi ?

Parce qu'il n'y a qu'avec toi que je me sente vivant.

— La mort nous entoure, oui. Mais la vie aussi. Il faut simplement que tu la voies.

— Ça te tient à cœur, tout à coup ? Tu m'as dit qu'elle était à Dublin, accuse-t-elle en essayant de se dégager de mon étreinte.

— Elle l'est, dis-je, sentant mes oreilles chauffer. Enterrée dans le cimetière dont tu viens de parler. Juste à côté de ton père.

— Mal, Mal, Mal.

Elle digère toutes ces informations. Ça fait beaucoup.

Elle s'y noie, et je ne peux pas l'aider. Seul le temps le pourra.

— Arrête. Ça fait huit ans. La vie continue.

— Il faut que je parte d'ici.

Elle regarde autour d'elle avec frénésie, se mordant la lèvre. Je lui redresse le menton pour qu'elle me regarde.

— Tu vas t'en sortir, princesse.

— Maintenant je suis princesse ? Que se passe-t-il ? C'est… Ce n'est pas bien. Ce n'est pas juste envers Callum.

— Abandonner ça ne serait pas juste envers *toi*.

— Promets-moi de bien te tenir, supplie-t-elle. Dis-moi que tu arrêteras d'être si désagréable. Et… (Elle plisse le nez.) Promets-moi aussi de ne pas être trop agréable, non plus. Dis-moi que tu te rends compte que le pacte de la serviette était une erreur de jeunesse, et n'essaie pas de me courir après. Callum ne mérite pas ça.

Je secoue la tête.

— Je suis désolé.

Je n'ajoute pas que je ne peux pas – ne veux pas – accepter une seule de ces choses, ou que Callum ne semble pas être l'homme qu'il lui faut. Elle est trop imparfaite pour lui.

Mais jamais je ne lui dirai en face. Et je ne veux pas dire imparfaite dans un sens péjoratif. Il a besoin d'une Barbie avec qui jouer au papa et à la maman. Rory est trop compliquée à gérer pour lui.

— Il faut qu'on rentre.

— *Pourquoi ?* hurle-t-elle.

— Parce que nous devons jouer les baby-sitters pour Richards pendant deux mois, et que péter les plombs comme ça n'est pas envisageable. Surtout si c'est parce que la radio a décidé de passer la chanson de ton père décédé qui était absent de ta vie et sans talent, alors même que Noël, c'est terminé.

Elle lève vers moi ses yeux verts qui portent tout le malheur du monde.

— Qu'est-ce que je fais ici ? demande-t-elle.

Sans hausser la voix. L'air mélancolique. Comme une dame.

Une menace pointe pourtant dans sa voix, et j'ai envie de poser ma bouche sur la sienne pour l'effacer et récupérer son venin avec ma langue. Mais je vais devoir attendre avant de l'embrasser. Si je le fais maintenant, je ne m'arrêterais plus, et je dois me lever tôt demain. J'ai fait une promesse que je compte bien tenir – Rory, Ashton, Ryner, et le reste du monde pourront bien aller se faire voir.

— Qu'est-ce que c'est que cette question ?

Je fais glisser mon pouce sur sa joue jusqu'au coin de sa bouche.

Elle me laisse faire. Même si elle n'en a pas conscience.

Au revoir, Mec Clinquant.

— Je veux dire, pourquoi tu as laissé faire ? Pourquoi as-tu pensé que ce serait une bonne idée de travailler ensemble quand tu m'as vue dans cette salle de bal ? Et pourquoi es-tu aussi en colère contre moi ? Qu'est-ce que tu me veux, Malachy ?

Elle me martèle le torse pour me repousser, piétinant la flaque d'eau à nos pieds.

Il pleut encore à verse, mais cela nous est égal. Rory tremble encore, mais pas de froid. Son dos se cambre, et sa bouche se détend, tout en elle crie *sexe, sexe, sexe*. Je reste planté là, absorbant ses petits poings lorsqu'elle se jette de nouveau sur moi.

— Que tu cèdes, dis-je dans un murmure. Je veux qu'on capitule, Rory, comme tu l'as promis il y a toutes ces années.

Avant que la vie salisse ce que nous avions.

— Mais le contrat n'existe plus. Il est mort ! rétorque-t-elle.

— C'est ça qu'il te faut ? Un morceau de papier ?

— C'est important, le papier. Un mariage, c'est un morceau de papier.

— Oui, mais les gens divorcent.

Elle secoue la tête.

— Le contrat n'existe plus.

Je la tire contre moi et la raccompagne à la maison sans un mot.

Rory

Dans la nuit, je me réveille en ayant chaud, pour changer.

Je cligne des yeux, que je sens gonflés, et regarde autour de moi. Il fait nuit noire. La surface sur laquelle je me trouve se creuse, des ressorts grincent. Je suis dans un lit. Dans le lit de Mal.

Holà.

Sous le coup de la panique, ma gorge s'assèche, et soudain je suis en sueur. Je n'ai *pas* couché avec lui après avoir craqué à cause de mon père. Impossible.

Je tapote le matelas derrière moi et trouve le lit vide. Ouf.

Toujours pas convaincue, je roule sur le côté face à la porte ouverte, cherche mon téléphone sur la table de chevet – Mal l'a posé là ; étrangement, je savais qu'il le ferait – et allume ma lampe torche, que je braque vers le salon, que j'aperçois dans l'encadrure.

Elle éclaire la silhouette de Mal sur le canapé, son dos lisse tourné vers moi, tout en cambrure et muscles sous le tissu fin de son T-shirt.

Je me souviens de son odeur sous la pluie : masculine, cuir, kretek, *Mal*.

Puis ses mots reviennent me hanter.

Il veut que nous capitulions, ensemble.

Malgré cela… je sais que je devrais résister.

J'ai mis du temps à l'oublier.

Ce dénouement m'embrase, comme Mal à l'époque.

J'éteins la lampe torche et veux reposer mon téléphone sur la table de nuit, mais je sens un objet sur le meuble – un objet doux et rêche à la fois. Je rallume ma torche pour le prendre.

Mon cœur s'arrête.

Si jamais un jour…

Notre contrat.

La serviette.

Elle est là. Intacte.

Il l'a gardée.

La partie continue.

NOTE DE LA SERVIETTE

C'est dingue, non ?

Je ne pensais pas arriver jusque-là, moi non plus – ni être de nouveau sous le feu des projecteurs. Mais nous y voilà. Et mon pote Mal a bien pris soin de moi. La tache de ketchup s'est imbibée dans mon tissu et a fini par s'estomper, si jamais vous vous posiez la question.

À part ça, je suis au top de ma forme. J'ai eu une petite frayeur il y a deux ans quand la mère de Mal m'a trouvée et jetée à la corbeille (comme je l'avais prédit – j'aurais dû jouer au loto ce jour-là). Quand Mal est rentré, il m'a cherchée partout. Je l'ai entendu, il était dans tous ses états, marmonnait *non, non, non*. J'étais au fond de la poubelle. Il l'a retournée et s'est mis à fouiller. Je n'en croyais pas mes yeux métaphoriques. Il a mis les mains dans les ordures pour me retrouver. Et pas n'importe quelles ordures : restes de nourriture, papiers trempés, emballages aux bords coupants et jus de poubelle. Il murmurait en boucle : *non, non, non*. J'ai cru qu'il allait se mettre à pleurer.

Pour tout vous dire : je ne sentais pas très bon avant, mais depuis l'incident de la poubelle, je sens vraiment les pieds.

Mal s'en fiche.

J'espère qu'il va finir avec elle.

Vraiment.

11

Huit ans plus tôt
Mal

Chère Princesse Aurore du New Jersey,

Bon. C'est gênant.

Surtout parce que je t'ai dit que je voulais laisser faire le destin, et me voilà en train de t'écrire, ce qui revient à faire un doigt d'honneur au destin en passant lentement devant chez lui en voiture après avoir pourri son casier.

J'ai choisi de ne pas laisser le destin décider. Qu'il aille se faire voir. Je ne le connais pas personnellement. Pourquoi lui faire confiance ?

Enfin, je ne t'écris pas à propos de notre contrat. Oublie. Enfin, non, n'oublie pas. Je l'ai encore. J'essaie juste de donner un petit coup de pouce au destin.

Parce que, vois-tu, j'ai réfléchi, et peut-être que j'ai refusé un peu trop vite ta proposition d'une relation longue distance. Ça ne peut pas faire de mal, si ? Essayons.

Et puis, j'aimerais aussi faire remarquer que je ne suis plus le même depuis quelque temps. Je ne suis plus aussi dragueur.

Ça ne m'amuse plus, j'imagine, et de toute façon, ce n'était pas qu'une question de cul, j'espère que tu le sais. C'est plus comme une étape à passer. J'imagine que ça ne va pas te parler, parce que, toi, tu es intelligente, fantastique, que tu vas à la fac et que t'as des seins d'enfer.

Tu penses toujours à ton père ? Question stupide. Bien sûr que tu penses à lui. J'ai beaucoup pensé à ton père depuis que tu es partie. Rien de tordu, je te rassure. Maman dit que les êtres chers qui nous ont quittés nous regardent, assis sur des gros nuages, ce qui est inexact et franchement improbable, comme tu le sais, puisque tu as déjà pris l'avion et que tu es allée au-dessus des nuages. Mais j'aime penser qu'ils nous regardent, surtout pour toi (et un peu pour moi, parce que je ne suis pas totalement insensible vis-à-vis de mon père décédé).

Mais pas tout le temps, hein, parce que j'aime me branler et aller aux chiottes en privé, et ça ne changera pas de sitôt.

Les concerts de rue se passent bien. Deux producteurs de musique ont essayé d'acheter mes chansons, mais j'aime la sensation douce-amère que procure le fait d'être pauvre, talentueux, et de ramer. Une fois que j'aurai goûté à l'argent, je serai fichu, et j'ai envie de continuer à aimer ce que je fais.

Je ne veux pas trop m'étendre, donc je vais m'arrêter là. Comment vas-tu ? Comment ça se passe, la fac ? Tu fais quoi pendant les vacances ? À Noël ?

Tu as déjà mangé une mince pie *? (C'est un plat de chez nous.)*

Je joins des timbres pour que tu puisses me renvoyer une lettre. Je sais que la vie étudiante peut être dure financièrement.

Bisous,

Bises,
Bien à toi,

Mal

Chère Rory,

Je me rends compte que j'y suis peut-être allé un peu fort dans ma précédente lettre. Peut-être que parler des fantômes de nos pères qui me regardent me branler n'était pas le meilleur moyen d'entamer la conversation. Je ne sais pas. C'est nouveau pour moi, ces histoires de correspondance.

C'est juste que la vie n'a pas été facile depuis que tu es partie. J'essaie de la rendre plus agréable.

Ma sœur Bridget a fait une fausse couche. Elle en était à sept mois de grossesse. Nous sommes tous dévastés. Maman est partie passer le mois à Dublin pour la soutenir. Je continue de chanter dans la rue et m'occupe de la maison. J'ai pris un petit boulot à la ferme pour pouvoir aider maman puisqu'elle a arrêté de travailler pour rester auprès de Bridget. Ils disent que ma sœur est déprimée et qu'ils lui ont donné des cachets, mais je crois que maman aussi a besoin de quelque chose.

Tout le monde va bien, sinon. Kathleen porte des jupes très courtes et s'est mise à la cuisine. Mon pote Sean en pince grave pour elle, donc peut-être qu'il y aura un mariage bientôt.

J'ai écrit quelques chansons que j'aimerais te faire écouter, mais pas de souci si tu es occupée. Sinon, tu peux toujours m'envoyer ton numéro de téléphone. Et n'hésite pas à me répondre par mail si c'est plus facile pour toi (oui, je sais que j'enfreins d'autres règles de la serviette) :

Malachydoharrr1989@gmail.com

Ou alors tu peux me renvoyer une lettre par la poste. Ou répondre par transmission de pensée.

(Je plaisante. Ne fais pas ça. Ce n'est pas une forme de communication fiable.)

Je te joins encore des timbres, au cas où tu aurais perdu les précédents.

Patins et câlins,

Mal

Chère Rory,

Félicitations pour le prix de photographie. Je l'ai vu dans la newsletter de ton université.

Trop fier.

(Et tout aussi pathétique.)

Mal

Chère Rory,

Et si tu me disais juste que tu es vivante, et je te laisse tranquille ?

Merci,

Mal

Cher Mal,

Bonne nouvelle : je suis vivante.

Mauvaise nouvelle : parfois j'aimerais ne pas l'être.

Je n'avais pas envie de t'écrire cette lettre.

Parce que je ne voulais pas te blesser comme je m'apprête à le faire. Je t'en prie, garde ça en tête en lisant la suite.

Il faut que tu arrêtes de m'écrire. Tu ne sais pas à quel point c'est douloureux de voir ton nom. Nous ne pouvons pas être ensemble. J'ai tourné la page, et j'essaie de reconstruire ma vie. Après être rentrée d'Irlande, j'ai découvert que j'étais enceinte. J'avais peur, j'étais seule, et j'étais à la fac. Je n'avais aucun moyen de m'occuper d'un bébé. Je n'avais personne vers qui me tourner. Devenir mère célibataire, seule et avec des problèmes d'argent était un cauchemar qui m'étais bien trop familier. Revivre ce qu'a vécu ma mère était hors de question.

J'ai hésité à te contacter plusieurs fois, mais pour dire quoi ?

Tu es là-bas et je suis ici, et ce n'est pas comme si tu pouvais subvenir aux besoins du bébé et aux miens.

J'ai avorté. Je ne le regrette pas, même si une partie de moi pleure la perte de cet enfant. Chaque année, je me réveillerai en pensant à l'âge qu'il aurait. À quoi il ressemblerait. À ce qu'il ferait de sa vie.

Tu étais une merveilleuse erreur, mais ça ne veut pas dire que je ne te regrette pas.

Chaque lettre que tu m'écris est un rappel de ce que je n'aurais pas dû faire.

Arrête.

Si tu tiens à moi, tu respecteras mon souhait et me laisseras tranquille.

Pas bien à toi,

Rory

Comme une lame tranchante, la lettre m'ouvre en deux pour me vider de mes entrailles. Tout ce qu'elle y dit me donne envie de vomir.

Le contenu.

La confession.

L'avortement.

L'erreur.

Le fait que la lettre est tapée à l'ordinateur et non écrite à la main – j'avais écrit toutes les miennes à la main —, avec l'encre qui bave, qui me laisse deviner qu'elle l'a fourrée dans une enveloppe à la va-vite dès sa sortie de l'imprimante, sans lui laisser le temps de sécher. Ça aussi, ça fait mal.

Elle est froide, en rupture affective, différente – ce n'est pas la fille qui m'a questionné sur Dieu et a couru avec moi sous la pluie.

Je craque. Je finis – enfin – par craquer.

Me prépare pour une cuite destructrice.

Maman n'est pas là, Bridget va mal, Rory s'est débarrassée de notre enfant, m'a traité d'erreur, et m'a bien fait comprendre que c'était fini.

Je n'ai plus de raison de vivre, de mourir, de me battre.

Je descends jusqu'au village en voiture. Je compte acheter tout l'alcool que je peux me payer, c'est-à-dire pas grand-chose puisque maman ne travaille plus et que c'est moi qui paie les factures et les courses. Quand j'arrive à la caisse et plante les deux bouteilles de vodka devant la caissière, je fouille mes poches pour découvrir qu'elles sont vides. Ma journée à chanter dans la rue n'a pas été très productive. La météo était catastrophique, et tout ce que j'ai gagné, je l'ai jeté dans le bocal d'un SDF parce qu'il avait l'air d'en avoir besoin.

Mon portefeuille aussi est vide. Je fais mine de chercher dans les autres poches, sous le regard insistant de la caissière, et songe à voler ces foutues bouteilles quand une main délicate se tend à côté de moi pour donner une carte de crédit à la dame.

Kathleen avance d'un pas, dans une de ses minuscules robes moulantes où il y a du monde au balcon, et me lance un sourire charmeur.

— Mal, roucoule-t-elle.

Elle ne fait que roucouler ces jours-ci.

Je la laisse payer mon alcool sans même protester, foutu gentleman que je suis. Elle rajoute dans le lot un sachet de chips et des chewing-gums à la menthe, sans se départir de son sourire éclatant.

— Merci.

J'attrape les bouteilles par le goulot. J'hésite à lui dire que je lui en dois une, mais je n'ai aucune envie de lui payer un verre. Je préférerais glisser les billets dans sa boîte aux lettres.

— Je peux me joindre à toi ? J'aurais bien besoin d'un remontant.

J'imagine, me dis-je, rageur.

Bon sang, je n'ai aucune envie de raisonner comme un salaud. C'est assez dérangeant comme ça de voir mes potes se montrer des photos de leurs copines à poil. L'idée d'être ce genre de mec me débecte.

Kiki joue avec une mèche de ses cheveux et – dingue – elle roucoule :

— Longue semaine. Beaucoup d'exams.

— Ne le prends pas mal, mais je préférerais être seul ce soir. Tu sais quoi, je te donne une bouteille et on remet ça. Je serais de bien mauvaise compagnie, de toute façon.

Ce pourrait être l'euphémisme du millénaire. J'attrape une bouteille et regagne ma voiture. Je fais vrombir le moteur, mais il tousse. Super. Un voyage chez le garagiste, c'est tout ce dont mon découvert avait besoin. Par la vitre, je vois Kath se rapprocher de la voiture en secouant la deuxième bouteille dans les airs, et j'écrase la pédale d'accélérateur pour essayer de démarrer.

Allez, allez, allez.

Sa main est sur la poignée. C'est comme un film d'horreur. Parviendra-t-il à s'enfuir ? Je fais tourner les clés dans le contact tandis qu'elle ouvre la portière et se glisse dans l'habitacle.

— C'est encore moi, chantonne-t-elle en coinçant la bouteille entre ses jambes nues.

Je frappe sur le volant, les yeux rivés devant moi.

— J'ai dit que je…

— Je m'en tape, me coupe-t-elle. Je sais que tu vas avoir un caractère de cochon. Je veux quand même être là pour toi.

Chez moi, j'ouvre une bouteille, que nous nous passons pour remplir nos tasses à thé à ras bord, assis à la table à manger. Il pleut comme vache qui pisse dehors, et soudain je déteste Tolka, l'Irlande, et je me déteste. Pas étonnant que Rory ait envie de couper les ponts avec nous. Tous autant que nous sommes. Il vaut mieux qu'elle ne sache pas quel genre d'homme était son père. Disons juste que ce n'est pas pour rien que Kathleen n'a pas eu le cœur brisé quand il est mort.

Arrête de trouver des excuses à Rory. C'est une salope de première classe qui ne t'a même pas prévenu avant d'avorter de ton enfant.

Son corps, sa décision, me dis-je. J'aurais juste aimé qu'elle me prévienne. J'aurais pu plaider ma cause. Envisager nos options. Faire ma demande.

Oups, là, il est temps d'arrêter de boire.

— On dirait que t'as bien besoin d'un autre verre. Laisse-moi faire, me dit Kathleen en remplissant ma tasse pour la troisième fois, faisant déborder la vodka.

Je remarque que la sienne ne descend pas. Pas étonnant. Kiki n'a jamais été une grande buveuse. Alors pourquoi a-t-elle dit qu'elle avait besoin d'un verre ? Je ne prends pas le temps de chercher une réponse, trop occupé à me noyer dans le chagrin et l'alcool pour décoder son attitude.

— Tu ne vas pas me demander ce qu'il s'est passé ?

Je grommelle dans ma tasse déjà à moitié vide. J'ai descendu mes deux premiers verres comme si c'était de l'eau.

Kathleen se rassied en face de moi et secoue la tête.

— Je pense savoir de quoi il s'agit, et en apprendre davantage ne me ferait que plus de mal. Je fais preuve de retenue.

— Content de savoir qu'un de nous deux le peut, je marmonne en pensant à ces lettres stupides.

Je ne les oublierai jamais. Je sais maintenant que je ne vendrai jamais de chansons. Je ne peux pas courir le risque qu'elle divulgue ces lettres si je deviens connu.

— Tu ne mérites pas ça, me console Kiki en se penchant en avant pour me caresser l'épaule.

— Si, je t'assure, dis-je en riant au plafond. Je me suis ridiculisé. C'est ma faute.

— Jamais tu ne pourrais être ridicule, Mal. Tu es l'homme le plus intelligent et le plus talentueux que j'aie jamais rencontré.

— Alors tu devrais changer de cercle social, milady.

Je lève la tasse et avale son contenu d'un seul trait.

Tout tourne autour de moi – le monde est blanc, lent, mou. L'air est lourd, étouffant, suffoquant. J'ai l'impression d'être au fond d'un étang trouble.

Au début, je ne fais même pas attention quand Kath s'installe sur mes genoux. Ce n'est que lorsqu'elle passe ses bras autour de mon cou, aussi lourds qu'une corde, que je cligne des yeux et recule la tête pour m'éloigner de sa bouche.

— Kiki. Non.

— Chut, Mal. Laisse-moi prendre soin de toi.

Elle m'attrape par la nuque et me plaque la tête contre sa poitrine. C'est agréable. Elle a des gros seins. Plus gros que ceux de Rory. Ils sont doux et chauds contre mon nez et ma bouche. Ils sentent la sueur et un parfum floral.

Kath passe ses doigts dans mes cheveux, m'embrasse au sommet de la tête. Sur l'oreille. La joue.

— Ta sœur. Je l'aime, dis-je dans son décolleté.

Il est grand ouvert pour moi. Je plonge ma langue entre ses seins, goûte sa peau salée, qui me déplaît, cela me rappelle pourquoi je n'ai couché avec personne depuis que Rory est partie.

Kathleen ne dit pas un mot. Elle libère un de ses seins de son soutien-gorge et frotte son téton durci contre ma joue.

— J'ai pas envie de te baiser, dis-je sans ménagement en retirant ma tête.

C'est la vérité, mais il n'empêche que je bande. Parce qu'elle est là, qu'elle est douce et qu'elle a envie – contrairement à la princesse Aurore du New Jersey. Kathleen est chaude, et non froide comme Rory, mais c'est facile à oublier quand vous êtes complètement foutu. Surtout que Kathleen a un bout de Rory en elle – un fragment d'ADN et de gènes que Rory ne pourra jamais enlever à ce village. À moi. Kiki est là, à Tolka, ne demandant qu'à être baisée. Et je bande si fort que mon caleçon s'est transformé en tente.

Oh ! j'aimerais tellement être comme Daniel, Sean, Jake ou n'importe quel autre de mes potes, qui pourraient baiser Kiki juste parce qu'elle est là.

— Dégage, dis-je en secouant la tête. S'il te plaît, chérie. Tu vaux mieux que ce que tu es en train de faire.

Mais les mains de Kathleen sont partout. Sur mon torse, mes épaules, mon dos, mon visage. Elles m'attrapent la mâchoire, et Kathleen se penche pour m'embrasser, fort, durement, cruellement. Avec la langue et la haine et la frustration qu'elle ressent. Elle m'embrasse comme si je lui avais fait un sale coup et que je devais payer.

Ma tête tourne comme un manège cassé. Je proteste :

— Arrête. Arrête. Arrête.

Elle plaque sa main contre mon érection et serre.

— Si tu n'en avais pas envie, tu ne banderais pas.

— Faut qu' t'arrêtes, dis-je d'une voix traînante.

Ignorant mon ordre, elle déboucle ma ceinture. Mon esprit n'est qu'un brouillard grisâtre de pensées confuses mais parvient à relier les points entre eux. Sa nouvelle lubie des jupes et robes courtes permet un accès facile. Elle avait tout prévu. Et elle apporte toujours à manger et à boire quand elle vient. Coïncidence ? Je ne crois pas.

Je sens son sexe chaud et humide descendre sur ma queue palpitante.

— Kathleen, je ne veux pas te baiser, répété-je, aussi clairement que possible.

Ce qui est en train de se passer me rend malade. Parce que je sais que Rory ne voudrait plus jamais de moi si elle savait que j'ai couché avec sa sœur. Égoïstement, c'est la première chose qui me vient en tête, la seconde étant que je ne veux pas blesser Kiki ni l'induire en erreur.

— Tu es pourtant en train de le faire, siffle-t-elle en me léchant dans le cou. Et tu vas continuer jusqu'à ce que tu jouisses.

Elle se soulève, puis s'abaisse, amplifiant la friction, et mes bourses se tendent.

— Non.

— Si. Mal, tu me fais tellement mouiller, dit-elle.

Et c'est vrai. Jamais je n'ai connu chatte plus mouillée.

Rory peut aller se faire foutre.

Rory qui m'a entubé, Rory qui nous prenait pour une aventure sans lendemain.

Je me tape sa sœur maintenant, et on dit que la vengeance est douce, mais l'amertume qui explose sur ma langue est si tangible que j'ai envie de vomir.

La chatte de Kathleen, en revanche, n'a rien d'amer. Elle me chevauche pour de bon maintenant, bougeant lentement de haut en bas sur mon sexe. J'entends nos cuisses qui claquent. Sens ses fluides tremper mes poils pubiens. Elle gémit dans ma bouche, de ses lèvres douces et affamées. Elle me mord la lèvre et me fait saigner tout en se crispant autour de moi.

Je ferme les yeux et renverse la tête en arrière de façon à ce qu'elle ne puisse pas poser ses lèvres sur les miennes. Ce n'est pas ce que je préfère, embrasser. Baiser, en revanche…

— Plus vite, Rory.

Si Kathleen remarque mon lapsus, elle laisse passer. Elle accélère la cadence, mes testicules se contractent, et je sais que j'y suis presque.

J'ai toujours essayé d'être un bon amant. De faire un cunni à la fille, d'aller loin, de sentir ce qu'elle aime et n'aime pas. Mais dans l'immédiat, tout ce que je veux, c'est la satisfaction personnelle d'être dans le vagin de la sœur de Rory, de la blesser sans qu'elle le sache.

Pourtant, je ferme les yeux et imagine que c'est elle que je baise.

— Rory, Rory, Rory, je scande impudemment, trop à l'ouest pour être bon, être juste, être présent. Je vais jouir.

— Jouis, roucoule Kathleen.

Sa voix est grave et rauque, comme celle de Rory. Je me décharge en elle, grognant de plaisir et de frustration.

Je sens les jets de sperme aller droit en elle, et c'est là que je prends conscience que je ne portais pas de capote.

Et c'est là que je prends conscience que ça m'est égal.

La seule autre fois où je l'ai fait sans protection, c'était avec Rory, et ça n'a pas bien fini.

Mais Kath… Kath n'a rien à voir avec Rory.

Elle m'est dévouée. Elle n'est pas celle qui chasse, mais une proie volontaire.

— Ça ne me dérange pas, tu sais, me souffle-t-elle. Que tu cries son nom. Vraiment. Ça a un petit côté pervers. Ça me plaît.

Je l'attrape par la taille d'une main et par la mâchoire de l'autre et l'embrasse violemment sur la bouche, ignorant le sang qui coule sur mes genoux.

Ce qu'il signifie.

Ce qu'elle vient de me faire.

Ce que j'ai pris sans le vouloir.

Et le désastre qui nous attend au tournant.

12

Aujourd'hui
Rory

Rory : T'es assise ?

Summer : Meuf, c'est quoi cette question ? Qui est debout sans raison ? On est au 21e siècle. À moins d'être à la salle de sport ou en train de faire la queue pour un Jamba Juice, on est tout le temps assis.

Rory : Mal est veuf.

Summer : ? ? ?

Rory : C'est quoi que t'as pas compris ?

Summer : Pourquoi t'es concise et de mauvais poil sans raison.

Rory : Pardon. Pardon. Je suis sous le choc. Kathleen est morte il y a un certain temps. Il n'a pas voulu me donner les détails. Je suis effondrée, Summer. C'était ma sœur.

Summer : Demi-sœur. Et c'est normal. Mais n'oublie pas qu'elle n'a pas été tendre avec toi.

Rory : Mais même. Je fais quoi ?

Summer : Tu fais tes valises et tu dis au revoir à Cillian Murphy Jr. Ça pue cette histoire. Il est officiellement dispo et en a après tes fesses.

Rory : A, on travaille ensemble, et B, il ne ressemble PAS DU TOUT à Cillian Murphy.

Summer : A, je m'en fous, et B, dommage, hein ?

Rory : Sérieux, je fais quoi ?

Summer : Mal. Tu te fais Mal, apparemment.

Rory : Comment tu peux être si insensible vis-à-vis de la mort de Kathleen ?

Summer : Après ce qu'elle t'a dit avant que tu partes, comment peux-tu ne PAS l'être ?

Rory : Ce n'est pas tout.

Summer : Je savais qu'il y avait pire. Je le savais. Dis.

Rory : Il a gardé la serviette.

Summer : Comment tu sais ?

Rory : Il l'a laissée sur ma table de nuit hier soir.

Summer : $# %$ %&^^*# %# ! ! % %^&^ %& %^

Rory : Après m'avoir dit qu'il voulait qu'on se soumette aux promesses qu'on s'était faites.

Summer : GIF de J. Alexander, juge d'*America's Next Top Model*, l'air scandalisé.

Rory : Je n'arrive pas à croire que tu ne prennes pas ça au sérieux. Ça l'est.

Summer : Il est veuf, c'est sérieux. Je te dis que ce n'est pas une bonne idée, c'est sérieux. Que tu t'apprêtes à vivre sur un petit nuage d'orgasmes pendant quelques semaines, au risque de perdre ton petit ami parfait, c'est PAS sérieux.

Rory : Je ne vais pas tromper Callum.

Summer : Je te le dis. D'ici la fin de la journée, tu seras toute nue dans son lit.

J'ai un aveu à faire, mais les gars, ce n'est pas joli-joli.

Je ne suis pas une personne atroce. Je suis seulement réelle. J'aimerais être un peu moins réelle. J'aimerais être un personnage pétillant de livre ou de télé, toujours serviable, gentil, loyal. Mais je ne le suis pas.

Nous avons tous des casseroles, et les miennes m'ont mises dans de beaux draps il y a quelques mois.

Tout ce que je veux que vous sachiez à ce stade, c'est que j'aime ma meilleure amie très, très fort et que je l'aimerai toujours.

Mais l'amour se manifeste de bien des façons, et ce n'est pas toujours via l'éventail de sentiments positifs qu'on imagine quand on pense à l'amour.

J'aime Rory, mais parfois j'aimerais qu'elle se secoue un peu.

Elle est tellement naïve, égocentrique, crédule.

Franchement, qui va passer deux mois en Irlande pour travailler avec l'amour de sa vie, laissant derrière elle un petit ami qu'elle n'aime clairement pas ?

Elle.

Ça va se terminer dans les larmes.

J'espère juste que je serai là pour les essuyer.

Oh ! mon aveu ? Vous verrez.

Rory

Il a une sale gueule.

Il a la peau pâle, les yeux tombants et embués, le nez rouge, et l'air totalement vidé. De fines gouttelettes de sueur froide perlent sur son visage et son cou. Il pose le gâteau sur la table, ainsi qu'un petit paquet cadeau.

— Je m'en vais, dit-il platement.

Sa voix rauque est super rocailleuse, super gutturale, super *différente*. Il s'est passé quelque chose entre hier soir et ce matin, et je me creuse la tête pour savoir quoi.

— Tu es malade.

J'ignore le gâteau et le cadeau. Je me fiche de savoir qui fête son anniversaire, sortir de la maison dans son état est une mauvaise idée.

— Reste, lui dis-je.

Il secoue la tête et me rétorque :

— C'est important.

Je demande :

— C'est l'anniversaire de qui ?

Il pose ses doigts sur ses sourcils, regard baissé. Une réaction étrange, mais bon, Mal est un étrange personnage. Puis je me rappelle que je ne suis pas la bienvenue dans cette ville ; peut-être ne veut-il pas m'inviter à cet anniversaire, tout simplement. La honte et la douleur me transpercent le cœur à cette pensée, mais je laisse couler.

— Où est Ashton ? dis-je, surtout pour couvrir les gargouillis de mon ventre.

Il m'adresse un sourire las, et Mal le Rigolo apparaît dans ses yeux rieurs.

— Notre cher ami s'est tiré au beau milieu de la nuit, pendant qu'on dormait. TMC a rapporté qu'il a pris son jet privé à l'aéroport de Dublin et s'est envolé pour la Thaïlande pour monter à dos d'éléphant.

— Tu plaisantes, dis-je, et les yeux me sortent presque de la tête.

Mal secoue la tête, puis tousse. Une toux sèche et puissante qui manque de lui démonter une épaule.

— Ryner vient d'appeler pour me résumer la situation.

— Il doit être en train de péter un plomb.

Mal hausse les épaules.

— Il faut s'y attendre quand tu signes un contrat à quarante millions de dollars avec une rock star qui se shoote à l'héroïne, sniffe de la coke et aime le LSD, et que tu penses qu'il va gentiment rester dans un trou paumé en Irlande pendant deux mois. Tiens. Regarde ça.

Il tourne son ordinateur portable vers moi et clique sur un lien TMC. Ashton, à dos d'éléphant, agite les bras dans tous les sens, en sandwich entre un guide et une femme magnifique qui ne doit avoir guère plus de dix-huit ans.

— L'éléphant, bande d'enculés ! La plus grande force de la nature depuis les dinosaures ! Wou-hou ! hurle-t-il.

Je me couvre la bouche, me retenant de sourire.

— En réalité, c'est la baleine bleue, l'animal le plus imposant de la planète, marmonne son assistante (la fille à qui Mal a donné son numéro), au sol avec le reste de l'équipe d'Ashton.

— Ouais, mais je parlais des mammifères, dit Ashton.

— Les baleines sont des mammifères.

Ashton pousse un cri perçant.

— Eh, bah, super. Faites-moi tout de suite descendre de cet enfoiré d'éléphant. On dirait des grosses couilles violettes toutes fripées, de toute façon.

Je clique sur la croix pour fermer la vidéo, essayant de ne pas me laisser impressionner par les deux millions de vues.

Je me tourne vers Mal.

— Tu as une mine de déterré.

Je décide de lui ficher la paix à propos de la serviette. Nous en parlerons plus tard. Il ne semble pas prêt à discuter pour le moment. Ma priorité est de m'assurer qu'il ne passe pas cette porte de sitôt. Le tonnerre gronde dehors, la pluie tambourine sur le toit. La lumière vacille un instant.

Encore ce destin à la con.

— À la tienne.

Il lève sa tasse de thé à ses lèvres et prend une gorgée.

Je fais le tour de la table et pose ma main contre son front. Il est brûlant.

— Tu restes ici.

— J'ai bien peur de ne pas te demander la permission, Rory.

— Tu ne bouges pas d'ici, insisté-je en essuyant la sueur de son front. Tu vas mourir si tu sors. Et je me retrouverai toute seule ici, et ça craint.

C'était une blague, mais je n'avais pas pensé à Kath. C'est ce qu'on appelle une gaffe. *Comment est-elle morte ? Est-ce qu'elle était malade ? Tu t'es occupé d'elle ?* Avant d'avoir toutes ces réponses, je vais devoir faire attention à ce que je dis.

— Tu n'es pas seule, dit-il en déposant une bise amicale sur mon front. Il y a des souris dans le grenier.

— Mal.

Je suis son regard et tombe sur les clés de voiture posées entre nous. Je secoue la tête.

— Promets-moi de ne pas partir.

— Qu'est-ce que j'ai dit au sujet des promesses, Rory ? Je ne les fais que si je compte les tenir. Et toi ?

Il tousse de plus belle.

Il n'y a qu'un seul endroit où il doit aller, là, tout de suite. Au lit.

Mal avait raison. Le salon n'est pas un endroit pour dormir, et c'est ma faute s'il est dans cet état. J'aurais dû céder et dormir dans le sac de couchage dans sa chambre chauffée. Pourtant, j'ai insisté pour qu'on ne partage pas sa chambre. Et voilà qu'il est malade comme un chien parce qu'il a cédé à mon caprice.

Je ramasse ses clés, tourne les talons et cours jusqu'à la chambre d'Ashton, où je m'enferme. Mal s'élance à ma poursuite et frappe sur la porte du plat de la main en protestant :

— Rory !

— Va au lit !

— Il faut que j'y aille.

— Pas dans ton état. Peu importe qui fête son anniversaire, Mal. Tu restes ici. Si tu veux, je peux leur passer un coup de fil pour t'excuser.

J'entends son front glisser contre la porte en bois tandis qu'il s'accroupit, certainement trop épuisé pour tenir debout.

— Je doute qu'ils aient envie de t'avoir au téléphone, dit-il avec un rire amer.

Aïe. L'enfoiré est de retour.

— Qui est-ce ?

J'essaie de ne pas paraître affectée. Mais ma voix est tendue et se brise.

— Rory, chérie, ce n'est pas une blague.

— Je refuse que tu quittes la maison, Mal, sauf si c'est pour aller aux urgences – auquel cas c'est moi qui conduis.

Silence de l'autre côté. Une minute passe, et je me dis qu'il réfléchit à mon offre. Une seconde s'écoule, et je me demande s'il ne s'est pas évanoui. J'ouvre timidement la porte, regarde à gauche, puis à droite, mais il n'est nulle part.

— Mal ?

Je me précipite dans le salon. La porte d'entrée est légèrement entrouverte. Non, il n'est pas…

J'ai les clés à la main, et il grêle dehors. Impossible qu'il soit parti. Mes yeux se posent sur la table de la cuisine. Le gâteau a disparu. Le petit paquet cadeau aussi.

Merde.

Je saute dans la voiture, toujours en pyjama, et descends la route en vitesse. Je le trouve en train de marcher sur la bande d'arrêt d'urgence, tenant à la main le gâteau enveloppé dans un sac plastique. Mal est trempé. Je ralentis et baisse la vitre.

— Mal !

L'eau trempe ses cheveux et dégouline sur son visage. La détermination chiffonne son visage, et sa peau a pris une teinte bleue anormale.

— Monte ! Je t'emmène où tu veux.

— Non, merci.

— Mal !

— Rentre à la maison, Rory.

— S'il te plaît. Je ne savais pas.

— Rentre.

Il s'arrête et me lance un regard noir. Son ton définitif me frappe au plus profond de moi. Je ne sais pas où il va, mais je n'y suis pas la bienvenue.

— Tu ne peux pas venir avec moi, et j'y vais, quoi qu'il m'en coûte. Ta meilleure option est donc de m'attendre à la maison. Tu me fais perdre mon temps, et chaque minute passée sous la pluie battante à essayer de te convaincre d'*arrêter* de me suivre est une minute de plus que je passe debout sous la pluie, empirant mon état. Tu me suis ?

Pourquoi est-il si dur ? Si abattu ? Si… *en colère ?* Il est si différent d'hier, je refuse de croire que c'est uniquement parce qu'il s'est réveillé avec un rhume.

Je suis confuse et furieuse, attristée par la tournure qu'ont pris les événements ce matin.

— Continue d'avancer, dis-je en pointant un doigt accusateur sur lui, mais je te commande un taxi. Et tu ferais mieux d'être rentré pour 13 heures, ou je te jure que je vais chercher le numéro de ta mère et de ton grand-père et les appeler.

J'appuie sur l'accélérateur et l'abandonne là, avec son gâteau trempé, son paquet cadeau, et ce fil invisible entre nous sur lequel il semble tirer chaque fois que je m'aventure trop loin à son goût.

Je lui laisserais bien la voiture, mais il n'est pas en état de conduire, et j'ai peur qu'il s'évanouisse au volant.

Au stop suivant, j'appelle une compagnie de taxi de la banlieue de Tolka et leur demande d'aller chercher Mal où je l'ai laissé. Je leur dis que je leur ferai un versement PayPal de cent euros s'ils arrivent dans les cinq minutes. Puis je poursuis ma route jusqu'à Main Street et me gare devant le marchand de journaux, secouée par un sentiment d'humiliation que je ne peux expliquer.

En réalité, je n'ai pas la moindre idée de ce que je suis en train de faire. Je sais seulement que j'ai quelques heures à tuer avant que Mal revienne de sa mystérieuse fête d'anniversaire. J'ouvre la boîte à gants et trouve un billet de cinquante euros. Puisque je viens de dépenser le double pour faire conduire Mal à son rendez-vous, je me dis que je peux bien le lui emprunter. Je sors de la voiture et entre dans la boutique, où j'attrape un panier dans lequel je jette médicaments contre le rhume, tisanes, barre chocolatée Cadbury, chips, et un club-sandwich pour calmer mon ventre qui gargouille. Lorsque je donne le billet à la jolie caissière brune, elle le retourne et secoue la tête, avant de me le rendre avec un sourire confus.

— Je ne peux pas l'accepter. Il est abîmé.

— Comment ça, abîmé ?

Je ne comprends pas. Je commence à croire que tout le monde me déteste dans cette ville, purement et simplement. Ils n'acceptent même pas mon argent ?

— Quelqu'un a écrit dessus.

Je prends le billet et le retourne. En effet, mon nom y est inscrit, ainsi qu'une date.

La date à laquelle j'ai jeté le billet dans l'étui à guitare de Mal.

Il l'a gardé. Comme porte-bonheur. Pour forcer le destin. Pour une raison que j'ignore, il a gardé ce billet *et* la serviette. Qu'est-ce que ça veut dire ?

Mon cœur battant à tout rompre comme un animal en cage, je range le billet dans ma poche de pyjama.

Est-ce que tu ressentais la même chose que moi, Mal ? Est-ce que, toi aussi, tu avais l'impression d'avoir un trou dans la poitrine ?

Si c'était le cas, il n'aurait pas épousé Kathleen. Je prends mes rêves pour des réalités. Ce n'est pas la première fois. Et puis, il y a Callum. J'aime Callum.

Callum, Callum, Callum.

— Écoutez, c'est tout ce que j'ai sur moi. Je loge tout au bout de Main Street, chez M. Doherty. Est-ce que je peux revenir dans quelques heures avec l'argent ? Je meurs de faim. Et puis, mon hôte est malade, et je…

— Je sais qui vous êtes.

La femme baisse la voix, et ses yeux s'adoucissent. Elle a un étrange mélange d'accents irlandais et indien – doux, rond et chaud, comme des épices et du miel.

— Vraiment ?

Je pousse un soupir.

Décidément, les nouvelles vont vite dans les petits villages. Enfin bon, je me suis pris le bec avec Maeve et Heather ici même il y a à peine vingt-quatre heures.

La caissière se met à ranger mes affaires dans un sac en nylon à rayures bleues et blanches.

— Je suis arrivée à Tolka trois ans après le départ de votre mère. Ils m'ont raconté l'origine de votre cicatrice. Je suis désolée, Aurore.

— Hein ?

Je lève les yeux vers elle. Je ne souris plus.

Pour commencer, ma mère n'est jamais venue ici – elle a dit ne jamais avoir mis les pieds en Irlande – alors comment aurait-elle pu en partir ? Et je suis née avec cette tache de naissance. C'est ce qu'elle a dit. On n'est pas dans Harry Potter, où les cicatrices ont une signification profonde. Elle est ce qu'elle est : une tache de naissance. Me connaissant, j'ai dû me donner un coup dans l'utérus par accident.

La caissière me tend le sac en secouant légèrement la tête, sa longue natte se balançant dans son dos.

— Offert par la maison. Je suis contente que vous ayez survécu.

— Survécu à *quoi* ? dis-je en tâchant de ne pas perdre patience. Qu'avez-vous entendu sur moi ? Sur ma mère ?

La sonnette au-dessus de la porte tinte ; quelqu'un entre dans la boutique. La lumière vacille, juste un instant. *Jour. Nuit.* L'univers essaie de me faire passer un message. L'univers peut aller se faire voir. Il ne m'a été d'aucune aide jusqu'à présent. Il s'est juste bien amusé avec moi.

Dès que la femme reconnaît le nouveau client, elle écarquille les yeux et ferme la bouche. Je me retourne. C'est le père Doherty, et il a une bouteille de vin à la main, manifestement pressé de payer et de partir.

Tiens, tiens, tout le monde fait la fête et on n'invite pas la méchante sorcière de l'Ouest.

J'aimerais pouvoir dire que je suis contente de le voir, mais plus que tout autre chose, c'est la panique qui me saisit. Ça me fait paniquer que Mal soit malade et déambule sous la pluie, paniquer de perdre ce que j'ai avec Callum, mais surtout, cela me terrifie de penser qu'il existe un lourd secret sur mon passé dont je n'ai pas connaissance.

Les réponses dessinent une spirale démoniaque autour de moi et dansent en riant aux éclats. Seulement, elles sont invisibles à mes yeux.

— Rory, s'exclame le père Doherty, surpris.

Si surpris qu'il titube et heurte une étagère de magazines. J'arque un sourcil. Impossible que son petit-fils ne lui ait pas dit que j'étais là.

— Je voulais venir vous saluer, reprend-il, avant de s'éclaircir la gorge avec un sourire gêné.

Il fait encore plus vieux qu'il y a huit ans. Plus faible, aussi. La tragédie peut altérer la teinte de votre visage. On repère toujours les gens qui sont en deuil avant même qu'ils ouvrent la bouche.

— Bien sûr, dis-je avec un sourire patient, sachant qu'il est inutile d'être dans la confrontation.

— Je voulais vous laisser le temps de vous installer. Comment allez-vous ?

— Oh ! vous savez, dis-je en enroulant le sac en nylon autour de mon poing. Cette gentille dame était en train de me raconter une histoire, n'est-ce pas, madame…

Je me retourne et la surprends en train de regarder le père Doherty avec une pure terreur au fond des yeux.

Mais qu'est-ce qu'il se passe, bordel ?

— Patel, répond-elle. Divya Patel. En fait, je… je… (Elle m'adresse un sourire confus.) Je ne sais pas ce qui m'est passé par la tête. Je vous ai confondue avec une autre. Tout ça est si flou. Il s'est passé beaucoup de choses depuis que je suis arrivée à Tolka.

Je les regarde tour à tour. Incroyable. Il vient de la faire taire d'un simple regard.

Le père Doherty sait une chose que j'ignore. Divya aussi.

J'abandonne ce simulacre de civilités et me retourne vers elle.

— S'il vous plaît. J'ai le droit de savoir comment j'ai eu cette cicatrice.

Elle me regarde, regarde le père Doherty. J'ai envie de crier. Elle lui demande la permission. Il n'a pas le droit. Elle secoue la tête et attrape la bouteille de vin qu'il lui tend.

— Je suis désolée, me souffle-t-elle.

Je sors de la boutique en furie, ignorant les larmes qui me brûlent les yeux. Je conduis sans but pendant un moment, essayant d'assembler les pièces entre elles, de me rappeler si maman a déjà évoqué le fait qu'elle a vécu à Tolka. Mais si elle l'avait fait, je m'en souviendrais. Elle n'a jamais parlé de Tolka. Une fois l'heure du déjeuner passée, je finis par me décider à rentrer. Mais au lieu de manger, je pose le sac de provisions sur le comptoir de la cuisine et l'appelle. Elle décroche à la première sonnerie.

— Rory ! Bon sang, je savais que tu m'appellerais à quatre heures du matin. Ça fait des *jours* que j'essaie de t'avoir. Les SMS, ça ne suffit pas, jeune fille. Et ta maman ? Tu sais que j'ai eu mes injections il y a deux jours.

— C'est du Botox, pas une greffe de la moelle épinière. Ça aussi, ça passera, dis-je sans émotion.

D'ici à environ six mois, selon l'institut où tu l'as fait.

— Tu es trop sarcastique pour ton bien, ma fille.

— Impossible, ma mère.

— Comment ça va, en Irlande ? Comment va ta misérable demi-sœur ?

Elle est morte, ai-je envie de crier. Je suis dans la Twilight Zone, et je ne parle pas de vampire à paillettes. Puisque lui dire la vérité sur Kathleen ne la pousserait qu'à poser mille milliards de questions auxquelles je n'ai nulle envie de répondre, je garde cette information pour moi.

Au lieu de ça, je demande :

— T'es déjà venue à Tolka, maman ?

— Hmm, quoi ?

— Tu m'as très bien entendue.

— D'où tu sors ça ?

— C'est une question simple. Peu importe d'où elle sort. Es-tu déjà venue à Tolka, oui ou non ?

— Ton père a vécu là-bas quelque temps, tu sais.

Je l'entends actionner son briquet et aspirer la première bouffée d'une cigarette.

— Quand ta demi-sœur était plus jeune.

Bien sûr. Bien sûr, elle n'appellera jamais Kathleen par son prénom. Bien sûr, elle est hostile envers papa, alors qu'il a déménagé près de sa fille et essayé d'être un bon père.

— Tu ne réponds pas à la question.

J'ai envie de taper dans les murs. Je vais peut-être le faire. Mais j'ai peur qu'un séjour à l'hôpital n'apporte pas de nouvelles révélations. Peut-être vont-ils me faire passer des examens et découvrir que je suis moitié farfadet. Qui sait ?

— Non, finit-elle par répondre. Non, je n'y suis jamais allée. Alors, tu as couché avec cet Irlandais exaspérant ? Tu as toujours eu un faible pour les irréparables.

— Il n'a pas besoin d'être réparé.

— Il est cassé.

— Tout le monde est cassé. Certains le montrent plus que d'autres.

J'ai fait l'erreur de dire à ma mère ce que je ressentais pour Mal à mon retour d'Irlande il y a huit ans – première et dernière fois que je m'ouvrais à elle au sujet d'un garçon. Elle a piqué une crise, surtout après avoir trouvé les serviettes hygiéniques enroulées dans la poubelle de ma salle de bains et demandé pourquoi mes règles étaient déjà là. J'ai été obligée de lui parler de la pilule du lendemain que j'avais prise, et elle a pété les plombs et m'a attrapée par le bras pour m'emmener faire les examens de dépistage de MST.

Je me suis sentie comme une gamine stupide, et je n'ai jamais plus rien partagé avec elle.

— J'ai un petit ami, donc évidemment que non. Je n'ai pas couché avec lui, et je ne compte pas le faire.

— On ne sait jamais. Toi et moi, nous sommes faites de la même étoffe autodestructrice. Moi aussi j'avais un petit ami quand j'ai rencontré Glen.

— Vraiment ?

Je m'en tape. Je ne suis pas comme elle.

Ce n'est pas grave si Callum et moi nous séparons un jour. Mais pas comme ça, pour la simple et bonne raison que je ne *me* le ferai pas, à moi-même. Je ne suis pas une femme infidèle.

— Yep, dit-elle en faisant claquer le *p*, avant de tirer sur sa cigarette. Un gentil Italien. Qui était à l'école de police. J'aurais pu avoir une bonne vie, Aurore. Au lieu de ça, je suis obligée de découper des coupons pour du savon et d'enchaîner les services à la pizzeria. Je suis presque sûre que le Seigneur m'a choisi ce lieu de travail pour me rappeler ce que j'ai fait à Tony.

Je suis sur le point de l'interroger à propos de ma cicatrice quand un bruit sourd retentit de l'autre côté de la porte.

Boum.

— À plus tard, maman.

— Attends ! Il faut que je te parle de…

Je mets fin à la conversation et jette le téléphone de l'autre côté de la cuisine. J'avance à pas feutrés jusqu'à la porte, me demandant ce qui m'a pris de raccrocher le téléphone au premier bruit suspect. Si je ne perce pas dans la photo, je pourrais toujours être figurante dans les cinq premières minutes d'un film d'horreur de série B. Enfin bon, rester au téléphone ne m'aurait pas aidée.

Je ne confierais pas mon portefeuille à ma mère, donc encore moins ma vie.

S'il vous plaît, faites que ce soit Callum venu me faire la surprise pour m'emmener en Angleterre, et pas un tueur en série.

J'ouvre la porte en grand et ne trouve de l'autre côté que les champs, le ciel gris et la pluie incessante. Je regarde à gauche, puis à droite, et me fige. Rien. Je suis sur le point de refermer quand j'entends un grognement rauque à mes pieds. Je baisse lentement les yeux. Mal est allongé au sol, trempé jusqu'à l'os, le teint vert.

Je pousse un cri, l'attrape par le col de sa veste et le tire à l'intérieur. Il pèse un âne mort et sa peau est glacée. Je n'arrive qu'à le tirer jusqu'au milieu du salon où j'entreprends de retirer ses vêtements trempés. Il est flasque, et quasiment inconscient. Je ne lui demande pas pourquoi il a choisi de marcher plutôt que d'appeler un taxi ou – Dieu m'en garde – moi. Je ne demande pas où il était. Mon principal souci est de le maintenir en vie.

Après avoir réussi à le mettre en caleçon, je passe son bras pesant par-dessus mon épaule et le soulève en rassemblant toutes mes forces. Mes quadriceps brûlent sous son poids tandis que je le traîne jusque dans sa chambre. Nous percutons des meubles au passage, mais je ne pense pas qu'il soit suffisamment conscient pour le remarquer. Il est glacial, lui qui a toujours si chaud. Cela me terrifie.

Une fois que je l'ai installé dans son lit, je monte le radiateur et cours jusqu'à la salle de bains, d'où je rapporte une serviette. Je le sèche entièrement, puis le borde comme un burrito.

— Le thé et les médicaments arrivent. Ne bouge pas, dis-je pour plaisanter – puisqu'il est inconscient et n'entends pas un mot – avant de courir jusqu'à la cuisine comme un poulet sans tête.

J'allume la bouilloire, ouvre les bouteilles, puis allume la bouilloire. (Encore ? Encore !) Je retourne dans la chambre avec un verre d'eau, attendant que l'eau bouille.

— Chauffe, chauffe, chauffe, je scande pour moi-même en passant ma main au-dessus du radiateur.

Rien.

— Il n'y a plus d'électricité, dans tout le village.

Mal tousse, roule dans son lit. Sa voix est si faible que je l'entends à peine.

— Cherche pas.

C'est pour ça que la bouilloire ne marchait pas. Je lui fourre les cachets et l'eau sous le nez, faisant mon possible pour ne pas paraître trop à bout.

— Bois.

Il se penche contre la tête de lit et avale consciencieusement les cachets, sans s'encombrer de l'eau. Ai-je déjà dit qu'il avait le teint vert ? Oui. Parce qu'il est vert. Et il tremble aussi. Et c'est moi, la fille qui a toujours froid, qui suis responsable de sa transformation en glaçon. Il m'a donné sa veste sous la pluie torrentielle quand j'ai eu une soudaine envie de m'enfuir – pieds nus et sans veste, au beau milieu de la nuit. Il a dormi dans le salon pour moi, sans rien pour le protéger du froid.

— Il faut qu'on t'emmène à l'hôpital.

— Avec cette tempête ? Compte là-dessus, Rory. Il est probablement surchargé de patients, de toute façon. Noël fait capoter tous les ivrognes, et l'hiver se charge du reste.

— Pourquoi es-tu parti ? je siffle, m'efforçant de garder mon calme. Quel genre de connard se réveille malade comme un chien et décide d'aller se balader sous la pluie ?

Mon méchant flic du New Jersey reprend le dessus, et je montre les dents. Je tire les bords de sa couverture sous le matelas pour le piéger dans son lit.

Il ne répond pas, se contente de fermer les yeux. Son torse bouge à peine. Je me lève et vais dans la chambre de Richards pour lui prendre une autre couette.

Quand je reviens, il a l'air :

Blême.

Mort.

Je passe un doigt sous ses narines. Il respire encore, mais à peine. Un brouillard froid recouvre son corps. Mon être entier se fige.

Guéris. Je ne peux pas te perdre, toi aussi.

— Va te faire foutre.

Je sens les larmes me brûler les yeux tandis que je me déshabille.

Il a besoin de chaleur corporelle. Il a besoin de chaleur corporelle et, pour la première fois depuis longtemps, je n'ai pas froid. Mon sang bouillonne de colère face à ce qu'il s'est infligé. Ce que je lui ai infligé. Je jette mes vêtements par terre à côté du lit, ne gardant que ma culotte blanche en coton – je n'ai même pas pris la peine de mettre un soutien-gorge ni de me laver les dents, la journée a été trop agitée – et me glisse à ses côtés.

Il est tellement dans les vapes qu'il ne doit pas se rendre compte que je le fais rouler sur le côté et passe un bras et une jambe au-dessus de lui. Son cœur bat contre le mien, sourd et faible, luttant pour faire tenir le reste de son corps. De chaudes larmes roulent sur mes joues.

Tout s'effondre autour de moi. Summer avait raison. Je suis nue au lit avec lui – mais pas pour la raison qu'elle avait en tête. Je ne vais pas le laisser mourir au nom de ma fidélité envers Callum. Richards est un fugueur, mon petit ami est dans un autre pays, Mal est veuf (et possiblement bipolaire ?) – et surprise ! il a gardé la serviette – et il y a ce lourd secret qui pèse sur ma vie, mais je semble incapable de le détacher du nuage de mensonges et de tromperie qui suit chacun de mes pas en Irlande.

Je frictionne ses bras musclés de haut en bas, encore et encore. Je pose mon front contre ses lèvres pour vérifier sa respiration et sa température. Son pouls est lent, sa respiration difficile. Devrais-je prendre le téléphone pour appeler quelqu'un ?

Je lui chante une berceuse que ma mère me chantait quand j'étais petite pour m'aider à m'endormir.

Oh souffle le vent sur l'océan

Et les arbres, et les mers

Et le petit pigeon, qui jamais ne dort.

Mal grogne, les yeux toujours clos. Un signe de vie.

— Rory ?

— Oui ? dis-je, pleine d'espoir.

— T'es nulle, chérie. Arrête, je t'en supplie.

Sur ces mots, il perd connaissance, me laissant secouée de rire à ses côtés, tellement liée à lui que je sens son corps partout contre le mien. Je marmonne contre son torse :

— T'es un vrai chieur, Doherty.

La chair de poule se répand sur sa peau lisse et je souris. Je doute qu'il m'entende, mais je sais que son frisson est sa façon de réagir à mes paroles.

— Tout est tellement dur avec toi.

Je soupire, et en disant ces mots, je me rends compte qu'il l'est, *dur*.

J'ai une jambe passée par-dessus la sienne, et son pénis plaqué contre mon entrejambe. Il est chaud, soyeux et gonflé, même à travers son caleçon. Je frissonne, ferme les yeux et sens cette délicieuse tension en moi. Je rouvre les yeux pour le regarder. Mais il ne fait pas semblant. Il dort d'un sommeil de plomb.

Et il se réchauffe. Grâce à moi. La reine des glaces.

— Bien sûr que tu bandes quand je dis ça. Tu as toujours eu un sens de l'humour débile, dis-je après coup.

Un léger ronflement lui échappe, et son corps bascule, lourd de sommeil, mais je ne suis pas prête à le laisser partir. Je presse ma cuisse plus fort contre lui, resserrant mon étreinte.

— Je t'en prie, guéris, Mal. Je t'en supplie, je veux pouvoir te chanter des berceuses que tu détestes, lire tes chansons, t'emmerder à propos de la serviette et te poser un milliard de questions.

Je ne sais pas pourquoi je lui parle. Il est évident que Mal ne va pas me répondre. D'une manière ou d'une autre, je finis par m'endormir contre lui, trop fatiguée pour aller manger l'en-cas que j'ai oublié sur le plan de travail.

Je me réveille quelques heures plus tard. L'hiver couvre le ciel, bas et noir, mais il ne fait pas encore nuit. Je regarde Mal. Il semble être en train de dormir paisiblement, et son visage a retrouvé des couleurs. La bonne nouvelle, c'est qu'il est très, très chaud et tout transpirant contre moi, les cheveux collés de sueur sur son front et dans sa nuque. Son corps lutte contre la fièvre.

Son pénis est encore merveilleusement dressé. Bien, c'est le moment de se démêler, d'appeler Callum, et de lui dire que je débarque en Angleterre. Il est hors de question que je reste ici alors qu'Ashton est sur un autre continent et que Mal est dur, beau, dispo, et qu'il a gardé la serviette. Maman a beau être pénible, ça ne veut pas dire qu'elle n'a pas raison. Mal est synonyme d'ennuis, et ce n'est plus trop mon truc, les ennuis.

J'essaie de me détacher de lui, avant de me rendre compte que c'est à présent lui qui a un bras passé autour de moi, et non le contraire. Je tente de ramper jusqu'au bord du lit, mais Mal m'attrape par le bras. Je pousse un cri et me retourne pour le regarder.

Il a un sourire en coin, les yeux toujours clos.

Enfoiré.

— Tu vas quelque part ? demande-t-il d'une voix profonde, riche, rocailleuse.

Le charme boudeur du garçon brisé a toujours été ma kryptonite, et quand il est Mal l'Imparfait, l'envie de l'aimer me submerge.

Voilà matière à réflexion, cependant : la kryptonite a aussi le pouvoir de détruire Superman pour de bon.

— Oui, dis-je. En Angleterre. Pour rencontrer les parents de mon copain.

Ça fait un moment que cette idée me trotte dans la tête, mais je n'en avais encore rien fait. Quelque chose me dit qu'il est temps d'y remédier. Et tout de suite, si je veux sauver mon couple.

Mal a toujours les yeux fermés, mais son sourire s'élargit.

A-t-il écouté ce que je viens de dire ? Peut-être s'est-il réveillé avec une lésion cérébrale. Le pauvre. Mais je suis sûre qu'un tas de femmes feraient la queue pour s'occuper du pauvre Mal. Il y a deux genres de femmes : celles qui veulent qu'on les sauve, et celles qui veulent sauver les autres. Celles-ci s'occuperaient volontiers de Mal et de tous ses maux.

Je ronchonne :

— Arrête de sourire.

— Pourquoi ? La vie est belle.

— Vraiment ?

Je hausse un sourcil. Je crois – je *crois* – qu'il vient de faire rouler ses hanches contre mon bassin, c'est-à-dire de mettre sa bite entre mes jambes, mais je n'en suis pas sûre, car le mouvement était infime. Ce dont je suis sûre, c'est que je suis toute mouillée, que mon vagin se contracte, et que j'aimerais que son membre palpitant soit dans mon tunnel. Et oui, je viens de dire « membre palpitant » dans ma tête, parce qu'admettre l'évidence – que je le désire follement, ardemment – est difficile à avaler.

Une forte chaleur envahit le bas de mon ventre, et si je ne m'échappe pas tout de suite de ce lit, je vais faire une chose que je ne pourrai jamais me pardonner.

Il ouvre les yeux – violets, lumineux, éclatants de malice. C'était comme s'il était un homme nouveau, sain. Les rôles se sont de nouveau inversés, et c'est moi qui suis à sa merci.

— On fait encore le numéro de j'ai-un-mec ? Parce que Mec Clinquant a perdu la fille à la seconde où tu as trouvé la serviette.

Je sors du lit et de la chambre en lui faisant un doigt d'honneur sans me retourner. Qu'il aille se faire voir, et Tolka aussi. Ainsi que son grand-père (désolée, Dieu) et l'imprévisible Ashton Richards, et Jeff Ryner.

Je vais au salon, ouvre ma valise et me mets à fouiller, en quête d'une tenue appropriée pour l'avion.

Au bout d'un moment, Mal entre dans le séjour d'un pas nonchalant, l'air décontracté, sûr de lui, et *OH MON DIEU, POURQUOI TU NE PEUX PAS ÊTRE MOCHE ?*

— Tu devrais peut-être revoir ta position.

Il ramasse son T-shirt blanc Joy Division plein de trous de cigarette, mais ne l'enfile pas.

— Ah oui ? (Je plante mon poing sur ma hanche.) Pourquoi ?

— Parce que tu es toute nue et, bien que je sois personnellement prêt à payer cher pour que tu restes ainsi, il y a des règles à suivre dans ce merveilleux pays.

Je baisse les yeux sur mon corps dénudé, puis les lève vers lui, contrariée. Je prends le premier truc qui me tombe sous la main –

le club-sandwich que je n'ai pas mangé – et le lui jette. Il l'attrape d'une main, l'ouvre, et croque dedans. *Merde.*

— Tu as gardé la serviette et tu ne me l'as pas dit !

J'ignore mon ventre, qui à ce stade est collé à mes organes internes et réclame à manger. C'est ce qui arrive quand on est trop occupée à faire trois craquages internes et une crise d'angoisse à cause d'un trop-plein d'émotions. On oublie de manger.

Mal hausse les épaules, enfile son T-shirt, prend une autre bouchée de sandwich et parle la bouche pleine.

— Tu ne serais pas venue si je te l'avais dit.

— Parce que je voulais annuler notre contrat ! je hurle en lui jetant ma barre chocolatée.

Il faut vraiment que j'arrête de faire ça. J'ai *super* faim, il n'y a toujours pas d'électricité, et je n'ai aucune confiance dans les trucs bio, sans gluten, sans sucre, et sans goût avec lesquels les assistants de Richards ont rempli le frigo.

Mal attrape la barre chocolatée de sa main libre, déchire l'emballage avec ses dents blanches parfaitement alignées et en croque un morceau.

— Ce n'est pas comme ça que fonctionne le contrat, chérie, dit-il en mâchant vigoureusement.

— Où tu étais ? À l'anniversaire de qui tu es allé ?

Il baisse le menton et me lance un regard sérieux.

— Tu le sauras quand tu seras prête.

— D'accord. Question suivante. Pourquoi tu couches avec Maeve ? C'est une femme mariée.

— Même réponse. Il y a une raison, mais il faut que je te ramène doucement dans ma vie. Beaucoup de choses ont changé, et je ne veux pas t'accabler.

— Je ne veux pas faire partie de ta vie !

Sauf qu'en fait je le veux, et je déteste le bras de fer actuel entre mon cœur et mon cerveau.

— Et même si je le voulais, ça ne te ferait pas gagner de points de te taper Maeve.

— Eh bien…

Il s'écarte du mur et s'approche de moi, jetant le sandwich sur la table basse sans altérer sa démarche.

— Continuer de la baiser alors qu'on est ensemble n'a jamais été dans mes plans. En toute franchise, c'était ponctuel. Je n'avais pas… (Il marque une pause, se tapote la lèvre inférieure, cherchant ses mots.) Ça faisait longtemps que je n'avais pas couché avec quelqu'un. Et même si j'étais ce genre d'homme, je ne suis pas infidèle.

Je secoue la tête.

— Moi non plus, et je ne compte pas commencer maintenant.

— Oh… Mais chérie, c'est déjà fait.

Je le regarde comme s'il était fou. Parce qu'il l'est. Complètement *crazy*, comme ils disent.

— Mais de quoi tu parles ?

Je fouille frénétiquement ma valise, à la recherche de vêtements. Mes mains tremblent, et je ne sais pas comment les en empêcher.

Il pose son pied sur la valise, la fermant dans un bruit sourd, m'empêchant de m'habiller. C'est là que je me rends compte qu'il ne porte toujours pas de pantalon. Seulement son T-shirt et son caleçon, et l'érection de mammouth qui tend le tissu et pointe vers moi.

— Tu as déjà été dans mon lit. Presque entièrement nue. Tu as déjà plaqué ta culotte toute mouillée contre ma bite – oui, j'ai remarqué, merci bien. Tu t'es déjà masturbée en m'entendant pénétrer Maeve – et j'imaginais que c'était avec toi que je couchais, au fait, romantique que je suis. Admets-le, Rory. Émotionnellement, non seulement tu as trompé ton Mec Clinquant, mais tu as grosso modo baisé toute sa famille, son perroquet, et les méchants voisins.

Je me lève d'un bond, et la colère fait vibrer le sang à mes oreilles. Je n'ai plus froid. Mes joues brûlent de honte, d'humiliation. Il m'a entendue jouir de la chambre voisine. Évidemment. La seule raison pour laquelle il nous a interrompu, Callum et moi, c'est parce que ses murs sont fins comme du papier.

Je recule d'un pas, un doigt levé pour le mettre en garde.

— Mal. Je n'ai pas envie de toi.

— Tu n'as pas envie de moi ?

Il avance d'un pas, me forçant à reculer vers la cuisine.

— Ou plutôt, tu n'as pas envie *d'avoir envie* de moi. Ce n'est pas la même chose.

— En quoi est-ce différent ?

Je joue le jeu, surtout pour le faire parler, et qu'il ne fasse pas une autre chose que je serais incapable de stopper.

— Eh bien, si c'est juste que tu n'as pas envie de moi, je n'ai d'autre choix que de le respecter.

Il réduit la distance à néant entre nous, et mon dos bute contre le réfrigérateur. Son corps nu est cramoisi face au mien, et mon cœur bat si vite et si fort que j'ai l'impression qu'il va me sortir par la bouche comme un poisson volant si je l'ouvre pour lui dire de ne pas me toucher.

Mais Mal ne me touche pas.

Il me touche *presque*, sachant que cela me frustre encore plus.

Il se penche vers moi avec un sourire en coin.

— Mais si c'est que tu n'as pas envie d'avoir envie de moi, là je suis désolé, mais je ne vais pas te laisser foutre nos vies en l'air parce que tu te sens obligée envers un homme que tu n'es pas sûre d'aimer, tout ça pour prouver une chose dont tout le monde se fout.

— Je suis venue dans ton lit parce que tu mourais de froid. Je n'ai pas trompé Callum.

Je secoue la tête, pour le lui rappeler. Pour me le rappeler.

Je pose les yeux sur ses lèvres, et une boule de feu grandit au creux de mon bas-ventre, une sensation telle que je n'en ai jamais connu auparavant.

Tu ne te le pardonneras jamais.

Il se penche en avant, me dévisageant avec un amusement à peine voilé. Je sens son souffle chaud sur mon visage quand il parle.

— Tu as fait ce qu'il fallait pour moi, pas vrai ?

— Oui, dis-je en hochant la tête avec enthousiasme. *Exactement.*

— Tu connais cette rumeur ?

Il fronce les sourcils pensivement et plonge sa main dans ma culotte d'un geste fluide.

Je retiens mon souffle et essaie de lui attraper le bras, mais il me saisit le poignet et le plaque contre le mur, demeurant impassible face à ma résistance.

— À propos de Mick Jagger et Marianne Faithfull, en 1967 ? Quand ils se sont supposément fait choper chez Keith Richards pendant une descente de drogue, alors qu'il était en train de bouffer un Mars dans sa chatte ?

Je sens quelque chose s'enfoncer en moi et me dis : *Oh mon Dieu. Bordel.* La barre chocolatée est *en* moi. C'est si sale et si rustre que j'ai envie de lui cracher au visage, mais je ne peux m'empêcher de frissonner de plaisir, et mon vagin se contracte malgré moi autour de la friandise.

— Tu penses que cette rumeur est vraie ?

Les lèvres de Mal sont presque sur les miennes à présent.

Je sens mes tétons pointer contre son corps. J'ai tellement de mal à respirer, j'en ai presque des haut-le-cœur. J'ai l'impression d'être à un point de bascule déterminant, comme si je n'allais plus jamais être la même.

— Je pense…

Il fait entrer et sortir la barre chocolatée, encore et encore, l'enfonçant plus loin et plus vite en moi, et je ferme les yeux et me déteste, parce que je vais jouir.

Tu es en train de tromper ton copain. Je hurle de l'intérieur. *Il est en train de prouver qu'il a raison, et tu tombes dans le panneau. Dis-lui d'arrêter.*

— Ta réponse ? demande Mal avec indifférence, ses lèvres survolant toujours les miennes. Oui ? Non ? Peut-être ? Ne se prononce pas ?

— Ar… ar… arrê…

— Dis-le, m'ordonne-t-il en écrasant ses lèvres sur les miennes, mais sans les embrasser – pour les punir, plutôt. Dis-moi d'arrêter et j'arrête.

Je ne peux pas.

Je ne peux pas, et je fonds en larmes alors qu'une vague de plaisir me submerge, des pieds à la tête, et je jouis contre la barre chocolatée. C'est la sensation ultime de plaisir et de douleur, mais la culpabilité qui y est liée rend le tout, honteusement, encore plus érotique.

Mes genoux se dérobent, mais Mal me retient, m'attrapant par la nuque de sa main libre tandis que, de l'autre, il retire lentement ce qu'il reste de la barre chocolatée. Je sens mes cuisses poisseuses l'une contre l'autre, le chocolat au lait coulant sur ma peau.

Mal dresse la barre entre nous ; elle est gâchée, toute fondue, la gaufrette blanche à nu par endroits.

— Tu as faim ? demande-t-il, imperturbable.

Je secoue la tête, sentant mes larmes voler dans tous les sens.

J'ai trompé Callum, comme ma mère a trompé le type qu'elle a abandonné pour Glen. Je ne vaux pas mieux qu'elle.

Mal croque dans la barre en haussant les épaules, et soudain, j'en ai l'eau à la bouche. J'ai tellement faim. Sans me reposer la question, il me tend la barre.

— Elle a ton goût.

Il s'essuie les lèvres.

Je prends une timide bouchée, puis une autre. Je finis la barre tout entière. J'ai à peine le temps d'avaler qu'il écrase ses lèvres sur les miennes, et je gémis dans sa bouche, impuissante.

J'aimerais pouvoir rediriger mes pensées vers mon petit ami.

Ou que Callum soit un homme odieux, violent, qui ne mériterait que ça. Mais ce n'est pas le cas.

Et la vérité, c'est que j'en suis incapable.

La vérité, c'est que je n'en ai jamais été capable, avant même de revoir Mal à New York. Les fissures ont toujours été là, laissant passer les mauvaises herbes, même quand Callum et moi étions un couple lambda avec des problèmes lambda. Je l'ai toujours comparé à Mal. Je désirais sentir les lèvres de Mal sur les miennes, son parfum entêtant sur moi, me possédant malgré lui. La différence, c'est que je ne me sentais pas coupable, parce que la possibilité que cela arrive un jour était invraisemblable.

Si jamais un jour.

Je gémis quand Mal prend mon visage entre ses mains et intensifie le baiser en grognant comme un animal. Sa langue trouve la mienne, et mes paupières se ferment.

Mon téléphone sonne, et j'arrache ma bouche à celle de Mal, revenant à la réalité. Je me rue vers la table en portant mes mains à mon visage. Je retourne le téléphone pour voir qui m'appelle.

Callum.

C'est comme s'il avait un sixième sens. Comment a-t-il su ?

— Salut, trésor, dit-il, l'air enjoué, quand je décroche. J'ai eu Summer au téléphone. Elle m'a dit que Richards s'était tiré. Quel connard. Elle a suggéré l'idée que je saute dans un avion pour venir te tenir compagnie. Tu en penses quoi ? Tu veux toujours que je vienne pour le réveillon du jour de l'an ?

Je lève les yeux et découvre Mal appuyé contre le frigo, haussant les sourcils comme pour dire : « Vraiment ? » Je secoue la tête. Mes cuisses sont collées l'une à l'autre par du chocolat séché. *Qu'est-ce que j'ai fait ?*

Je détourne les yeux de Mal et m'éclaircis la gorge.

— Oui ! dis-je en essayant d'adopter le même ton jovial. Viens, s'il te plaît. Ça me ferait plaisir que tu sois là.

Après avoir mis fin à l'appel, je pose mon front contre la surface plane de la table et ferme les yeux. Ai-je droit à une médaille pour avoir été aussi stupide ? Une réduction à la bibliothèque du coin ? Rien ? Ça paraît surréaliste qu'on me laisse me débrouiller seule après que j'ai fait une chose pareille.

Il faut que je lui dise. Il faut que je le dise à Callum.

— Je veux que tu saches, dis-je d'une voix tremblante, bougeant les lèvres contre la table, que cela ne voulait absolument *rien* dire.

— Dis ça à tes tétons qui pointent et à ta chatte mouillée, chérie.

Mal retourne dans sa chambre en sifflotant avec nonchalance, attrapant le sandwich entamé au passage.

Toutes les lumières de la maison se rallument en même temps. Le micro-ondes fait « ding ». La télévision s'allume, et deux hommes en costume discutent de football avec ferveur.

L'électricité est revenue. Mal pousse un soupir de dédain.

— Très drôle, Kiki. Moi aussi, je fais des efforts, mais tu vois bien qu'elle est têtue.

Je me tourne brusquement vers lui et le fusille du regard.

— Tu penses que ta femme décédée veut que tu te mettes avec moi ?

— J'en suis sûr, dit-il avec le même air rageur que moi.

— Comment ?

— Elle m'aime, et moi je… (Il marque une pause, penchant la tête sur le côté.) J'aime les barres chocolatées. C'est ça, l'amour, tu ne crois pas ? C'est un peu mortel. Plus tu le fais durer et le tends comme une laisse en cuir, plus ça fait mal quand il revient te frapper. Quand tu seras prête à obtenir des réponses, fais-moi signe.

NOTE DE LA BARRE CHOCOLATÉE

Plus. Beau. Jour. De. Ma. Vie.

13

Mal

Ce n'est pas que je n'ai pas anticipé sa réaction.

Mais je suis quand même sous le choc, parce que, pendant que Rory patauge (ou se noie, je ne sais pas) dans l'éternelle question de savoir si elle peut se respecter et se pardonner pour ce qu'elle a fait à Mec Clinquant, je déplore le fait qu'elle ne l'a pas encore quitté.

Je suis enfermé à l'extérieur de ma chambre à présent, puisque Rory est à l'intérieur et refuse de me parler. Je sens encore son goût sucré sur ma langue, mélangé au chocolat.

Cette situation est ridicule, ce que, bien entendu, je ne lui fais pas remarquer.

J'en ai fait un jeu. Je pose des plateaux de nourriture devant sa porte, comme si c'était une prisonnière. Je frappe de temps en temps pour lui demander si elle a besoin de quoi que ce soit.

Hélas, Rory n'est pas une prisonnière facile.

À l'heure du coucher, j'ai un appel de Ryner me disant que Rory et moi devons faire nos valises pour aller en Grèce. Pourquoi ? Laissez-moi vous dire pourquoi. Parce que Richards a quitté la Thaïlande pour se rendre sur l'île de Spinalonga.

— Spinalonga ?

Je cale le téléphone entre mon épaule et mon oreille, tout

en colorant des bâtons de sucette en rose au-dessus de l'évier. Je mets de la peinture partout, y compris sur mes vêtements. Je continue de tremper méticuleusement les bâtons dans le liquide, parce qu'ils doivent être rose fluo, plein de paillettes, et prêts à l'emploi.

Moi ? Je mène une vie rock'n'roll, manifestement, *merci bien.*

— La léproserie. Il a lu un bouquin dessus, répond Ryner d'un ton dépité.

— Il a vu une vidéo, vous voulez dire.

Ryner lâche un rire nerveux.

— Probablement, mec. Probablement.

— Vous lui avez dit qu'il n'y avait plus de lépreux en Grèce *de nos jours* ?

Il est évident qu'Ashton Richards a un problème, et personne ne dit rien, parce que tout le monde mise sur ce cheval dans la course à la production de son nouvel album.

— Il n'écoute rien. Il faut qu'il aille en désintox.

— Sans déc'.

Mais je n'encourage pas d'avantage l'idée de faire interner Richards, car cela mettrait fin au Projet Rory. Il faudrait que je termine les chansons et les remette à Jeff. Ce qui voudrait dire que Rory rentrerait aux États-Unis avant qu'on mette notre situation au clair. C'est une éventualité que je n'ai pas envie d'envisager.

— Je reste persuadé que nous pouvons l'enchaîner au canapé et y arriver, dis-je.

— Ah ouais ? Alors allez le chercher. Je vous donnerai un joli bonus quand tout sera terminé.

— Ryner.

Je me presse les paupières du bout des doigts, me mettant du colorant rose partout sur le visage.

— Je ne peux pas quitter Tolka. C'est dans notre contrat. Vous savez très bien pourquoi.

Nous échangeons encore quelques minutes avant que Ryner

me demande comment va Callum, de ce ton satisfait qui implique que j'ai beaucoup à perdre si je ne coopère pas. Je lui demande qui est ce Callum, et il me rétorque que c'est le petit ami de Rory.

Je le sais, mais ça m'amuse de faire croire qu'il compte si peu pour moi que je n'ai pas retenu son nom. Je sais ce que Ryner est en train de faire. Il me rappelle que la Grèce est une occasion en or d'emmener Rory loin de Callum, qui compte venir ici demain, pour le réveillon du 31, afin de sauver leur relafion.

Je veux dire, *tion*. Leur relation. Ce n'est pas comme s'il pouvait se la mettre dans le fion ou quoi que ce soit.

Écoutez, je n'ai aucune envie de saboter sciemment leur relation.

En fait… non. Ce n'est pas vrai. Cela semble être une chose honorable à dire, mais en vérité, je n'ai aucune envie d'être honorable dans ce duel. Je suis prêt à me battre, à mordre, et à enfreindre toutes les règles pour avoir Rory. À lui jeter du sable dans les yeux. Je suis prêt à tout pour gagner.

C'est la vérité, et le pire, c'est que je dors comme un bébé la nuit. (Même si je ne sais pas pourquoi on dit ça. Les bébés dorment très mal. Dormir comme un ivrogne sonné semble plus juste.)

Une fois que Ryner et moi avons trouvé un accord, je glisse à Rory une serviette avec les dernières évolutions sous la porte de ma chambre et me rends au village pour faire mes au revoir avant de quitter Tolka, même si ce n'est que pour vingt-quatre heures.

Lorsque je reviens, Rory est prête à partir, valises faites, l'air maussade. On dirait qu'elle n'a fait que pleurer depuis que je l'ai baisée avec sa barre chocolatée.

Je me sens mal, mais je me sentirai plus mal encore si elle finit avec le Prince BCBG. Elle s'ennuierait à mort avec lui, et je ne veux pas sa mort sur la conscience.

Je nous conduis à l'aéroport dans le silence le plus total. Ce n'est qu'une fois confortablement installés dans l'avion sur nos fauteuils première classe que Rory rouvre la bouche. Je m'attends à ce qu'elle m'insulte, mais elle me surprend en demandant :

— Comment j'ai eu ma cicatrice ?

Je recrache mon soda sur mes genoux. J'aurais préféré un sincère « Va brûler en enfer » à cette question piège. Je fais mine de ne pas comprendre, mais mon pouls s'emballe.

— C'est à moi que tu poses la question ?

Elle hoche la tête, le regard noir.

— Tu n'as pas dit que tu étais née avec ?

Dans ma tête, je m'imagine en train de courir avec un charriot entre les allées d'un supermarché, à la recherche d'un supplément de temps.

— C'est la version de ma mère, mais je commence à en douter. Mme Patel, du magasin de journaux, m'a dit qu'il y avait une terrible histoire à l'origine de ma cicatrice. Ton grand-père nous a surprises avant qu'elle puisse me la raconter.

— Mme Patel croit aussi aux fantômes et pense que les gens aux yeux bleus voient la vie en bleu.

C'est un mensonge, mais je préférerais sauter de cet avion avec la culotte de Rory pour parachute que de la blesser comme la vérité le ferait.

Ce n'est pas que je ne veux pas lui dire la vérité, mais tant de choses sont sur le point d'être dévoilées qu'il vaut mieux attendre, l'accompagner en douceur, puis la faire s'asseoir pour tout déballer.

— Je veux quand même savoir quelle est cette rumeur, insiste-t-elle.

— Oui, évidemment, j'imagine. Le truc, c'est que je n'écoute pas tellement les ragots.

Je ne précise pas que c'est moi qui suis au cœur de la plupart des ragots à Tolka.

— Mais ton grand-père est au courant, s'obstine-t-elle. Pourquoi me le cacher ?

— Pour te protéger ?

J'attrape un magazine de bord et fais semblant de le parcourir. Dans ma tête, des sirènes rouges clignotent dans tous les sens.

MERDE, MERDE, MERDE. Des mini Mal courent à droite à gauche en s'arrachant les cheveux.

Elle va nous griller ! Faites quelque chose !

— Je lui poserai la question.

Elle pianote des doigts sur son genou en se mordant la lèvre.

— Oui, voilà.

Elle me lance un regard sceptique. Elle doit se douter que je sais, et cela me tue de ne pas être entièrement honnête avec elle. J'aimerais pouvoir lui transmettre par télépathie que je lui expliquerai tout, bientôt. Qu'il y a des étapes. Qu'elle ne sait pas encore tout sur moi et que, avant de prendre une décision, il faut qu'elle comprenne vraiment.

Nous avons tous eu pitié de la jeune Américaine avec son sac à dos, son appareil-photo et son rêve brisé.

J'ai couché avec elle, l'ai embrassée, lui ai promis de l'épouser et ai pris tous ses secrets, sans lui donner la seule vérité qui lui tenait à cœur et pour laquelle elle était venue jusqu'en Irlande.

Rory ferme la bouche, puis la rouvre.

— Tu ne veux pas me dire de qui c'était l'anniversaire, et tu refuses de me parler des rumeurs qui courent sur moi. Tu ne veux pas parler de la mort de Kath. Est-ce que tu peux au moins me montrer une chanson pour que je puisse la prendre en photo pour mon projet ? Ça prend forme, au fait. Merci de poser la question.

Je sais que ce doit être un cauchemar pour elle de vivre à Tolka.

Soit les gens la détestent parce qu'elle est la fille pour laquelle Kathleen a été abandonnée, soit ils la plaignent parce qu'elle est la fille à cause de qui il est arrivé ce qui est arrivé à Glen. Entre moi qui suis un parfait connard et Richards qui est Richards, Rory – la seule personne à prendre ce projet au sérieux – est démunie.

Je soulève mes fesses pour prendre mon carnet dans la poche arrière de mon pantalon et le lui tends. Elle l'ouvre au hasard, ses yeux verts glissant sur le texte, ligne après ligne, ses lèvres remuant au fil des mots.

Tu es son trésor.
Tu es ma chérie.
Tu dis nager dans le bonheur.
Je pense que tu te noies.
Nous nous sommes tant promis toi et moi.
Aujourd'hui tu n'as plus l'air de savoir pourquoi.
Alertez les médias.
Regarde-moi ces dégâts.
Je ne te reconnais pas.
À vouloir que tout soit parfait, propre et sans haine
J'en ai marre d'attendre que tu comprennes.
Tu es son trésor.
Tu es ma chérie.
Tu dis être entre de bonnes mains.
Je pense que tu t'ennuies.
Si tu veux la vérité, embrasse-moi.
Ou au moins ouvre tes bras.

Elle me rend le carnet et regarde par le hublot. Le ciel est laineux et gris.

— Je trouverai la vérité, Mal. Je la trouverai.

Elle n'enregistre pas les mots qu'elle vient de lire.

Ma poitrine se serre. J'ai sérieusement sous-estimé l'emprise que Mec Clinquant a sur elle. Ou peut-être que ce n'est pas lui. Peut-être que c'est l'idée de lui. L'idée de moi. Peut-être que l'idée de sortir avec un idiot qui a passé presque dix ans à déverser sa haine envers elle dans ses chansons ne lui plaît pas.

Nous regardons dans des directions opposées.

— La vérité ne devrait pas être conditionnelle, murmure-t-elle.

J'inspire profondément.

— Ta promesse non plus.

Lorsque nous atterrissons en Crète, Richards est revenu de Spinalonga et organise une fête dans sa suite présidentielle. Plus tôt, il a twitté qu'il était en ville, et un tas de groupies en délire ont enfoncé les portes en verre de l'hôtel, qui se sont fracassées en mille morceaux dans le hall. Puis Richards a envoyé des assistants lui choisir les fans les plus canons pour les inviter à monter dans sa suite, en prenant soin de leur demander de se débarrasser de leur téléphone à l'entrée.

Rory et moi le surprenons en train de se faire sucer par une fille pendant qu'il doigte le cul de son amie. Face à quoi, naturellement, Rory lève les yeux au ciel et se verse du gel antibactérien dans la main, avant de me le tendre. Je secoue la tête.

— Je ne me lave pas les mains jusqu'à la prochaine fois que je les pose sur toi.

— Alors, plus jamais ? demande-t-elle sèchement.

Je lui souris. Parfois, nous disons les choses parce qu'elles sonnent bien. C'est ce qu'elle vient de faire. Nous savons tous les deux qu'il y aura une autre fois, et bientôt.

Elle frissonne, mais pas de froid, car elle n'a pas eu particulièrement froid depuis qu'elle est en Irlande – j'espère qu'elle l'a remarqué. Sachant pertinemment que mon Projet Rory dépend de la coopération de Richards, j'entre d'un pas tranquille, attrape cet abruti par l'épaule pour l'arracher à sa gâterie. La fille continue de bouger la tête avec la bouche en forme de O quand je pousse Richards sur le canapé en cuir et me penche vers lui, bras croisés.

— La fête est finie. On se remet au travail.

Je donne un coup de pied dans la semelle de ses tatanes.

Il m'imite, bras croisés, moue boudeuse.

— T'es déjà allé en Thaïlande, Mal ?

— Je n'ai pas eu cette chance.

— Eh bien, j'en reviens tout juste, et c'est un endroit magique, tu peux me croire. J'ai eu tout le temps de penser à des tas de trucs.

Il est resté en Thaïlande exactement vingt minutes, pendant lesquelles il est monté à dos d'éléphant, a fait une vidéo embarrassante et décidé sur un coup de tête de venir en Grèce.

— J'ai quitté ma copine – une duchesse, soit dit en passant – et maintenant je veux trouver mon âme sœur.

— Et tu penses la trouver dans le cul d'une inconnue ? dis-je d'un ton neutre.

Rory manque de s'étrangler derrière moi, de rire et d'épouvante.

— Écoute, commence Richards en levant au ciel ses yeux de joli garçon plus bleus que bleu, tu maîtrises tout ce qui est écriture de chansons. Tu m'as dit toi-même que les chansons sont finies et prê…

Cette fois-ci je lui coupe la parole en lui donnant un coup dans le mollet avant qu'il ne fasse trop de dégâts. Il se tait.

— Ton patron t'a donné une prime pour ce projet documentaire, lui dis-je. Il m'a payé. Il a payé Rory. C'est aussi son boulot que tu sapes. Tu pourras dilapider ton argent et te taper toutes les nanas que tu veux une fois qu'on aura fini. Tu as tout le temps devant toi.

Il laisse échapper un rire amer.

— Personne n'a tout le temps devant soi.

Je ne veux pas avoir à lui expliquer ce qu'est une figure de style. Ce n'est pas mon môme. Je me contente de le regarder et attends.

— Et puis l'Irlande me déprime, pleurniche-t-il en jetant un bras en travers de son visage comme une ado qui vient de découvrir que le garçon qu'elle aime aime lui aussi les garçons. Tu vis au milieu de nulle part, mec. Le prends pas mal, mais c'est vrai. C'est, genre, scientifique.

— Tu sais ce que le mot « science » signifie ?

Rory se mêle à la conversation avec diplomatie, apparaissant à mes côtés, mains nouées devant elle.

— Si nous commençons bien le projet, nous pourrons tous aller ailleurs pendant un moment. Comme des vacances.

— Pour de vrai ?

Richards laisse retomber son bras et ses yeux s'illuminent.

J'ai l'impression que nous sommes ses parents, en train de lui promettre un séjour à Disneyland s'il a de bonnes notes. Seulement, il serait impossible que nous concevions un enfant comme lui – j'ai rencontré des chèvres plus malignes que ce gars-là.

Je hausse une épaule, ne revenant pas sur la promesse de Rory, qui sera bientôt brisée.

— Je veux que l'Esclave Sexuelle me le mette par écrit, exige Richards. Je ne veux pas qu'elle s'enfuie avec son mec et gâche tout.

Je me tourne vers elle, mais elle n'est plus là. Elle a dû recevoir un appel. Probablement son petit ami qui pleurniche parce qu'il ne peut pas la voir, en fin de compte.

Richards se lève d'un bond, reboutonne son jean et coince un joint au coin de ses lèvres, avant de me donner une tape dans le dos.

— Merci, mec. J'apprécie que tu sois venu me chercher. J'avais cette drôle de sensation, tu sais ? Comme si tu ne m'aimais pas trop. Comme si on n'était pas *soudés*.

Il dit le mot « soudés » comme je dis le mot « con ».

Je retire sa main de mon épaule.

— Tu te trompais du tout au tout.

Rory

Double merde avec supplément caca.

Callum est ici. Dans ce bâtiment. En train de réserver une chambre auprès de la réceptionniste.

L'œuvre de Summer, sans doute.

Quand Mal a glissé sous sa porte la serviette exposant les derniers rebondissements et notre voyage surprise en Grèce, j'ai appelé Summer pour une crise de panique d'urgence. Je lui ai raconté l'incident avec la barre chocolatée, ce qui lui a valu de remanier un célèbre slogan en « Un Mal, et ça repart ! » Je l'ai aussi entendue brancher son vibromasseur et je suis presque sûre qu'elle swipait à gauche et à droite sur Tinder, à la recherche d'un camarade de jeu pour la soirée.

— S'il te plaît, ne fais pas de bêtises.

J'ai fermé les yeux et levé la tête vers le ciel dans une prière silencieuse.

— Oh ! ma belle, c'est gonflé, puisque tu t'es déjà montrée plus bête qu'un artichaut après moins d'une semaine en Irlande. J'essaie de t'arranger le coup. Fais-moi confiance, d'accord ?

Je ne savais pas si c'était sage. Je n'en suis toujours pas persuadée.

J'aime Summer, mais elle a des idées très précises, très arrêtées sur ma vie, et je ne suis pas nécessairement d'accord avec toutes.

Elle a dû dire à Callum où j'étais, le déviant de son voyage imminent en Irlande vers la Grèce. Et oui, en charmant petit ami qu'il est, il a décidé de me faire la surprise. Quand il m'a envoyé le message, je ne pouvais pas rester dans la chambre assister à la confrontation entre Mal et Ashton. Je suis descendue en courant dans le hall, ai jeté mes bras autour du cou de Callum et fais mine d'être folle de joie de le voir.

Comme je devrais l'être.

— Tu m'as manqué, trésor. Tu as perdu du poids ? (Il fronce les sourcils, rit.) Ça te va bien.

Il se penche et dépose le traditionnel bisou sur mes lèvres. Ce baiser scelle ma culpabilité comme une enveloppe cachetée.

Mal a embrassé ces lèvres hier après-midi.

Juste après y avoir fourré la barre chocolatée qui avait fait un tour entre mon *autre* paire de lèvres.

— Allons t'installer !

Je l'attrape par la main.

Je sais déjà que je vais raconter à Callum ce qu'il s'est passé. Et je sais déjà qu'il va probablement – et à raison – me quitter.

Ce que je dois encore découvrir, c'est si je peux vivre avec moi-même après ce que j'ai fait à Callum.

Je le tire vers les ascenseurs, à bout de nerfs, et appuie sur le bouton cinq cent fois, en me retournant vers lui avec un gigantesque sourire factice aux lèvres.

— Ouiii ! dis-je en agitant les poings. Réunis. Enfin. Génial.

La ferme, idiote. Tu ne fais qu'empirer les choses.

— Rory, commence Callum avec une pointe d'inquiétude dans la voix, comme sur le visage. Tu as bu ? Tu sais que je ne supporte pas la débauche publique.

— Complètement sobre, lui affirmé-je avec un rire nerveux.

Les portes de l'ascenseur s'ouvrent, et, évidemment, Mal se trouve de l'autre côté, diaboliquement beau – pour un briseur de couple, s'entend.

— Je te cherchais.

Son expression s'adoucit, jusqu'à ce qu'il voie Callum derrière moi.

Là, tout son visage se transforme. Ça me fend le cœur. Il a l'air… déçu. Non pas qu'il ait le droit de l'être.

— Malachy, le salue Callum en entrant dans l'ascenseur.

Je monte aussi, et passe la carte électronique sur l'écran avant d'appuyer sur l'étage de Callum.

— Mec Clinquant, répond Mal d'une voix glaciale.

— Ça avance, l'écriture ? demande Callum.

Je m'immisce dans la conversation avant que Mal puisse offenser Callum.

— Eh bien, Richards rentre en Irlande, donc Mal va veiller à ce qu'il rentre bien, et toi et moi pouvons rester ici.

Je veux juste sauver la face. La vérité, c'est que, dans environ dix minutes, je vais livrer de dures vérités a Callum, après quoi ni lui ni moi ne pourrons plus tolérer mon existence.

Ce soir, c'est le réveillon du nouvel an, et la soirée qu'Ashton avait prévue avec Mal en Irlande a été annulée. Ça aurait été une occasion en or pour prendre des photos, mais il est plus important de crever l'abcès avec Callum.

— Quelle idée merveilleuse.

Callum me sourit, et mon cœur se brise en mille milliards de morceaux.

Tu es responsable. Tu t'es prélassée dans la chaleur de Mal sans te rendre compte que son feu ravageait tout en toi.

— C'est bien vrai, ironise Mal. Il y a juste un tout petit, minuscule obstacle.

— Qui est ?

— La réalité. Richards et moi avons décidé de rester jusqu'à lundi nous aussi. Tu sais, changement de décor, tout ça. C'est un bon moyen de stimuler la créativité.

Mal m'adresse un sourire carnassier.

Ne.

Pas.

Tuer.

Le.

Beau.

Poète.

Je serre les dents si fort que ma mâchoire risque de craquer, et je sais que Mal est suffisamment taré pour raconter ce qu'il s'est passé à Callum avant que je puisse le faire. Mal lit certainement dans mes pensées, parce que sa façon de me regarder ne me dit rien qui vaille.

— Eh bien, nous allons vous laisser tranquille, Malachy. Rory et moi avons du temps perdu à rattraper.

Callum se tourne vers moi et m'embrasse sur la tête, voilant à peine ses intentions d'ordre sexuel.

— Jamais affirmation plus vraie n'a été prononcée dans cet ascenseur, dit Mal avec un sourire en coin, les yeux levés au plafond, secouant la tête.

Enfoiré. Pourquoi est-ce que je n'aime pas celui qui est sain d'esprit ? Pourquoi ?

Je tourne la tête pour lancer un regard noir à Mal, mais il refuse de croiser mon regard, gardant les yeux rivés droit devant lui.

L'ascenseur sonne, et Mal nous colle aux basques, prenant même la valise de Callum pour la tirer dans le couloir.

— Avant que j'oublie, il y a eu un changement de programme, annonce-t-il. Richards organise une fête ce soir dans son penthouse. Des stars viennent des quatre coins de l'Europe. Je crois qu'Alex Winslow raccourcit ses vacances en famille dans le Sud de la France pour passer dire bonjour. Ça va être débridé, pas un endroit pour une dame aussi *adorable* que notre Rory.

Il sait qu'il n'y a plus aucune chance pour que je quitte l'hôtel maintenant. C'est le genre de truc dont Ryner raffole. Une folle soirée rock, à l'ancienne, pleine de visages familiers, où les gens se balancent sur les lustres et écrivent des chansons dans un coin de la pièce, créent des moules en plâtre de leurs pénis et foutent des Rolls Royce dans des piscines.

Nous nous arrêtons devant la porte de Callum. Je lève les yeux vers lui et joue avec mon piercing. Il secoue la tête en souriant.

— Restons ici, allons à la soirée. Peu importe où nous sommes, du moment que je suis en toi ?

Mal est tout proche, témoin de l'échange. J'ai envie de vomir. Je ne sais même pas pourquoi Callum a dit ce qu'il vient de dire, mais je me sens encore plus mal qu'avant.

Je me hisse sur la pointe des pieds pour déposer un baiser chaste sur la joue de Callum.

— Entrons, dis-je dans un murmure, la voix brisée.

Je claque la porte au nez de Mal, le laissant à l'extérieur. Physiquement. Figurativement.

Je le laisse avec les mensonges.

Avec les secrets.

Avec le poids de sa liaison avec la femme mariée qu'est Maeve.

Et la culpabilité de m'avoir caché la mort de Kath.

Avec nos péchés.

Quand je me retourne face à Callum, j'arrête la comédie.

— Il faut qu'on parle.

14

Aujourd'hui
Rory

Je n'ai même pas l'occasion de raconter à Callum ce qu'il s'est passé avec Mal. À peine ai-je refermé la porte derrière nous qu'il reçoit un appel auquel il doit répondre et va s'isoler sur le balcon. Il a ce ton étouffé je-vais-te-réduire-en-bouillie d'analyste de fonds spéculatif qui me donne la chair de poule.

Le coup de fil dure presque deux heures et atteint des octaves réservés d'ordinaire à la jungle tropicale. Je suis désolée pour lui qu'il soit obligé de travailler le soir du réveillon. Lorsqu'il termine et rentre, le visage rouge et boudeur, je suis en train de me préparer à sauter sous la douche avant la soirée.

Il observe ma silhouette à moitié nue et reprend du poil de la bête, son visage renfrogné retrouvant un sourire charmeur.

— Toi. Moi. Douche. Sexe. C'est parti.

— Il faut qu'on parle.

— Je ne crois pas qu'il y ait plus important qu'une petite partie de jambes en l'air, surtout avec tes hanches qui saillent à la Bella Hadid. Ça te va bien, le désespoir. (Il se passe la langue sur les dents du haut.) Allez. Tu ne vas pas me dire que ma bite ne t'a pas manqué pendant tout ce temps.

Je m'assieds au bord du lit, recroquevillée, démoralisée, à me creuser la tête pour trouver comment lui annoncer – comment nous ouvrir en deux comme un corps momifié et le vider de ses organes.

Ça me hérisse que Summer ait vu juste.

La serviette n'était pas rien.

Elle était tout.

Des années plus tôt, Mal m'a avertie qu'il allait briser ce que j'aurais avec un autre si nous nous revoyions.

Il a tenu sa promesse.

Callum me tire par la manche, et son expression fait cogner mon cœur avec fracas contre mes côtes, comme si elles étaient en métal.

Je fonds en larmes et enfouis mon visage entre mes mains, honteuse non seulement de ce que je lui ai fait, ce que je *me* suis fait, mais aussi d'être si lâche. De ne pas avoir assumé, comme une adulte. Il reste planté là, les yeux rivés sur moi, son fard estival quittant son visage.

— D'accord, pas de partie de jambes en l'air. Je ne pensais pas que ça te contrarierait autant… (Il se gratte la tête, tente de comprendre.) Sache que j'ai coupé mes poils de quéquette, si c'est ça qui te bouleverse tant.

J'essaie de rire pour le rassurer, mais la vérité, c'est que nous n'avons pas le temps d'avoir la conversation que nous avons besoin d'avoir. Je me glisse sous la douche et augmente la température de l'eau jusqu'à ce qu'elle soit bouillante, regardant les carreaux bleu pastel et leurs minuscules fissures d'usure droit devant moi en me demandant à quel moment les choses ont pris cette mauvaise tournure.

Je le sais très bien. Dès l'instant où j'ai accepté ce boulot.

Parce qu'être près de Mal et ne pas le désirer est impossible.

Je peux me refuser beaucoup de choses, mais il n'en a jamais fait partie.

Mal me fait brûler. Crépiter. Fondre. Mon amour pour lui est dense et solide. Métallique et vivant. Un organe qui bat, qui coexiste avec mon cœur.

Je sors de la douche et fais face à Callum, qui est en train de choisir des boutons de manchettes dans la petite boîte en velours rouge qu'il emporte partout avec lui.

— Quand on rentre, il faut vraiment qu'on parle.

Il répond sans me regarder, d'une voix éteinte qui me surprend.

— C'est toi le patron.

Le jeu de la bouteille.

Nous jouons au jeu de la bouteille.

Cette soirée est un vrai four.

Et Alex Winslow n'est même pas venu.

— Winslow ? Sa conception de la fête, c'est petit curry devant la télé avec madame. Toujours dans l'abstinence, ce con-là, a répondu Richards avec la pire imitation d'accent cockney au monde en tirant sur une drôle de cigarette, lorsque je lui ai posé la question plus tôt dans la soirée.

La musique est pourrie (surtout des chansons d'Ashton), la suite est remplie à quatre-vingt-dix-neuf pour cent de femmes en toges à moitié nues, et un tatoueur autoproclamé tatoue les volontaires sur le lit rotatif de Richards pendant qu'il tourne, ce qui n'est pas franchement l'idée du siècle.

Des serveurs font le tour de la suite pour proposer des plateaux de raisin, fromage, biscuits, champagne et schnaps. Des ballons de nouvel an décorent la pièce en doré, argenté et noir.

Et comme je l'ai mentionné, nous sommes assis en cercle, en train de jouer au jeu de la bouteille comme les gros dingos débilos et anormaux que nous sommes.

— Les règles.

Une Anglaise aux faux seins et cheveux méchés virevolte dans la pièce comme une fée, en battant des cils à qui mieux-mieux.

— Puisque nous avons un vrai couple parmi nous, nous devons

être sûrs qu'ils sont tous les deux d'accord pour voir des étrangers galocher leur moitié.

Elle pose ses grands yeux noisette sur moi et hausse un sourcil d'un air de défi.

Je jette un coup d'œil à Callum, m'attendant à ce qu'il refuse tout net. C'était l'un des points que j'évoquais toujours auprès de Summer quand j'avais envie de rompre avec lui au début de notre relation – ses tendances ultra-conservatrices et traditionnelles me rendent dingue.

— Je suis toujours partant pour m'amuser.

Il sourit, à mon grand étonnement, puis coule un regard vers moi, les yeux plissés, comme si c'était un genre de test.

J'observe Mal à la dérobée, pour n'éveiller aucun soupçon. Il est stoïque, les yeux rivés sur la bouteille de champagne vide entre nous. Peut-être comprend-il enfin. Que ce n'est pas seulement à cause de Callum que je refuse d'envisager notre histoire.

Mais parce qu'il *est* Glen.

Je commence à comprendre que mon père n'était pas le sympathique ivrogne du village, ni le martyr que j'avais imaginé. Les secrets et les mensonges qui essaiment autour de Tolka ont une source, et cette source pourrait bien être sa tombe.

Tout le monde me scrute, jaugeant ma réaction. Cela pourrait vite dégénérer, et je suis trop vieille pour céder à la pression de groupe. D'un autre côté, je ne peux pas faire semblant d'être une prude. Pas alors que Callum est partant.

Il me donne un coup de coude en riant.

— Allez. C'est toi qui me dis toujours de me décoincer.

Je sens la menace qui pointe dans sa voix, pour la première fois depuis que je le connais, et je n'ai ni le temps ni la capacité de l'ouvrir en deux pour l'analyser puisque je suis déjà pompette.

Je hausse les épaules pour accepter, et toutes les filles crient de joie et miaulent comme des chattes en chaleur. Callum est un morceau de choix dans cet environnement faible en testostérone.

Et puis, Ashton semble trop beurré et Mal, trop inaccessible pour promettre une action digne de ce nom à la gent féminine. L'Anglaise va même jusqu'à agiter ses seins à l'attention de Callum et lui fait un clin d'œil. Très discret.

— Ça ne te dérange pas que Rory roule des pelles à d'autres mecs ? le nargue-t-elle.

— Personne ne peut l'embrasser comme moi, trésor, répond-il avec un sourire carnassier.

Trésor. Il appelle tout le monde « trésor ». Mal a raison. Ce n'est pas romantique. C'est agaçant.

— Et d'autres meufs ? taquine-t-elle.

Je m'étrangle sur ma bière, mais ne dis rien.

— *Surtout* des meufs, répond Callum en riant.

— Et toi ? Tu n'as rien contre embrasser un autre gars ?

Elle continue de cuisiner Callum. Elle est en train de flirter avec mon petit ami. Je sais que ça devrait me mettre en colère, mais je ne parviens à ressentir qu'une apathie irritée, comme quand vous voyez quelqu'un être intolérant sur Internet, mais que vous ne pouvez vous résoudre qu'à liker le commentaire d'une personne qui proteste pour la forme.

Callum s'éclaircit la gorge.

— Je préfère qu'on reste dans l'hétéro, d'accord ?

Évidemment. Moi qui embrasse des filles, avec plaisir, mais lui qui embrasse des mecs, hors de question.

— Et toi ? demande Bombe Anglaise à Ashton, assis à côté de Mal. Ça te dérange pas d'embrasser un mec ?

Ashton secoue nonchalamment la tête, avant de se tourner vers Mal. Mal regarde Bombe Anglaise puis Ashton, le visage neutre. Je me rends compte que je retiens ma respiration, attendant sa réponse, lorsqu'il ouvre la bouche.

— Je ne fais pas de discrimination, ni dans la haine, ni dans la baise.

— Alléluia ! s'écrie Bombe en riant.

Je croise les jambes, sentant ma culotte se mouiller. Je ne sais pas pourquoi l'idée qu'il embrasse Ashton m'est si agréable érotiquement. Peut-être parce qu'ils sont tous les deux si beaux. Peut-être parce que je sais que Mal déteste Ashton, et que Mal est le genre de mec qui peut baiser quelqu'un par haine jusqu'au coma, malgré sa nature excentrique et contradictoire. Soudain, j'imagine Mal en train de prendre Ashton par-derrière, et l'air est chaud et lourd, et incroyablement dense dans mes poumons.

— Rory ? me demande Callum.

— Hmm ?

— Tu es en train de t'éventer. Il y a un problème avec la clim ?

Merde. Je laisse retomber ma main et jette un regard furtif à Mal. Ses yeux violets pénètrent mes pupilles comme des lasers. *Gaulée.*

Ashton est le premier à faire tourner la bouteille, qui s'arrête sur une brunette grecque. Ils rampent tous deux à quatre pattes pour se retrouver au centre du cercle de douze personnes. Sachant qu'ils sont sur le point d'établir le mètre étalon pour nous tous, ils se sourient d'un air conspirateur et se lancent avec passion.

Callum et moi échangeons un regard lorsque nous comprenons qu'il ne s'agit pas d'un simple baiser. Ils s'embrassent à pleine bouche, et Richards glisse sa main sous le haut de la fille, qui saisit son érection à travers son jean et passe une jambe autour de ses hanches pour l'enfourcher au beau milieu du cercle.

— Très bien, lance Callum d'un ton joyeux. Arrêtons là avant que quelqu'un finisse en cloque.

Tout le monde rit nerveusement, et la brune toute rouge regagne sa place en vitesse. Bombe Anglaise fait tourner la bouteille en lorgnant Callum comme un diabétique des bonbons, et bien sûr le karma décide de me cracher au visage, et la bouteille s'arrête sur lui.

Peut-être est-ce parce que je n'ai pas le droit d'être en colère, mais cette issue ne me dérange pas plus que ça. Cela ne me surprend pas vraiment. Mal dit que Kathleen joue avec sa vie depuis qu'elle est morte, et peut-être a-t-il raison. Après tout, il se produit d'étranges coïncidences quand nous sommes ensemble. C'est comme si nous ne formions qu'un, avancions sur le même chemin et que, chaque fois que quelqu'un essaie de nous approcher, la vie l'étripe.

Callum sonde mon visage – à la recherche d'approbation ou de jalousie, peut-être. Mon pouls s'accélère. Un nœud de culpabilité aussi gros que mon poing se loge dans ma gorge.

Je lui adresse un petit hochement de tête.

— Éclate-toi, beau gosse.

Les deux élus se lèvent d'un bond et se retrouvent en dehors du cercle, près du lit. Il pose sa main sur sa joue comme il le fait avec moi quand il veut baiser. Un geste technique, familier.

Il lui sourit.

— Salut.

— Salut, souffle-t-elle.

Je me rends compte que, moi aussi, je souris, parce qu'ils sont mignons tous les deux. Mais ce n'est pas ainsi que je devrais raisonner. Lorsqu'il pose ses lèvres sur les siennes, la moitié des filles du cercle tournent la tête pour me regarder. Je m'oblige à observer Callum et la fille, m'efforçant d'éprouver un sentiment – *n'importe lequel* – mais en vain. C'est comme si j'étais en train de regarder une émission télé un peu barbante. Après dix secondes d'un lent et sensuel roulage de pelle, un certain malaise, et une bonne dose d'angoisse, ils s'écartent l'un de l'autre, et une tension palpable crépite dans l'air. Elle continue de s'agripper à lui lorsqu'il recule d'un pas en secouant la tête, comme s'il n'arrivait pas à croire qu'il venait de faire ça.

Il me regarde. Mon cœur se brise, mais pas pour les bonnes raisons.

Elle peut le rendre heureux, et je l'en empêche.

Pas pour longtemps, me dis-je. Callum mérite davantage, et il est temps d'y remédier.

— D'accord, merci pour ce patin mollasson déconseillé aux moins de douze ans, lance Ashton en bâillant. Je n'hésiterai pas à recommander vos deux petits culs la prochaine fois qu'Ed Sheeran aura besoin d'écrire une chanson qu'on peut passer à l'église. Brandy, à toi.

Brandy est son assistante. Celle qui a donné son numéro à Mal à Tolka. Oui, celle qui a de longues jambes bronzées et de flamboyants cheveux couleur vin-de-cerise. Elle se penche en avant, avec son décolleté plus généreux que le bénévolat d'Oprah Winfrey, et fait tourner la bouteille. Je sais déjà où elle va s'arrêter. Mon cœur est tel un poing de fer prêt à fracasser le mur d'os de ma cage thoracique.

Boum, boum, boum.

Et puis… ce qui devait arriver arriva.

La bouteille tombe sur Mal, et le sourire de Brandy est si large que je pourrais aisément y faire tenir une batte de base-ball. À l'horizontale. Non pas que je sois en train de penser à le faire.

Peut-être juste un peu.

Elle rampe jusqu'au centre du cercle, voulant certainement une redite de la façon avec laquelle Ashton a malmené la déesse grecque, mais Mal se lève, avance jusqu'à elle et la relève. *Par la queue-de-cheval.* Et ce avec tant de nonchalance et d'aisance que toutes les femmes présentes poussent un soupir collectif, et je me rends compte que j'y suis allée de mon propre petit gémissement.

Mal baisse les yeux vers elle. Elle penche la tête, un sourire séducteur aux lèvres.

— Quelle surpri…

Elle n'a même pas le temps de prononcer la fin du mot que les lèvres de Mal s'écrasent sur sa bouche, et ils s'embrassent si fort, si brutalement, si cruellement que j'ai envie de pleurer. C'est comme si un tigre me déchirait la poitrine de ses griffes acérées, faisant jaillir des rubans de sang de mon cœur.

Je ne me sens pas bien.

Je ne peux plus respirer.

Lorsque la langue de Mal passe les lèvres de Brandy pour

conquérir sa bouche, je retiens mon souffle et me force à garder les yeux ouverts. Les gémissements et grognements de plaisir qu'elle pousse s'insinuent en moi comme du poison.

Quand ils ont enfin fini de se sucer la pomme, Callum s'éclaircit la gorge. Je me tourne vers lui et comprends qu'il m'a observée tout du long.

— Le spectacle te plaît ? demande-t-il, la lèvre agitée d'un tic agacé.

— Davantage que la compagnie, marmonné-je.

Son attitude passive-agressive me tape sur le système. Je reconnais que je suis en tort, j'aurais déjà dû lui raconter ce qui s'est passé entre Mal et moi en Irlande. Même si ce n'est pas ma faute s'il a été pris par un coup de fil. J'ai essayé. Je ne pouvais pas le faire vingt minutes seulement avant d'aller à la soirée.

Mal et Brandy regagnent leurs places, et je sens mon visage chauffer, comme si j'avais fait quelque chose de mal.

— À toi, Rory, lance sèchement Callum.

M'efforçant d'ignorer son ton, j'attrape la bouteille, lève les yeux vers le plafond et dis une prière silencieuse.

S'il vous plaît, faites que ce ne soit pas Mal.

N'importe qui d'autre m'ira. Une fille, de préférence. Même Ashton ne me dérangerait pas. Il est mignon, c'est une rock star, et il n'est pas suffisamment conscient pour s'en souvenir demain.

Je serre la bouteille dans ma main.

— Tu vas la faire tourner, mon lapin, ou tu essaies de la faire bouger par télépathie ? demande Ashton en ricanant.

Je ferme les yeux et, pour la première fois depuis que je suis née, je gronde intérieurement mon père absent.

Salut. Bon… on ne se connaît pas vraiment, mais si tu es là-haut, épargne-moi ce malaise. C'est le moins que tu puisses faire.

Je fais tourner la bouteille, prends une profonde inspiration et attends. Elle tournoie une fois, deux fois, trois fois, quatre fois, et atterrit sur…

— Mal, constate Callum.

— Ashton, annonce Brandy au même moment.

Évidemment, elle n'a pas envie que j'embrasse son amoureux. Oh ! et au fait, *merci Glen.*

— Je crois qu'elle pointe Ashton, dis-je.

Je dois bien l'avouer, si Glen est là-haut et qu'il essaye de se racheter en pointant la bouteille sur Ashton, il est clair qu'il a du mal à rester sobre : la bouteille est tombée pile entre Ashton et Mal.

— Elle désigne carrément Mal, réaffirme Callum.

Mais à quoi il joue ? Je ne suis pas assez bête pour poser la question alors que nous ne sommes pas seuls.

— Ça ne peut vouloir dire qu'une chose, intervient Bombe Anglaise.

Elle ricane comme une hyène, ses yeux brûlants de désir posés sur Callum. Tout le monde ici a lâché les chiens dans l'arène, et le sien semble être le plus affamé, le plus vicieux.

— À savoir ? demande Callum en se tournant vers elle sans aucune patience.

— Un baiser à trois, ronronne-t-elle en jouant avec une mèche de cheveux.

— Yes ! s'écrie Ashton en brandissant son poing en l'air. Oh que oui. Esclave Sexuelle et Poète Boudeur dans le même panier. J'en suis.

— Esclave Sexuelle ? !

Callum perd son sang-froid.

— Relax, c'est un surnom, répond Ashton en riant un ruban de fumée.

Je vais être stone rien que de l'embrasser, je parie.

— Ça me va, dit Malachy d'une voix monocorde.

Callum me pousse vers le centre du cercle.

— Eh bah vas-y, dit-il.

— Attends, je ne suis pas sûre, maugrée-je.

— On a déjà eu cette conversation ! hurle l'Anglaise. Fais pas ta poule mouillée.

— Ouais, fais pas ta rabat-joie, Rory, renchérit Callum.

Je me tourne vers lui, l'air mauvais. Il se contente de hausser les épaules, un étrange rictus aux lèvres.

— Tu n'es pas la seule qui accepte de partager. Super bonne nouvelle, non ?

Les mains moites, j'avance vers Mal et Ashton, puis plante mes poings sur mes hanches.

— Comment on s'y prend ? Est-ce qu'on commence à deux et la troisième personne se rajoute, ou est-ce qu'on…

Sans plus attendre, Ashton m'attrape par la nuque et me tire contre lui pour m'embrasser à pleine bouche. Il fourre sa langue chaude et imbibée d'alcool entre mes lèvres, et c'est là que je prends conscience que nous sommes tous un peu éméchés – Callum y compris, pour une fois.

Musique de merde mise à part, Ashton Richards embrasse sacrément bien. Je commence à apprécier le baiser, quand je sens une deuxième langue se frayer un chemin jusqu'à la mienne, et j'ai maintenant *deux* langues dans ma bouche en plus de la mienne. L'une d'elles est à Malachy, et je sais exactement laquelle est à qui.

Je sens mon clitoris enfler, mon bas-ventre brûler d'excitation alors que nous nous embrassons langoureusement, passionnément. Ashton me mordille le coin des lèvres, et Mal me roule une pelle à me faire oublier comment je m'appelle. Il est clair que c'est moins un baiser à trois que deux mecs en train d'embrasser une fille. Ils ont peu de contacts l'un avec l'autre et sont là pour me servir.

Au moment où je me demande si je suis la seule à me laisser emporter par la situation, Ashton pose une main sur ma taille et me plaque contre lui. Je sens sa puissante érection contre ma cuisse et laisse échapper un gémissement. Mal ne se laisse pas faire et me tire de l'autre côté, tout contre lui. Je suis lovée entre eux deux, en feu, le désir inondant ma culotte.

Je devrais me sentir honteuse, ou gênée, mal à l'aise, et c'est le cas – je suis les trois à la fois, je vous jure. Mais j'ai surtout envie de me déshabiller et d'embrasser chaque centimètre carré de leurs corps jusqu'à ce qu'ils me prennent des deux côtés. J'ai la bouche pleine et les tétons qui pointent, douloureusement sensibles.

Je me dis soudain que c'est la photo de toute une vie, celle que Ryner veut voir à la une du *Rolling Stone* : sa rock star, son auteur, et sa photographe en train de se peloter fiévreusement. Mais il ne l'aura jamais, parce que ses trois artistes se sont laissé emporter, et qu'il n'y a personne pour prendre la photo.

Nous nous embrassons pendant de longues minutes avant que je sente quelqu'un me tirer par le T-shirt. J'ouvre les yeux : c'est Ashton. Je me rends compte qu'il est à l'écart. Qu'il ne fait plus partie du baiser. Et cela fait un petit moment. Mon esprit constate enfin qu'il n'y avait plus qu'une seule langue dans ma bouche depuis quelques secondes, si ce n'est quelques minutes. J'ai les cuisses plaquées contre celle de Mal. Presque à califourchon sur lui. *Mon Dieu.*

— Allez, nous murmure-t-il en remuant à peine la bouche. Ça fait presque une minute que vous êtes en solo, là. Les autres commencent à se frotter contre le sol pour prendre leur pied.

J'écarquille les yeux et me tourne vers Callum, qui se lève et prend la direction de la porte. Il attrape mon appareil-photo avant de filer, et l'épais nuage rouge de désir dans lequel j'étais engloutie s'évapore. Réagissant instinctivement, je me lance à sa poursuite dans le couloir.

— Callum, attends !

Il se dirige vers les ascenseurs avec détermination, faisant voltiger l'appareil-photo de droite à gauche. Lorsque je le rattrape, au moment où il appuie sur le bouton d'appel, je suis à bout de souffle. Je pose une main sur son épaule, mais il se dégage.

— Ne me touche pas.

— S'il te plaît, supplié-je.

Je ne sais même pas pourquoi je l'implore. Il est évident que ce qui s'est passé dans la suite a dégénéré, que Mal et moi avons partagé bien plus qu'un simple baiser. Il y avait des sentiments là-dedans.

— S'il te plaît, quoi ? S'il te plaît, laisse-moi te ridiculiser, Callum ? S'il te plaît, laisse-moi sucer la bite d'un autre homme ? S'il te plaît, laisse-moi tranquille pour que je puisse reprendre là où je m'étais arrêtée avec un mec qui m'a volontairement laisser *partir* ?

Il me hurle tout cela au visage, rouge de colère. Il n'est plus le Callum que je connais et avec qui je me sens en sécurité. L'ascenseur sonne, et il monte dedans. Je le suis.

— Je n'allais pas te laisser partir, *moi*, Rory. J'étais censé être le dernier homme de ta vie. J'ai supporté tes fringues débiles, tes rêves stupides et absurdes et tes collègues ennuyeux.

Je ne sais pas quoi lui dire. Je ne sais même pas si ça vaut la peine d'avouer ce qu'il s'est passé, parce que nous sommes en train de rompre et que, même si ce que j'ai fait est cruel, il n'en est pas moins abject.

Ce soir-là, à la soirée de Noël, sur le balcon, il m'avait suffi d'un regard sur Mal pour savoir que ce qu'il avait dit était vrai.

Aimer quelqu'un, c'est accepter de bon gré qu'il puisse vous détruire.

Mal m'a anéantie.

J'ai démoli Callum.

« Je pense que tu as été mise sur cette terre pour me détruire », a dit Callum, il n'y a pas si longtemps.

Était-ce la vérité, ou Callum voulait-il seulement qu'on le détruise ?

— Je voulais jouer à ce jeu stupide pour voir comment tu allais réagir. Ça ne t'a rien fait quand j'ai roulé une pelle à l'autre connasse, là-bas.

Les portes de l'ascenseur ne se sont pas encore refermées, et il montre du doigt la suite présidentielle. Sa grossièreté me fait tressaillir. Les portes se ferment enfin, et nous entamons la descente en direction de sa chambre.

— Mais quand Mal a embrassé cette nana, tu as failli exploser. Et puis tu l'as embrassé pendant longtemps, après que Richards s'est retiré.

— Je suis désolée, dis-je à voix basse, maudissant Summer d'avoir mis en place ce jeu, même si je sais que j'en suis la principale responsable. *Bon sang, Callum, je n'ai jamais voulu te faire de mal.*

Même à mes oreilles, ces mots sonnent creux. J'aimerais pouvoir revenir en arrière.

Je ne changerais qu'une chose, une seule : je n'aurais pas touché Mal avant d'avoir rompu avec Cal.

L'ascenseur sonne à nouveau, et Callum en sort avant de se retourner vers moi.

— Au fait, si tu avais attendu un peu plus longtemps, tu aurais pu briser à la fois mon cœur et mon compte en banque, et partir avec la moitié de ce que je possède.

Il fourre sa main dans sa poche avant et en tire une petite boîte noire en velours, qu'il me lance. Je l'attrape, mais ne l'ouvre pas. Je sais ce que c'est.

Merde, Callum.

— J'en ai acheté une autre à Londres, parce que j'ai laissé la première dans ce trou paumé en Irlande et que je voulais te faire ma demande le plus tôt possible. (Il se tait, baisse la tête.) Mais il était déjà trop tard, apparemment.

Mes yeux se remplissent de larmes. J'ai mal à la tête. Je perds pied. Je suis anéantie, et soudain je n'ai qu'une envie, le réconforter, quel qu'en soit le prix. Je fais un pas vers lui, mais il secoue la tête. Quand les portes commencent à se fermer, il appuie sur le bouton pour rappeler l'ascenseur, n'en ayant pas fini avec moi.

— C'est la frontière, dit-il en désignant le seuil entre l'ascenseur et le couloir. Tu n'as plus le droit de la franchir. C'est fini, Rory. C'est fini depuis le début. J'ai toujours été temporaire pour toi, une mise en bouche pour passer le temps.

Je tombe à genoux, en sanglots.

Il jette l'appareil-photo dans l'ascenseur à côté de moi.

— Toi qui veux toujours capturer la photo parfaite. Eh bien, j'ai pris des photos de votre petit plan à trois. Ton obsédé de patron sera ravi. De rien.

Je lève la tête, mes yeux lançant des éclairs de colère et de honte.

Il va loin.

Trop loin.

Il enfonce le couteau dans la plaie et me regarde me vider de mon sang.

Et pourtant, la culpabilité me submerge.

— Je sais qu'on devrait rompre. Je le sais. Mais si c'est la bonne décision, pourquoi est-ce que ça fait aussi mal ? dis-je, sentant de la morve me couler sur la bouche.

Cette situation n'a rien de bien joli, et je n'y déroge pas.

— Se cramponner à une chose qui n'a jamais existé est bien plus douloureux, crache-t-il. Crois-moi, Rory, j'ai essayé.

NOTE DE SUMMER

Il est temps que je sorte mon linge sale et, ma foi, une tache suspecte grande comme l'Alabama ternit ma conscience.

Bien – profonde respiration – c'est parti.

Un mois après le début de la relation entre Rory et Callum, il est passé sans prévenir pendant qu'elle était au travail. C'était censé être une surprise. Il a apporté des fleurs, du champagne et des sashimis du restaurant de sushis préféré de Rory, et il portait un nœud papillon – et pas à la hipster parce-que-ça-va-bien-avec-un-jean-skinny. Rory était censée être là, mais Ryner l'avait appelée en urgence – une histoire de pop star qui avait perdu pas mal de poids et voulait à tout prix refaire des photos pour la pochette de son album.

Rory ne refuse jamais un job. Je pense qu'elle mourra avec son appareil-photo serré contre son cœur.

Enfin bref, Callum a frappé à la porte avec tous ses trucs, et c'est moi qui lui ai ouvert. Je venais de rompre avec le mec avec qui je sortais depuis trois ans et qui m'avait trompée *ce jour-là*. Je n'étais pas dans mon assiette, cela va sans dire.

Callum a bégayé, s'est excusé, a dit qu'il allait passer au boulot de Rory. J'ai ri, sachant que, s'il faisait ça, elle sauterait certainement sur l'occasion pour le larguer.

Nous avons fini par partager la bouteille de champagne que Callum avait apportée. Ce n'était pas un gros buveur. C'est ce qu'il m'a dit, en tout cas, mais il m'a expliqué que, ce soir-là, il était sur les nerfs. Qu'il savait que Rory allait le larguer. Il pensait qu'elle le trouvait ennuyeux et coincé, trop « comme il faut ».

Il visait juste.

Rory le trouvait bel et bien ennuyeux. Et elle le comparait sans cesse à Mal. Ce qui me tapait sur le système, parce que oui, Mal était génial, canon, et incroyable sous la couette, mais c'était fini, et il était temps de tourner la page.

Quand elle est revenue d'Irlande à l'époque, elle m'a montré les photos qu'elle a prises de lui. J'ai eu une idée géniale pour l'aider à l'oublier. Je lui ai dit de trouver des choses négatives sur lui et de les écrire au dos des photos, pour s'en souvenir chaque fois qu'elle avait envie de sauter dans l'avion pour le supplier d'être avec elle (ce qui arrivait bien trop souvent).

Mais tout ce que nous avions trouvé, c'est qu'il était dragueur et avait essayé (et réussi) d'être bon au lit. Ça ne servait à rien. Il était parfait. À part, bien sûr, qu'il l'avait laissée partir.

Enfin bref, revenons à Callum et moi. Ce soir-là, une bouteille de champagne a mené à deux autres.

— Je ne comprends pas. J'ai mes démons, tu sais ? a-t-il dit. Je ne suis pas le pauvre couillon irréprochable pour lequel elle me prend. Je peux être un vil personnage, Summer.

— Je n'y crois pas une seconde.

— Je suis égoïste.

— Nous le sommes tous.

— Moi plus que les autres.

C'est la dernière chose qu'il a dite avant que sa bouche se pose sur la mienne.

Nous avons couché ensemble.

Il l'a trompée.

Je l'ai trompée.

Ça a été un coup rapide, bref, quatre-minutes-et-il-a-joui. Pas franchement orgasmique, dans tous les sens du terme. Je considère toujours cela comme le pire truc que j'ai fait de ma vie. Et j'étais bien loin de jouir. Je n'ai pas aimé du tout, alors que Callum avait toujours été mon fantasme – un homme de bonne famille, bien doté et bien monté. Je ne parle même pas du fait qu'un homme en costume, c'est la huitième merveille du monde. C'était un moment de faiblesse.

— Tu vois ? a-t-il dit en remettant ses chaussures à la hâte. Je te l'avais dit. Égoïste.

Je n'ai rien répondu.

— Je pensais qu'elle serait différente, tu sais ? Qu'elle me sortirait de mon modèle comportemental. Je ne sais pas. Peut-être que je suis accro au sexe.

J'ai arrêté de répondre, parce que je ne le plaignais pas. J'avais mes propres problèmes, mes propres ennuis avec la vie.

Le truc, c'est que je ne savais pas qu'elle rentrerait à la maison, se laisserait tomber sur le canapé à côté de moi, verrait les fleurs et les sashimis sur le plan de travail, sentirait les effluves d'eau de Cologne qu'il avait laissées derrière lui, et dirait :

— Tu as raison. Je suis stupide. Je devrais oublier Mal et faire de mon mieux pour que cette histoire avec Cal marche.

Voilà ce qu'elle a dit alors que je sentais encore l'odeur caoutchouteuse du préservatif de son petit ami sous mon pyjama, même après avoir pris une douche. Et Callum ne s'en sortait pas mieux en termes de culpabilité. Je l'avais vu monter dans un taxi une demi-heure plus tôt, au bord des larmes.

— Oui, tu devrais, ai-je dit à Rory, en pensant *mais s'il te plaît, ne le fais pas.*

Vous voyez maintenant, pourquoi je porte cinq tonnes de culpabilité sur mes épaules.

Je n'ai jamais pensé que ça finirait comme ça. Et même si j'ai envie de gerber chaque fois qu'on se retrouve tous les trois dans la même pièce (ce qui n'arrive pas souvent), je refuse d'être celle qui la laissera rompre avec Callum.

Ma conscience ne peut supporter l'échec de leur relation, quelle qu'en soit la raison. Mais en mon for intérieur ? Si vous me demandiez ce que je pense dans une pièce fermée – capitonnée et insonorisée —, je vous dirais que ma meilleure amie, que j'aime à mort, est une sale morveuse.

Elle devrait en choisir un des deux et abréger les souffrances de tout le monde.

J'aimerais avoir un garçon boudeur avec une serviette, prêt à retourner le monde entier pour être avec moi.

J'aimerais avoir un garçon riche, égoïste mais irrésistible, prêt à tout pour que le Garçon à la Serviette ne l'emporte pas.

15

Mal

Il convient de vous expliquer comment je me suis retrouvé à gagner ma vie en écrivant des chansons alors qu'initialement je m'amusais de voir les gens me supplier de les acheter, comme si c'était un sport de compétition.

La réponse – la même qu'à beaucoup de questions – est Rory.

Après son départ, j'ai bataillé avec ma douleur. J'ai écrit des chansons sur l'amour, sur la haine, sur l'indifférence. Sur la solitude et l'alcool et les recoins sombres de mon âme qui faisaient souvent souffler une brise hostile dans le reste de mon corps.

Des centaines de chansons sont devenues des milliers de chansons, et les milliers de chansons ont pris de l'ampleur. Comme un monstre dans le placard, qui rôde chaque nuit. Chaque chanson est devenue un démon, et chaque démon voulait mon sang.

Je me suis saigné sur les pages jusqu'à ce qu'il n'y ait plus de mots à écrire. Pourtant, je refusais toujours de les vendre. Je ne pouvais pas les vendre, parce que je ne voulais rien changer à ma situation. Je ne voulais pas devenir important, riche et célèbre (non pas que je pensais le devenir, mais je ne pouvais pas prendre ce risque). Je ne voulais pas côtoyer Ashton Richards et ses pairs. Je voulais jouer dans la rue jusqu'à la mort, rentrer chez moi dans mon petit cottage, et mener une vie où je ne courais pas après l'inspiration – c'était elle qui me courait après. Où mon art n'était pas astreint au besoin d'avoir une maison plus grande, une voiture plus jolie, ou plus de sous sur mon compte en banque. Je pratiquais mon art parce que j'en avais envie, un luxe qu'ont peu d'artistes rémunérés. Cela m'aidait de n'avoir jamais été particulièrement matérialiste.

Puis il y a eu l'accident.

Kathleen est morte.

Et il y a eu une série d'opérations qui a exigé de faire venir des spécialistes de Suisse, des États-Unis, etc. Les factures médicales ont commencé à s'entasser. Maman et Elaine, la mère de Kathleen, avaient besoin d'un endroit où vivre. Il y avait des trucs à acheter et des gens à payer, et le monde m'a mis au pied d'un mur impossible à escalader.

Alors j'ai vendu mon âme au diable.

J'ai libéré mes démons et les ai vendus comme animaux de compagnie. Ces gens ont mis des laisses à mes démons, les ont frappés à coups de mélodies joyeuses, et les ont commercialisés en masse pour en faire des tubes.

J'ai vendu toutes mes chansons, en espérant que Rory les écouterait, ferait le lien, et me retrouverait.

C'était le genre d'espoir puéril et stupide que j'admirais chez un personnage de fiction désemparé, mais détestais chez moi. Franchement, quelles étaient les chances pour qu'elle ne comprenne pas ces mots sans équivoque ?

> *« … dans Drury Street la pluie d'été. Quel idiot, je n'ai pas su te garder. »*
>
> *« Sous les étoiles, tu me demandes si je crois en Dieu. Parfois non, parfois oui, mais si tu pars, je le quitte aussi. »*
>
> *« Par-delà les flots vit cette fille faite de rosée, de cyanure et de chamallows. »*

Puis je me suis dit, je ne sais pas, peut-être qu'elle n'avait pas eu l'occasion d'écouter certains des PLUS GRANDS TUBES DE LA DÉCENNIE parce qu'elle avait une dent contre la radio, YouTube, la télé, et toute la culture occidentale.

Mais je me suis juré de ne pas être amer – surtout après avoir découvert que ce n'était pas Rory qui m'avait envoyé la lettre et les photos. Elle avait peut-être écrit ces pensées détestables au dos des photos – bon, d'accord, c'était son écriture, c'est elle qui les a écrites – mais elle n'avait aucune intention de me les faire voir. De me les faire *lire*.

Pour ce qui est de l'avortement, le mystère reste entier. J'ai envie de l'interroger sur la question – reste à prouver que c'est vrai – mais cela signifie l'embarquer dans la Troisième Guerre mondiale avec sa mère. J'ai beau détester Debbie Jenkins – et pas qu'un peu, croyez-moi – je ne veux pas amplifier la haine que Rory porte déjà à sa mère.

On frappe à la porte mais je ne bouge pas d'un poil, gardant les yeux rivés sur le plafond. Si c'est Richards venu pour baiser, il va être sacrément déçu. J'ai peut-être un peu exagéré le plaisir que j'ai à embrasser un autre homme. Il n'y a rien de mal à ça, mais ça ne me fait pas bander, perso.

Seulement, je savais que ça ferait kiffer Rory, et je voulais lui niquer la tête avant de niquer le reste.

En parlant de ça, elle est certainement en train de laisser Mec Clinquant la prendre par-derrière en ce moment même pour se faire pardonner de m'avoir laissé posséder sa bouche pendant de longues minutes. Je ne serais pas surpris de l'avoir mise en cloque (encore) juste avec ce baiser.

Boum, boum, boum. On ne se contente plus de frapper.

Je grogne, me décolle du matelas et vais ouvrir. Pourquoi n'y a-t-il pas de judas sur ces portes d'hôtel ? Franchement ? J'ouvre la porte, revêche.

Rory se tient de l'autre côté, les yeux gonflés, le nez rouge. Elle a pleuré, et je voudrais la prendre dans mes bras pour la serrer contre moi, mais j'ai besoin de savoir ce qu'elle fait ici et ce que nous sommes l'un pour l'autre. Elle me laisse la baiser avec une barre chocolatée un jour, et m'en veut à mort (et à raison) le lendemain. Me faire espérer, c'est un cœur brisé assuré. Et je ne parle pas de trois-quatre morceaux. Mon cœur exploserait en miettes si Rory décidait de nous larguer tous les deux, Callum et moi.

C'est comme si les hommes venaient de Mars, les femmes de Vénus, et Rory de Pluton – lointaine, mystérieuse, et en rien semblable à nous.

J'attends qu'elle dise quelque chose. De préférence que Mec Clinquant a fini par comprendre, a pris ses bagages Prada sous le bras, et qu'il est rentré vitesse grand V pour se trouver une amie botoxée qui partage les mêmes valeurs que lui.

Au passage, de toutes les choses infâmes que j'ai faites à Rory – et la liste est plutôt impressionnante pour quelqu'un qui ne se considère pas comme un psychopathe – l'embrasser comme je l'ai fait devant son copain n'en était pas une.

Nous nous sommes tous les deux perdus dans ce baiser. *Retrouvés*, aussi.

Elle est dehors.

Je suis dedans.

Et entre nous, une distance ridicule mais lourde de sens qu'elle doit avoir le courage de franchir.

— Où est la serviette là tout de suite ?

Elle renifle, passe d'un pied sur l'autre.

Je la sors de ma poche arrière – je l'emporte partout où je vais. J'ai tant rêvé de cet instant, du triomphe et de la certitude qui me submergeraient. Mais là, dans la réalité, je me sens… atrocement pathétique.

De l'avoir encore. Toujours. Avec moi. *Sur* moi.

Rory entre comme un boulet de canon en claquant la porte derrière elle avec son pied. Je m'attends à ce que ce soit comme au cinéma : elle se rend compte – un peu plus tard que ce que j'aurais aimé – que je suis l'homme de sa vie, et nous passons à cinquante nuances du *Kama Sutra.*

Mais ce n'est pas ce qu'il se passe.

Ce qu'il se passe, c'est qu'elle s'effondre contre moi, passe ses bras autour de mes épaules, et éclate en sanglots. Rory n'est pas du genre pleureuse ; j'enroule donc mes bras autour d'elle et l'embrasse sur le front, la protégeant du reste du monde. Si son Connard de Mec veut la récupérer, qu'il essaie seulement de me l'arracher des bras.

— C'est fini, souffle-t-elle dans mon épaule.

Mon cœur est sens dessus dessous. Il pleure pour elle, mais se réjouit pour moi. Je sens mon T-shirt s'imbiber de ses larmes et de sa morve. Son corps tout entier est secoué de vagues de malheur, et mon initiale sensation de triomphe se transforme en terreur. Je lui caresse tendrement les cheveux.

— Chérie, vous n'étiez pas faits l'un pour l'autre. Il ne faisait pas le poids. Ça a toujours été toi et moi.

Elle secoue la tête contre mon épaule, braillant de plus belle.

— Il n'y a pas que ça. Je veux dire, ce que j'ai fait à Callum m'horrifie, et j'ai honte de ce que nous avons fait… (Hoquet.) J'ai essayé si longtemps de lutter contre ce que nous avons, Mal. Je ne me rappelle plus ce que c'est de lâcher prise et de se laisser tomber dans le terrier du lapin.

Je prends son visage entre mes mains et le tourne vers moi pour qu'elle puisse me regarder dans les yeux.

— Flash info, Rory : tu y es déjà. Il n'y a pas eu un seul instant, depuis notre rencontre, où tu n'as pas été à moi. Tout comme j'ai toujours été à toi.

Elle me regarde, une myriade d'émotions fourmille dans ses pupilles, comme les passagers d'un train. Je les vois toutes.

Honte. Colère. Peur. Euphorie. Excitation.

— J'ai gardé la serviette, non ?

Je fais tourner une mèche de ses cheveux entre mes doigts.

Épouse-moi, Rory.

Puis elle fait une chose si inattendue que je manque d'avaler ma langue.

Elle tombe à genoux et déboucle ma ceinture avec frénésie. Je ne dis rien, parce qu'une pipe émotionnelle, ce n'est pas de refus, et parce que je me dis – ça m'arrange bien, même si c'est tordu – qu'elle doit avoir besoin de me sucer la bite pour se prouver quelque chose.

Lorsqu'elle baisse mon caleçon, je suis dur comme une batte de base-ball. Ma bite bondit avec un enthousiasme comique. Elle l'empoigne et gémit, ferme les yeux et la fourre dans sa bouche. Mes yeux roulent dans leurs orbites, et je plonge ma main dans ses cheveux. Je sens sa langue tourner autour de mon gland et oublie sur quelle planète je suis.

— Aurore Belle Jenkins, maugrée-je, un jour, tu causeras ma perte. Mais putain, quelle belle mort.

Vingt minutes plus tard (d'accord, six), je jouis dans sa bouche – après avoir demandé sa permission – et la relève en la tirant par les cheveux. J'ai la confirmation que c'était ce qu'elle attendait – être malmenée comme l'assistante de Richards – quand elle m'adresse ce regard coquin oh-oui-baise-moi-maintenant.

Parfois, à voir la dissonance entre ma façon d'agir pour la reconquérir et ma véritable personnalité, je me demande si je ne suis pas un sociopathe.

— C'était le moment où on était censés faire tendrement l'amour, dit-elle en riant, les lèvres rouges et enflées.

Elle plonge dans mon lit. Je reste debout, m'appuie contre le mur et l'étudie.

— C'est toi qui t'es mise à genoux, princesse.

— Ça m'a manqué, et je suis célibataire maintenant.

Elle hausse les épaules et croise les bras sur sa poitrine comme une ado rebelle.

— Non, tu ne l'es pas.

Elle rougit.

— Ça t'a plu d'embrasser Brandy ?

— Oui, dis-je en toute honnêteté.

Elle braque sur moi des yeux dans lesquels gronde un orage.

Je ris.

— J'ai aimé sentir tes yeux lui transpercer le crâne. Ça voulait dire que j'étais toujours dans la course.

— Tu as gagné la course.

— Il n'y aurait pas dû y avoir de compétition.

Elle me regarde lascivement, suppliant d'être prise. Je lui refuse. C'est le seul levier que j'ai.

Elle a mon cœur. J'ai mon pénis.

Je me retourne, attrape son sac à main sur la table de nuit, et pars. Je reviens dix minutes plus tard avec sa valise, que je suis allé chercher dans la chambre de Callum en me servant de la carte de Rory, et entreprends de la vider.

Elle me pose des questions, mais je suis trop occupé par mes propres pensées pour y répondre.

Quand j'ai fini, je vais à la salle de bains, m'asperge le visage d'eau. Pointant mon doigt sur mon reflet dans le miroir, je m'exhorte :

— Tu vas sortir d'ici, et la baiser comme un animal. Si fort qu'elle oubliera quel jour on est. Quelle année même. Et le nom de son ex-Mec Clinquant. Mais cette fois-ci, tu vas la jouer cool. Il faut que tu la baises comme si tu n'avais pas *envie* de la baiser. Tu vas…

— Mal ? appelle-t-elle de la chambre, et je m'arrête tout net, attentif. Les murs ne sont pas très épais, tu sais, et puis, j'ai déjà couché avec toi, je sais de quoi tu es capable.

Un rire monte dans ma gorge et j'ouvre la porte. Elle se trouve de l'autre côté, bras ouverts.

Elle me saute dessus, enroule ses jambes autour de ma taille, je plante mes mains dans ses fesses, et nous échangeons un baiser si long et si intense que nous allons forcément arriver à court d'oxygène. Je remonte jusqu'à la tête du lit, avant de me rappeler que je veux que ce soit épique, mais décontracté, genre regarde-je-n'en-fais-pas-trop, et décide plutôt de la plaquer contre la baie vitrée, dos à moi. Nous sommes au quinzième étage ou pas loin, et il y a une autre chambre, dans un autre hôtel, face à la nôtre.

Je lui descends son jean si brusquement que je le déchire, et dégage sa culotte.

— Mal, gémit-elle.

— La ferme, dis-je en grognant, me rappelant les inscriptions sur les photos.

En fait trop.

Parle trop.

J'enfile un préservatif, recrache l'emballage dans ses cheveux et la pénètre.

— Ahhh, fait-elle en s'agrippant à la fenêtre.

Mais je me contente de rester ainsi, en elle, sans bouger.

— Mal ? demande-t-elle, toujours face à la Méditerranée.

Les baies vitrées sont grandes ouvertes. Des silhouettes bougent à l'intérieur. Ils pourraient nous voir s'ils prenaient la peine de regarder, et savoir que je la possède me fait frissonner de plaisir.

— Oui ? dis-je sur le ton de la conversation.

— Tu as le trac ? demande-t-elle sur le même ton.

Je me mords la lèvre pour ne pas rire. Putain, sa douceur et son culot m'avaient manqué.

— Nan. Je profite de la vue, c'est tout.

— Est-ce que tu peux en profiter pendant que tu vas et viens en moi ?

— Je passe mon tour. Tu veux que je te baise ? C'est à toi de faire le job. Allez, vas-y. *Baise-moi.* Quand tu veux. (Je lui donne une petite fessée.) Tu n'as qu'à bouger d'avant en arrière. C'est pas de l'astrophysique.

— T'es sérieux ?

Elle tend le cou pour me regarder. Je suis toujours en érection, toujours en elle, et tout à fait sérieux. Elle a dit que j'étais un sale dragueur et que j'en faisais trop au lit. Eh bien, voilà, aujourd'hui je suis inaccessible – sauf pour Rory – et le coup le plus paresseux sur terre.

Je fais courir mes doigts le long de son dos, la faisant frissonner.

— La friction ne va pas se faire toute seule, chérie.

Elle retourne son visage face à la vitre et commence à bouger, d'avant en arrière, ses fesses gigotant délicieusement devant moi tandis qu'elle fait tout le travail. Je baisse les yeux, savourant cette vision digne d'un porno. Elle accélère la cadence, et je sens mes boules se contracter.

Je grogne. *Pas bon.* Enfin, *très bon.* Trop bon. Mais je ne peux pas jouir au bout de cinq minutes. Surtout après qu'elle a entendu mon discours d'encouragement dans la salle de bains.

Je me retire sans prévenir pour me retenir d'éjaculer, et elle se retourne, contrariée.

— Mal !

— Mince, dis-je en tapant ma queue contre son cul. J'imagine que tu en fais trop.

Avant même qu'elle ait une chance d'être offensée, je la jette sur le lit, tête la première, et avance vers elle sur les genoux. Je la soulève d'une main posée sur son ventre pour la mettre à quatre pattes et la pénètre sans prévenir.

— Bordel, lâche-t-elle. Tu as de la chance d'être doué.

Eh bien, *je fais ce que je peux.*

Je la baise, fort, à bon rythme, joue avec son clitoris, et quand je sens ses cuisses trembler et son souffle se saccader, je m'arrête de nouveau et la retourne sur le dos.

Elle proteste.

— Qu'est-ce qui ne va pas chez toi ? Laisse-moi jouir !

J'essaie. Mais je suis sur le point de jouir avant toi.

— Jouir, c'est surfait, chérie. Faire l'amour, c'est *donner.*

Je saisis mon sexe et décris des cercles autour de sa vulve, lentement, sans la pénétrer.

— Dans ce cas, *donne-moi* un orgasme avant que je fasse mes valises pour monter dans la chambre d'Ashton. Je suis sûre qu'il est plus généreux que toi dans ce rayon.

J'éclate de rire. C'est plus fort que moi. Je sais que je casse l'ambiance, mais bordel, elle est drôle. Je jette une de ses jambes par-dessus mon épaule et me remets à aller et venir en elle, en faisant tourner mon pouce sur son clitoris. Elle ferme les yeux – ignorant l'homme auxquels sont rattachés ma queue et mes doigts – et gémit doucement, ses seins rebondissant au rythme de mes coups de reins. J'aime la voir comme ça. À ma merci.

— Plus vite.

Elle se mord la lèvre.

— Trop la flemme.

Je garde le même rythme, la pénétrant de plus en plus loin, sachant que je ne serais satisfait que lorsque j'aurais l'impression de la démonter.

— *Mal*, supplie-t-elle, bien qu'elle soit en train de se faire prendre de manière rustre, pas très aimable. Plus vite.

Je ralentis délibérément, lui faisant subir une délicieuse torture. Je sens de nouveau ses jambes trembler, et sais que son orgasme sera bien plus jouissif s'il arrive petit à petit. Je vais et viens en elle, regarde ses poils se hérisser sur son corps tandis que je lui donne ce qui doit être le meilleur orgasme de sa vie, à en croire sa bouche en O.

Une fois que je lui ai livré ce qu'elle voulait, je lâche enfin prise, donne quelques coups de reins supplémentaires et me libère à mon tour.

Je m'effondre à côté d'elle, les yeux dans le vide, appréciant le bourdonnement morne de la climatisation et nos souffles en phase.

— Restons ici toute la semaine.

Rory sourit au plafond, les yeux brillants. Je roule vers elle et l'embrasse sur la tempe, un bras en travers de son ventre.

— Peux pas.

— Pourquoi ?

— Parce que mon carrosse citrouille se transforme en poussière à minuit.

— Je te laisse squatter ma Honda, dans ce cas, dit-elle en riant.

— Parce que faut que je m'occupe de trucs à Tolka, dis-je en souriant.

— Définis « trucs », insiste-t-elle.

J'imite le son sifflant d'un steak en train de frire, voulant maintenir une atmosphère légère, mais évite de répondre.

Elle a le droit de savoir. Je ne peux plus lui refuser.

— Non, tu préfères me laisser dans l'ignorance. *Encore*, peste-t-elle en retirant mon bras de son ventre. Qu'y a-t-il à Tolka, Mal ? Pourquoi as-tu besoin d'y retourner ? Où vas-tu quand tu disparais sans prévenir ?

Si je la pensais capable de supporter la vérité, je pourrais envisager de le lui dire. Mais je sais qu'elle tournerait les talons et disparaîtrait si elle découvrait la vérité, et ça me rend malade. Parce que je ne suis pas prêt à ce qu'elle parte. Pas encore.

Peut-être finira-t-elle par me quitter.

C'est une possibilité à laquelle je n'ai aucunement envie de penser, bien que je doive l'accepter.

Quand bien même, j'ai encore quelques semaines devant moi – quelques semaines pour coucher avec elle, solliciter son cerveau excentrique et un peu fêlé, et profiter de tout ce qu'elle aura à m'offrir. Quelques semaines pour me rappeler ce que ça signifie que d'être en vie. Une dose de ma drogue favorite après des années de sobriété. Je ne veux même pas penser à ce qu'une nouvelle séparation pourrait me faire.

— Réponds-moi, Mal.

Je me lève et vais dans la salle de bains, à poil.

— T'es qu'une bite, ronchonne-t-elle.

— À l'évidence, dis-je, pince-sans-rire, avant de claquer la porte derrière moi.

Je souris au miroir de la salle de bains, un sourire triste qui sait qu'elle a raison, mais qu'elle a aussi tellement tort. Il y a tant de choses qu'elle ignore encore.

— Fais tes valises, princesse. On rentre à la maison.

16

Rory

Comme un papillon de nuit à une flamme, un junkie à sa drogue de prédilection, une fille à papa à un mauvais garçon, je suis de nouveau accro.

Après cinq tours sous les draps avec Mal et trois mails d'excuses à Callum – restés sans réponse, ce qui ne surprend personne —, je regarde Mal qui dort à poings fermés près de moi. Je me sens encore profondément coupable, à la fois mortifiée par rapport à Callum et aux anges d'être ici avec Mal. Cette overdose d'émotions me donne l'impression d'être dispersée. Remords doux-amer avec un soupçon d'extase.

J'envoie un rapide message à Summer pour l'informer des dernières évolutions de ma vie amoureuse et lui demande de laisser son jugement au vestiaire. Quand elle se met à bombarder mon téléphone de SMS et d'appels, je ne comprends pas et sors du lit. Je prends l'ascenseur jusqu'à la chambre d'Ashton.

Je sais que je contourne la demande directe de Mal, mais j'ai élaboré un plan. Mal est si cachottier vis-à-vis de ce qu'il se passe à Tolka – comme le père Doherty, Mme Patel, Maeve et Heather – que je décide de le battre à son propre jeu.

Je frappe à la porte d'Ashton, qui l'ouvre une minute plus tard, son peignoir doré grand ouvert et révélant son anaconda en liberté, qui pendouille de gauche à droite. Je cligne des yeux, me concentrant de toutes mes forces sur son visage en essayant de ne pas rougir.

— Tu as une minute ?

Il hoche la tête, m'épargnant ses blagues sur l'esclave sexuelle – même si, pour la première fois depuis que nous nous sommes rencontrés, j'ai l'air bien baisée – et fait un pas de côté pour me laisser entrer.

Comme je m'y attends, il y a deux filles dans son lit, profondément endormies. L'une d'elles est Brandy, dont la présence ici valide mon préjugé peu favorable. Il me conduit dans une pièce séparée – un genre de salon – et nous nous asseyons l'un en face de l'autre. Je lui expose mon idée : rester en Grèce, s'imprégner de soleil et d'un peu de culture, *et* écrire l'album. Je sors l'artillerie lourde que sont mes arguments de vente : il fait tellement plus chaud ici, nous sommes plus près de grandes villes, et de la mer. C'est plein de jolies touristes toutes bronzées, il n'aura qu'à se servir. Et puis, ce n'est que pour une semaine, sur les deux mois de projet. Nous rentrerons à Tolka en moins de deux. Pourquoi se presser ?

Ashton hoche la tête avec véhémence, même s'il semble un peu distrait.

— Ouais. Bonne idée. Ouais.

Son air vague me fait comprendre que c'est la première fois que je le chope à moitié sobre.

— Ça va ?

Il rit et attrape une bouteille de whisky.

— Pourquoi ça n'irait pas, mon lapin ?

Je secoue la tête. *Ce ne sont pas tes affaires, Rory.* Mais n'est-ce pas ce que les gens disent quand ils ferment les yeux sur des fléaux dévastateurs ? Je note mentalement d'attirer l'attention de Ryner sur le problème de drogue d'Ashton la prochaine fois que je lui enverrai un mail, ce que je prévoie de faire demain.

Quand je retourne dans la chambre et me glisse sous les couvertures à côté de Mal, je songe que je le mets dans une position qui ne lui plaira pas. Si ce qui l'attend à Tolka est si important que ça, il faudra qu'il crache le morceau s'il veut qu'on fasse nos bagages et qu'on parte. S'il apparaît que ce n'est rien – eh bien, j'aurais gagné une semaine au soleil.

Je ferme les yeux, essayant de m'endormir, mais tout ce que je vois dans mes rêves, c'est ma mère qui descend la rue principale de Tolka en courant, poussant des hurlements hystériques, avec moi dans les bras. Dans mes rêves, je suis minuscule. Encore un bébé. Et je saigne partout. Nous laissons une traînée de sang derrière nous tandis que tout le village nous suit, au pas de course.

Ils nous *chassent*.

Et nous nous enfuyons.

Je me réveille en sueur et sens un frisson familier s'emparer de moi. Je tremble si fort que mes dents s'entrechoquent.

Je me faufile entre les bras de Mal et puise dans sa chaleur, mais le sommeil ne viendra plus me rendre visite cette nuit-là.

NOTE D'ASHTON RICHARDS

Malgré ce que vous pensez tous, je ne suis pas un abruti de première.

Je sais qu'elle a rompu avec Hugh Connard, ou je ne sais quoi, l'Anglais en costard. Franchement, quand Poète Rageux et elle sont dans la même pièce, la tension sexuelle est si palpable qu'on pourrait la couper avec un couteau à beurre. Et puis, je sais que Poète Rageux et Esclave Sexuelle veulent passer ces prochains jours à forniquer comme si c'était la fin du monde.

Je suis un être humain plutôt convenable, croyez-le ou non,

malgré le portrait que les médias dressent de moi. Alors, oui, j'aime la drogue. La MDMA me rend heureux et rayonnant de couleurs et d'inspiration, et c'est le genre de merdes pour lesquelles je suis connu. Je suis le type souriant, sans aucun souci.

La beuh est une nécessité à ce stade – qui n'en fume pas de nos jours ? Et mon médecin m'a prescrit des analgésiques, donc ce n'est pas comme si je me prenais pour Dieu et avait décidé de me fourrer tout ça dans le corps de mon propre chef.

Je ne vais pas essayer de justifier mon usage de la cocaïne. Mais essayez de vivre sous l'œil du public depuis l'âge de dix-sept ans, et voyez ce que ça fait à votre amour-propre. Chacune de vos erreurs est enregistrée, documentée, montrée à la télé et archivée, prête à vous être balancée à la figure à tout moment.

Et ne me lancez pas sur les photos de bites, les ruptures publiques et les starlettes à la Taylor Swift qui écrivent des chansons pour dire que je suis nul au lit. (Qu'il soit consigné que je n'ai même jamais essayé avec cette nana-là. Mange ta merde, Jordan Jackson. À bien y réfléchir, tu kiffes probablement ce genre de conneries. Tu as toujours été trop perverse pour moi.)

Mais je digresse.

Alors, ouais, ok, d'accord. Ce n'est pas seulement pour satisfaire le projet de sexcapade d'Esclave Sexuelle et Poète Rageux que je veux rester en Grèce ; j'ai mes propres motivations. Cela s'intégrait parfaitement dans mon plan d'ensemble, voilà tout.

Qu'ils s'occupent tous les deux = moins de personnes qui s'occupent de moi.

Moins de personnes qui s'occupent de moi = plus de temps pour me droguer et me bourrer la gueule.

Plus de temps pour la drogue et l'alcool = moins de temps à penser que cet album ne se matérialisera jamais, parce que je ne vais jamais l'enregistrer, parce que je serai mort avant le mois de mars.

Parce que j'ai un cancer en phase terminale, voyez-vous. Cette merde s'est répandue jusque dans les moindres recoins de mon corps. Moi qui pensais être simplement en gueule de bois permanente, je ne m'attendais pas à découvrir que pendant que je faisais la fête, mon corps était en train de se dévorer à mort.

C'était bien marrant tout ça, jusqu'à ce que la grosse dame – en l'occurrence mon médecin – me chante la mauvaise nouvelle, et que je choisisse de partir en beauté et non comme l'ombre de moi-même – en version triste et osseuse, allongé dans un lit d'hôpital à contempler une belle image générique au mur.

Oui, c'est le cliché à un million que je ne laisserai jamais à TMC : moi en train de dépérir dans une blouse d'hôpital avec ma gueule de cadavre.

Vous voulez savoir le plus beau ? Avec la quantité de drogue que je prends, les gens ne vont jamais suspecter que je suis autre chose qu'une rock star de vingt-sept ans morte d'une overdose. Une bonne vieille légende tragique qui était un vrai bosseur et plus grand fêtard encore. Je vais rentrer dans le club d'Amy Winehouse et Brian Jones avec une fausse carte d'identité, en quelque sorte.

Si l'un des putains d'idiots qui m'entourent se contentait d'y regarder de plus près – même pas trop près, juste assez pour sentir mon haleine de malade et voir la pourriture au fond de mes yeux —, il se serait rendu compte que ce que je fais n'a aucun de sens.

Monter à dos de vache ? Aller en Thaïlande sur un coup de tête ? Toutes ces conneries à la Jackass ? Je profite de l'instant présent, une seconde à la fois, parce que je ne compte plus en années, en mois, en jours. Je compte en secondes.

Hé, Hendrix, Morrison, Cobain… j'arrive. Faites de la place sur le canap' et mettez un bon disque.

Terminé, putain.

Rory

Je me réveille en grelottant de froid et devine aussitôt que Mal n'est pas dans le lit. J'entends sa voix étouffée dans le couloir devant notre chambre, il est au téléphone. L'entendre parler me donne la chair de poule et fait durcir mes tétons, alors qu'il n'est même pas près de moi. Je sors du lit d'un bond et plaque mon oreille contre la porte – je veux et j'exige des réponses.

Ce n'est pas que je ne respecte pas l'intimité de Mal ; mais il sait tout de ma vie, et moi je ne sais rien de la sienne. Il y a cet immense fossé entre nous, et j'aimerais construire un pont au-dessus, pour nous amener tous les deux dans la lumière.

Je tends l'oreille, mais n'entends rien.

La porte s'ouvre soudain et je prends un coup au visage, avant de tomber sur les fesses. Je me frotte la fesse et sens mes oreilles rougir.

— Oh ! merde. Désolé.

Mal s'empresse de me remettre sur pieds, l'air méfiant.

— Tu m'espionnais ?

Hmm ?

— Non, marmonné-je, en balayant les cheveux de mon visage. Je te cherchais. Pourquoi, tu parlais à ton amante secrète ?

Blague vaseuse.

— Non, mais pas loin. Ryner.

— Je ne pensais pas que c'était ton genre.

J'essaie de détendre l'atmosphère. N'importe quoi pour lui faire oublier que j'ai bel et bien essayé de l'espionner.

— Tu savais que Richards voulait qu'on reste ici pour le reste de la semaine ? Quel culot il a, ce con.

— Ah oui ?

Un autre mensonge dans notre panier à fourberie, qui se remplit gentiment. Et je ne me sens même pas coupable cette fois, puisque

Mal ment comme un arracheur de dents chaque jour que nous passons ensemble.

— Ça pose problème ?

Je hausse un sourcil, le mettant au défi de se confier.

— Tu le sais bien, rétorque-t-il en allant fourrer des vêtements dans sa valise ouverte. J'ai accepté deux nuits en Grèce. C'est tout. Même ça, c'était un peu poussé et allait à l'encontre de mon contrat avec Ryner. J'en ai terminé ici.

Je lui demanderais bien pourquoi, mais je sais qu'il ne me répondra pas.

— Fais tes valises, princesse. On s'en va, avec ou sans le projet.

— Comment ça ?

Il se tourne vers moi, menaçant.

— Je m'en tape de cet album, et toi aussi, tu devrais. Rentrons.

Lui ne peut peut-être pas rester.

Mais moi, je peux. Et je devrais. C'est mon travail. Dans un moment de pure clarté, je me rends compte que rien n'a changé. Mal veut toujours que je fasse des sacrifices titanesques au nom de notre relation instable. Et je cède pour… quoi, au juste ? Pour ses beaux yeux violets ? Ses gros biscotos ? Ses chansons qui me font mouiller ?

Déménager en Irlande à dix-huit ans.

Abandonner l'université.

Quitter mon boulot.

C'est une bonne chose qu'il ne m'ait pas encore demandé de nettoyer ses chaussures avec ma langue.

Je ramasse mon sac à main, passe la lanière sur mon épaule, et avance vers la porte.

— Tu vas où ?

Mal m'attrape par le poignet, mais je le repousse avec un rire amer.

— Je ne sais pas, mais où que ce soit, ce sera sans toi, qui te comporte comme un salaud qui estime que je lui dois tout. J'ai quitté mon petit ami pour toi. Tu m'as couru après sans relâche, et pour quoi ? Pour exiger que je quitte mon job juste parce que tu l'as décidé ?

Le visage de Mal se tord de douleur. Il comprend qu'il est en train de tout faire foirer. Il secoue la tête, soupire et tombe à genoux, posant son front contre mon ventre. Ce n'est pas un acte de supplication, mais un geste simple, tendre.

— Je suis désolé. Je me comporte comme un salaud, mais ce n'est pas volontaire. Et crois-moi quand je dis que je n'ai aucune envie de te considérer pour acquise. Amusons-nous aujourd'hui. Je vais passer quelques appels et voir ce que je peux faire pour repousser notre retour en Irlande. Qu'est-ce que tu veux faire ?

C'est toi que je veux me faire. Je m'exaspère. Car c'est à cause de ça que je me retrouve dans de beaux draps aujourd'hui.

Il déchiffre mon expression et se met à rire en se frottant les joues. Il rougit, et je fonds malgré moi. Il en sera toujours ainsi.

— *À part* l'évidente réponse mutuelle, précise-t-il.

Il pose ses lèvres chaudes contre mon ventre à travers mon pyjama.

— Surprends-moi, dis-je dans un murmure.

— Te surprendre ?

Il sourit, le même sourire que fait le loup avant d'ouvrir la gueule pour avaler le Petit Chaperon rouge tout cru.

— Tes désirs sont des ordres, princesse.

Je porte une robe d'été jaune et un sourire un peu dingue le jour de mon mariage. Le marié a un bandana rouge sur le front, des boots Blundstone, un short, et un T-shirt noir à encolure en V qui sent la bière chaude.

Nous avons l'air trop jeunes, trop bourrés et trop désinvoltes, mais, étrangement, nous savons tous les deux que ce n'est pas une erreur.

Nous avions seulement besoin de courage liquide pour sauter le pas malgré les secrets.

Mal et moi nous sommes mariés à Chypre huit heures plus tard pour honorer notre contrat de serviette.

Nous avons sauté dans un bateau juste après notre petite dispute et avons passé notre temps à manger des palourdes et à boire du vin blanc. Lorsque nous sommes arrivés à Chypre, Mal avait un coup de soleil sur le nez, et j'étais pompette – mais pas suffisamment pour croire que c'était uniquement l'alcool qui me guidait.

La vérité, c'est que je voulais épouser Mal.

J'ai toujours voulu l'épouser, depuis notre première rencontre. Ce qui semblait invraisemblablement puéril et voué à l'échec quand j'avais dix-huit ans semble… eh bien, tout aussi invraisemblable aujourd'hui, à bientôt vingt-sept ans. Mais le contrat était notre bonne excuse, et au fond j'avais envie de lui promettre l'éternité et d'y aller un jour à la fois.

Après la cérémonie, officiée par le maire de Larnaka (sans déconner) en présence de trois autres couples venus se marier, Mal m'a payé un verre dans un pub anglais tout proche.

C'est là que nous nous trouvons en ce moment, nageant dans l'irréel. J'ai l'étrange impression d'être dans un univers parallèle que je voudrais ne jamais quitter – un monde sans maman, sans Ryner, sans Callum.

Je me dis que ça pourrait marcher. Que ça *va* marcher.

Un océan nous sépare, et alors ? Je peux venir passer de longs séjours chez lui. Et inversement. Il travaille à domicile, pour l'amour du ciel. Je pourrais peut-être le faire tomber amoureux de New York pour qu'il emménage avec moi.

Ce n'est pas difficile de tomber amoureux de New York ! C'est arrivé à tous les meilleurs artistes.

— Tu ne trouves pas ça bizarre, qu'on se soit croisés à la soirée de Ryner il n'y a pas un mois et qu'aujourd'hui on soit mariés ? Je ne pensais pas te revoir un jour.

Je fourre l'olive de mon Martini dans ma bouche. Je suis sous le soleil, je prends mon pied et suis sexuellement satisfaite.

— C'est complètement dingue, confirme-t-il en m'embrassant sur le nez.

Son visage est chaud et sent les embruns, le sable et la bière fraîche.

— C'est comme si le destin s'en était mêlé.

Summer va me tuer quand elle va découvrir que je me suis mariée avec mon amour de jeunesse irlandais, ma mère fera enfin cette crise cardiaque dont elle me menace si souvent, et Callum… Je ne préfère pas penser à sa réaction. J'espère qu'il ne le saura jamais. Ce n'est pas comme s'il y avait quoi que ce soit qui nous reliait l'un à l'autre. Nous fréquentons des cercles sociaux différents et ne travaillons pas dans la même branche. Il n'a rien laissé chez moi. Il n'a jamais trop voulu venir à l'appartement. À bien y réfléchir, je crois qu'il n'aimait pas trop Summer.

— Nous n'avons pas parlé de là où nous allons vivre. Je n'ai même pas signé de contrat de mariage, fais-je remarquer.

Le mode de vie de Mal ne donne pas vraiment la sensation qu'il croule sous l'argent – ce qui m'est bien égal – mais son palmarès de vente, de centaines de chansons – chansons que j'ai écoutées au fil des années et qui me semblaient familières, sans que je puisse mettre le doigt dessus, jusqu'à me retrouver nez à nez avec lui – me laisse penser que l'argent ne doit pas être un souci pour lui.

Mal hausse les épaules.

— Pourquoi tu aurais fait ça ?

— J'ai officiellement droit à la moitié de ce que tu possèdes, dis-je en plaisantant.

Jamais je ne toucherais un seul centime de ce qu'il a gagné, et il le sait. Je n'ai jamais touché à l'argent de Glen, qui dort sur le compte en banque de ma mère.

Il penche la tête pour m'embrasser dans le cou.

— Tu peux prendre l'argent. Je n'y tiens pas.

— Alors à quoi tu tiens, Malachy Doherty ?

Il sourit, prend mes mains dans les siennes et embrasse mes doigts, ses magnifiques yeux violets toujours braqués sur les miens.

— *À toi.*

Nous rentrons titubants dans notre chambre à trois heures du matin, n'attendant aucun visiteur. Je me dirige vers le petit bar près de la fenêtre pour me préparer un gin tonic. Mal est en train de se pencher à côté de moi pour attraper une bouteille d'eau dans le mini-frigo quand la porte de la suite s'ouvre à la volée.

— Mal ? Tu es là ? appelle une petite voix.

Brandy. Mon sang ne fait qu'un tour, parce que : qu'est-ce qu'elle fout dans cette chambre, et comment a-t-elle eu la carte-clé ?

Elle a couché avec un autre homme – son patron ! – il n'y a pas vingt-quatre heures, pour l'amour du ciel.

On s'en fiche. J'ai tous les droits de lui en vouloir. C'est après mon mari qu'elle en a. Mon *mari.* J'ai envie d'agiter sous le nez de Brandy la bague que Mal m'a achetée plus tôt dans la journée dans une bijouterie locale – en promettant de m'en acheter bientôt une plus grosse et plus chic.

Comme si la taille de la bague comptait pour moi.

Je baisse les yeux vers Mal, qui se terre à mes pieds avec sa bouteille d'eau. Il ouvre le bouchon, prend une grande gorgée et pose son index en travers de ses lèvres avec un sourire en coin, comme un gamin.

C'est à moi d'annoncer la nouvelle à sa groupie. Génial.

— Par ici, dis-je d'un ton chantant de mon poste derrière le bar.

Elle ne peut pas voir Mal dans sa cachette.

Brandy entre, avec son allure d'escort de luxe : minijupe rouge et brushing intact, maquillage au poil et lèvres carmin.

— Oh ! je ne m'attendais pas à te voir ici.

Son sourire s'évanouit. Elle s'arrête à quelques pas du bar. Je prends une gorgée de gin tonic.

— Je peux faire quelque chose pour toi ? dis-je en battant des cils tandis qu'elle parcourt la chambre des yeux.

— Mal est dans les parages ? Il prend une douche ?

— Il est dans le coin.

Dès que je prononce ces mots, je sens les doigts de Mal s'enrouler autour de ma cuisse. Il hisse sa tête à hauteur de mon entrejambe et glisse son pouce dans ma culotte pour la faire descendre tout doucement.

Que fait-il ? Nous ne sommes pas seuls.

— Qu'est-ce que tu fais là à trois heures du matin ?

J'essaie de rester aussi détendue que possible alors que je sens le souffle chaud de Mal contre mon sexe dénudé. Mon pouls s'accélère, et je sens la chaleur familière du désir inonder mon vagin.

— Je pensais… je veux dire…

Elle regarde de nouveau autour d'elle, comme si Mal allait se matérialiser sur l'écran éteint de la télé.

— Ashton a dit qu'il travaillait tard la nuit, du coup je me suis dit qu'il aurait peut-être besoin de quelque chose.

Comme une aventure sans lendemain ?

— Tout va bien. Nous travaillons ensemble. Je l'aide du mieux que je peux.

Je trace le contour de mon verre. Je ne me suis pas encore habituée au poids de la bague sur mon doigt, mais je me sens plus forte avec. Comme si je pouvais conquérir le monde. Voilà ce que me fait éprouver l'amour de Mal. Il a beau ne pas avoir prononcé les mots, je les sens sur ma peau quand il me regarde.

« *Tu as déjà été amoureux ?* » Je devrais lui reposer la question, et vite.

Mal passe sa langue – encore froide à cause de l'eau – le long de ma vulve, et mon désir incontrôlé me fait frissonner de plaisir. Brandy avance d'un pas vers moi et pose ses coudes sur le bord du bar.

— Sans vouloir t'offenser, je ne crois pas que tu puisses l'aider comme il voudrait que je l'aide.

— Y a pas de mal.

Je parviens à peine à répondre et étouffe un gémissement, lorsque la langue de Mal s'enfonce en moi.

Je sens à quel point je mouille sur sa langue, et je sens aussi son sourire et le rire grave qui lui échappe en réaction à la stupide réplique de Brandy. Mal est en train de me dévorer pendant qu'elle assure que c'est elle qu'il veut dans son lit.

Voilà qui est ironique. Même si je doute qu'Alanis Morissette aurait voulu parler de ça dans sa chanson.

— Je peux lui transmettre un message ? Il semblerait que notre ami ne va pas venir tout de suiiiii…

J'essaie de contrôler ma respiration pendant que Mal va et vient en moi avec sa langue et la fait tourner autour de mon clitoris pour me rappeler qui va venir (mon orgasme).

— Eh bien, je…

— Ohhh, mon Dieu, gémis-je en me tenant au bar des deux mains, renversant impudemment la tête en arrière.

Mal me masse le clitoris avec son nez tout en enfonçant sa langue si loin en moi que je vois des étoiles. Je finis même par perdre ma capacité à garder les yeux ouverts.

— Tout va bien ? demande Brandy – je l'entends presque froncer les sourcils. On dirait que tu vas être malade.

Mal ne peut pas se retenir. Il explose de rire dans ma chatte tout en me dévorant, il me mordille les lèvres, suce, me pénètre avec sa langue sans relâche. Il veut que je lui jouisse au visage, et à celui de Brandy. Et c'est ce que je fais. Je relève ma robe, écarte les jambes et me mord la lèvre en écartant mes doigts sur le bar, faisant tomber mon gin tonic au sol – j'ai un orgasme surpuissant.

Au bout de quelques secondes, je finis par ouvrir les yeux et regarde Brandy en battant des cils.

— Oui, ça va. J'avais un petit… (Je m'éclaircis la gorge.) Je me suis froissé un muscle, quelque chose dans le genre.

Brandy fait un dernier pas vers moi et regarde vers le bas, visiblement agacée.

— Mal ! s'écrie-t-elle en portant sa main à un collier de perle invisible.

Chancelante, je m'écarte de mon mari, qui adresse à Brandy un sourire charmant, décontracté, puis se relève. Une puissante érection tend le tissu de son short, il a les lèvres gonflées et luisantes – on dirait qu'il vient de manger un donut recouvert de glaçage – et ses cheveux sont délicieusement ébouriffés et aussi soyeux que des pétales de fleurs.

Il est si exquis à cet instant que je sais que jamais de la vie je ne l'abandonnerais.

— Salut, Britney.

— Brandy.

Elle montre les dents, les joues rouges de colère.

— Ouais, dit-il en posant ses mains sur ses hanches. En quoi puis-je t'aider ?

— Vous deux, c'est sans lendemain, ou… ?

Elle agite son doigt entre nous deux.

Mal pousse un soupir, soufflant sur une mèche de cheveux trop longue échappée de son bandana, et fait semblant d'y réfléchir.

— Eh bien, je lui ai demandé de m'épouser ce matin. En fait, non, ce n'est pas tout à fait vrai. Je lui ai demandé de m'épouser il y a huit ans, mais elle a dit non. Aujourd'hui, elle a dit oui. Du coup, depuis quelques heures, nous sommes légalement mariés, donc je dirais que c'est du sérieux. Qu'en pensez-vous, madame Doherty ? (Il se tourne vers moi en se frottant le menton.) Ce ne sont pas des bracelets d'amitié, mais c'est un pas dans la bonne direction, non ?

Je lui offre un haussement d'épaule évasif.

— On dirait bien que je vais vous garder pour le moment. *Sans vouloir t'offenser*, Brandy, dis-je en imitant son ton condescendant.

Je n'ai jamais vu personne quitter une pièce aussi vite. Elle était mortifiée. Je suis presque triste pour elle. Mais je suis tout à fait heureuse pour moi, parce que, lorsque Mal me prend dans ses bras et me soulève dans les airs, et que nous défions tous les deux la gravité, la logique, et les mondes que nous avons construits ces dix dernières années…

Je ne le remarque même pas quand il me repose au sol.

Je flotte sur un petit nuage.

Pourtant, puisque je suis toujours dans le flou, baignant dans l'inconnu, je sais, à quelques instants de lui soutirer la vérité, que cette bulle va éclater.

NOTE DE BRANDY

(Tape le micro.)

C'est allumé ce machin ?

Oh. Bonjour. Ici, Brandy. J'imagine que je vous dois des explications.

Laissez-moi commencer par vous dire que la nana qui incarne la fille vulgaire ne sait jamais qu'elle joue ce rôle, vous savez ?

Personne ne voudrait auditionner pour ce rôle, et encore moins jouer le jeu.

De mon point de vue, j'avais tous les droits de séduire le poète torturé. Chaque fois que je le voyais avec cette drôle de nana aux cheveux argentés, soit ils étaient sur le point de s'étriper, soit chacun essayait de saboter la vie de l'autre d'une manière ou d'une autre. Comment pouvais-je savoir qu'ils n'étaient pas juste deux professionnels qui ne s'entendaient pas ?

Oh ! et ne me lancez même pas sur cette histoire de j'ai-couché-avec-mon-patron.

Oui, j'ai couché avec mon patron rock star, célibataire, dispo et généreux. Celui avec la grosse bite et les trente-deux millions de *followers* sur Instagram. Qui ne le ferait pas ? C'est Ashton Richards, bordel !

Et puis, depuis quand c'est interdit de courir après un homme célibataire canon ? Et quand l'homme en question a le physique de Malachy Doherty, c'est mon *devoir* d'essayer de le séduire.

Et qu'il soit consigné que je ne suis pas la pire personne du monde.

Demandez à ma sœur, Whitney, qui travaille pour Ryner.

C'est elle qui m'a dégoté ce boulot, et elle est mal placée pour me déconseiller de coucher avec mon beau patron.

Parce que je couche peut-être avec mon boss (enfin, techniquement, non, parce que c'est son manager qui m'a engagée), mais c'est elle qui va avoir un bébé avec un banquier anglais qui a une petite amie.

Une petite amie canon, photographe, chic, qui ne se doute pas que ça fait des mois qu'il la trompe.

Le banquier n'apprécie même pas Whit, mais elle s'en fiche. Parce qu'il va tout lui payer pendant ces dix-neuf prochaines années.

Maintenant que j'y pense, Callum Brooks ferait totalement l'affaire.

Il faudra que je pose la question à Whitney. Peut-être quand elle sera moins émotive et arrêtera de se plaindre de ses seins douloureux.

Enfin bon. En ce qui me concerne, c'est retour à la case départ pour trouver le mari parfait.

17

Rory

Mal a concédé deux jours supplémentaires mais, bon sang, il ronge son frein. Nous passons la journée au lit, rattrapant notre retard de parties de jambes en l'air, de fruits de mer, et de soleil sur le balcon.

Nous parlons des chansons qu'il a écrites sur moi (« Comment pouvais-tu ne pas t'en rendre compte ? », « Comment étais-je *censée* m'en rendre compte ? Tu m'as dit que tu ne les vendrais jamais. Et puis, entendre un tube et penser qu'il parlait de moi ? Tu crois que j'ai le melon ou quoi ? », « Eh bien, ta tête est légèrement disproportionnée, mais j'ai entendu dire que toutes les stars de ciné sont comme ça, alors j'imagine que tu es bien entourée. »), nous écoutons de la musique et nous utilisons chaque serviette amenée par le room service pour passer d'autres contrats entre nous.

Si jamais un jour nous nous disputons… nous promettons de ne pas quitter l'autre.

Si jamais un jour nous avons trois garçons et aucune fille… nous promettons de ne pas avoir que du bleu dans la maison et de ne pas regarder de foot tout le week-end.

Si jamais un jour Mal déménage à New York… je promets de ne pas le laisser mettre des vestes en tweed et devenir le cliché de l'artiste torturé.

Toutes ces choses semblent importantes, mais elles restent en suspens dans les airs, comme les étoiles, inaccessibles et bien lointaines. Nous ne parlons pas de ce qui compte. De ses secrets. Des appels mystérieux qu'il passe plusieurs fois par jour dans le couloir.

Nous ne parlons pas du fait que je n'ai pas envie de déménager en Irlande, parce que ma vie est aux États-Unis, et qu'il ne veut pas déménager aux États-Unis, parce que son cœur est à Tolka.

Nous ne parlons pas de Kathleen.

Ni du père Doherty.

Nous ne parlons pas de mon cauchemar.

À un moment, Mal se faufile dans le couloir pour répondre à un nouveau coup de fil, et je vais chercher mon téléphone pour prendre des nouvelles de Callum.

Une fois mon SMS envoyé, j'ouvre mes messages non lus pour affronter la tempête Summer. C'est même un ouragan, et ce que je découvre me donne la nausée.

Summer : S'il te plaît, réponds.

Summer : J'imagine qu'il te l'a dit.

Summer : Je n'avais PAS l'intention de coucher avec lui, Rory. Il faut que tu me croies.

Summer : Je savais qu'il tenait à toi. Je t'en prie, pardonne-moi.

Summer : Oh et puis arrête ! Tu allais le quitter de toute façon. Tu me l'as dit un million de fois. Dans ma tête, vous n'étiez même pas, genre, vraiment ensemble. Ça a toujours été Mal que tu voulais. Réponds.

Je suis bouche bée quand Mal revient dans la chambre.

— On fait les bagages ? demande-t-il, les poings serrés.

Je me force à lever les yeux et ignore mon cœur qui éclate en mille éclats de verre.

Boum, boum, boum.

— Encore trois jours.

J'affiche un sourire triste, joue les imbéciles.

C'est ce qu'Ashton a dit. Encore trois jours. Il a même demandé à Mal de venir travailler une heure avec lui plus tôt dans la journée, pour justifier notre séjour ici. Je me suis jointe à eux pour prendre quelques photos, et nous avons annoncé notre mariage à Ashton, qui était fou de joie. Il était aussi sacrément défoncé. Il aurait certainement été tout aussi excité si je lui avais dit que j'avais acheté un nouveau porte-clés du temple d'Héphaïstos au marché.

Oui. Ashton planait plus haut qu'une fusée. Il faut vraiment que je dise à Ryner de l'envoyer en cure de désintox quand ce projet sera fini. Il est évident qu'il part totalement en vrille.

— Il faut que je rentre, dit Mal, répétant son mantra habituel.

— Vraiment ? Super. Je te retrouve là-bas dans trois jours.

Je relis les derniers messages de Summer, encore et encore et encore. J'en ai assez qu'on me cache des choses. Mal me regarde avec une colère blanche et sauvage que je ne lui avais jamais vue. La chaleur émane de son corps par vagues, qui s'écrasent à mes pieds.

— Très bien, crache-t-il.

— Très bien.

Il attrape sa valise, déjà faite et fermée, et se dirige vers la porte, furieux. Je suis encore dans le lit quand il s'arrête, soupire et revient, l'air perdu. C'est comme si ces dix pas loin de moi l'avaient complètement vidé.

— S'il te plaît, souffle-t-il.

Je sais ce qu'il me demande.

Il me demande de ne pas lui compliquer les choses. De rentrer sans discuter.

Je pense à Callum qui s'est tapé Summer.

Que j'ai laissé Mal me toucher alors que j'étais toujours avec Cal.

À la tromperie, dans un sens comme dans l'autre. Je ne pensais pas que l'une de ces deux choses m'arriverait un jour.

Mais je sais aussi que ce n'est pas arrivé par hasard.

On dit « Infidèle un jour, infidèle toujours ».

Et je me dis aussi que, parfois, tout semble aller bien alors que vous êtes brisé et que de vilaines choses s'insinuent à travers vos fêlures.

Je suis en train de gâcher mon éternité parce que Mal est dans une situation désespérée. Je commence à comprendre que je ne suis pas juste avec lui.

— Mal, dis-je dans un murmure.

Il relève lentement la tête. Je vois que de vilaines choses se sont déjà insinuées en lui.

— Est-ce que tu as déjà été amoureux ?

Un large sourire lui fend le visage. Un sourire sincère, immense et vrai, qui me consume indéfiniment. Je sais que tant que je verrai ce sourire tous les jours, je n'aurai jamais froid.

— C'est drôle que tu poses la question. Oui, oui, je l'ai été. Je le suis toujours. Ça a commencé il y a huit ans, d'une manière improbable, et c'est censé durer toute la vie.

Je me lève, le rejoins et pose ma main sur sa joue rêche.

Il secoue la tête.

— Fais-moi confiance, Rory, quand je dis que nous devons rentrer – pas parce que j'estime que tu devrais abandonner quoi que ce soit pour moi, ni parce que tu me dois quoi que ce soit. Mais parce que je ne vis qu'à moitié quand je ne suis pas à Tolka, et que tu mérites de vivre l'expérience à cent pour cent avec moi.

Sa bouche se pose sur la mienne, mais il ne m'embrasse pas. Il se contente d'effleurer mes lèvres tout en parlant.

— Je t'aime, princesse Aurore Belle Jenkins Doherty du New Jersey, petite pourfendeuse de cœur.

— Je t'aime, roi Malachy Doherty de Tolka, voleur d'âme plus-grand-que-la-moyenne-mais-sans-que-ce-soit-gênant. Viens, allons dire au revoir à Ashton avant de partir.

La première chose qui m'alerte, c'est l'odeur. Ça sent l'urine et la viande avariée. Je pousse la porte tandis que Mal reste sur le palier pour envoyer un message.

Il n'y a personne en vue – Brandy et le reste de l'équipe d'Ashton doivent être en train de boire au bar, en bas – et je vais sur la pointe des pieds jusqu'à la chambre où Ashton doit se terrer.

Bingo.

Il est sur son lit, peignoir ouvert – il est complètement nu en dessous, bien sûr —, en train de faire la sieste dans une mare d'urine. Je vous jure, je vais arrêter le projet et le faire jeter en cure de désintox sans plus tarder, peu importe l'argent qu'y perdra Ryner. J'avance et lui secoue doucement l'épaule.

— Debout. Il faut que tu ailles te laver et que tu te reprennes en main.

Je parcours la chambre des yeux et trouve des traces de cachets écrasés et de cocaïne sur la table de nuit. Je marmonne « Et puis merde », les ramasse et vais tout jeter dans les toilettes.

Revenue dans la chambre, j'attrape le téléphone d'Ashton, le pose au sol et l'écrase sous mon pied. Ainsi, il ne pourra plus rien se procurer dans un avenir proche.

Même s'il n'en aurait pas eu l'occasion. Il a touché le fond. Il va rentrer en Irlande avec nous, et je vais l'enfermer dans la maison de Mal jusqu'à la fin du projet. Il va enregistrer son album sobre et en état de manque.

— Ashton !

Je lui secoue l'épaule, de manière plus agressive cette fois.

— Réveille-toi.

Rien.

Rangeant son téléphone dans la poche arrière de son pantalon, Mal entre dans la chambre.

— Pourquoi ça sent comme si ce couillon avait pissé partout, y compris au plafond et dans les pays voisins ?

— Parce qu'il l'a fait.

Je me tourne vers Mal et lève les yeux au ciel.

— Il ne veut pas se réveiller. Tu peux aller me chercher une bouteille d'eau dans le minibar, pour que je puisse lui verser sur la figure ?

Mal fronce les sourcils et s'approche du lit. Sans tenir compte de la nudité d'Ashton, il passe sa main sous son nez. Son visage blêmit.

— Chérie, rends-moi service et attends-moi dehors, d'accord ?

— Quoi ? Pourquoi ?

— Parce que.

Mon mari se tourne vers moi, et je vois tout le malheur au fond de ses yeux.

— Il est mort.

L'ambulance est là en deux minutes. La police arrive peu de temps après. Je ne sais pas comment ils l'apprennent, mais tous les sites de ragots envoient leurs journalistes locaux pour couvrir l'affaire, et Ryner, qui fait une crise de nerf couronnée d'un infarctus et atterrit à l'hôpital, nous ordonne de ne parler à personne, de rentrer à Tolka, et d'y rester jusqu'à nouvel ordre.

Après un bref entretien avec la police, on nous laisse partir et on nous ramène à l'hôtel. Nous faisons nos bagages, toujours sous le choc, et laissons Brandy et le reste de l'équipe en larmes derrière nous. Je voudrais rester pour les consoler et comprendre ce qu'il s'est passé, mais je sais que Mal tient à rentrer chez lui, et ce n'est pas le moment de défier Ryner.

Dans l'avion, nous avons le regard perdu dans le vide et restons muets.

Mal est le premier à briser le silence.

— Je me sens mal de l'avoir traité comme je l'ai fait.

— Il t'aimait beaucoup.

Je déglutis.

J'ai embrassé cet homme cette semaine. Sa bouche était chaude et vivante, son cœur battait contre le mien. Merde, je lui ai parlé il y a tout juste quelques heures, il était drôle, touchant, sympa – insouciant dans son monde de dingo. Je ne sais pas pourquoi sa mort me touche autant, mais j'ai envie de me rouler en boule et de pleurer.

Je peste :

— Nous aurions pu l'empêcher.

— Nous n'aurions pas pu.

— Il était tout le temps défoncé. On l'a laissé faire.

— Tu n'as manifestement jamais rencontré de toxicomane avant. Ni toi ni moi n'aurions pu faire quoi que ce soit pour l'empêcher de se droguer. Ce n'est pas ta faute, Rory.

Il m'embrasse sur l'épaule.

Les larmes me montent aux yeux.

— Alors pourquoi suis-je si triste ?

— Parce que tu es une belle personne. Parce que, au fond, lui aussi en était une.

Nous ne parlons pas du projet, de l'album, de l'absurdité de nous réunir autour d'une chose qui ne se matérialisera jamais. À présent que le projet est officiellement mort – avec sa star – quelque chose de fondamental s'est brisé, un changement s'est opéré dans le monde que nous avons créé ensemble. Nous n'avons plus de base de travail. Je n'ai plus de date butoir en Irlande.

Je pianote sur mon téléphone posé en équilibre sur mon genou, chassant les appels de Summer auxquels je n'ai pas répondu et les messages interminables de maman qui me supplie de rentrer à la maison avant qu'il n'arrive malheur.

— Tu pleures.

Mal me serre l'épaule. Il a raison. Je secoue la tête.

— Je suis désolée. C'est juste que je n'avais jamais vu la mort d'aussi près. Mes grands-parents sont morts avant que j'aie trois ans, et même si Glen est mort quand j'étais ado, je ne le connaissais pas et n'étais pas là pour le voir. C'est ridicule. J'ai bientôt vingt-sept ans et, pourtant, jusqu'à présent la mort semblait être cette notion vague et abstraite. Elle était là sans vraiment l'être. Maintenant, je la sens partout autour de moi.

Mal me prend la main et l'embrasse.

— Elle l'est, confirme-t-il.

— Kathleen doit te manquer en permanence, dis-je.

— Oui, avoue-t-il, avant de marquer une pause pour y réfléchir. Mais je me dis aussi que, quand tu perds quelqu'un qui est dans la fleur de l'âge, ça te rappelle à quel point la vie est fragile. Ça te rappelle que tu n'as pas été mis sur cette terre pour travailler. Tu n'as pas été mis sur cette terre pour faire la vaisselle ou payer tes impôts en temps et en heure, ou, je ne sais pas, surveiller ta consommation d'alcool ou compter tes calories. On n'est pas là pour gagner des prix ou de l'argent. Ce qui te vient à l'esprit dans cette fraction de seconde, quand tu comprends que c'est la fin, que tu vas mourir, c'est le baiser volé à ton premier amour sous ce vieux chêne. Les roues sur la plage un beau jour d'été avec tes frères. La première fois que ta nièce a prononcé ton nom, et que tu savais que tu étais foutu – tu allais lui donner tout ce qu'elle voulait. Perdre quelqu'un de jeune, c'est comme survivre à une maladie grave. La vie t'offre une nouvelle chance de ne pas tout foutre en l'air. Ça peut soit t'éteindre, soit te faire briller plus fort. C'est un joli rappel que ce que nous avons est rare et fugace, et ne doit pas être gâché. Tu veux honorer la mémoire de Richards ? *Vis.*

Je renifle.

— C'est pour ça que tu ne voulais pas connaître un succès fou. Tu as toujours voulu une vie de famille. Ton petit coin de monde.

Et il a failli l'avoir, avec Kath. Puis elle est morte. J'ai envie de rentrer en Irlande et faire des bébés avec Mal sur-le-champ. Je n'ai jamais avoué à personne ce qui m'a traversé l'esprit quand je suis rentrée d'Irlande après mon premier voyage là-bas.

J'ai presque – longtemps – regretté d'avoir pris la pilule du lendemain. Parce que cela aurait été une merveilleuse excuse pour tout plaquer et être avec lui. J'aurais fait ce que ma mère n'avait pas fait. J'aurais tout fait pour que ça marche.

Mal me caresse la joue, l'air sérieux.

— Tu as enfin compris, princesse.

Les quelques jours suivants sont un flou total.

Mal et moi partageons des parties de jambes en l'air longues, pleines d'émotions, éreintantes. Nous parlons pendant des heures, lovés l'un contre l'autre. Je pleure beaucoup et il écoute – beaucoup. Mal met au point des plans élaborés pour annoncer notre mariage à sa famille, et je fais de même pour ma mère.

Dans les faits, cependant, je ne décroche pas le téléphone, et il ne planifie pas de discussion avec sa famille. Il leur rend visite tous les jours, mais ne les autorise jamais à passer chez lui. Je dirais qu'il craint comme la peste que je les rencontre, mais même la peste me semble avoir droit à un traitement de faveur quand je vois la façon qu'a Mal de gérer sa famille quand je suis dans les parages.

Un matin, alors que je suis encore au lit, j'entends murmurer à la porte d'entrée.

C'est Mal – un Mal sec, con, pas l'homme que j'ai épousé.

— … mauvais timing. Je t'appelle bientôt.

— Ça veut dire quoi au juste, « bientôt » ? demande la voix cassante et méfiante d'une vieille dame.

— L'éternité et au-delà, maman.

— C'est bien l'impression que ça donne, depuis qu'*elle* est là.

Un murmure colérique répond. Ils se disputent.

— Non. Absolument pas, gronde Mal. Je maîtrise la situation. Va-t'en.

Parfois, Mal disparaît. Dans ces moments-là, je passe mon temps à me prendre le bec avec Ryner au téléphone plutôt que d'affronter Summer et ma mère.

— Envoie-moi le matos, putain. Je lui organise un hommage spécial, d'accord ? Oh ! et au cas où ça t'aurait échappé, tu *travailles* pour moi ! me hurle-t-il dans les oreilles un jour, peu après sa sortie de l'hôpital.

— Il n'a même pas encore été enterré. Ce qui pose la question : est-ce un hommage à Ashton Richards que vous organisez, ou à votre bourse et votre label ? J'ai bien l'impression que vous tirez profit de cette triste situation.

— Je viens de faire un infarctus.

Comme si c'était une raison pour qu'on cède à ses moindres désirs.

— C'est vrai, et je ne veux pas que vous en ayez un autre, c'est pourquoi je vous demande de laisser tomber. Ne me payez pas pour ce projet. Laissez Ashton reposer en paix.

Je refuse de laisser Ryner tirer profit de sa mort. Tout ce qui lui importe, c'est de vendre quelques posters et de sortir des chansons inachevées pour gagner quelques dollars.

— Bienvenue au chômage, ma belle. T'es finie, cette fois-ci, m'a hurlé Ryner à l'oreille.

— Merci pour ces vœux chaleureux. Je vais bien en profiter.

J'ai raccroché.

J'ai surpris Richards dans des moments intimes, alors qu'il souffrait d'une terrible addiction qui a causé sa perte. Je ne vois pas pourquoi quiconque devrait en être témoin. Il est évident qu'il cherchait désespérément le bonheur, sans jamais réussir à l'atteindre.

Mal n'avoue pas que la mort d'Ashton l'a bouleversé, mais il faut dire qu'il n'aborde pas trop le sujet – il se contente de m'écouter quand j'en parle. Et il est inflexible : il refuse d'aller à l'enterrement aux États-Unis.

Peut-être parce qu'il a cette maîtresse / famille / vie secrète ici. Je le dis la fleur au fusil, mais évidemment j'ai au creux du ventre un vide qui s'agrandit chaque fois que je me réveille et découvre que son côté du lit est froid.

Chaque jour je me dis : *Aujourd'hui, il va tout me raconter.*

Chaque jour, j'ai tort.

Puis, une semaine après notre retour en Irlande, Mal m'annonce qu'il est prêt à retourner jouer dans la rue. Il a besoin de se vider la tête, dit-il.

— Tu peux venir avec moi. Prendre des photos de Dublin.

— Non ça va, dis-je en levant les deux pouces en l'air.

J'ai enfin un plan. J'ai trouvé la nouvelle adresse du père Doherty dans un annuaire – ce gros truc jaune dont les grands-parents se servent pour bloquer les portes ou comme sous-verre de fortune. Le père Doherty habite pile au milieu du village, et il est grand temps de lui rendre une petite visite, pour qu'il fasse la lumière sur mon histoire.

Mal, bien sûr, voit clair dans mon jeu. Nous n'avons pas passé un mois ensemble depuis que nous nous connaissons et, pourtant, il lit en moi mieux que personne.

— T'es sûre ? demande-t-il en fronçant les sourcils.

Je hoche la tête.

— Parfaitement.

— Hmm.

— Quoi ?

— Il n'y a rien eu de parfait ces derniers jours, alors je trouve ton choix de mots un peu alarmant.

— La semaine a été dure, dis-je en passant mes bras autour de ses épaules. Un mariage, et un enterrement à venir. J'ai juste un peu envie d'être seule. Je vais peut-être appeler ma mère pour donner enfin des nouvelles.

Mal grimace quand je mentionne ma mère, mais il hoche la tête et m'embrasse sur le front. Je ne sais pas pourquoi il agit comme s'il avait une dent contre Debbie Jenkins, mais s'il tressaille chaque fois que je parle d'elle par solidarité, il est sacrément doué, niveau empathie.

— Tu veux qu'on parle ce soir ?

Il fait courir ses lèvres sur ma tempe.

L'espoir fait palpiter mon cœur.

— De quoi ?

— De tout.

— Tu vas enfin me dire ce qu'il se passe ?

Il penche la tête, ferme les yeux.

— Oui, dit-il d'une voix rauque. Dieu sait que je n'en ai pas envie, mais oui.

J'accompagne Mal jusqu'à la porte, l'embrasse et agite la main pour lui dire au revoir, en bonne femme de Stepford que je ne suis pas. Dès que je vois sa voiture dévaler l'allée de gravier, j'enfile mes baskets, attrape ma veste militaire et descends en courant jusqu'au village.

Le temps est froid et sec, et je suis dopée à l'adrénaline parce que je me sais si proche de la vérité. Je le sens au bout de mes doigts, qui fourmillent d'impatience que je m'en saisisse.

Cette fois-ci, je vais mettre le père Doherty au pied du mur, jusqu'à ce qu'il cède. Il y est obligé. Un homme qui sert Dieu ne peut mentir, si ?

Et puis, j'ai le truc parfait pour le forcer à me dire la vérité.

C'est tout simple.

Ma mère me cache des choses.

Le père Doherty me cache des choses.

Il est clair qu'ils gardent le même secret.

Si Doherty *pense* que je sais déjà quelque chose que j'ignore, il se confiera.

J'ai les mollets en feu, et le souffle coincé quelque part entre la poitrine et la gorge. Je suis bientôt à court d'oxygène, mais ne ralentis pas. C'est ce que j'attendais. Pas juste Mal, mais la vérité.

La vérité sur Callum.

La vérité sur mon père.

Sur ma mère.

Mon histoire.

Je file dans les rues de Tolka, passe devant la boutique de journaux, les pubs, les auberges pittoresques, les pots de fleurs renversés, et les ruelles dont les murs de brique sont couverts de graffiti en gaélique – ce beau mensonge pastoral qui dissimule les vilains secrets que je m'apprête à dévoiler. Je ne m'arrête qu'une fois arrivée devant la porte de l'adresse que j'ai trouvée.

Je serre le petit papier contre ma poitrine, si fin et gorgée d'encre que ma veste et mes doigts en sont tachés. J'arrive à frapper à la porte avant que mes jambes cèdent et que je m'effondre au sol.

La porte s'ouvre, et je me redresse en m'éclaircissant la gorge.

— Bonjour, père D…

Je m'arrête net en voyant la personne en face de moi. Parce que cette personne ? Ce n'est pas le vieil homme aux sourcils broussailleux.

C'est la personne dont Mal ne m'a jamais parlé.

Les yeux violets de Mal.

Des traits si étrangement similaires aux miens.

Les traits de *Kathleen*.

18

Sept ans plus tôt
Mal

Kath est enceinte.

Je ne fais même pas semblant d'être surpris quand elle se pointe chez moi, sans la robe courte mais avec son gilet sage, ses épais leggings et ses cheveux soigneusement peignés, et se frotte le ventre sans équivoque.

— Je peux entrer ?

Elle sait aussi bien que moi que nous avons merdé dans les grandes largeurs ce soir-là. Je ne parle pas du fait de ne pas avoir mis de capote, ni que j'étais complètement pétrifié quand c'est arrivé, ni qu'elle était vierge (elle avait toujours proclamé, d'aussi loin que je me souvienne, qu'elle voulait attendre le mariage). Et je ne veux même pas aborder le sujet du consentement douteux. Le pire, c'est que j'ai dû raconter à Sean ce qu'il s'était passé – c'était l'un de mes meilleurs potes, après tout —, et Daniel et lui nous ont complètement rayés de leurs vies, Kiki et moi.

Apparemment, Sean avait avoué son amour à Kath un soir. Moi aussi, je connaissais ses sentiments pour elle. Je l'admets, c'était un peu moche de faire ça.

Enfin, très moche.

Kath et moi méritons tout ça – les jumeaux O'Leary qui lèvent les yeux au ciel et Maeve et Heather qui secouent lentement la tête chaque fois qu'ils nous voient.

Je pourrais dire à Sean que je n'étais pas tout à fait conscient, que je ne savais pas ce que je faisais, et ce serait la vérité. Mon souvenir de cette soirée est vague, tout au mieux. Mais je ne veux pas jeter la pierre à Kath, même si c'est elle qui m'a imposé sa décision. Maman et Bridget sont allées passer un mois chez Dez, à Kilkenny, pour s'aérer l'esprit, et je suis terriblement seul. J'écris des chansons, les chante au coin des rues, reçois des offres, les refuse. Puis je rentre chez moi, et puisque mes amis refusent de me parler, et puisque j'ai arrêté d'envoyer des lettres à Rory, à sa demande, je ne repousse plus Kath quand elle vient passer du temps avec moi. Je ne peux pas me permettre de l'éviter.

Parfois, elle étudie pendant que j'écris.

Parfois, nous baisons lumières éteintes, toujours avec un préservatif, et elle me laisse scander « Rory, Rory, Rory ».

Mais la majeure partie du temps, nous partageons à dîner et regardons la télé, puis je la ramène chez elle en voiture avant qu'il ne fasse trop noir.

Aujourd'hui, Kiki me passe devant pour aller s'installer au salon, comme si elle était chez elle. Contrairement à moi, le salon est en bon état. Le reste de la maison est aussi bien arrangé.

Elle s'assied à table, et je nous sers deux verres d'eau. Je n'ai pas de réaction à la nouvelle qu'elle m'apprend. Je ne suis pas heureux, ni triste. J'avais l'intuition que ça allait arriver. J'ai mis un préservatif chaque autre fois où nous avons couché ensemble – malgré ses protestations – mais apparemment, j'ai un sperme surpuissant, du moins en ce qui concerne les filles O'Connell.

J'attends juste de savoir si elle va le garder ou pas. J'ai la poitrine serrée, mais je ne veux rien présupposer.

— Comment tu te sens ? demandé-je en faisant glisser un verre vers elle.

Elle prend une petite gorgée d'eau, les yeux braqués sur mon visage, essayant de déchiffrer mon expression.

Pourquoi ne puis-je pas l'aimer ? Pourquoi ne puis-je pas aimer la fille qui ne me quitterait jamais ? Qui donnerait sa vie pour moi ?

— Bien. Un peu nauséeuse, mais ça va. Merci de poser la question.

— Tu l'as su quand ?

— Cet après-midi. Je suis allée acheter le test après les cours. J'ai appelé Heather et Maeve pour qu'elles viennent avec moi. Tu sais que Maeve sort avec Sean maintenant ? Je trouve qu'ils forment un beau couple. Heather est en forme.

— Donc elles savent pour la grossesse, dis-je en m'efforçant de garder mon sang-froid.

Moi qui pensais que les pères étaient les premiers à apprendre la nouvelle.

— Oui. J'espère que ça ne te dérange pas. Je ne voulais pas le faire toute seule, et je savais que tu chantais dans la rue et ne voulais pas te déranger ni te faire flipper pour rien. Ça aurait pu être négatif.

— Tu vas le garder ?

Je pose la question tout net. La joie laisse place au choc sur son visage.

— C'est quoi cette question ? Bien sûr que je vais le garder. Je suis catholique, Mal.

Je hoche la tête.

— Je pense que la question, c'est plus ce que *toi*, tu vas faire, dit-elle.

Elle s'adosse à sa chaise, bras croisés.

— Je vais m'en occuper, bien sûr, dis-je, surpris.

Était-ce seulement une question ?

Kathleen pouffe. Mauvaise réponse, j'imagine. Je réessaie.

— De vous deux. Je vais m'occuper de vous deux, financièrement, tout ça. Vous ne serez pas seuls. Je vais trouver un vrai boulot. Et je le garderai la moitié du temps si tu veux bien.

— Ce n'est pas un jouet.

— Bien sûr que non.

Je n'en reviens pas. *Que lui faut-il de plus ?*

— C'est un garçon, dit-elle d'un air suffisant, tout sourires. Un petit mec, Mal. Je le sens. Les femmes savent ces choses-là.

J'essaie de sourire, mais sans réellement y parvenir. D'accord. Un garçon. Je tends la main par-dessus la table et prends la sienne, caressant l'intérieur de son poignet avec mon pouce.

— Je pense ce que je dis. Tu n'es pas seule. Tu n'as pas besoin d'abandonner la fac ni quoi que ce soit. Je vais m'occuper de lui tout le temps, lui donner tout ce que j'ai.

Elle détourne le regard. Renifle.

— Quoi ?

Elle en veut plus, mais je ne comprends pas quoi. Soudain, j'ai envie de lui donner tout ce qu'elle voudra. Même si cela doit me tuer. Peut-être pourrais-je commencer par ne pas prononcer le nom de sa sœur quand je la prends par-derrière.

Peut-être bien, ducon.

— J'ai appelé ta mère, souffle-t-elle.

Elle ne pleure pas, et je me demande si elle joue la comédie. Je lâche sa main et recule.

— Vraiment ?

— Je lui ai dit. J'étais obligée. Il fallait que j'aie sa bénédiction. Et puis, elle a le moral à zéro depuis ce qui est arrivé à Bridget.

Kath lève la tête et sourit, les larmes aux yeux.

Peut-être ne joue-t-elle pas la comédie, après tout. Peut-être que Rory a fait de moi un homme blasé.

— Elle est tellement heureuse d'avoir un petit-fils, Mal. Bridget aussi. Peut-être que papa est là-haut et qu'il fait ça pour nous. C'est le destin. Comme s'il devait en être ainsi.

Le destin.

J'avais dit à Rory que nous devrions laisser le destin faire son œuvre, et devinez quoi ? Le destin nous a fait un doigt d'honneur, a monté Rory contre moi, et s'est arrangé pour que je mette Kath en cloque. Si le destin existe, il fait tout ce qu'il peut pour que Rory et moi ne finissions jamais ensemble. Kath est encore en train de parler. Je rattrape le train en marche.

— … lui ai dit que je comprenais tout à fait. Ta mère insiste pour qu'on se marie, surtout parce que je suis pratiquante, mais je lui ai dit qu'on pouvait attendre. Je respecte ta volonté, et je sais que faire plaisir à ta mère et ta petite amie n'est pas une raison suffisante pour me faire ta demande.

Petite amie ?

C'est étrange de ma part de soutenir que Kath et moi ne sommes pas en couple, d'autant qu'elle porte mon enfant. Mais nous marier ? Vraiment ? Ce n'est pas que je n'apprécie pas Kath ; c'est que je l'apprécie pour de mauvaises raisons.

Parce qu'elle est là, disponible, familière, jambes écartées, et me rappelle sa demi-sœur. Ce ne sont pas des raisons valables pour être avec quelqu'un, et encore moins l'épouser. Mais à présent que notre négligence nous force à ajouter un enfant à l'équation, je sais que Kathleen a raison. Ma famille – maman, frères, sœurs – s'attendent à ce que je fasse ce qu'il faut à son égard. Même si je me sens piégé, mis au pied du mur. Même si je me souviens à peine de cette soirée.

Mais tu te souviens de toutes les autres fois où tu as couché avec elle, avec une capote, et sobre.

— Dis quelque chose, murmure Kathleen en me regardant fixement.

— Je… *(ne veux pas t'épouser).* J'ai besoin d'y réfléchir.

— D'accord.

— Mais quoi qu'il en soit, je serai là pour toi. Pour vous. Toujours, ajouté-je avec ferveur.

Bien sûr, je ne sais pas ce que je dis.

Je ne sais pas où la vie va me mener.

Et je ne me doute pas le moins du monde que je vais bientôt briser cette promesse, de la pire des manières.

J'épouse Kathleen à huit mois de grossesse, son ventre rond pareil à la lune sous sa robe blanche informe.

La cérémonie se déroule en petit comité, dans l'église du père Doherty, fin décembre, juste après Noël. Kiki rayonne de bonheur, l'air triomphant, maman et Elaine ne cessent de la flatter, tous mes frères et sœurs pleurent de fierté et de joie, et Sean et Daniel sont venus avec Maeve et Heather – de mauvais gré, mais présents.

Pendant mon enterrement de vie de garçon, Daniel, qui l'avait organisé, a plaisanté en disant que maman et Kiki avaient fini par m'avoir à l'usure pour me forcer à faire ma demande. J'ai siroté mon verre, lui ai souri et l'ai envoyé se faire foutre. Mais il n'avait pas tort, et ça m'a agacé.

Je promets l'éternité à Kathleen, elle fait de même, et nous échangeons les alliances. Ces derniers mois ont été intenses. Kathleen ne voulait pas connaître le sexe du bébé, mais ne parlait que de ça. Elle a emménagé avec moi dès que maman est revenue de Kilkenny avec Bridget. J'étais là quand le minus a donné son premier coup de pied, j'étais là quand il s'est mis à bouger dans son ventre – surtout la nuit —, et j'étais là quand on voyait l'empreinte de ses membres s'étirer sur le ventre de Kath.

Peu de temps après avoir découvert qu'elle était enceinte, Kathleen et moi sommes passés de la baise occasionnelle à la baise permanente. J'ai arrêté de l'appeler Rory, mais suis toujours incapable de lui faire face pendant l'acte. Heureusement, il existe suffisamment de positions dans lesquelles je ne vois que son dos nu.

Après la cérémonie, nous rentrons à la maison. Kath ne peut pas boire et j'ai réduit ma consommation d'alcool, moi aussi. Maman et Elaine ont décidé d'emménager ensemble, puisqu'elles sont amies et que Kathleen et moi avons apparemment besoin de notre intimité, surtout depuis que nous nous apprêtons à accueillir le petit Glen dans nos vies.

À propos de ce nom.

Mis à part que ce choix m'a surpris, Glen est un nom horrible pour toute personne ayant moins de soixante-cinq ans, et notre Glen devrait atteindre cet âge d'ici soixante-six ans.

Une fois rentrés, Kath enlève péniblement sa grande robe blanche. Elle ressemble à un nuage dans ce machin, mais je sais qu'il vaut mieux ne pas le lui dire.

— Tu as repensé à l'idée de vendre tes chansons ? demande-t-elle en retirant une par une les épingles de ses cheveux, qu'elle coince entre ses dents.

Je secoue la tête et me laisse tomber sur le canapé avec un soupir.

— Mal, supplie-t-elle.

Je crois les jambes et allume la télé. *Cash in the Attic.*

Bordel, Glen. Tu ne fais plus dans la demi-mesure, hein ?

— Je ne te comprends pas, fait Kiki, boudeuse, en retirant ses bracelets et ses bijoux avec des mouvements frustrés, saccadés. Tu es un auteur brillant. On pourrait se faire du blé avec tes chansons au lieu de compter sur l'héritage de mon père, qui s'amenuise à vue d'œil. On pourrait s'acheter de vrais beaux meubles pour la chambre de Glen, à la place des meubles d'occasion qu'on a pour l'instant. Je n'arrive vraiment pas à comprendre.

— Parce que mes chansons sont *à moi.*

Et à Rory. Elle les a inspirées. Je n'ai aucune envie de montrer au monde ce que j'ai ressenti le jour où je l'ai rencontrée, celui où elle est partie, et tout ce qui a suivi. Toutes les chansons que j'ai écrites avant et pour lesquelles j'avais reçu des offres ne comptent plus. Rory m'a transformé.

Kath ne sait rien de tout cela – ni l'histoire de ces chansons, ni que, chaque fois qu'on me questionne dessus, j'ai l'impression de prendre un coup de poignard dans le cœur.

— Tu n'es vraiment pas raisonnable.

Sur ces mots, elle part en coup de vent dans la chambre.

L'ancienne chambre de maman, qui est désormais la nôtre. Nous y avons installé tous nos meubles hier. Enfin, j'y ai installé nos meubles. Nos tables de chevet, notre lit, et l'immense miroir de Kathleen qui est pensé pour qu'elle paraisse plus mince. (« Ne me juge pas, d'accord ? Ha-ha. »)

Je ferme les yeux un instant pour respirer lorsqu'un cri retentit dans la chambre. Je me lève d'un bond. Ma première pensée est pour le bébé.

— Qu'y a-t-il ? Le bébé va bien ?

— Mais putain, qu'est-ce que c'est que ce truc ? !

Je suis temporairement surpris par le fait que Kathleen ait dit le mot « putain ». Je n'étais même pas sûr qu'elle connaisse son existence, alors que ses lèvres catholiques le prononcent… Bien sûr, je l'ai parfois traitée comme une putain, et pas toujours dans des positions très catholiques, mais…

Mais de *quoi* elle parle, putain ?

Une serviette. Elle tient une serviette. *La* serviette.

Le contrat.

Je lui arrache des mains et me botte mentalement les fesses de ne pas l'avoir rangée ailleurs quand j'ai installé les tables de nuit à côté du lit. Elle a dû se tromper et ouvrir la mienne pour sortir une de ses trente-six mille crèmes, et trouver ça à la place.

— Ce n'est rien.

Je la fourre dans la poche arrière de mon pantalon de costume. Les yeux de Kathleen trahissent tout son malheur. Elle me martèle le torse, puis se couvre la bouche, son visage se tordant d'angoisse derrière ses mains.

— Vous avez fait un pacte, tous les deux ?

— Elle ne veut pas de moi, dis-je – réaction spontanée, et une des choses les plus stupides à dire à votre jeune épouse, qui, au passage, est aussi enceinte de vous.

Mais je sais que c'est la manière la plus efficace de lui assurer que la serviette ne représente rien.

Et soulève un énorme problème.

La serviette ne devrait pas avoir d'importance, mais pas parce que Rory s'est tirée sur un autre continent pour se taper d'autres types, les prendre en photo, et écrire au dos de ces photos à quel point ils sont nuls au lit et pour faire la conversation. (Je paraphrase, bien entendu.)

La serviette ne devrait rien représenter parce que je suis sur le point d'avoir un bébé avec mon amie d'enfance, devenue amante, devenue épouse.

Oui, ducon. Ton épouse.

J'avance vers mon épouse. Ma partenaire patiente, véritable sainte, qui a gémi et encaissé quand je l'appelais du nom d'une autre encore et encore et encore, pendant des mois.

— On a tous les deux tourné la page. Et nous sommes mariés, au cas où tu ne l'aurais pas remarqué.

Je lui attrape les bras, l'attire contre moi.

Elle me repousse.

— Débarrasse-t'en, aboie-t-elle.

— Quoi ?

— Tu n'es pas sourd, Mal. Débarrasse-toi de ce fichu truc. Il ne devrait même pas être dans la maison. Je ne peux pas te croire.

Elle ne peut pas me croire ?

Et moi, est-ce que je peux la croire, elle ? Après qu'elle m'a sauté alors que j'étais à moitié mort ? Qu'elle m'a forcé à lui prendre sa virginité et qu'elle est revenue me chevaucher, me suppliant sans cesse de ne pas mettre de capote ?

A appelé ma mère pour les forcer, Bridget et elle, à me contraindre à ce mariage, et convaincu maman et Elaine d'emménager ensemble ?

Mais je ne suis pas suffisamment bête pour faire éclater ce genre de dispute d'envergure le jour de notre mariage.

Je me contente donc de sourire.

— C'est juste un stupide souvenir. Je vais le mettre dans un album photo. Tu ne le verras plus jamais, et on pourra passer à autre chose.

— *Putain*, tu te fous de moi ?

Encore ce mot.

— Kiki…

— *Mal*, dit-elle, imitant ma voix. J'en ai ma claque que les gens te laissent tout passer à cause d'une sorte d'emprise magique que tu as sur eux. Tu essaies de gagner du temps.

— Je n'essaie pas de gagner du temps. Je rejette ta demande, voilà tout.

— T'es un connard, voilà ce que t'es.

— D'accord, dis-je.

Je ne peux pas vraiment contester. Et puis, j'en suis un, dans l'immédiat. Mais elle non plus, elle n'est pas la petite sainte pour laquelle elle veut se faire passer.

Elle avance vers moi et me gifle.

Ma peau brûle, ma pommette est douloureuse. Je serre les dents. Je ne devrais pas m'obstiner, je devrais juste me débarrasser de ce foutu machin. La serviette n'est rien. Elle n'a plus rien signifié dès l'instant où Rory m'a dit adieu. Et si son départ n'était pas assez clair, sa lettre, elle, n'a plus laissé de place au doute.

Maintenant, faisons-nous l'avocat du diable et disons qu'il subsiste un doute, que Rory ne m'a pas oublié.

Disons que nous nous revoyons, dans quatre ans, parce que le destin a un sens de l'humour tordu.

Disons que Rory n'est plus une salope et qu'elle décide d'honorer le contrat.

Alors quoi ? Je quitte le petit Glen et Kathleen et toute ma famille – qui me déshéritera pour m'être enfui avec la Yankee, sans aucun doute – pour aller vivre heureux avec la fille qui s'est débarrassée de mon enfant sans même me demander mon avis ?

Je vais d'un pas raide dans la cuisine, entendant Kathleen avancer derrière moi à pas feutrés, pieds nus. Je m'arrête devant la poubelle, sors la serviette de ma poche et la froisse dans mon poing, prêt à la jeter, en même temps que le souvenir stupide de Rory.

Je la tiens au-dessus de la poubelle ouverte, le poing serré, le poing tremblant.

Allez, fais-le. Qu'est-ce qui tourne pas rond chez toi ?

— Vas-y ! hurle Kiki.

Je regarde mon poing, la poubelle, mon poing, puis lève les yeux au plafond, en poussant un soupir las.

Va te faire foutre, Rory.

Je retire mon bras et m'arrache les cheveux de l'autre. J'en suis incapable.

Je ne vois pas Kathleen enfiler ses chaussures, mais je reviens à moi en entendant la porte claquer derrière elle. Je me lance aussitôt à sa poursuite. Il est tard, il fait froid, il fait nuit.

Kath s'installe au volant de ma voiture, la démarre, fait demi-tour, puis descend le chemin jusqu'à Main Street à fond la caisse. Je m'élance derrière elle à pied, lui hurlant de ralentir. Cela n'a pour effet que de lui faire appuyer sur l'accélérateur pour me fuir plus vite encore.

Alors que je cours après ma propre voiture, ma propre femme, mon propre avenir, je songe à m'arrêter. Je vois dans le rétroviseur qu'elle est dans tous ses états. Elle tremble et pleure si fort que je serais surpris qu'elle y voit quelque chose. Peut-être que si je la laisse tranquille, elle ralentira.

Peut-être que si tu la laisses tranquille, elle aura enfin la preuve de ce que tu n'as pas exprimé jusqu'à présent : que sa sœur sera toujours l'amour de ta vie, et qu'elle n'est que le lot de consolation.

La bile me monte à la gorge tandis que j'accélère. J'essaie de l'appeler, bataillant avec mon téléphone sans m'arrêter de courir, mais elle ne répond pas.

Décroche, décroche, décroche.

Elle file droit vers une intersection bondée, et elle ne ralentit toujours pas. Je ne sais pas si elle a conscience de ce qu'elle fait. Elle est en train de perdre le contrôle du véhicule. Les yeux me brûlent, mon cœur tambourine contre ma cage thoracique, je suis un enfoiré qui va payer son rêve stupide.

Tout se déroule au ralenti.

Kathleen qui grille le stop au bout de la route.

Le camion d'une marque de viande surgelée qui arrive à toute berzingue de sa gauche, pile dans sa trajectoire.

Le métal contre le métal.

Le big bang.

Silence.

Silence.

Tellement de silence.

L'odeur qui flotte dans les airs m'étouffe. Sang métallique, chair calcinée, et fin de ma vie.

Je fais le tour de ma voiture fracassée et essaie d'ouvrir la portière côté conducteur, mais le métal est trop chaud et il y a une épaisse fumée, partout. Le conducteur du camion sort de son véhicule en titubant, se tenant la jambe droite.

C'est Sean.

Bordel, c'est Sean.

Il a l'air sobre – bien sûr qu'il l'est, il n'a pas bu une goutte d'alcool pendant le mariage justement parce qu'il était de service ce soir – et hystérique, se passant une main dans les cheveux, tout ébouriffés, claquant des dents.

Il finit par me rejoindre en courant.

— Oh mon Dieu. Je ne l'ai pas vue. Elle est sortie de nulle part.

Il a raison. Ce n'était pas sa faute. Kath est sortie de nulle part. Mais pourquoi Sean ? Pourquoi lui ? Et pourquoi est-ce que j'éprouve une colère si irrationnelle ?

— Elle va bien ? demande-t-il bêtement.

— Le bébé, dis-je en retenant mon souffle.

J'enroule ma main dans ma manche de chemise et ouvre la portière. Le métal me brûle la peau à travers le tissu.

— Appelle une ambulance.

— Elle a l'air morte, lâche Sean, manifestement sous le choc. Je ne peux pas aller en prison. Je ne veux pas aller en prison. Mon Dieu.

C'est à ça qu'il pense ? À la prison ? La vie de Kathleen est finie. La mienne aussi. Et celle du bébé. S'il vous plaît, pas le bébé.

J'ai tellement de choses à dire.

Je ne dis rien.

Sean se tourne vers moi. Il est pâle comme un linge.

— Ça ne serait jamais arrivé si elle était sortie avec moi. Tu l'as détruite, Mal. C'est toi qui as fait ça. Tout est ta faute.

Kathleen est morte.

Mais pas le bébé.

— Il s'en est fallu de peu, monsieur Doherty. Vous avez de la chance, dit le médecin.

Ouais. Trop de chance.

Je baisse les yeux vers le petit paquet violet. Si je ne pleure pas, c'est seulement parce que quelqu'un doit avoir l'air d'avoir les choses en main.

Je suis désolé, petite chose. Tellement désolé.

Kathleen avait tort.

Ce n'est pas un garçon.

C'est une fille, et elle nous ressemble.

En la voyant, ce n'est pas à tout ce que j'ai gagné ou perdu cette année que je pense.

Mais je me dis que tout est lié à Rory.

C'est elle qui a tout gâché.

Et je vais lui rendre la monnaie de sa pièce.

19

Aujourd'hui
Rory

— Je peux vous aider ? demande la petite fille à la porte, d'une voix douce et moelleuse, comme du miel.

Elle a des cheveux magnifiques. D'un brun riche, mais pas aussi foncés que ceux de son père.

Son. Père.

Mais aussi : mon mari.

Mais *aussi* : l'homme qui m'a caché qu'il avait une fille.

C'est l'une des premières choses que je lui ai demandées quand nous nous sommes croisés à New York, quand il m'a balancé son mariage avec Kathleen à la figure.

Des enfants ?

Non.

Il n'a même pas hésité. Son ton était monotone, comme le vide au fond de ses beaux yeux. Mais il est impossible que cette enfant soit celle d'un autre. Elle est un mélange parfait de Kathleen et Mal. Soudain, l'atroce et complexe vérité me frappe de plein fouet. Il m'a caché ce secret, même *après* m'avoir épousée. Il ne comptait pas partager sa vraie famille avec moi. Il ne me faisait pas suffisamment confiance pour m'avouer qu'il était père. Il pensait que je le quitterais si je l'apprenais, si encore il tenait suffisamment à nous pour avoir envie que je reste.

Jamais je ne quitterais un père célibataire. Mais je peux bien larguer un sale menteur compulsif.

Toutes ces fois où il disparaissait L'anniversaire. Les paillettes. La boucle d'oreille rose perdue dans l'herbe du jardin. L'impatience de rentrer à Tolka quand nous étions en Grèce. Tout ça à cause de cette petite fille.

En voyant cette enfant, qui va grandir sans sa mère, je ressens un mélange de colère, de frustration et d'instinct protecteur. Et une certaine culpabilité. Une grande culpabilité, pour une raison qui m'échappe.

Je fais un petit signe de la main à la fillette.

Dis quelque chose. N'importe quoi. Tu es certainement en train de la faire flipper.

— Euh, bonjour ?

Pas ça, idiote.

— Tu ressembles à une princesse, répond-elle en gloussant, couvrant d'une main sa petite bouche.

Quel âge a-t-elle ? Sept ans, tout au plus. Peut-être six. Mince, est-il possible qu'elle ait été conçue si peu de temps après le contrat que j'ai passé avec Mal sur la serviette ?

— C'est parce que j'en suis une, dis-je en plantant mes poings sur mes hanches.

— C'est vrai ?

Ses yeux lui sortent presque de la tête.

— Eh bien, en quelque sorte. Je m'appelle Aurore Belle. Je suis venue ici parce qu'une autre princesse habite dans ce village. Une princesse encore plus jolie que je dois rencontrer. Et je crois bien que je l'ai trouvée.

Un sourire tordu illumine son visage, puis elle rit de bon cœur en portant une main à sa joue pour cacher son fard. Mon cœur se serre dans ma poitrine. Elle a des fossettes quand elle sourit. Ni Mal ni Kathleen n'avaient de fossettes. C'est un don de la nature, pour lui rappeler qu'elle doit sourire quelles que soient les circonstances.

— Tu es à la mauvaise adresse. Je ne suis pas une princesse ; je suis juste Tamsin.

Tamsin.

— Tamsin ! Oui ! C'est la princesse que je cherchais.

Je sors mon agenda de mon sac à dos, l'ouvre au hasard et hoche la tête avec véhémence.

— Oui. Te voilà. Princesse Tamsin de Tolka. Tout le monde parle de toi dans notre royaume. On dit que tu es la princesse la plus gentille et la plus adorable de toute l'Irlande.

Si elle pouvait exploser en paillettes, elle le ferait. Elle sautille sur place en tapant dans ses mains, et c'est là que je remarque ce qu'elle porte : des bottes de cow-boy, une petite veste en cuir comme son père et une robe rose. Son sens du style part dans tous les sens. J'adore. Et je déteste son père de ne pas m'avoir fait suffisamment confiance pour savoir que je n'aurais aucun mal à aimer cette petite fille.

— Tu veux entrer ? demande-t-elle en faisant un pas de côté.

— Pourquoi ne pas appeler ton grand-père pour lui demander si je peux ?

Je souris nerveusement, rangeant mon agenda dans mon sac à dos.

— Grand-papi n'est pas encore rentré. Il arrive un peu avant l'heure du thé, c'est-à-dire dans pas très longtemps. Grand-mère est là. Veux-tu que je l'appelle ?

— Oh ! ce n'est pas nécessaire. Je reviendr…

— Mamie !

La bouche de Tamsin s'ouvre, produisant un cri qui pourrait faire trembler le sol.

— Ma-miiiiie !

Avant que je puisse trouver un trou qui m'avalerait dans une autre dimension, une femme apparaît à la porte. Elle ne ressemble pas du tout à Mal – pas même un petit peu – ce qui me fait redouter le pire. Ces soupçons sont avérés lorsqu'elle ouvre la bouche.

— Aurore, vous avez dit ?

Elle s'essuie les mains sur un essuie-tout, comme salie par ma présence.

Elle semble avoir l'âge d'être ma mère – pas vraiment l'âge du père Doherty. L'Irlande n'est pas exactement une terre où les prêtres vivent dans le péché avec des femmes qui ont l'air de vouloir me mettre au bûcher, je devine donc qu'il s'agit de la mère de Kathleen.

— Oui, madame. Je suis ici pour voir le père Doherty.

— Tamsin.

Elle tapote la joue potelée de la petite fille d'une main, les yeux toujours braqués sur moi.

— Va ranger ta chambre avant le dîner.

— Mais je veux rester avec la princesse Au…

— Allez, file, lance malicieusement la mère de Kathleen, et Tamsin détale dans la maison, qui semble avoir été rénovée récemment et paraît très spacieuse et luxueuse.

Rien à voir avec la modeste maison de Mal.

La femme m'agite un doigt menaçant sous le nez.

— Je savais que vous finiriez par revenir. Nous n'avons pas votre argent. Tout ce que vous voyez ici a été payé par Malachy. Votre ivrogne de père n'était pas aussi riche qu'il aimait à le faire croire à son harem de maîtresses.

Holà. Je comprends d'où Kathleen tenait son caractère de mégère. La mère de Kathleen pourrait donner deux-trois conseils aux malfrats en mal d'inspiration pour leurs discours musclés.

— Je ne suis pas ici à cause de Glen. Je suis ici pour le travail. Vous n'êtes pas obligée de me croire, mais c'est la vérité. Et tant que je suis là, j'aimerais échanger quelques mots avec le père Doherty.

Je ne mentionne pas mon mariage avec Mal parce que je me sens toujours comme une étrangère, une paria, une intruse dans ce village. Et aussi parce qu'elle a perdu sa fille. Le chagrin est un démon. Il prend vite le dessus, puis vous fait dire et faire des choses que vous n'imagineriez pas possibles en temps normal.

— Quelle que soit la raison de votre présence ici, je vous demande de partir. Ma petite-fille n'était jamais censée vous rencontrer. Nous avons passé un marché avec Mal. Il nous l'a promis. C'est bien assez que vous réchauffiez probablement sa couche…

— Eh bien, je ne cherche pas Mal. Je cherche le père Doherty. S'il vous plaît, dites-lui de me retrouver au pub The Boar's Head dans deux heures. Si vous le faites, je promets de ne plus vous embêter, vous et votre petite-fille.

Sachant que le message passera, que la mère de Kathleen ne laisserait jamais passer une chance de me voir disparaître, je tourne les talons et pars.

Mal

Il n'existe pas de manière polie de dire à votre femme que tiens, au fait, vous avez une fille de sept ans, et que oups, sa mère est sa demi-sœur décédée qui la détestait plus que tout au monde. Oh ! et juste pour info, vous êtes sûr à quatre-vingt-dix-neuf pour cent que Tamsin (votre fille – vous voyez ? je mets la charrue avant les bœufs) a été conçue quand vous étiez bourré et sans votre consentement.

Pourtant, la visite surprise de maman, cumulée à l'impatience grandissante de Rory – qui est bien compréhensible – et à cette petite chose casse-pieds qui s'appelle ma conscience, m'a décidé à lui annoncer ce soir.

J'imagine la conversation dans ma tête en me garant devant le cottage. Le fait que Rory m'ait épousé, au lieu de Mec Clinquant, sans savoir que je gagne un salaire annuel à sept chiffres n'a fait que démultiplier mon amour pour elle, tant et si bien que je ne sais pas si mon cœur pourra contenir autant d'amour.

« Salut, chérie, qu'est-ce que tu veux manger ce soir ? Je me disais risotto, vin, et toi. Oh ! et au fait, j'ai une fille. »

Non, il est peut-être mieux de commencer par de bonnes nouvelles.

« Bonsoir, princesse. Tu savais que mon hobby, c'est de chanter dans la rue, alors que je suis un millionnaire sans le vouloir ? J'ai beaucoup d'autres anecdotes en réserve. En voilà une autre : je suis papa. »

Je pousse la porte, les mains pleines de cadeaux pour Rory et Tamsin – chocolat et CD vintage de la musique irlandaise qu'elle aime pour Rory, et pour Tamsin, robe de princesse et… *qu'est-ce que c'est que ce bordel ?*

Rory est dans le salon, en train de fourrer ses affaires dans son sac à main. Sa valise semble être déjà faite, attendant sagement près de la porte. Le téléphone coincée entre son épaule et son oreille, elle peine à faire rentrer son écharpe dans son sac – elle a toujours froid quand elle est loin de moi ; pourquoi ne veut-elle pas le comprendre ? – et ronchonne dans le téléphone.

— Je me fiche du véhicule. Vous pouvez bien m'envoyer un âne, je l'enfourcherai pour me casser d'ici. (Pause.) Oui, monsieur, je sais que vous n'êtes pas dans cette branche-là. Ce que je veux dire, c'est que je dois me tirer d'ici dès que possible. S'il vous plaît. Klaxonnez quand vous êtes là.

Elle s'éloigne du téléphone et met fin à l'appel. Elle marmonne qu'elle doit appeler sa mère et appuie sur l'écran, quand je m'éclaircis la gorge.

— On part en lune de miel ? dis-je, déchargeant mes bras sur la table de la cuisine.

Garde ton calme. Il y a peut-être une raison logique pour expliquer son départ précipité.

Elle lève la tête, l'air renfrogné de celle qui ne s'attendait pas à me voir. Puis elle recule d'un pas, comme si j'allais la frapper.

— Tu m'as fait peur.

Elle sort son écharpe de son sac et l'enroule autour de ses épaules, s'apprêtant à partir.

— Je pourrais dire la même chose de toi, lui dis-je, les dents serrées, faisant tout ce qui est en mon pouvoir pour ne pas me jeter sur elle.

Je ne suis pas stupide. Je savais dès le départ qu'il y avait peu de chance pour que ça marche entre nous.

Même.

Même.

Vous tombez amoureux d'une fille portant le nom de deux princesses Disney, et vous croyez l'incroyable, parce que… eh bien, c'est Disney.

Elle croise les bras.

Mince. Ça veut dire que c'est la Rory furax, et donc *tous aux abris.*

— Que se passe-t-il ?

Je contourne la table pour la rejoindre, mais elle lève une main pour me stopper.

— J'ai croisé quelqu'un d'intéressant aujourd'hui.

— Vraiment ?

Je joue le jeu.

Elle hoche la tête.

Je ne dis rien, parce que j'ai un mauvais pressentiment et que j'ai la gorge serrée, probablement par la quantité d'aveux que j'aurais dû lui faire il y a bien longtemps.

Elle fait un pas vers moi.

— Quelqu'un que tu connais très bien. Une petite fille qui s'appelle Tamsin. Ça te dit quelque chose ?

J'ai la bouche sèche. Que puis-je répondre à ça ? Que je refusais de lui parler de Tamsin parce que je ne pensais pas retomber amoureux d'elle ? Que je ne m'étais pas rendu compte que je n'avais en réalité jamais *cessé* de l'aimer ?

Qu'au début, je me contentais de préserver ma fille d'elle, de

Richards, et de leurs vies délirantes de citadins en l'envoyant vivre chez ses grands-parents tandis que je me concentrais sur ce projet – et celui de lui gâcher la vie ?

Que la pièce fermée à clé est en réalité la chambre de Tam, et qu'elle est magnifique, comme Tamsin, que la maison est d'ordinaire parfaite, parce que je l'élève seul, que nous sommes tous les deux ? Que ça m'a énervé qu'elle s'en approche parce que j'étais si protecteur envers Tam, même quand elle n'était pas physiquement dans la pièce ? Que j'ai mis la maison en pagaille exprès pour lui mettre le nez dans la merde, sans vouloir toucher à la chambre immaculée de ma fille ?

Que lorsque je me suis rendu compte qu'elle pouvait être à moi, il était trop tard ? Que le mensonge avait pris trop d'ampleur, était devenu trop menaçant, et que je courais comme un poulet sans tête entre ma maîtresse et ma fille ?

A-t-elle-même envie de m'écouter ?

— Jolie gamine, soit dit en passant.

Rory hausse les épaules, jouant à celle qui s'en fiche.

— Puis ta belle-mère m'a informé que j'étais un monstre.

Rory est un ouragan, et je brave la tempête pour avancer vers elle, voulant m'expliquer, mais elle me repousse pour se diriger vers la porte. Je bondis devant elle et lui bloque le passage.

— Laisse-moi t'expliquer.

Elle renverse la tête en arrière et part d'un rire dénué d'humour.

— Qu'y a-t-il à expliquer ? Que tu es un menteur ? Que tu es un imposteur ? Que tu es un mauvais père, parce que tu as envoyé ta fille vivre chez des proches pendant que tu te tapais ta nouvelle femme, vivant une parfaite double vie ?

Dit comme ça, il semble impossible de justifier le bordel que j'ai créé de mes propres mains (et de mon pénis). Mais ce n'est pas si simple. Je le sais bien, parce que j'avais soif de vengeance, mais n'avais jamais prévu d'aller si loin.

Honnêtement, je pensais que Rory serait partie depuis longtemps. Je m'attendais à ce qu'elle baisse les bras.

— Rory…

Une voiture klaxonne à l'extérieur. Rory lève les bras avec une joie feinte.

— C'est mon carrosse, comme tu aimes à le dire de manière si charmante. Je veillerai à ce que nos papiers de divorce tout aussi enchanteurs te parviennent dans les meilleurs délais. Hé, Mal, tu te souviens de notre conversation sur les films romantiques épiques ?

Je lui jette un regard noir.

Elle est en train de se moquer de l'effondrement de notre mariage. Certes, j'ai été assez stupide pour le causer, et elle est clairement furieuse, mais je ne supporte pas de la voir cracher ainsi sur ce que nous avons construit.

Sans attendre que je réponde, Rory me contourne et ouvre la porte en exagérant ses gestes. Elle se tient sur le seuil pour me livrer sa dernière réplique.

— Tu as dit que toutes les grandes comédies romantiques contenaient une scène où la femme est au volant. Voici un retournement inattendu : notre film romantique, génial, mignon, *parfait*, était une parodie. Bravo. (Elle applaudit, salue.) Tu as remporté un Razzie Award pour ta performance, Mal. C'était *vraiment* nul.

Puis elle sort la serviette – *notre* serviette – de son sac et la déchire devant moi, jetant les morceaux en l'air comme des confettis.

— Le contrat était débile. Nous aussi. Peut-être que c'est ma faute. Peut-être que c'est dans mon ADN d'attirer des putain de menteurs. Mais si je dois te remercier pour une chose, Malachy, c'est de m'avoir ouvert les yeux sur le fait que Callum était tout autant un trouduc que toi. Félicitations. Tu es aussi nul que… comment tu l'appelais ? Mec Clinquant ? N'hésite pas à l'appeler pour l'inviter à se joindre à toi la prochaine fois que tu seras en chasse.

Sur ces mots, elle me claque la porte au nez et s'en va.

Rory

N'en revenant toujours pas que mon époux ait une fille cachée, et qu'il ait promis à sa famille de me tenir à distance, j'arrive juste à l'heure à mon rendez-vous d'urgence avec le père Doherty au Boar's Head.

Il est déjà là, en train de se tourner les pouces en regardant à gauche et à droite, comme s'il était en train de fomenter un crime. Quand je me glisse sur la banquette, il se lève et me regarde droit dans les yeux.

— D'un côté, il est très mal vu pour moi de socialiser avec des femmes de votre âge, que ce soit en public ou en privé. Surtout dans un pub. De l'autre, je suis profondément inquiet quant à votre bien-être si vous restez chez Mal alors qu'Elaine et Lara sont toutes deux en ville.

— Qui sont-elles ?

Je me serre un grand verre d'eau, et l'enserre de mes mains. Je ne lui avoue pas que je ne logerai bientôt plus chez Mal.

— Elaine est la mère de Kathleen, Lara celle de Mal.

Je ne connaissais même pas le prénom de ma belle-mère, et je viens de découvrir qu'elle serait capable de me planter une lame dans l'œil avant de me serrer la main. Quelle manière merveilleuse de débuter un mariage heureux.

J'essuie une goutte d'eau sur la table. Cette journée pourrait-elle empirer ? Bien sûr, je pense que c'est possible. Cette journée a jusque-là saisit toutes les occasions de me pourrir la vie. Je ne serais pas surprise si un ovni me kidnappait sur le chemin de l'aéroport pour me faire passer un examen rectal complet et me renvoyer sur Terre avec rien d'autre que des fesses lubrifiées, des fissures anales, et un T-shirt disant « Ma femme est allée sur Kepler-22 et elle ne m'a ramené que ce T-shirt ».

— J'imagine qu'elles me détestent toutes les deux.

Je contemple mon verre d'un œil noir, parce que sonder le visage du père Doherty est trop douloureux.

Il ne répond rien.

Je devrais prendre ce que je suis venue chercher et passer mon chemin. Il y a un vol pour New York dans quatre heures, et je ne veux pas le louperet prendre le risque de devoir rester un jour de plus.

Ce n'est pas une petite chose que m'a cachée Mal. Il m'a caché un enfant, avec de la personnalité, des taches de rousseur, des yeux violets et des hobbies. Et c'est ma nièce. La fille de ma demi-sœur. Pourquoi les gens tiennent-ils tous à me cacher des choses ?

Maman.

Le père Doherty.

Mal.

Summer et Callum.

— Mon père, y a-t-il plus impie que d'empêcher la justice ? La vérité est à portée de main. Si je n'obtiens pas votre version des faits, j'aurai celle de Mme Patel. Ou de Maeve et Heather. Ou celle de Mal, un jour ou l'autre. Nous savons tous les deux que tous me donneront une version pire que la vôtre, ou du moins, pas aussi exacte.

— J'ai promis à votre…

— Mère ?

J'arque un sourcil, rassemblant le courage de mentir à un prêtre. Si je m'embrase sur place, je ne pourrais en vouloir qu'à moi-même.

— Elle m'a donné sa version de l'histoire.

— Vraiment ? fait-il.

Bingo. Ils sont de mèche. Je décide de me lancer. C'est un coup de poker, mais si à tout hasard mon rêve est bien un souvenir… je mise tout.

— Oui. Elle m'a dit qu'elle était là. Qu'elle a fui avec moi.

Mon cœur bat si fort dans ma poitrine que je suis surprise qu'il ne l'entende pas. Peut-être l'entend-il et veut-il m'épargner cet embarras. C'était juste un rêve. Un genre de cauchemar. Ça avait pourtant l'air si réel.

À ma grande surprise, le père Doherty se prend la tête entre les mains et éclate en sanglots – plainte déchirante d'un animal en train de se faire dévorer par une meute de coyotes.

— Pardonnez-nous. Tous autant que nous sommes.

— Racontez-moi.

Je me penche en avant, en prenant soin de ne pas le toucher alors que je le supplie de m'en dire davantage.

— Tout. S'il vous plaît, dis-je. N'ai-je pas le droit de savoir ? Il me manque toute une partie de ma vie – la première, la plus importante —, et personne ici ne me dit rien.

Ma voix est si insistante, si cassante, si sauvage, que je me fais peur à moi-même. J'ai l'air dérangée.

Il lève la tête et pousse un soupir.

— Je ne sais pas l'étendue de ce que votre mère vous a raconté.

— Alors racontez-moi tout. Depuis le début.

— Quand vous n'aviez même pas un an, votre mère a décidé de sauter le pas en cédant aux supplications de votre père de venir en Irlande pour essayer de donner une chance à leur histoire. Elle se sentait seule ici. Comme une étrangère. Elle venait souvent à l'église. Moins pour se confesser que pour… vider son sac, j'imagine. Elle m'a dit – en dehors du confessionnal, bien sûr – que deux choses l'avaient poussée à venir ici. Elle voulait aider Glen à arrêter l'alcool, mais plus important encore, elle ne voulait pas que tu grandisses sans père, sans qu'elle ait au moins pris la peine d'essayer. Elle a emménagé avec lui et ils sont devenus – comment on appelle ça ? – une famille instantanée, reléguant Kathleen et sa mère au deuxième plan de la vie de Glen.

Une peine brûlante s'infiltre sous ma peau. Je ne savais pas que maman était venue ici. Je ne savais pas qu'elle était déjà venue en Irlande. Pourquoi ne pas me le dire ? C'était son style de se vanter de ce genre d'exploit. « *Regarde. J'ai essayé.* » Et pourtant, elle n'en avait jamais parlé, même si elle savait que cela la mettrait à son avantage.

— Poursuivez.

— Les choses n'étaient pas faciles pour le couple. Glen peinait à rester sobre pendant plus de quelques heures. Votre mère se sentait seule, mise à l'écart. Elle a essayé de se lier d'amitié avec des femmes du village, mais naturellement celles-ci ressentaient une certaine loyauté envers Elaine, qui était complètement dévastée. Elaine – la mère de Kathleen – avait gardé espoir de se remettre avec Glen pendant des années après la conception de Kathleen. Debbie lui a arraché cet espoir. Ou c'est du moins comme ça qu'elle l'a ressenti.

Je prends conscience qu'il dit cela d'une femme avec qui il vit et à laquelle il doit être attaché. Je me retiens de proférer tout un tas de grossièretés.

— D'accord, dis-je, le cœur battant la chamade. Que s'est-il passé ensuite ?

Le père Doherty contemple ses mains sur la table, comme si elles avaient commis un crime atroce.

— Votre mère est venue me voir un jour et m'a dit qu'elle voulait rentrer aux États-Unis avec vous, que les choses ne se passaient pas si bien entre Glen et elle. Ce n'était pas un secret. Elle a dit qu'il avait fait preuve de violence verbale et l'avait empêchée de sortir avec vous par trois fois, l'accusant de flirter avec les villageois. Nous avons eu une longue discussion, pendant laquelle je lui ai donné mon opinion sur le sujet. Principalement, que les familles devaient rester ensemble et qu'elle devrait envisager d'encourager Glen à faire davantage d'efforts, en acceptant peut-être sa demande en mariage.

Je me mords la lèvre inférieure. Ma mère était dans une relation abusive avec mon père, ici, en Irlande. Et je lui ai fait vivre un enfer parce qu'elle faisait tampon entre lui et moi.

— Puis le poids de mes mots m'a accablé.

La lèvre du père Doherty tremble, et il s'étrangle sur un sanglot.

— Elle est retournée auprès de Glen ce jour-là et lui a dit qu'elle était prête à l'épouser s'il allait en cure de désintox. Il a dit qu'elle le tannait depuis des mois et qu'il aimait boire plus qu'il ne l'aimait elle. Il l'a congédiée. Debbie était soulagée de partir. Elle a voulu vous prendre, mais il ne l'a pas laissée faire – il a dit que vous alliez rester avec lui parce que vous n'aviez pas besoin d'une mère casse-pieds comme elle. Ils ont failli vous écarteler à se battre pour vous garder, vous arrachant des bras l'un de l'autre. Vous n'aviez qu'un an à l'époque, encore si fragile. Votre mère a fini par vous récupérer. Elle a rassemblé passeports et affaires et s'est enfuie à travers la maison. Glen a attrapé une bouteille de whisky et lui a jetée dessus. Heureusement, il a manqué sa cible. Mais le verre s'est brisé contre un mur et un morceau… un morceau…

Il déglutit, ses yeux se posant sur la cicatrice sur ma tempe.

La tache de naissance avec laquelle j'étais née, selon les dires de ma mère.

Tout s'écroule. C'est Glen qui m'a fait ça. Il m'a fait cette cicatrice. Le père Doherty ferme les yeux et, lorsqu'il les rouvre, un éclair de détermination les traverse.

— Le verre vous a entaillée. Vous saigniez gravement, et tout près de l'œil. Le sang coulait à flots. Je me rappelle être arrivé chez eux peu de temps après l'incident, et que la vue de tout ce sang, qui appartenait à un bébé innocent, m'a fait vomir. Mais Glen n'était nullement choqué par ce qu'il avait fait. Il était trop loin, trop ivre pour se rendre compte de ses actes. Il s'est mis à pourchasser votre mère, qui s'est enfuie, avec vous dans les bras. Elle a remonté Main Street en courant, en direction de l'entrée du village, pour essayer d'attraper un taxi pour l'hôpital. Il l'a suivie. Les gens dans la rue l'ont remarqué. Ils ont cru que votre mère s'enfuyait avec vous. Elle n'avait pas la meilleure des réputations à Tolka. Elle était considérée comme la femme qui avait volé à Elaine l'homme qu'elle aimait depuis si longtemps. Certains se sont mis à leur courir après, pour voir ce qu'il se passait.

— L'écureuil gris, dis-je à voix basse.

Il hoche la tête, ses yeux confirmant que j'ai compris ce qu'il avait voulu dire il y a tout ce temps.

Un flashback de mon rêve me transperce l'esprit tel une flèche.

La foule.

Qui prend ma mère en chasse.

Avec moi, en sang dans ses bras.

Le père Doherty se prend de nouveau la tête entre les mains.

— Je cherchais votre mère au moment même où elle était en train de le fuir. Je me suis d'abord arrêté chez Glen. Quand j'ai vu le sang, je suis ressorti en courant et j'ai fait le tour du village en voiture et, quand je vous ai trouvées, je me suis aussitôt arrêté pour faire monter votre mère. Nous sommes allés à l'hôpital. Pendant tout le trajet, je me suis excusé de lui avoir donné le mauvais conseil au lieu de lui offrir un abri.

Je me frotte les yeux, il faut que je tienne le coup. C'est difficile, surtout que j'ai envie de pleurer, autant pour ma mère que pour moi.

— Ça n'a pas de sens, dis-je en secouant la tête. Elle m'a toujours dit qu'elle n'était jamais venue en Irlande.

— Elle voulait vous protéger de la vérité, pour que vos cicatrices soient minimes – superficielles – et s'assurer que seule votre peau était marquée, pas votre cœur. Elle ne voulait pas que vous sachiez qui votre père avait été ce jour-là. Et après l'incident, quand vous êtes sortie de l'hôpital et que Debbie est rentrée dans le New Jersey, Glen a été poursuivi en justice et a fait deux ans de prison. Il est devenu sobre en détention, mais ça n'a pas duré aussi longtemps que nous l'avions espéré. L'emprisonnement l'a changé, cependant. Il ne voulait plus rien avoir à faire avec…

— Ma mère et moi ?

J'ai tant de haine envers Glen, que je crains d'être capable de le déterrer juste pour pouvoir le tuer une seconde fois de mes propres mains. Ma pauvre maman. Elle a tout enduré toute seule.

Et m'a laissée croire que, entre eux deux, c'était elle qui était sans cœur.

— Eh bien, oui.

Le père Doherty se frotte la joue, gêné pour le compte de Glen.

— Je ne comprends pas. Comment se fait-il que maman m'ait montré les lettres et les cadeaux de lui pour Noël et mon anniversaire ? Il m'a toujours envoyé des cadeaux attentionnés. Qui avaient une signification.

— C'était important pour votre mère de vous faire croire que vous comptiez pour lui. Elle a endossé le rôle de martyre, même si cela lui coûtait. Elle a endossé la responsabilité du fait que votre père et vous ne soyez plus en contact, ne voulant pas que vous vous sentiez rejetée. Elle gardait les lettres que vous lui envoyiez, les lisait, et faisait en sorte que vous ayez tout ce que vous vouliez. Mais c'était *elle* qui achetait tout. Et quand vous demandiez quelque chose de spécifique à l'Irlande – une barre chocolatée ou de la musique – je l'achetais pour vous, et votre mère me remboursait, malgré mon refus d'accepter son argent.

— Elle a écrit les lettres à sa place ?

Je suis sidérée. Il confirme d'un hochement de tête.

— Et la pension alimentaire ?

Le père Doherty fait non de la tête.

Bon sang. Glen ne payait rien. Il n'y avait que maman et moi.

Il soupire.

— Elle voulait le meilleur pour vous. Elle m'envoyait vos présents pour que je puisse vous les renvoyer et que cela paraisse totalement authentique, ce qui représentait des centaines de dollars par an.

Je me souviens des timbres irlandais, des cartons fripés qui me donnaient des papillons dans le ventre. Je n'ai jamais eu plus envie de serrer ma mère dans mes bras. Je ressens tant de compassion pour elle soudain. Elle a traversé tant d'épreuves, et je me suis comportée comme une sale gosse avec elle. Tout ce temps, je pensais qu'elle était jalouse de la relation que je voulais avoir avec Glen.

— C'est pour ça que Kathleen me détestait autant ? Parce que j'ai pris son père, monopolisé son temps, et qu'il est allé en prison à cause de moi ?

Il pousse un nouveau soupir, ses nerfs mis à rude épreuve d'avoir à avouer que l'homme qui m'a transmis son ADN et un rapport ô combien problématique à la figure paternelle était affreux.

— Kathleen avait désespérément besoin d'amour. Elle a toujours été ainsi. Elle avait besoin de se sentir aimée comme elle avait besoin de respirer. Glen limitait leur communication à des visites dominicales, et même là il s'intéressait plus à Mal et sa musique qu'à elle. Mais Kathleen n'était pas jalouse de Mal. Elle avait toujours aimé ce garçon, depuis qu'ils étaient tout petits. Dans sa tête, j'imagine, c'était plus simple de vous en vouloir. Puis, quand vous êtes venue ici après sa mort, elle a eu peur que vous ne veniez que pour son héritage. Votre mère m'a envoyé une lettre pour m'informer de votre venue, alors je vous ai attendue. Quand nous nous sommes rencontrés, j'ai voulu vous éloigner autant que possible de Kathleen. Je vous ai envoyée vers Mal, après l'avoir averti de ne pas vous révéler la vérité sur Glen et votre cicatrice. Mais vous êtes allés ensemble chez Kathleen, et elle a compris que non seulement vous lui aviez pris son père, mais que vous étiez aussi sur le point de lui prendre le garçon dont elle était amoureuse depuis sa naissance.

— Une seconde, dis-je, levant une main en l'air. Mal savait tout ça ? Il le savait quand je suis venue à dix-huit ans ?

Évidemment qu'il le savait. Si Maeve et Heather connaissaient mon histoire – alors que ça ne les regardait pas le moins du monde – comment Mal pouvait-il l'ignorer ?

À en croire l'expression peinée du père Doherty, je comprends qu'il n'avait pas réfléchi à ce qu'impliquait cette révélation.

— Il ne voulait pas…

— Je dois y aller.

Je me lève subitement, les larmes me serrant la gorge. Jamais je n'ai été aussi sincère. Je *dois* partir. Pas seulement du Boar's Head, mais de Tolka. Je dois laisser l'Irlande derrière moi. Chacune de ses collines verdoyantes, chacun de ses jolis chemins pavés et chacune de ses portes rouges me hantent.

Je dois écouter ma mère, qui m'a mise en garde sur cet endroit. M'a dit de m'enfuir et de ne jamais regarder en arrière. Peut-être puis-je faire annuler le mariage avec Mal. Ça ne fait même pas une semaine.

Mal. Mal, Mal, Mal.

Une fille secrète.

La vérité sur mon père.

Ce sale menteur, trompeur, manipulateur d'enf…

— Attendez !

Le père Doherty se lève et avance en titubant en se tenant au bord de la table. Il est si frêle qu'il grogne malgré lui. Il pose une main en bas de son dos, sa respiration sifflante.

Je m'arrête, épaules tombantes.

— Voulez-vous que je vous appelle un taxi ? dis-je d'une voix plus douce.

Il secoue la tête.

— Ne lui en voulez pas, s'il vous plaît. Il faisait simplement ce qu'on lui avait demandé. Mal, comme votre mère, comme moi, ne voulait pas que la vérité vous consume, que votre passé dicte votre futur.

Avec tout le respect que je lui dois, le père Doherty s'exprime comme un biscuit chinois. Je n'accepte pas cette excuse.

— Ce n'est pas à *lui* de décider ce que je devrais ou ne devrais pas faire. Ni à elle. Ni à personne, dis-je en poussant un cri exaspéré.

Dans le pub, toutes les têtes se tournent vers moi, et je baisse d'un ton, me penche en avant et murmure avec virulence :

— Personne n'a jamais nommé Mal prince charmant, et si c'était ce qu'il était pour moi, il a fait un sale boulot. J'avais le droit de savoir. Je suis venu le trouver à la recherche de réponses. Il m'a attirée dans son filet et m'a fait croire que c'était de mon plein gré. Je n'aurais jamais…

Couché avec lui si j'avais su ce que mon père avait fait.

Ne l'aurais jamais laissé me serrer contre lui toute la nuit.

Ne serais jamais tombée amoureuse de lui.

Ma relation avec Mal aurait été complètement différente, s'il m'avait dit la vérité quand je l'ai rencontré la première fois.

Puis une chose me traverse l'esprit.

— Dites-moi, mon père, est-ce que Tamsin a fêté son anniversaire récemment ?

Les paillettes.

Le gâteau.

Le cadeau.

Le père Doherty qui se pointe à la boutique de Mme Patel pour acheter de l'alcool.

Bien sûr, encore un événement duquel on m'a exclue parce que je suis la fille du diable – le diable dont le seul crime a été de me sauver de mon père.

— Oui, dit-il en baissant le menton, les yeux rivés sur ses chaussures. Ses sept ans.

— Je vois.

Pour la première fois de ma vie, je peux dire ceci avec certitude. Je *vois*. Et Tamsin a beau être mignonne, je ne peux me permettre de rester pour la voir grandir.

— Vous allez avoir besoin de ce taxi ?

La cruauté dans ma voix me fait moi-même tressaillir. Cet homme va sur ses quatre-vingt-cinq ans. Je n'ai pas le droit de lui parler ainsi. Il replie ses doigts sur la table, toujours incapable de lever les yeux vers moi.

— Oh ! Rory. Ma chère Rory. Votre mère ne vous avait rien dit, n'est-ce pas ? Elle ne l'aurait jamais fait.

Je fais la moue, baisse les yeux sur mes baskets, comme un enfant puni.

S'il vous plaît, Dieu, ne m'embrasez pas.

Le père Doherty jette un coup d'œil à ma valise près de la table, trouve le courage de me regarder et dit :

— Ne partez pas. Ne rentrez pas en Amérique. Si vous partez, vous allez vous en prendre à Debbie, et elle ne le mérite pas. Elle vous aime tant, Aurore. Elle a toujours essayé de vous protéger de tout ce qui concernait Glen. Je me rappelle quand elle vous a baptisée, elle m'a envoyé une lettre, pour m'expliquer pourquoi elle vous avait choisi ces prénoms. Parce qu'elle voulait que vous viviez votre conte de fées, une belle histoire, simple et parfaite. Elle ne voulait pas que toute cette pagaille vous atteigne.

— Et pourtant, dis-je entre mes dents, qui grincent tandis que le père Doherty essuie ses larmes avec son pouce et renifle, elle m'a rattrapée et m'a explosé au visage.

Mal

Ce qu'il y a de bien (et c'est probablement l'unique chose positive) quand on habite dans un petit village, c'est que les gens sont là pour vous. Quinze minutes après que Rory est partie en furie, et alors que je suis en train d'user le sol à tourner en rond pour réfléchir à ce que je dois faire, je reçois un appel du barman du Boar's Head, Dermot, me disant que mon grand-père est en train d'avoir une conversation animée avec une jeune femme.

Ma femme.

Je cours à ma voiture et conduis comme un chien enragé. Je mets le frein à main sans même éteindre le moteur et lève la tête pour la voir monter dans un taxi. Une vieille Renault qui crachote.

Rory est si pressée de partir qu'elle n'a même pas voulu attendre un véhicule correct.

C'est dire à quel point elle te hait.

Je cours, faisant signe à ma femme de baisser sa fenêtre, et sa garde, et *putain – va-t—elle m'écouter ?*

Rory fait comme si je n'existais pas, regarde le dossier du chauffeur droit devant elle, ses lunettes de soleil perchées sur le bout de son nez. Je tape du poing contre la vitre, toussant l'équivalent de quinze ans de non-activité sportive autre que le sexe.

— Ralentis !

Elle fait la sourde oreille.

— Et merde !

Je frappe le toit du taxi, et le conducteur accélère, ce qui me force à accélérer ma course. (Sérieux, qui fait ça pour le plaisir ?)

Je ne peux pas la laisser partir. Enfin, techniquement, je peux. Peut-être même le devrais-je. Mais je ne le ferai pas. Pas sans me battre. Et elle doit connaître toute la vérité, même si cela doit nous détruire.

— Je ne t'ai pas parlé de Glen parce que j'avais juré de ne rien dire. Parce que regarde-toi : tu es accablée de chagrin. Parce que je savais, égoïstement, que si tu apprenais la vérité sur Glen, tu n'aurais pas la place dans ton cœur pour tomber amoureuse de moi, il y a huit ans. Ce que tu as fait, Rory. Nous sommes tombés amoureux en moins de vingt-quatre heures. Et il nous a fallu moins d'une semaine, presque une décennie plus tard…

Je plaque mes mains sur mes cuisses et reprends mon souffle, inspirant autant d'oxygène que possible, avant de reprendre ma course. Alors que la voiture avance toujours, elle garde les yeux rivés à l'arrière du siège du conducteur comme si c'était la chose la plus captivante depuis la fabrication de la fibre de verre. (Non, sérieusement. Regardez sur Google, c'est fantastique.) Je me remets à courir et lui crie :

— … pour nous rappeler que nous ne pouvons pas vivre

l'un sans l'autre. Pas vraiment. Exister, peut-être, mais pas *vivre*. Et ce n'était pas comme si je t'avais complètement protégée de la vérité. Crois-moi, j'étais déchiré. Vraiment. C'est pour ça que je t'ai emmenée chez Kathleen. Je jouais les choses à pile ou face. Je me disais que tu devais savoir, qu'elle te dirait la vérité. Elle ne l'a pas fait, Rory.

Elle ne me dit toujours rien.

— Oui, j'ai merdé. Oui, je t'ai caché la vérité. Sur toi. Sur moi. Mais ce n'était pas pour te blesser. Mais pour te protéger. Te préserver du passé. On l'appelle le passé parce que c'est passé ! Nous avons un présent, Rory. Un futur.

Son nez s'agite, agacé. C'est un mouvement infime, mais qui me donne de l'espoir – pas qu'elle me pardonne, mais qu'elle soit suffisamment énervée pour arrêter le taxi, en sortir et me frapper.

— D'accord. Ce n'était pas entièrement altruiste. Bien sûr, j'ai eu envie de recoucher avec toi quand je t'ai vue. Qui n'en aurait pas envie ? Regarde-toi.

Son nez tique de nouveau sous ses lunettes de soleil, et elle pince les lèvres.

Elle est en colère.

Je vais la mettre encore plus en colère.

— Tu veux savoir si tu aimes quelqu'un ? Regarde le souffrir et mesure à quel point ça te déchire. Parce que, quand ça n'allait pas, quand tu souffrais, Rory, chaque fibre de mon être brûlait avec toi. Que tu partes sans écouter ce que j'ai à dire ne fait que confirmer ce que je pensais depuis le début : il n'y a pas que ta peau qui soit froide. Ton cœur aussi est glacial. Je t'ai aimée dès le début. Toi, en revanche, tu as toujours été plus intéressée par mon pénis et mon côté irlandais. Avec toi, le rapport conflictuel à la figure paternelle a pris une tout autre dimension, chérie.

Je vois sa main agripper la poignée de la portière. Elle aboie quelque chose au chauffeur, et la voiture ralentit peu à peu, sans s'arrêter tout à fait. Je sais que j'y suis presque et décide de donner le coup de grâce. Celui que j'attendais de partager avec elle lors d'une occasion plus heureuse.

— Oh ! et autre chose. Cette serviette que tu as déchirée, elle ne représentait que dalle. Tu as dit que tu ne croyais pas au destin quand nous nous sommes rencontrés. J'ai oublié de te dire : moi non plus. Je t'ai cherchée il y a huit ans. Après ton départ. Je t'ai envoyé des lettres, j'ai essayé de te retrouver. J'ai appelé chez toi, chez ta mère et à ton dortoir, pour essayer d'obtenir ton numéro de portable. Tu veux savoir autre chose ? Je t'ai cherchée l'année dernière aussi, j'ai vu ton nom au dos d'un album de chez Blue Hill Records et j'ai assemblé les pièces du puzzle. Je savais que tu travaillais avec ce couillon de Ryner. Alors j'ai accepté son offre d'écrire un album pour Richards, parce que je te voulais près de moi. Ça n'a jamais été le destin. Ça n'a jamais été un hasard. J'ai *exigé* de t'avoir à ma disposition, Aurore Belle Jenkins. Tu faisais partie du deal. Ce n'est pas le destin ; c'est nous. Du début à la fin. Nous qui sommes tordus, cassés, obsédés, destructeurs, merveilleux, nous.

La voiture s'arrête, et le chauffeur tape le volant de frustration. Rory sort en furie en agitant son poing sous mon nez.

— Comment oses-tu ! On avait dit qu'on ne se chercherait pas. Tu t'es servi de la serviette pour m'obliger à t'épouser ! Tu as menti !

Elle me repousse, les deux mains sur mon torse.

Elle est toute rouge, les cheveux en bataille.

— Conneries !

Je lui ris au nez, la repoussant, ne voulant plus rien tolérer d'autre que la vérité.

— Tu ne m'as pas épousé à cause de la serviette, mais parce que tu m'as laissé mettre mes doigts, une barre chocolatée, et ma langue dans tous les trous que je voulais pendant que tu avais encore un mec. Parce que c'est ce que nous faisons. On écrase les autres pour être ensemble. On détruit tout sur notre passage, tous ceux qui ne sont pas nous.

Le chauffeur de taxi me regarde avec intérêt, écoutant notre conversation avec la langue pendue, presque haletant. J'aurais peut-être dû garder l'histoire de la barre chocolatée pour moi.

— Tu mens. Tu ne m'as jamais cherchée.

Elle pointe son doigt sur moi, hystérique.

J'éclate de rire. C'est plus fort que moi, parce que maintenant que la vérité éclate au grand jour, pourquoi ne pas *tout* révéler ? Elle mérite de savoir ce que sa mère a fait, même si cela fait de ses parents deux enflures.

Je me retourne et me dirige vers le cottage d'un pas décidé (au diable la bagnole), et Rory m'emboîte le pas, parce que je détiens la seule chose qu'elle veut : la vérité.

— Essaie encore, Rory. Pourquoi crois-tu que je te détestais tant ? Pourquoi crois-tu que j'ai épousé Kiki ? Pourquoi crois-tu que toutes ces choses horribles sont arrivées ? Je t'ai couru après, et ta mère m'a dit que tu ne voulais rien avoir à faire avec moi. Elle a dit que je devrais tourner la page. Que tu avais trouvé un autre type pour te tenir chaud la nuit. Elle m'a envoyé les photos que tu as prises de moi, avec les choses atroces que tu as écrites sur moi au dos.

Je me retourne pour voir l'horreur remplacer la colère sur son visage.

Ses traits se tordent de douleur.

— Oh ! mon Dieu.

— Oui, c'est ce que tu as dit quand je t'ai baisée à qui mieux-mieux et t'ai donné l'équivalent de dix ans d'orgasmes sur Pornhub. Pourtant, apparemment, j'en faisais trop. Et tu sais quoi ? C'est vrai. J'essayais beaucoup trop, parce que je voulais que personne d'autre ne soit à la hauteur.

— Personne n'a été à la hauteur ! me hurle-t-elle au visage. T'es content ? Personne n'a été à la hauteur, c'est pour ça que je ne suis sortie avec personne avant Callum. Il n'y a eu personne d'autre. J'ai écrit ces choses au dos des photos parce que je n'arrêtais pas de penser à toi, et Summer m'a donné un exercice ou je devais essayer de te trouver des défauts, et ce sont les seules choses que j'ai trouvées. Tu étais presque parfait, bordel. Quand je suis rentrée de la fac, j'ai retourné ma chambre, voulant à tout prix retrouver ces photos, parce que c'était tout ce qui me restait de toi. Et je ne voulais pas te chercher sur les réseaux sociaux, parce que je respectais ce stupide contrat à la lettre. J'ai pleuré des journées et des nuits entières à cause de ces photos, Mal.

Je me pince l'arête du nez, prenant une profonde inspiration.

— Je t'ai envoyé des dizaines de lettres. Elles ont été renvoyées à ton adresse dans le New Jersey, et tu ne les as jamais vues.

— Bordel.

— La cerise sur le gâteau à la merde ? Ta mère m'a dit que je t'avais mise enceinte et que tu avais avorté.

Il y a un silence radio de son côté, et je la regarde attentivement. Elle me fixe des yeux, sidérée.

— Est-ce que c'est vrai ? dis-je dans un souffle.

Elle secoue la tête.

Dieu merci.

— Je suis sans voix, admet-elle.

— Je suis désolé, dis-je. Mais aussi soulagé, parce que maintenant tu en veux à quelqu'un d'autre.

— C'est pour ça que Kathleen et toi vous êtes mariés ? Avez eu un enfant ?

— Oui. Enfin, non… Je ne sais pas.

Je secoue la tête, fais les cent pas.

Le chauffeur de taxi dépose sa valise et son sac à dos sur le bord de la route et s'en va, nous laissant seuls au bord d'un champ, et il commence à faire noir, et froid, mais cela nous est égal.

— Voilà ce qu'il s'est passé : j'étais si en colère contre toi que je suis allé m'acheter deux bouteilles d'alcool fort pour me mettre une mine. Kathleen était là, à la boutique, et elle a sauté dans ma voiture sans mon accord, mais j'étais si léthargique que je n'ai pas eu la force de la faire sortir. On a bu comme des trous. Enfin, surtout moi, et voilà comment c'est arrivé.

Des larmes s'accrochent aux cils de Rory, et j'aimerais les effacer d'un baiser, mais je ne pense pas que nous en soyons là. Je ne sais pas si nous y arriverons un jour. J'essaie d'ignorer la possibilité que je n'embrasse plus jamais ma femme.

— Tu as couché avec ma sœur, Mal.

— Elle…

Je sais que ce sera la première et dernière fois que je le dirai. Pas seulement parce que Kathleen est morte et que je respecte sa mémoire, mais parce que je ne veux pas, jamais, que Tamsin sache comment elle a été conçue. Elle ne mérite pas l'horreur de cette histoire. Je refuse de la lier à une vérité qui n'a rien à voir avec elle.

— Je n'étais pas conscient, Rory. Enfin, pas totalement. J'ai dit non. Plusieurs fois, je crois. Je n'étais pas vraiment là quand Tamsin a été conçue. Ce mariage avec lequel je te nargue… c'était bidon. Un mensonge. Kiki le savait, elle aussi.

Les larmes de Rory roulent sur ses joues pour s'écraser à ses pieds, et elle tremble comme une feuille dansant sur le sol en automne.

Je ne me laisse pas démonter et poursuis :

— Je ne vais pas te mentir. Kathleen me faisait penser à toi, et je croyais que jamais je ne pourrais t'avoir, *toi*. Alors je me suis contenté de ce que je trouvais de plus ressemblant. Elle. Je ne suis pas fier de ce que j'ai fait ni de ma manière de le faire.

« Rory, Rory, Rory. » Voilà ce que je scandais chaque fois que j'entrais en Kiki. Comme une prière restée sans réponse. Un requiem pour un cœur brisé.

— Quand j'ai appris qu'elle était enceinte, tout le monde m'a poussé à l'épouser. Elle était vierge avant ça, et nos familles nous auraient tués. Et franchement, j'ai baissé les bras. Je me suis dit que peut-être que devenir père allait m'aider à t'oublier.

— Et ça a marché ?

Elle pleure à chaudes larmes désormais.

J'ai envie de la prendre dans mes bras et de lui dire de se laisser aller. Pourtant, je suis figé, attendant qu'elle fasse un pas vers moi pour une fois dans cette vie.

Je suis fatigué d'être celui qui lui court après. Je suis fatigué de perdre pour qu'elle puisse gagner. Je suis épuisé à force de conspirer pour la séduire, l'avoir, lui gâcher la vie, la garder, pendant qu'elle ne cesse de se débattre.

Bien sûr, au départ, je ne lui ai pas parlé de Tamsin parce que je pensais qu'elle n'allait pas rester suffisamment longtemps pour avoir besoin de le savoir, et que je voulais protéger ma fille. Mais à l'instant où Rory a dit « Je le veux », les choses sont devenues réelles.

Et c'est à cet instant que j'ai poussé ma réalité sous le tapis pour une femme.

J'ai caché ma fille pour mon amante.

Jamais plus.

— Rien ne pouvait me forcer à t'oublier. Le soir où Tamsin est née est aussi celui où Kiki est morte. C'était aussi le jour de notre mariage. (Je la laisse digérer tous ces événements.) Je sais que j'ai été brusque avec toi le jour où Tam a fêté son anniversaire. Enfin, j'ai été un vrai connard. Mais j'avais mal, et la douleur m'attaquait de toutes parts. Je ne voulais pas qu'on me touche, et encore moins qu'on me pousse.

Je croise son regard, compréhensif.

— Après le mariage, nous sommes rentrés à la maison, et Kiki a trouvé la serviette. Notre contrat. Elle m'a demandé de la jeter.

J'attends un instant, examinant son visage. Elle arrête même de respirer et attend que je poursuive.

— Je n'ai pas pu le faire.

Elle pousse un soupir rauque et se met à pleurer encore plus fort.

— Elle s'est enfuie. Et je l'ai poursuivie, comme je l'ai fait à l'instant avec toi. Mais avec toi…

Je prends une inspiration. La vérité fait mal. Elle vous déchire en deux. C'est pour ça qu'on la cache à ceux qu'on aime. À ceux dont l'avis compte.

— Avec toi, j'ai fait davantage d'efforts.

Rory

Elle est morte à cause de nous.

Elle ne s'est pas arrêtée à un stop, parce que tout ce qui comptait, c'était s'enfuir. Après l'accident, Kathleen a été transportée à l'hôpital. Le pouls de Tamsin était faible, mais les médecins étaient également inquiets pour la mère. Le bébé ne recevait pas suffisamment d'oxygène et était en danger.

Les derniers mots de ma sœur furent : « Sauvez-le. Je sais que je ne survivrai pas. Lui, il peut. »

Elle pensait que Tamsin était un garçon, et qu'il survivrait.

Elle avait raison sur une chose. La plus importante.

Kathleen a été déclarée morte peu de temps après l'accouchement, trop tôt pour qu'elle puisse avoir la chance de tenir sa fille dans ses bras. À cause de l'impact causé par la collision avec le camion, Tamsin est née avec des lésions à la colonne vertébrale et a dû subir une opération délicate alors qu'elle était à peine assez âgée pour distinguer des formes. Mal a déboursé beaucoup d'argent pour donner à sa fille un accès aux meilleurs soins médicaux. Des experts ont été dépêchés du monde entier. Il écrit et vend des chansons depuis ce jour, sans jamais regarder en arrière, sans jamais s'arrêter pour penser à ce qu'il voulait pour lui-même.

Les premières chansons qu'il a vendues parlent de moi.

Il était furieux contre moi. Il me tenait pour responsable de la dispute qui avait mené à la mort de Kathleen. Il est devenu père célibataire à même pas vingt-quatre ans. Et pour quoi ? Une fille qui s'était soi-disant débarrassée de son bébé et lui avait dit d'arrêter de lui écrire après qu'il avait confessé que sa famille perdait pied.

Sur le chemin du retour au cottage, puisque nous sommes tous les deux trop choqués pour aborder le sujet de Kathleen, Mal se confie sur Maeve :

— Son mari, Sean, conduisait le camion qui a percuté Kathleen. On était amis, avant… (Il secoue la tête.) On était potes autrefois. Mais au moment de l'accident, dopé à l'adrénaline, il m'a lâché sa vérité en pleine face. Il m'a dit que je ne méritais pas ma femme. Que je ne l'avais jamais vraiment aimée. Il hurlait qu'elle était morte à cause de moi.

Je grimace. La vérité a le pouvoir de vous frapper plus fort que n'importe quel mensonge. C'est ce que vous devez affronter quand vous regardez dans le miroir chaque jour.

Sean lui avait rappelé qu'il était indigne de sa femme.

Alors Mal avait rappelé à Sean qu'il n'était pas plus digne de la sienne.

— J'ai pris Maeve pour maîtresse pour prouver qu'elle ne l'aimait pas, tout comme je n'aimais pas Kiki. Je m'affichais partout avec elle dans Tolka pour me venger, au vu et au su de tous. Je l'embrassais dans des lieux publics, lui pinçais les fesses dans la queue quand nous étions à la banque. En gros, j'étais un connard. Je souffrais tellement que je voulais faire souffrir les autres. Je suis juste reconnaissant que tu n'aies pas été là quand j'étais au plus bas.

— Alors tu as couché avec d'autres femmes ? Pourquoi ? dis-je d'une voix à peine audible.

— Être avec Maeve conférait à ma solitude une sorte de… je ne sais pas, une nature tenace. Maeve faisait ça parce qu'elle pensait que nous avions un avenir ensemble et qu'elle voulait mettre la main sur mon argent, mais moi je faisais ça uniquement pour me venger. Ce qui m'a finalement décidé à arrêter, c'est quand j'ai appris qu'on harcelait ses enfants à l'école parce que tout le monde savait que leur maman couchait avec un monsieur qui n'était pas leur papa. Je ne le supportais pas. J'ai fait un chèque à Maeve pour qu'elle les envoie dans une école où personne ne les connaîtrait et où ils pourraient recommencer de zéro. Puis j'ai essayé d'effacer l'arrière-goût de Maeve avec la file toujours plus longue de femmes qui frappaient à ma porte. Mais plus la file s'allongeait, moins j'étais attentif. Ces dernières années, je me suis concentré uniquement sur Tamsin. Elle est la seule chose qui me permet de rester sain d'esprit, la seule personne qui compte. Jusqu'à toi.

Je ne réponds rien, parce que, bien que je sois flattée, je ne peux m'empêcher d'être en colère.

— Quand j'ai vu ton nom au dos de cet album, j'ai eu un réflexe instinctif, poursuit-il. J'ai pris le téléphone et j'ai accepté le travail que Ryner m'avait proposé quelques mois plus tôt. J'ai exposé mes ultimatums, et l'un d'eux était de faire les choses à ma façon : en exigeant que tu sois la photographe du projet. Ryner avait désespérément besoin qu'un auteur écrive des tubes pour Richards. Il a accepté toutes mes demandes, y compris celle de te faire venir ici. C'est fou ce que tu peux te permettre au nom du processus créatif. J'aurais pu lui dire que j'avais besoin de tout le casting de Victoria's Secret et dix kilos de cocaïne pour écrire cet album, et il aurait été le type le plus heureux du monde.

Je lui donne une tape lorsqu'il dit cela, et ne peux m'empêcher de rire parce qu'il aurait pu effectivement l'exiger, et pourtant c'est moi qu'il voulait.

— Du coup, j'ai déménagé Tamsin chez ses grands-parents pour deux mois et comptait faire de ta vie un enfer, et saboter ta carrière. Je sais, très gamin de ma part. Crois-moi, ça n'avait pas l'air aussi stupide quand j'ai échafaudé ce plan dans ma tête. Je voulais pousser ton copain à te quitter, te fourrer le nez dans la réalité que j'avais vécue. Mais très tôt, j'ai appris deux choses qui ont déjoué mon plan génial de méchant Marvel.

Mal se frotte la joue. Ses cheveux sont ébouriffés à la perfection, ses sourcils, froncés, et les courbes de ses joues, si anguleuses et proéminentes que je n'arrive pas à croire qu'il soit en chair et en os.

— Un, j'ai découvert que tu n'avais pas vraiment fait toutes les choses horribles que je t'attribuais. Ça a sacrément ruiné mon projet Rory-égale-Satan. Et deux, même si ça avait été le cas, même si tout ça avait été vrai, j'ai découvert que je ne pouvais pas te faire de mal sciemment, avec malveillance. Je ne voulais pas te faire souffrir. Je t'aimais encore trop, quels qu'aient été tes sentiments pour moi. Je t'aimais quand tu me détestais, je t'aimais quand je pensais que je t'étais indifférent, et je t'aimais quand tu étais indécise sur ce que tu ressentais pour moi. Mais quand je me suis rendu compte que tu m'aimais aussi ? Tout était possible. Le monde n'arrêtait pas de tourner. Les jours ont passé. Les choses ont changé – sauf une, mon amour pour toi.

Quand nous arrivons à la porte de sa maison, je baisse les yeux sur mes pieds. Je suis rongée par la honte. Honte pour toutes les fois où je n'ai pas été là pour Mal alors qu'il avait besoin de moi. Honte d'être devenue une personne qui à ses yeux pouvait se montrer incapable d'aimer Tamsin de tout son cœur.

Non seulement elle est la fille de l'homme que j'aime, mais aussi celle de ma demi-sœur, et quels qu'aient été mes sentiments envers elle, elle fera toujours partie de moi.

Je déglutis.

— Je veux rencontrer Tamsin. Pour de vrai, je veux dire.

Je lève les yeux et découvre tant de soulagement et d'amour dans ses yeux que je suis surprise que mon cœur n'éclate pas comme une piñata – explosion de rubans de couleur, bonbons et joie.

C'est difficile de rester en colère contre Mal pour m'avoir caché Tamsin, sachant qu'il avait toutes les raisons de croire que j'étais un monstre. J'ai même du mal à rester en colère contre Glen d'avoir failli me tuer quand j'étais bébé. Après tout, ces événements m'ont conduite jusqu'ici, après toutes ces années. Je n'en veux plus à Mal de m'avoir caché ce qu'il savait sur mon père quand je suis venue la première fois – pas parce qu'il avait raison de me dissimuler cette information, mais parce que j'ai découvert quelque chose d'important sur Mal aujourd'hui. Il fait toujours passer les êtres aimés en premier. Et parfois, ça le pousse à faire des choses tordues, pour nous protéger, comme maman.

L'amour fait faire des choses tordues.

Je ne suis pas en train de le justifier – bon sang, j'aimerais le frapper pour sa façon d'avoir géré les choses avec Sean et Maeve – mais ce serait hypocrite de ma part de ne pas voir d'où venaient ces actes. Moi aussi, j'ai trompé Callum.

— Tu ne peux plus te prendre pour Dieu, dis-je en agitant mon doigt sous son nez.

— Qui dit que je me *prends* pour lui ? réplique-t-il en souriant, et je lui frappe le torse.

— Tu ne peux plus me faire de cachotteries. Je suis sérieuse.

— Je n'en ferai plus.

— Qu'est-ce que je fais pour Debbie ?

Je joue avec mon piercing au nez pendant que Mal ouvre la porte de chez lui.

Il pousse ma valise à l'intérieur et entre après moi.

— D'un côté, je ressens une profonde gratitude envers elle pour ce qu'elle a fait, me préserver de la vérité de manière à ce que je me sente aimée par ce père absent. Je sais qu'elle a fait tout ça pour me protéger – elle s'est montrée sous un mauvais jour pour que j'aie une bonne opinion de lui, même si elle a eu une manière maladroite de le faire, et bien que nous ayons eu une relation très bizarre pendant mes années adolescentes. Quand j'ai quitté le bar tout à l'heure, j'étais prête à rentrer et à me réconcilier avec elle. Puis tu m'as raconté tous les mensonges sur l'avortement et le fait qu'elle t'a envoyé des courriers et les photos que j'ai prises de toi, sans parler du fait qu'elle m'a caché tes lettres. Comment lui pardonner ? Elle m'a presque volé mon bonheur. Presque.

Comment pardonner ma mère d'avoir voulu m'éloigner de l'amour de ma vie ?

Mal pose sa main sur ma joue en me souriant. Je n'avais jamais remarqué que nous nous imbriquions parfaitement ensemble. Il est juste assez grand pour que je puisse caler ma tête sous son menton. Juste assez large pour m'envelopper mais sans que ce soit comique. Nous sommes parfaitement en phase. C'est comme si nous étions faits l'un pour l'autre, deux pièces d'un puzzle complexe qui ne peuvent aller qu'ensemble.

— Parle-lui. Écoute ce qu'elle a à dire. Tu l'engueules, puis tu passes à autre chose et tu oublies, pour te concentrer sur ton bonheur. Parce que, Rory… ?

Je lève les yeux vers lui.

— Le sang est plus épais que l'eau, et ce n'est que lorsqu'on est sur le point de perdre un membre de sa famille qu'on se rend compte à quel point on l'aime.

NOTE DE DEBBIE

Avant de me juger, considérez ceci : j'ai fait tout ce que j'ai pu avec ce que j'avais.

Pouvons-nous garder à l'esprit que j'ai eu Rory quand j'avais seulement dix-huit ans ? J'étais censée aller à la fac, bon sang de bois. Avoir une vie, un avenir, un petit ami sérieux. Le mariage de mes rêves, une grande famille italienne avec un gentil garçon bien né. Tout ça – *pouf !* – disparu. Et pour quoi ? Une erreur ? Tout le monde fait des erreurs. Certaines ont juste plus de conséquences que d'autres.

La mienne a anéanti ma vie entière.

Bien entendu, j'aime ma fille. Mais c'est pour ça que j'ai fait ce que je devais faire.

Il semblait injuste d'avoir été mise dans cette situation. Mère célibataire, peinant à joindre les deux bouts, toujours en retard pour payer les factures. J'ai ressassé cette injustice de tout cela, quand je pointais à cette pharmacie que je détestais, enchaînais les services en laissant Rory à une baby-sitter de seize ans qui oubliait parfois de la nourrir. Malheureusement, c'était la seule baby-sitter que je pouvais me payer, donc je devais souvent faire avaler quelque chose à Rory juste avant de partir pour le travail.

J'ai fait des choses dont je ne suis pas fière pour que nous ayons un toit au-dessus de nos têtes. Mes parents n'étaient pas ravis d'apprendre que j'avais été mise en cloque de l'autre côté de l'océan, et ils n'ont pas vraiment proposé de m'aider, et encore moins de me loger. Il me semble que leurs mots exacts ont été : « C'est fini pour toi ici, jeune fille. Fais tes valises et va-t'en, ou bien nous le ferons pour toi. »

Ils sont morts à quelques mois d'intervalle quand Rory avait trois ans, donc ils n'ont même pas eu l'occasion de voir qu'elle est devenue une incroyable jeune femme. Que nous nous en sommes bien tirées. Nous nous en sommes sorties.

Le jour où ils m'ont dit que je n'étais plus la bienvenue chez eux, j'ai juré de faire en sorte qu'elle ait tout ce que je n'avais pas eu.

Qu'ai-je fait pour subvenir à nos besoins ? Enfin, que n'ai-je *pas* fait ?

J'ai enchaîné les services, récuré des sols de cuisine le week-end avec Rory contre moi, dans son écharpe à porter, à faire des petits sommes et à me regarder de temps en temps avec son silence tendre et intelligent. Je faisais salon de coiffure dans mon appartement dès que je n'avais pas de service ou de boulot de ménage. Les clientes devaient juste apporter leur propre teinture, pour que je ne sois pas responsable de la couleur, et le pourboire était obligatoire, parce que le sèche-cheveux faisait exploser ma facture d'électricité.

J'allais à des rendez-vous avec des hommes que je n'appréciais guère et me faisais payer à l'heure. Je tirais profit de mes jambes à tomber. Je ne faisais rien d'autre que me montrer à leur bras, mais je vidais quand même mes tripes chaque fois que je rentrais à la maison et regardais ma fille dormir à poings fermés à côté de mon lit. Je ne savais pas ce que je ferais si elle faisait ça un jour pour subvenir aux besoins de son enfant, pour qu'elle ait du lait maternisé, des habits, et une assurance médicale.

Je me souviens du jour où j'ai commencé à fumer. J'avais endormi Rory – elle avait deux ans, pile un an après que j'ai fui Glen – et m'étais glissée dans ma minuscule salle de bains datée. Je me suis regardée dans le miroir, entouré de carrelage couleur vert-vomi, et n'en suis pas revenue des cernes noirs que j'avais sous les yeux.

J'avais envie de pleurer.

Je n'étais plus belle, bien que j'aie encore toute la vie devant moi. Je n'avais même pas vingt et un ans, pour l'amour du ciel. Tous mes amis étaient en couple, faisaient des études, sortaient, ou se concentraient sur leurs excitantes carrières, et moi, j'étais soit en train de bosser, soit en train de supplier Rory d'arrêter de pleurer.

J'avais envie de faire quelque chose pour moi – quelque chose de destructeur mais qui me fasse du bien. Je ne voulais pas toucher à l'alcool. J'avais vu ses effets dévastateurs sur Glen. Alors j'ai de nouveau jeté un coup d'œil dans la chambre – Rory dormait toujours – et me suis éclipsée à la supérette du coin. Je me suis acheté un paquet d'une marque un peu jolie et un Zippo et suis rentrée à la maison. Je me suis fait une tasse de café, ai ouvert une fenêtre et allumé une cigarette.

La première m'a donné la nausée.

La deuxième m'a calmée.

Je n'ai jamais pris la peine d'arrêter de fumer. C'est ma façon à moi de dire au monde d'aller se faire foutre.

En ce qui concerne la lettre que j'ai envoyée à Malachy… Voilà.

À ce stade, je savais mieux que personne que l'Irlande n'était pas pour les filles Jenkins. Je m'en suis enfuie, laissant le père de mon enfant se faire arrêter et condamner. À Tolka, tout le monde me détestait, et détestait Rory par procuration. Malachy me faisait penser à Glen chaque fois que ma fille parlait de lui.

La musique, la guitare, l'écriture de chansons, le charme, l'alcool, l'impatience hystérique, la romance éclair, et la capacité de rendre les femmes dingues. J'étais terrifiée et certaine qu'il n'était qu'une passade – le premier homme qu'elle rencontrait, un vrai, *quelle excitation.*

Je n'ai menti qu'à moitié dans cette lettre. Je lui ai dit la vérité sur le chemin de pensée d'une adolescente enceinte à dix-huit ans. J'ai seulement menti sur mon identité.

Ce n'était pas Rory qui lui écrivait. C'était moi.

Et je n'avais pas avorté ; j'avais gardé le bébé.

Non que je n'aie pas songé à l'avortement à l'époque. J'étais même allée jusqu'à prendre rendez-vous à la clinique. Mais quand j'étais arrivée et avais parcouru les brochures, l'heure avançant comme un escargot sur l'horloge, chaque tic-tac me frappant la peau, je me suis rendu compte que je ne pouvais pas le faire.

Pas à elle. Pas à moi. Nous étions dans ce pétrin ensemble.

Et puis il y a eu sa cicatrice.

Bien sûr, j'avais envie qu'elle la cache ou la fasse enlever. Mais je n'avais pas les moyens pour une opération de chirurgie esthétique. Je la déteste, d'accord ? Voilà la vérité. C'est un rappel constant que j'ai fait défaut à ma fille. Je n'ai pas réussi à la protéger de son propre père, malgré les signes avant-coureurs, noyés dans le vomi d'un ivrogne.

Il y a les bonnes âmes qui me demandent pourquoi je n'ai pas raconté toute l'histoire à Rory. Eh bien, en quoi aurait-ce été bénéfique pour elle ? C'était plus facile de laisser son innocence intacte, d'envoyer les cadeaux au père Doherty pour qu'il les lui renvoie, et de faire comme si son père était normal, aimant, et présent. Aurais-je vraiment dû lui dire qu'il avait fini en prison par notre faute ? Aurais-je vraiment dû la balafrer une seconde fois avant même qu'elle ne sache épeler son nom ?

Je l'ai laissée croire ce qu'elle avait envie de croire.

Qu'il était un genre de héros torturé, qu'il l'aimait profondément.

Elle me trouvait déjà nulle. J'ai gagné quelques points de nullité en plus. Pas grave.

Tout ce que je voulais, c'était protéger ma fille.

En cachant les lettres.

En disant à Malachy de la laisser tranquille.

Bien sûr, ma façon de faire a choqué certains parmi vous. Je suis allée trop loin. Je pense que la majorité des parents auraient ignoré les lettres de Mal, à ma place. Ou ne les auraient pas ouvertes, pour commencer. Mais je pensais la sauver.

Et je ferai tout ce qui est en mon pouvoir pour l'aider.

Même si ça doit me tuer.

Même si ça fait de moi la méchante.

Voilà ce qu'on ne vous dit pas dans les films. Les méchants aussi ont un cœur.

20

Mal

Trouver Debbie Jenkins sur mon palier, c'était un peu comme y trouver une merde de chien, en feu, attachée à une bombe à retardement, fixée à un bus scolaire rempli d'enfants.

Cette femme a magouillé avec ma vie plus que quiconque, et pourtant je l'ai fait venir ici, puisque Rory a besoin d'elle. Je l'ai mise dans un avion – en première classe, au cas où vous vous posiez la question, un luxe que jamais je ne m'accorderais – pour qu'elle puisse sauver sa relation avec sa fille.

Lorsque j'ouvre la porte, elle est tête baissée, en train de tracer un cercle sur le sol du bout d'une de ses bottes de cow-girl pointues à paillettes. Rory n'exagérait pas à propos de la laque, des mèches et de la tenue à la *Coyote Girls*. Sa mère ressemble à une showgirl de Las Vegas qui se serait endormie en plein soleil et se serait réveillée vingt ans plus tard.

Rory est dans la chambre, en train de dormir d'un sommeil de plomb après ces quelques jours de turbulences, et je souhaite que tout se fasse de la manière la plus indolore possible pour elle.

— Debbie ? (J'ouvre la porte et m'écarte.) Vous avez besoin d'aide avec votre valise ?

— Je n'en ai pas apporté. Je ne m'attendais pas à ce qu'elle…

— Vous pardonne ? Je ne le ferais pas à sa place. Mais Rory vaut mieux que moi.

Elle refuse toujours de me regarder. Au moins, sa honte prouve qu'elle a une âme. C'est bien. Les âmes sont des choses ondulantes, organiques, immortelles. Les corps naissent et meurent, et entre les deux, ils déclinent.

Debbie entre avec précaution. Je lui prépare une tasse de thé sans lui demander si elle la veut pendant qu'elle se perche sur un tabouret dans la cuisine.

Je lui glisse la tasse sur le comptoir et me poste face à elle, dans l'attente. Son menton est toujours posé contre son cou, et elle fait son possible pour éviter tout contact visuel.

— Je n'ai pas..., commence-t-elle, avant de fermer la bouche – pour la rouvrir. Enfin, ma fille a toujours été ma priorité numéro un. Elle l'est toujours. Je me suis dit que vous devriez le savoir.

— C'est drôle, elle était ma priorité, à moi aussi, dis-je d'un ton égal.

— Vous ne pouvez pas m'en vouloir d'avoir voulu l'empêcher de faire les mêmes erreurs que moi, dit-elle à ses cuisses. Vous savez ce qu'il s'est passé quand j'étais ici. Tout le village le sait.

— Certes, mais je peux vous en vouloir d'être partie du principe que j'étais aussi mauvais que Glen.

Elle finit par lever les yeux – de grands yeux verts, comme ceux de Rory. Mais contrairement à ceux de Rory, les siens sont tristes, ridés et injectés de sang. Ils ont vu des choses dont ils ne voulaient pas être témoins. Nous avons cela en commun.

— Vous étiez un jeune garçon, un ivrogne, un chanteur de rue, un dragueur invétéré. (Elle secoue la tête.) Écoutez, je ne suis pas ici pour me battre. Merci pour le billet, mais je suis ici pour voir ma fille et m'en aller. Et je l'emmène avec moi.

— Aucune chance.

Je bâille, en mettant ma main gauche exprès devant la bouche pour révéler mon alliance.

Juste pour être clair, il ne s'agit pas de la même alliance que celle que je portais quand j'ai épousé Kath. Je ne pouvais pas prendre le risque de porter la guigne à mon mariage avec Rory avec l'alliance qui représentait la plus grande tragédie de ma vie.

Debbie écarquille les yeux et, alors qu'elle ouvre la bouche pour parler, une voix mal réveillée s'élève du couloir.

— Maman ? Qu'est-ce que tu fais là ?

Rory se frotte les yeux pour chasser le sommeil, et ça alors ! Sa bague scintille à son doigt. Les lèvres de Debbie tremblent tandis qu'elle nous regarde tous les deux, sous le choc. Tiens, j'aurais peut-être dû la prévenir avant de lui faire prendre l'avion. *Oups.*

Je me lève et tape sur le comptoir.

— Je crois que vous avez des choses à vous dire. Amusez-vous bien, mesdames !

— Mal ! Sérieux ?

Rory m'attrape le poignet alors que je me dirige vers la porte.

Je dois aller voir Tamsin pour lui expliquer avec ma délicatesse légendaire (de tank) qu'il y a quelqu'un de nouveau dans nos vies. Quelqu'un que j'aime de tout mon cœur.

J'embrasse ma femme dans le cou.

— Tamsin n'a que deux grands-mères. Tu penses qu'elle en mérite trois ?

C'est tout ce que j'ai besoin de dire pour la faire fondre et qu'elle me sourie sournoisement.

— T'es un âne, murmure-t-elle.

Je lui vole un autre baiser en riant.

— Alors t'es mon crottin.

Rory

— Explique-toi, lui dis-je.

J'allume la bouilloire et essaie de calmer les battements de mon cœur. Je n'ai aucune envie de parler à ma mère, mais c'est nécessaire. D'un côté, je suis reconnaissante et surprise qu'elle ait joué la comédie depuis ma naissance, me gavant de doux mensonges pour me protéger. C'est assez touchant, de manière totalement dysfonctionnelle. De l'autre, elle nous a détruits pendant des années, Mal et moi. Tout aurait été tellement différent si elle m'avait donné ces lettres.

Mais bon, Tamsin ne serait jamais née.

Mal ne l'aurait pas.

Je n'aurais jamais su que Summer est une traîtresse qui a couché avec mon petit ami.

Et je n'aurais jamais décroché le job avec Ryner qui m'a appris qui j'étais en tant qu'artiste.

— Non, *toi*, explique-toi, Rory. C'est quoi cette histoire de mariage ? Tu le connais à peine ! Et puis, tu as un petit copain.

Maman se lève d'un bond en agitant une main en l'air, ses bracelets s'entrechoquant, provoquant un bruit de carillon à vent. Cela me ramène à l'adolescence, et je me surprends à triturer mon piercing, mâchoire serrée.

— Callum et moi avons rompu.

— Quoi ? Pourquoi ?

— Parce que je l'ai trompé. Et avant de dire quoi que ce soit – rappelle-toi que, toi aussi, tu as trompé ton copain, avec Glen.

Le visage de maman se décompose. Elle lève un doigt, sur le point de se défendre, mais je la coupe.

— Et puis, j'ai découvert ensuite qu'il m'avait trompé le premier – avec Summer, qui plus est. Même si, pour être honnête, en y repensant, j'ai toujours eu des doutes. Il essayait toujours de me changer, de me couper les ailes pour qu'elles soient petites, bien rondes. Et de toute façon, Mal et moi sommes mariés, et après les conneries de Ryner suite à la mort d'Ashton Richards, je ne suis pas pressée de retrouver le strass et les paillettes de cette industrie.

Je ne savais pas que c'était le cas avant que ces mots ne

m'échappent. Mais dès que je les prononce, cela devient clair comme de l'eau de roche.

Je voudrais faire autre chose.

Les gens comme Ryner ne m'inspirent pas. Je suis photographe. Je prends des photos. Cela m'apporte de la joie, et aux autres aussi. Je peux être photographe n'importe où. Je pourrais prendre des photos de choses bien plus intéressantes que des princesses de la pop superficielles, délirantes et choyées, et des rock stars qui se croient tout permis et pensent qu'ils chient des rayons de soleil.

Mal a vendu son âme au diable et s'est mis à vendre ses chansons parce qu'il y était obligé.

Je ne suis pas *obligée*.

Je n'ai pas besoin de soins médicaux. Ça me va très bien de gagner des clopinettes.

— Rory ! Bonté divine. Comment suis-je censée réagir ? Tu ne m'as même pas invitée à ton mariage !

Elle se frappe le front du revers de la main.

— Maman, on s'est mariés dans l'intimité. Juste nous deux et des témoins.

— Genre Las Vegas ?

— Genre Chypre.

Elle ouvre grand les yeux, d'un vert radioactif.

— Mais Rory, si ce n'était pas le bon ?

— C'est le bon.

Je prends ses deux mains pour la conduire jusqu'au jardin. Je veux qu'elle voie l'endroit où nous sommes tombés amoureux. Sur cette étendue d'herbe, sous le ciel illuminé de milliers d'étoiles.

— Regarde, dis-je en montrant le jardin. Il y a huit ans, bientôt neuf, je me suis assise ici avec Mal et j'ai su qu'aucun autre garçon ne ferait battre mon cœur aussi fort. Et tu sais quoi ? Aucun autre n'y est arrivé. Je sais que tu es méfiante. Je sais que l'Irlande ramène beaucoup de souvenirs difficiles à la surface. Le père Doherty m'a tout raconté. Je suis désolée, maman, mais je savais que tu ne le ferais jamais, et j'avais besoin de connaître la vérité.

Elle cligne des yeux, manifestement pour chasser ses larmes, et je passe mes bras autour d'elle.

— Mais je n'ai pas de bébé dont je dois m'occuper, et je ne fais pas ça par peur ou désespoir, ni parce que ma conscience ne m'autorise pas à ne pas essayer. Je fais ça parce que je le décide. Parce qu'il rend ma réalité plus belle que mes rêves. Parce que je suis bien consciente que nous finirons tous comme Glen et Kathleen un jour. Nous venons de la poussière et retournons à la poussière. Mais tant que je suis là, sur cette planète, que je respire, que je vis, je veux le faire auprès de la personne qui me fait rire. Qui m'aime inconditionnellement. Qui a gardé une serviette tachée et abîmée qui a été un pur mensonge pendant presque dix ans, juste au cas où nous nous reverrions.

— Kathleen…

Maman secoue la tête. Je prends conscience que personne ne lui a dit explicitement que Kathleen est morte. Elle aurait été à peine plus âgée que moi, si elle avait été encore en vie.

Je hoche gravement la tête.

— Accident de voiture.

— Oh ! mon Dieu.

Maman brise notre étreinte et renifle, prenant mes joues entre ses mains huileuses et ridées de maman. Elle examine mon visage avec la précision d'un rapace pour voir si mon masque se fissure, si je dis toute la vérité.

— C'est réel, n'est-ce pas ? Ce truc avec Mal, demande-t-elle d'une voix entrecoupée.

— Y a pas plus réel.

Je ris, des larmes de joie roulant sur mes joues.

— Et tu sais tout ce qu'il s'est passé avec Glen ?

Elle me regarde à travers ses faux cils, clignant lentement des yeux.

Je hoche la tête.

— Et pour la cicatrice, aussi. Je ne t'en veux pas, maman. J'aurais simplement aimé que tu me le dises. J'aurais pu le supporter. Tu n'avais pas à faire tous ces efforts.

— Oh ! mais si, répond-elle aussitôt, faisant glisser ses mains de mes joues à mes bras. Je voulais que tu saches que tu méritais d'être aimée. Tu es ce que j'ai de plus précieux, Aurore, même si tu n'as pas toujours cette impression. Je voulais que tu penses qu'il t'adorait, mais je devais te tenir suffisamment loin de lui pour que tu ne découvres jamais la vérité.

— C'est pour ça que tu ne voulais pas que je vienne en Irlande ?

Elle soupire.

— Ça, et le fait que nous ayons un faible pour les Irlandais. Je ne voulais pas que tu déménages de l'autre côté de l'Atlantique et que tu m'abandonnes en Amérique. C'était égoïste, mais tu es ma seule famille. (Pause.) Enfin, toi, les cigarettes, et la laque.

Nous éclatons de rire, jusqu'à ce que je me rappelle qu'il y a encore une chose que je dois mettre au clair avec elle.

— Les photos. Tu as envoyé à Mal les photos avec les saletés que j'avais écrites sur lui. Tu lui as envoyé une lettre disant que j'avais avorté. Ça a lancé une réaction en chaîne qui a tout fait s'écrouler ici. Tu n'imagines pas.

Je ne vais pas mettre la mort de Kathleen sur le dos de maman, bien évidemment. Mais elle a manipulé toutes nos vies.

Elle renifle et s'essuie le nez sur la manche de sa veste en jean brillante, avec ses empiècements roses et son col brodé de sequins. C'est une vision que je ne pensais pas voir de mon vivant. D'habitude, plutôt que de tacher ses précieux vêtements, ma mère attrape tout ce qu'elle a sous la main, y compris la Bible ou un enfant, pour essuyer sa morve.

— Je sais. Je n'ai pas d'autre explication que de dire que j'avais perdu la boule. Je ne faisais pas confiance à Mal, et je ne voulais pas que tu te retrouves en mauvaise posture, comme moi. Quand je lui ai envoyé les photos, je pensais que ça s'arrêterait là. J'aurais dû savoir que votre amour était plus fort que ça. Quand il a continué d'envoyer les lettres, j'ai pété les plombs. Je savais qu'il arriverait bientôt à te joindre. Alors quand je me suis assise pour lui écrire ma propre lettre, j'ai décrit tout ce que j'avais traversé quand j'ai découvert que j'étais enceinte de toi – avec une seule modification. Je l'ai écrite comme si, toi, tu avais avorté. C'était insupportable. J'ai mis trois jours à écrire la lettre, en pointillé. Je vomissais toutes les heures. Mais cela me confirmait que tu ne devrais pas te retrouver dans cette position. Ce n'est que maintenant que je vois les dégâts que j'ai causés dans vos vies à tous les trois. Sache que j'étais persuadée que ce n'était qu'une passade. Un amour de jeunesse. Que tu oublierais en un rien de temps. Jamais je n'ai pensé que tu ne trouverais pas un meilleur homme en Amérique.

Le plus triste, c'est que je la crois.

Je sais qu'elle a fait des choses horribles, et pourtant je ne peux m'empêcher de ressentir de la compassion pour elle. J'ai vu à quel point sa vie était dure. Nous vivions sous le même toit. Elle a toujours subvenu à mes besoins. Elle a toujours fait de son mieux.

Je la prends de nouveau dans mes bras, et nous sanglotons chacune dans l'épaule de l'autre. C'est la conversation la plus dure – et de loin la meilleure – que j'ai eue avec ma mère. Et ça fait mal, putain.

— Je t'aime, maman. Mais si tu refais un truc pareil, je te jure, je pète un câble.

Elle éclate de rire, contente que j'aie détendu l'atmosphère.

— Oh ! fais-moi confiance. Je sais qu'il ne faut pas se mettre en travers du destin, du sort et de leurs confrères. Qu'est-ce que tu vas faire pour Summer ?

Elle s'écarte, me caresse tendrement le bras. C'est la première fois qu'elle fait ça, et je ressens un frisson d'excitation, comme si notre relation était en train d'évoluer. Pour devenir plus réelle.

— Tu sais, dans l'esprit du pardon, de tourner la page et de tous ces machins que vous adorez, vous autres milléniaux ?

— Oh ! tu sais… je crois que je vais la laisser entre les mains du karma un petit moment.

NOTE DE GLEN

J'ai merdé.

C'est une déclaration générale, bien sûr, parce que c'est arrivé très souvent. Je ne peux mettre le doigt sur le moment exact où j'ai tout foutu en l'air. Peut-être est-ce quand j'ai bu ma première goutte d'alcool, à onze ans. Mon oncle Paddy avait laissé une bouteille sur le plan de travail de la cuisine, et mes parents qui s'étaient disputés toute la nuit dormaient encore. Il me semblait logique d'essayer ce qui donnait le sourire aux adultes de ma famille et leur permettait de se tolérer.

J'étais accro après ça.

Ou peut-être est-ce quand j'ai mis Elaine, la mère de Kathleen, en cloque. C'était marrant, jusqu'à ce que je doive m'occuper d'un autre être, sans savoir comment, parce que mes propres parents estimaient qu'on devait s'élever seul. J'avais quelques frères – six ou sept, je ne me souviens plus – mais j'étais le plus jeune. Mes parents avaient largement dépassé les quarante ans quand ils m'ont eu, et ils n'ont jamais manifesté le moindre intérêt pour moi.

Peut-être était-ce quand j'ai fui Elaine et Kathleen et me suis enfermé dans la vieille maison de mes parents et écrit « Belle's Bells ». Pas un jour ne passait sans qu'on me questionne sur cette chanson – dans la rue, une lettre, un courrier de fan, ou encore un animateur radio curieux qui se rappelait que j'étais en vie et m'appelait pour une brève interview, autour du mois de novembre généralement.

J'aimerais pouvoir vous dire qu'elle parle d'Elaine.

Ou de la fille avant elle.

Ou de la fille avec elle.

J'aimerais pouvoir vous dire qu'elle parle de Kathleen.

Mais la vérité, c'est que cette merveilleuse chanson sur l'amour, le chagrin d'amour, l'addiction, l'angoisse, et toutes les choses qui font battre le cœur des gens parle… d'alcool.

Un bon remontant pour tout oublier.

Voilà pourquoi, jusqu'à ma mort, les gens se sont posé des questions sur sa signification.

Rory et Debbie, c'était une tout autre histoire. Je suis vraiment tombé amoureux de Debbie à Paris, je crois. Quand elle m'a annoncé qu'elle était enceinte, mon instinct a été de lui demander d'emménager en Irlande avec moi. Alors je l'ai fait.

Elle a essayé de se débrouiller seule en Amérique, mais quand elle s'est rendu compte que c'était plus difficile que prévu, elle a fini par accepter mon offre. À cette époque, j'étais un alcoolique bon à rien, pas un alcoolique artiste. Sacrée différence.

Je pourrais vous dire que je n'ai pas déménagé aux États-Unis parce que j'avais une fille que je ne pouvais pas quitter, puis, plus tard, un fils aussi. Mais je n'étais pas un bon père. J'étais brisé, paumé, mais je ne pouvais m'en prendre qu'à moi-même.

Le jour où j'ai blessé Rory est le jour où j'ai perdu tout espoir. C'est difficile de se justifier et de se trouver des excuses en tant que père absent, mais c'est impossible de justifier de blesser son propre bébé.

Je suis sorti de prison en pire état que quand j'avais été incarcéré, avec une grosse différence – j'avais arrêté d'essayer de contacter Debbie et de voir Rory, pour me concentrer sur ce que j'avais.

Kathleen savait que j'étais un alcoolique violent, mais je faisais de mon mieux avec elle.

Avec Mal aussi. Cela me brisait le cœur de voir ma fille soupirer après un garçon qui attendait le big bang. Elle n'était qu'une étoile filante dans son univers. Je savais que ces choses ne pouvaient être changées.

Je savais que sa mère n'était pas la femme de ma vie non plus. C'était Debbie.

Être mort est en réalité mille fois mieux qu'être un pauvre idiot alcoolique rongé par la culpabilité. Si vous vous demandez comment c'est de l'autre côté, laissez-moi vous dire, ce n'est pas si mal. Il fait beau toute l'année, même si on ne le sent pas vraiment. Je n'ai pas de corps, ça c'est un peu déprimant. Personne n'en a. Je ne suis pas au-dessus des nuages, ni sous terre. Il n'y a pas de paradis, ni d'enfer. Je suis en tout, cependant. Dans l'air et les arbres. Sur les ailes des papillons et dans la bouse de vache et entre les fissures du sol. Je suis au sommet des gratte-ciel de Pékin et sur un pissenlit dans une petite ville du Nebraska.

Mort, vous ne sentez pas toujours l'esprit des autres morts, sauf si vous les connaissiez vraiment bien et qu'ils sont à côté de vous.

Là, je sens Kathleen. Elle se tient près de moi, me demandant si nous devrions y aller. Pas avec des mots. C'est tacite, comme la signification cachée de très bonnes paroles de chanson.

Nous faisons tout le temps des choses que nous ne sommes pas censés faire, Kath et moi. Il n'y a pas de protocole qui s'y oppose et, s'il y en a un, on ne nous l'a pas communiqué quand nous sommes passés de l'autre côté.

J'ai éteint les lumières dans un pub quand Mal et Rory devaient aller droit au but.

Fait tomber la neige.

Coupé l'électricité.

J'ai fait tout ce que je pouvais pour montrer à Rory que Mal était l'homme de sa vie, qu'il n'est pas comme moi.

Qu'il ne la laissera pas tomber – il l'aimera toujours.

Mais je n'ai jamais illuminé toute une rue, surtout une rue aussi bondée que Drury Street.

— Tu crois qu'on peut le faire ? je demande à Kathleen sans un mot.

Je suis coincé entre les briques d'un bâtiment rouge de Drury

Street, et elle est au-dessus d'un arrêt de bus. Je sens qu'elle hoche la tête.

— Faisons-les flipper un peu.

(AUTRE) NOTE DE KATHLEEN.

Je vous avais dit que je n'étais pas la méchante.

P.S. : Elle a intérêt à être sympa avec ma fille.

P.P.S. : Oui, bien sûr, je regrette d'avoir dit à Rory que je ne m'occuperais jamais de son enfant. C'est un peu trop tard pour revenir là-dessus, cela dit.

P.P.P.S. : D'accord. Ils sont mignons ensemble. Vous êtes contents ?

(AUTRE) NOTE DE SUMMER

Encore moi.

Bah, oui, enfin. J'avais besoin de mettre les choses au point avec ma meilleure amie, non ?

Et il devenait clair que Rory ne comptait pas revenir dans notre appartement new-yorkais. Je comprenais, bien sûr. Elle était avec l'amour de sa vie, menant la petite vie dont elle avait toujours rêvé.

Et puis, j'ai merdé. Je le sais. Peu importe qu'elle ait eu l'intention de quitter Callum, qu'elle n'ait jamais ressenti pour lui le dixième de ce qu'elle ressent pour Mal, que j'étais quasi-sûre que leur relation ne durerait pas un jour de plus, ou que nous étions tous les deux très éméchés.

J'ai pris l'avion pour l'Irlande. Fou, hein ? Je le pense aussi, vu le nombre de répétitions que je vais manquer juste pour recoller les morceaux avec ma BFF (*Best Fucking Friend*). J'ai pris un taxi pour Tolka à l'aéroport trois mois après qu'elle a découvert la vérité sur

Callum et moi. Trois mois après qu'elle a commencé à ne plus me répondre.

Et là, je l'ai trouvée dans une position compromettante dans un jardin, en train de se faire prendre par son mari. Je vous jure, il la plantait comme une fleur. Je les ai interrompus en pleins ébats, mais seulement par accident. La porte n'était pas fermée à clé – je me rappelais que Rory se plaignait que Mal ne la verrouillait jamais – et suis entrée. Quand j'ai compris à quoi j'assistais, j'ai reculé, mais mes fesses ont percuté la table de la cuisine et fait tomber une bouteille de Guinness au sol. Ils se sont tous les deux retournés pour voir d'où venait ce bruit.

Rory m'a jeté sa robe dessus, puis elle s'est levée d'un bond et m'a pourchassée dans toute la maison, à poil, en criant très fort : « Tu t'es tapé mon mec ! »

Mal s'est appuyé contre un mur, bras croisés, avec un sourire en coin, assistant à la scène à moitié nu, avec la gaule. Il était canon. J'ai enfin compris pourquoi elle n'avait pas réussi à l'oublier pendant toutes ces années. Non seulement il était mille fois plus beau en personne, mais il avait aussi cette expression orgueilleuse, mignonne, genre tu-ne-pourras-jamais-m'apprivoiser, qui attire les femmes qui ont tendance à vouloir tout réparer.

Mal nous a ensuite préparé thé et café avant de dire qu'il allait chercher sa fille à l'école.

Sur le canapé, Rory m'a prise par la main et m'a dit :

— Tu sais le pire ? Je ne t'en voulais même pas d'avoir couché avec lui. Tu as raison. Je t'ai dit trente-six mille fois que j'allais le quitter, même si c'était une erreur. Je t'en voulais parce que tu ne me l'as pas dit. Et parce que tu n'arrêtais pas de me pousser dans ses bras pour tes propres raisons égoïstes, malgré mes doutes. Le mensonge est plus grand que le péché.

— Je sais.

J'ai fondu en larmes. Épuisée par voyage, et effondrée de m'être laissé manger toute crue par ma culpabilité (ce n'est pas comme ça qu'on aime être mangé). Je n'en pouvais plus.

— Je sais tout ça. Je pensais pouvoir le mettre sous le tapis et faire comme si ce n'était jamais arrivé. Je voulais que ça marche entre vous – jusqu'à ce que tu sois en Grèce.

Je me mords la lèvre inférieure.

— Pourquoi ? Que s'est-il passé ? a demandé Rory en prenant une gorgée de thé.

C'était plutôt une buveuse de café en temps normal. Une autre chose qui avait changé depuis qu'elle s'était installée en Irlande.

— Je suis tombée sur Whitney, l'assistante de Ryner, chez Saks. Avant que tu me grondes, je ne faisais que regarder, je n'essayais pas de creuser mon découvert. (Je me suis éclairci la gorge.) Enfin bref, j'aurais pu jurer qu'elle avait un petit bedon de femme enceinte. C'était facile à deviner avec sa silhouette maigrelette. Bien sûr, je n'avais pas l'intention d'aller la saluer, alors j'ai fait ce que font tous les personnages de comédie romantique et je me suis cachée derrière des mannequins. Whit se baladait avec une femme qui avait l'air d'être sa mère, en caressant son ventre rond. La femme lui a demandé : « Tu penses vraiment qu'il va quitter sa copine pour toi ? » Et Whitney a répondu : « Je ne sais pas, et je m'en fiche. Il m'a pris un appartement près de chez lui pour pouvoir être proche du bébé. Si Callum veut épouser Mademoiselle Malaisance, je ne vais pas contrecarrer ses projets, tant qu'il continue d'aligner la thune. Ce qu'il fera. »

Rory a écarquillé les yeux et retenu son souffle, redressant le dos. Elle semblait outrée, mais avec nonchalance. Comme quand vous racontez à un ami quelque chose de fou qui est arrivé à un de vos collègues. Elle semblait totalement détachée émotionnellement de l'histoire, ce qui me rendait la tâche plus facile.

— Que s'est-il passé ensuite ? a-t-elle demandé.

— Eh bien, au début, je me suis dit : *Pas possible.* Puis je me suis rappelé que tu m'avais toujours dit que Whitney était très tactile avec Callum et qu'elle en pinçait pour lui. Ça a fait tilt. Il t'avait déjà trompée, pourquoi ne recommencerait-il pas ? J'ai essayé de t'appeler quand tu étais en Grèce, mais tu n'as pas répondu. Puis tu as appris ce qui était arrivé entre lui et moi, et c'était trop tard. Je jure que ne pas t'en parler était le pire truc que j'aie jamais fait, Rory. Je te le jure. Jamais un mec ne pourrait se mettre entre nous.

Rory a posé sa main sur la mienne et souri.

— Je sais.

— Vraiment ? ai-je demandé en grimaçant.

Elle a hoché la tête.

— Je le savais depuis longtemps que j'allais te pardonner. Je voulais qu'on ait cette conversation face à face et comptais le faire quand je rendrais visite à maman dans quelques semaines. Mais tu as été plus rapide. Écoute, je sais à quel point on se sent mal quand on trompe quelqu'un. Ce que j'ai fait à Callum m'a longuement tracassée. Jusqu'à aujourd'hui. Parce que, peu importe qu'il m'ait trompée, je vaux mieux que ça. Ou j'aurais dû. Je ne regrette pas d'être avec Mal, mais je regrette que ce soit arrivé avant que je quitte Callum. Je dois vivre avec, c'est une tache permanente sur ma conscience, et pourtant je suis là, en vie. Alors je te demande de faire pareil. Vis avec, satanée Cendrillon. Apprends de ton erreur, et va trouver ton Richard Gere.

Nous nous sommes longuement regardées, en souriant doucement. C'était comme un bonjour prometteur et un au revoir doux-amer. Rien ne serait plus pareil, je le savais, avec ou sans le pardon de Rory. Elle ne reviendrait pas – vivre à New York, en tout cas —, et pourtant elle choisissait de me donner ce merveilleux présent qu'est le pardon.

— Pour info, je déteste ton mari de t'avoir enlevée à moi.

J'ai reniflé, croisé les bras et tourné la tête de l'autre côté pour étayer mes propos.

— Pour info, lui aussi t'en veut, pour ce que nous avons fait à ses photos, a-t-elle pouffé.

— Tu lui as dit !

J'ai attrapé un coussin et lui ai jeté au visage.

Elle l'a attrapé au vol et me l'a lancé en riant.

Il m'est arrivé en pleine figure et est retombé sur mes genoux.

— Garce ! me suis-je écriée.

— Traîtresse.

Elle a agité ses sourcils.

Nous nous sommes toutes les deux écroulées au sol en nous tenant le ventre, riant aux éclats, et j'ai su qu'avec ou sans elle je m'en sortirais.

Je suis à présent à l'aéroport de Dublin, en train d'attendre mon avion pour rentrer à New York.

Un homme du genre beau brun ténébreux est assis en face de moi. Il attend le même vol et est en train de lire *L'Historienne et Drakula*, d'Elizabeth Kostova. Vu la vitesse à laquelle il tourne les pages – à peine toutes les deux minutes – je sais qu'il me regarde du coin de l'œil.

Je retire une de mes chaussures et agite mes orteils rose fluo, mettant mon chewing-gum à la menthe entre mes dents et le regardant effrontément.

Il lève les yeux, un sourire poli aux lèvres.

— Je peux vous aider ? demande-t-il.

— Non, mais moi, je peux vous aider, dis-je en lui souriant.

— Ah oui ? demande-t-il, surpris. Je vous en prie, dites-moi comment.

— Je peux changer de place pour que vous ne soyez plus distrait et puissiez finir votre livre. C'est un super roman, vous savez ? Vlad l'Empaleur, c'était le patron.

Merci à mon obsession bizarre pour le folklore de l'Europe de l'Est.

Beau Brun Ténébreux ferme son livre et le pose sur ses jambes croisées, s'adossant à son siège pour m'accorder toute son attention.

— Vous avez un nom ?

— Je suis qui, Arya Stark ? Bien sûr que j'ai un nom.

Il éclate de rire, ce qui me fait sourire. Mon cœur bat à tout rompre. Je jette un coup d'œil sur sa main gauche, l'air de rien. Pas de bague. Mais ça ne veut pas dire qu'il n'est pas en couple.

Jamais je ne répéterai mon erreur avec Callum.

Il semblerait que BBT lise dans les pensées.

— Je suis célibataire, au cas où vous vous poseriez la question. Et, admettez-le, vous vous posiez la question.

— Et Irlandais, fais-je remarquer en entendant son accent.

Je ne veux pas que ce soit une passade. Je ne *veux* pas de passade. Je veux un moment *Pretty Woman* (sans la partie où je vends mon corps, de préférence). Je veux mon Richard Gere. Je veux savoir si Beau Brun Ténébreux l'Irlandais a couché avec une autre femme le soir de la fête de Noël de Rory. Si c'est le bon. Si je devrais lui en vouloir à mort d'avoir couché avec cette salope à Noël. Mais pour une raison que j'ignore, je n'arrive pas à lui en vouloir. Parce qu'il est là maintenant, si vivant face à moi, et j'ai l'impression que le monde entier – le ciel, la terre, et tout ce qu'il y a entre – s'offre à nous si nous le voulons.

— Et Irlandais, confirme-t-il en hochant la tête. Mais je vis à New York.

— Vraiment ?

Nouveau hochement de tête.

— Vous faites quoi dans la vie ?

— Je tiens une boutique.

— Quel genre de boutique ?

Je suis de la police ou quoi ?

— Une boutique de *sex toys* et autre jouets haut de gamme du genre que vous n'offrez pas à vos filleuls, dit-il d'un ton égal.

Je le fixe sans ciller, attendant qu'il me dise qu'il plaisante. Quand je comprends que ce n'est pas le cas, je souris.

— Tout à fait mon genre.

Il sourit. De toutes ses dents, comme le font les gens fourbes, pour vous endormir. J'adore.

— Je m'appelle Kirby.

— Summer.

Nous nous penchons en avant, toujours assis, pour nous serrer la main. Lorsque nous nous adossons à nos sièges, nous croisons tous les deux nos jambes. Il prend son livre ; je prends mon téléphone. Nous reprenons ce que nous étions en train de faire, mais nous sourions tous les deux.

— Êtes-vous membre du club du septième ciel, Summer ? demande-t-il en tournant sa page en toute décontraction.

Je poste une story sur Instagram de ses pieds, avec la légende « Regardez-moi ces pieds ! Vous imaginez le reste ? #vousvoyezcequejeveuxdire ».

— Non, mais comme l'a dit Groucho Marx : « Jamais je ne voudrais faire partie d'un club qui m'accepte comme membre. »

Sois mon Richard Gere s'il te plaît.

Sois mon Richard Gere s'il te plaît.

Sois mon Richard Gere s'il te plaît.

Il sourit.

— Alors un dîner ? Tout habillés.

— Partiellement habillés, c'est bien aussi, vous savez.

— Ça me plaît.

Épilogue

Un an plus tard
Rory

Une petite main attrape la mienne, pour me tirer vers la foule, piétinant de ses petits pieds chaussés de souliers rouges, comme Dorothy.

— S'te plaîîîît. Tu as dit cinq minutes. Il y en a au moins mille qui sont passées !

— Ça fait seulement deux minutes.

Je ris, baisse mon appareil-photo.

J'adresse un haussement d'épaules impuissant aux sujets de ma séance photo, un couple fiancé. Ils n'ont pas l'air en colère. Peut-être parce qu'ils ne m'ont pas payée.

Quand j'ai officiellement démissionné de Blue Hills, je me suis promis que, quoi que je fasse, je me laisserais toujours le temps de faire un shooting par mois *pro bono*. De quoi nourrir mon inspiration, si vous voulez. Le mois dernier, c'était le centième anniversaire d'une femme du nom de Joselyn O'Leary à Dublin. Je suis allée dans sa maison de retraite prendre des photos d'elle en train de danser avec son nouveau galant, Finn, qui à l'âge tendre de quatre-vingt-cinq ans, est de quinze ans son cadet.

Aujourd'hui, c'est un couple d'adolescents – dix-neuf ans, me semble-t-il – qui attendent un enfant et ont décidé d'officialiser les choses. Ils n'ont pas de budget digne de ce nom pour leur mariage. Ils vont utiliser le salon de la mère de la mariée pour la soirée, et la robe et la bague ont été achetées d'occasion. Ils m'ont écrit une lettre touchante pour me demander si je serais prête à prendre quelques photos d'eux, donc me voilà.

La cérémonie aura lieu dans une maison communale, et non seulement ils m'ont invitée, mais j'ai promis d'y être.

— En tout cas, c'est l'heure d'y aller.

Tamsin fait une moue adorable, comme quand elle veut me convaincre de lui donner du chocolat.

Les futurs mariés rient et secouent la tête.

— Votre fille est tellement mignonne, me dit la jeune femme, en remettant en place la robe à pois, un peu trop serrée pour son ventre arrondi.

Je ne lui dis pas que Tamsin n'est pas ma fille, parce que franchement, c'est comme si elle l'était. Je passe ma main sur la queue-de-cheval de Tamsin, mettant des mèches rebelles derrière son oreille en lui souriant. J'ai découvert que l'emmener avec moi sur les shootings met des sourires sur le visage de tous les participants, et mes photos en sont d'autant plus belles.

— On se voit au mariage, alors ? Le mois prochain ?

— Avec plaisir ! lance le futur mari. Elle nous appréciera peut-être plus quand il y aura à boire et à manger, hein ?

Tamsin et moi marchons main dans la main sur Drury Street en direction de la foule grandissante devant Mal.

Peu importe que Mal soit millionnaire. Il chantera toujours dans la rue et, pour ça, je l'aimerai toujours un peu plus que la veille, parce que sa passion et son intégrité envers son art m'inspirent.

Cela n'a pas non plus d'importance que nous soyons en train de refaire entièrement le cottage, le vidant de ses entrailles ; nous logeons actuellement chez Elaine, Lara, et le père Doherty en attendant que notre foyer soit prêt.

Ça a pris du temps, mais j'ai fini par gagner la confiance d'Elaine et Lara. Le père Doherty a fait de son mieux pour combler le fossé, mais je pense que ce qui les a décidées, c'est ma relation avec Tam. Elles pourraient me détester autant qu'elles veulent, la vérité, c'est que c'est moi qui la coiffe tous les matins, fais des puzzles de 2 000 pièces avec elle, l'aide à faire ses devoirs, et regarde en continu *Sabrina l'apprentie sorcière*. Cela n'a pas fait de mal que je révèle aussi économe et désintéressée par l'argent que Mal, pour qu'elles *voient* que je ne suis pas là pour un quelconque héritage ou un tour de manège gratuit.

— Je peux avoir du chocolat chaud ? Et une pomme d'amour ? Et cette robe ? Et ces bottes ? Rory, je peux ? demande Tamsin en pointant un mannequin dans la vitrine d'une petite boutique pour enfants. Oh ! et tu peux me coiffer demain pour l'école ? Barntley McCay est amoureux de moi. C'est ce que pense Mia, en tout cas.

— Demain, c'est dimanche, dis-je en riant. Mais oui, je te ferai des tresses lundi. Et tu peux avoir une des trois choses, de préférence les bottes, parce qu'elles sont trop mignonnes, et aussi parce que tes grands-mères vont m'estropier si je te fais manger des cochonneries avant le dîner.

Je réponds à toutes ses questions à la fois, et nous entrons dans la petite boutique où je lui achète les petites bottes léopard brillantes qu'elle va sans doute exhiber devant ma mère pendant leur prochaine session Skype.

Quand nous avons atteint la foule, je me fraie un chemin à travers les badauds jusqu'à la seule place disponible d'où je peux voir Mal, et je mets Tamsin devant moi, posant mes mains sur ses épaules. Elle agite la tête en souriant, et c'est seulement quand je suis sûre qu'elle est en sécurité et ne sera pas bousculée par la masse de gens en train d'écouter Mal que je m'autorise à m'abandonner à sa voix, sa musique, ses mots.

L'amour est beau, qu'ils disaient,
Je leur ai demandé s'ils planaient,

Parce que quand tu as débarqué dans ma vie, c'est au ciel que tu m'as fait goûter,

Puis tu m'as abandonné ici, ne me laissant qu'un goût amer,

Chérie, que dire ? T'aimer a fait de moi un pauvre hère.

Nous voulions l'éternité, promesse qui a amené le pire,

Mais je veux le faire comme il faut avant de mourir.

Épouse-moi encore, et dans toutes les couleurs que tu as mises dans ma vie.

Ma princesse Disney, ma sauveuse, ma belle, ma mie.

Captivée par ses paroles, il me faut un moment pour me rendre compte qu'il a posé sa guitare et s'approche de moi de cette troublante démarche arrogante avec son sourire narquois qui met le feu aux culottes des filles, laissant dans son sillage des rêves et des espoirs brisés.

Je me couvre la bouche des deux mains, ne sachant qu'en penser.

Nous *sommes* mariés. Depuis un an, et plus réellement que tous les couples que je connaisse. Et pourtant, il est là…

Avec un genou à terre.

En levant vers moi des yeux plissés comme si j'étais le soleil, sa fille entre nous, que je serre contre moi.

— Je t'ai acheté une bague un peu plus impressionnante que celle de Larnaka, princesse Aurore du New Jersey.

Il plonge la main dans sa poche arrière pour en sortir une boîte en velours noir et l'ouvre devant moi. Je sens Tamsin piailler et rire sous mes paumes, ses épaules secouées de joie.

Tout le monde retient son souffle autour de nous alors que je regarde l'énorme diamant qui brille devant moi dans des nuances de rose pâle. Je n'ai jamais rien vu de tel.

— Oui.

Je m'étrangle sur mon propre rire.

La joie de Mal laisse place à la confusion alors qu'il attrape ma main gauche sur l'épaule de Tamsin – embrassant d'abord sa fille sur la joue – et fait glisser la bague à mon doigt, piégeant ma première alliance.

— Oh ! chérie, ce n'était pas une question.

Tout le monde rit autour de nous, y compris Tamsin.

— Alors pourquoi es-tu à genoux ?

J'essuie des larmes de joie du coin de mes yeux.

— Angle parfait pour mater tes t-é-t-é-s, réplique-t-il.

— Papa ! crie Tamsin en tenant son petit ventre. Je sais épeler les mots ! J'ai fait deuxième au concours d'orthographe à l'école, tu te rappelles ?

— Enfin, comment ai-je pu oublier, petite TimTam ? C'était un test, et tu as réussi haut la main.

Il la soulève, et elle se noie dans ses bras musclés en riant de bonheur.

Cette année, j'ai eu le plaisir de voir Mal être un père pour Tamsin. Cela a suffi à confirmer que je veux environ cinq cents bébés avec lui. Et un nombre indéfini d'animaux de compagnie. Nous avons commencé avec deux chiens baptisés Jim et Morrison. Ils avaient été abandonnés. Ce n'était même pas un débat. Nous savions où nous allions les adopter : dans un refuge.

Mal et moi avons fait du chemin avec les personnes que nous avons blessées et celles qui nous ont blessés. Maman et moi faisons des efforts. Elle vient pour Noël. Je lui ai envoyé des produits de chez Sephora pour Thanksgiving. Oui, y compris de la laque.

Mal s'est excusé auprès de Sean et Maeve. Il les a même aidés à ouvrir leur nouvelle entreprise : le Tolka Inn. Malgré leur mépris pour lui, avec du temps, et après l'avoir vu rampé à leurs pieds, ils l'ont timidement réaccepté dans leur vie.

Et Tamsin ? Elle était le chaînon manquant à ma vie sans que je sache qu'il me manquait. La raison pour laquelle ma boule à neige était si belle, si tranquille, mais aussi si immobile et ennuyeuse. Elle l'a secouée et fait tomber la neige comme si c'était Noël tous les jours.

Mal se lève, m'attrape par la taille et me tire contre lui, Tamsin se glissant subrepticement sur le côté. Elle est passée maître dans l'art d'esquiver nos sessions bisous.

— Bonjour, vous, dit-il en souriant.

— Roi Malachy de Tolka, réponds-je en sortant le billet de cinquante euros que le père Doherty m'a donné il y a bientôt dix ans, que je glisse dans la ceinture de son pantalon comme si c'était un strip-teaseur.

— Tu es les quatre saisons, Rory. Je promets d'être ton abri dans l'hiver. De me baigner en toi en été. De tomber amoureux au printemps comme si c'était la première fois qu'on se voyait. Et à l'automne, de te donner un baiser pour chaque feuille tombée.

Tout le monde applaudit et siffle, et j'ai la chair de poule. Je me sens aimée. Chérie. Invincible.

— Tu me joues une chanson ?

— Une demande particulière, baronne de Rothschild ?

— Surprends-moi.

Je me mords la lèvre, pas étonnée le moins du monde qu'il se souvienne de la conversation que nous avions eue alors que nous n'étions encore que des enfants.

Il retourne à sa place au petit trot, comme il y a dix ans.

Puis il baisse la tête et m'adresse un sourire en coin qui veut dire je-vais-te-baiser-ce-soir, que je crois, comme à l'époque.

Il ouvre la bouche et chante la chanson de mon père, « Belle's Bells ».

Et pour la première fois depuis que j'ai appris que Glen l'avait écrite, je ne ressens rien que de la satisfaction et de la paix.

Aucune peine. Aucune honte. Aucune envie de tourner la page.

Parce que peu importe qui était Glen O'Connell : il m'a conduite jusqu'à l'amour de ma vie. Mon nouveau foyer. L'endroit où je compte vraiment. Où mon métier est de prendre des photos de bébés et où je ne suis pas des starlettes droguées m'as-tu-vu et des patrons louches qui vous harcèlent sexuellement. Où je vais de temps en temps en Irlande du Nord pour traîner avec mon demi-frère Taron, déposer des fleurs fraîches sur sa tombe, et lui raconter toutes les histoires qui m'étaient inaccessibles quand je vivais toujours aux États-Unis.

Je rends visite à Kath aussi.

Je rends même visite à papa – eh oui, ça aide qu'ils soient enterrés dans le même cimetière.

Kathleen a beau avoir dit qu'elle ne s'occuperait jamais de mon enfant quand Mal s'était éclipsé dans la salle de bains, j'ai la chance d'élever le sien, et c'est tout ce qui compte.

Et quand le regard de Mal croise le mien, et que les gens crient, sifflent et rient, parce que tout le monde a deviné à quoi il pense tout en chantant ce chant de Noël parfaitement innocent, Tamsin grimace et agite le sac contenant ses bottes en l'air. Elle dit les mots que je ne pensais jamais entendre dans sa bouche.

— Maman, papa, prenez une chambre !

À cet instant, je ne brûle pas.

Je ne grelotte pas de froid.

Je suis tout simplement… *bien.*

Quinze ans plus tard
Mal

Je n'étranglerai pas mon enfant aujourd'hui.

Je n'étranglerai pas mon enfant aujourd'hui.

Je ne…

— Papa ! Kiki a dit que j'étais pas assez grand pour être joueur de basket.

Grayson donne un coup de coude à sa sœur Kathleen sur la banquette arrière. Je desserre mon nœud papillon (nœud papillon !)

en tournant le volant de mon SUV Volvo pour quitter notre cottage de luxe (oui, vous avez bien entendu), direction Dublin, où je vais regarder ma fille Tamsin se marier.

— Eh bien, ta sœur a raison, intervient Rory, me pétrissant la cuisse pour que je me calme.

Écoutez, je n'ai rien contre le type que Tamsin épouse. Il n'a pas l'air du genre tueur en série / tabasseur de femme / supporter de Manchester City. Seulement, ça me gêne de donner mon bébé à quelqu'un d'autre.

Pas au sens littéral, bien sûr. Tamsin s'occupe mieux de moi que je ne peux m'occuper d'elle. Mais il y a quelque chose de si définitif dans ce lâcher-prise, cette idée de ne plus être le seul homme de la vie de votre fille.

— C'est de la diffation ! s'écrie Grayson en jetant ses mains en l'air.

— C'est de la « diffamation », espèce d'idiot, et c'en est pas, rétorque Kiki.

Le nom de Grayson est suffisamment proche de *Glen* mais pas trop pour que nous soyons tous à l'aise avec. Kathleen, en revanche, porte le nom de ma première femme et sœur de Rory, pour honorer sa mémoire. Ce sont les enfants de douze ans les plus exaspérants de l'univers. Ni mes frères, ni ma sœur, ni ma mère ne supportent leur insolence. Après avoir dit « Je le veux » (encore), Rory et moi avons décidé de faire un petit frère ou une petite sœur à Tamsin. Heureusement que nous savions déjà que la vie n'était pas un fleuve tranquille. Après deux ans passés à essayer en vain, nous nous sommes tournés vers la FIV. Et surprise surprise, Tamsin a maintenant un frère *et* une sœur, deux petits fauteurs de troubles.

— Vous la grondez jamais. C'est pas juste.

— C'est ta tête qu'est pas juste, réplique Kiki.

— Au moins, la mienne, elle est pas moche.

— Non mais elle est très bête, conclut Kiki en croisant ses bras sur la poitrine avec un sourire railleur.

— C'est elle qui a gagné, dis-je en haussant les épaules, pianotant sur le volant et sentant ma merveilleuse femme me serrer la cuisse plus fort en guise d'avertissement. Quoi ? C'est elle qui a lancé la meilleure réplique. J'aime un bon sarcasme.

À notre arrivée, je laisse les clés au voiturier, et Rory se précipite dans l'hôtel où Tamsin est en train de se préparer pour la cérémonie. Je lui emboîte le pas, et les jumeaux sont sur mes talons, certainement en train de discuter de la nuance de jaune du soleil et de qui passera la porte le premier.

Mon téléphone vibre dans ma poche. Je m'arrête et fais signe aux jumeaux de suivre leur mère dans le couloir pour aller aider leur sœur à se préparer. Je me bouche l'oreille d'un doigt.

— Oui ?

— Monsieur Doherty ?

— Ça dépend qui le demande.

— Michael Corr. Agent immobilier. Nous nous sommes eus au téléphone il y a une semaine. Vous avez fait une offre pour la maison sur Henrietta Street à Tolka.

La maison la plus proche de notre cottage. Propriété des Smith. Enfin, de leurs enfants, maintenant que Mme Smith fait des gâteaux au paradis.

— Tout à fait.

— Je voulais seulement vous féliciter. Ils ont accepté l'offre et sont heureux de vous vendre la maison.

Je pousse un soupir de soulagement. La mère de Rory ne va pas fort depuis quelques années. Le truc, c'est que Debbie a trouvé un petit ami il y a six ans, et qu'elle est gaga de lui. Il n'y a aucune chance qu'elle accepte d'emménager avec nous, bien que nous ayons toute la place qu'il faut. Je lui ai donc acheté la maison proche de la nôtre, pour que Rory puisse garder un œil sur elle. Et son nouveau copain, Antonio Romano ? Je suis sûr qu'il appréciera de se rapprocher de l'Italie.

Un autre avantage : ils habiteront juste en face de chez Tamsin et son mari, James. C'est-à-dire une paire d'yeux en plus sur mon bébé. (Oui, c'est toujours mon bébé.)

— Merci, dis-je. Vous avez rendu cette journée fantastique encore plus merveilleuse.

Je mets fin à l'appel et avance vers la porte légèrement ouverte de la chambre d'hôtel de ma fille. Je jette un coup d'œil à l'intérieur, et mon cœur se gonfle de bonheur.

Grayson et Kiki sont sur le canapé. Elle essaie de dompter les cheveux impossibles de son frère, qu'il tient de moi, et pour une fois, ils ne se disputent pas.

Ma fille aînée est assise devant une petite table de toilette, une maquilleuse et une coiffeuse en train de s'affairer autour d'elle, sa main dans celle de ma femme.

— Souviens-toi, tu seras toujours ma petite fille, même quand tu auras quatre-vingts ans, dit Rory.

Tamsin lève les yeux vers elle et lui sourit.

— Merci, murmure-t-elle.

— Pourquoi ?

— D'avoir fait une famille avec papa et moi. De m'avoir donné la seule chose que j'ai toujours voulue. D'avoir comblé un vide qui ne pouvait être comblé que par toi.

C'est fou, mais je ressens exactement la même chose pour Rory.

Je n'ai jamais dit à mon épouse ce que son père m'avait dit quand j'étais petit garçon. Je ne voulais pas embrouiller le souvenir terni qu'elle a de lui à un sentiment aussi pur que l'amour. Mais un jour qu'il m'apprenait à jouer de la guitare, Glen s'est retourné vers moi et m'a dit :

— Tu sais quoi, Mallou ? Je crois qu'un jour tu seras mon gendre.

— Je n'épouserai jamais Kiki, avais-je répondu en plissant le nez.

Je ne l'aimais pas comme ça – je le savais, même à dix ans.

— Non, pas Kathleen. Je parle d'Aurore.

— Je ne la connais même pas.

— Pas encore.

— Elle habite en Amérique.

— L'amour est plus grand que cette planète, petit. Bien plus grand.

Nous étions destinés, Rory et moi.

Je l'ai su à chaque fois qu'une lumière a vacillé quand nous étions ensemble lors de son premier séjour ici.

À chaque porte claquée.

Sous la bruine spontanée.

Les flocons inattendus.

Pendant des années, j'ai su que Glen était là-haut, puis avec Kiki à ses côtés, à jouer les entremetteurs.

Je lève les yeux vers le plafond et souris au vieux saligaud. Ne pouvant pas s'occuper de sa fille de son vivant, il s'est racheté après sa mort.

— Merci.

Remerciements

Cette année, j'ai décidé de m'accorder le petit plaisir d'écrire un livre complètement fou et qui ne me ressemblerait pas. Et mince alors, j'ai fait ressortir toute ma folie. J'ai écrit les points de vue d'une vache, d'une serviette et d'une barre chocolatée.

#ZéroRegret.

Ce livre était censé être une comédie romantique pour Noël, mais a fini par être tout autre chose. Pour autant, je l'ai adopté, comme les merveilleuses personnes qui m'ont aidée dans ce processus.

Je voudrais remercier mes éditeurs, Angela Marshall Smith, Paige Maroney Smith, et Jessica Royer Ocken, pour leur gentillesse, leur talent et leur méticulosité incroyable avec chacun de mes manuscrits.

J'aimerais également dire toute ma reconnaissance à Hang Lee pour la sublime couverture originale. Elle est tout bonnement magnifique. Et à Stacey Blake de Champagne Formatting d'avoir rendu l'intérieur original si joli.

Grand merci aux filles de Social Butterfly PR (à savoir Jenn, Brooke et Sarah), qui m'ont supportée, et à ma merveilleuse agente, Kimberly Brower chez Brower Literary, qui m'a aidée à créer l'audiobook pour *No Tears for You* exactement tel que je le voulais et l'imaginais quand j'ai décidé d'écrire de tant de points de vue différents.

Un immense merci à mon équipe de rue, ma mamanager Tijuana Turner, qui a lu ce livre environ mille fois, et mes lectrices test, Amy Halter, Lana Kart, Sarah Grim Sentz, et Josephine McDonnell.

Un merci tout particulier à celles qui m'ont supportée de manière régulière, Charleigh Rose, Helena Hunting et Ava Harrison.

Enfin, aux Sassy Sparrows, mon groupe de lecture, et à mes lecteurs, qui me poussent à devenir meilleure, à oser plus en tant qu'écrivaine et artiste. Merci de me montrer la bonne direction. Toujours.

Sur une note personnelle, je vous serais reconnaissante si vous pouviez laisser un commentaire bref et honnête sur le livre quand vous aurez fini de le lire.

Avec amour,

L.J. Shen

SÉRIE SINNERS

de L.J. Shen

Ils sont beaux, ils sont dangereux.

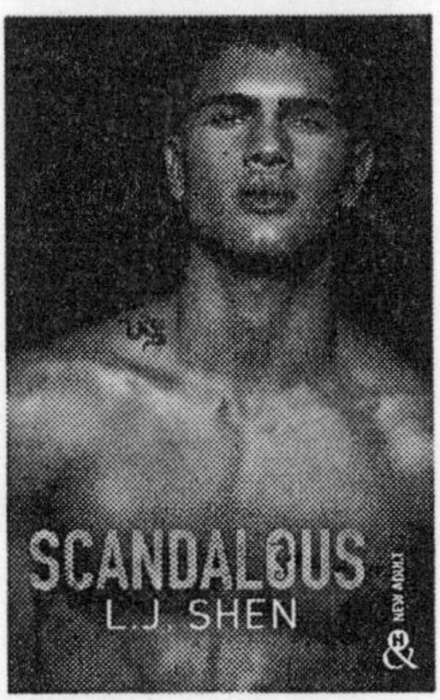

Tournez vite la page pour découvrir
un extrait de *Vicious* !

1

Emilia

Ma grand-mère assurait que l'amour et la haine sont les deux versants d'un même sentiment, car les deux vous emportent pareillement dans les affres de la passion. Je ne la croyais pas. Jusqu'à ce que je rencontre Baron Spencer et qu'il transforme ma vie en cauchemar.

Puis je l'ai perdu de vue pendant dix ans et j'ai eu la naïveté de croire que j'étais libérée de son influence.

Mais quand il a fait de nouveau irruption dans ma vie, je n'ai pas pu résister.

Et tout s'est enchaîné. Inéluctablement.

Dix ans plus tôt

Nous venions d'arriver à Todos Santos, ma famille et moi, quand j'ai découvert le manoir des Spencer pour la première fois. Je suis restée plantée dans l'entrée, sur le plancher de bocoa qui ne craquait jamais.

Ma mère m'a donné un coup de coude dans les côtes.

— Tu as remarqué le parquet ? C'est du « bois de fer », il n'y a pas plus dur.

Extrait

Elle se trompait. Je n'allais pas tarder à découvrir qu'il y avait plus dur que le bois de ce plancher : le cœur du garçon qui vivait ici.

Je n'arrivais pas à comprendre que des gens aient pu mettre tant d'argent dans une maison aussi déprimante. Dix chambres. Treize salles de bains. Une salle de gym et un escalier impressionnant. Tout ce qu'il y avait de mieux en matière d'aménagement intérieur, mais à part le court de tennis et la piscine de vingt mètres, rien que des couleurs ternes.

Les portes de fer cloutées à peine franchies, la dominante sombre étouffait en vous toute sensation agréable. Ambiance glaciale, tons froids, lustres en métal : ils avaient dû confier la décoration à un vampire. Le plancher lui-même était si obscur que j'avais l'impression de planer au-dessus d'un gouffre, comme si j'allais plonger dans le néant.

Une maison de dix chambres pour trois personnes — dont deux presque toujours absentes —, et pourtant les Spencer avaient jugé préférable de loger ma famille dans l'appartement attenant au garage, celui qu'ils réservaient aux domestiques. Il était plus grand que le pavillon de bardeaux que nous louions à Richmond, en Virginie, mais sur le moment j'avais été déçue de ne pas habiter la grande maison.

Plus trop, maintenant que je découvrais à quoi elle ressemblait.

Chez les Spencer, tout était fait pour intimider le visiteur. C'était un véritable étalage de richesse et d'opulence, mais il s'en dégageait une impression de désolation. *Ces gens-là ne sont pas heureux*, avais-je pensé.

Le nez baissé vers mes chaussures — des Vans blanches dans un sale état sur lesquelles j'avais dessiné des fleurs de cerisier pour cacher leur décrépitude —, j'ai avalé ma salive. Dans cette maison de riches, je me sentais mal à l'aise, quantité négligeable.

— Où est-ce qu'il peut être ? a chuchoté maman.

L'écho de sa voix entre les murs nus m'a fait frissonner. Elle voulait demander une avance sur salaire pour acheter les médicaments de Rosie, ma petite sœur.

— Il m'a semblé entendre du bruit par là, a-t-elle ajouté en désignant une porte à l'autre bout de l'entrée voûtée. Tu vas aller frapper et lui parler. Je retourne t'attendre dans la cuisine.

— Moi ? Pourquoi *moi* ?

— Parce que, a-t-elle répondu en me lançant un regard aigu qui cherchait à me culpabiliser. Tu lui diras que ta sœur Rosie est malade, que tes parents ne sont pas en ville. Tu as son âge. Il t'écoutera.

J'ai fait ce qu'elle me demandait — pas pour elle, pour Rosie —, sans me douter une seconde que j'allais payer pendant toute mon année de terminale pour les minutes qui allaient suivre. Et que le cours de ma vie allait changer.

Je me souviens de m'être approchée avec appréhension de la porte de bois sombre que m'avait désignée maman. J'allais frapper au battant, quand j'ai entendu une voix grave et rocailleuse.

— Tu sais ce qui t'attend, Baron.

Un homme d'un certain âge. Fumeur, probablement.

— Ma sœur m'a dit que tu faisais encore des tiennes, a-t-il poursuivi d'une voix sourde.

Puis j'ai entendu frapper du plat de la main contre un meuble.

— Je ne supporte plus que tu lui manques de respect.

— Va te faire foutre, a répondu une autre voix masculine, mais plus claire et plus juvénile. Tu n'as rien à faire ici, Daryl. Tu viens encore taxer de l'argent ?

— Fais attention à ce que tu dis, espèce de petit con.

Pan.

— Si ta mère t'endendait…

— Ta gueule ! a hurlé le plus jeune. Un mot de plus sur ma mère et tu auras vraiment besoin des implants dentaires que tu voulais te faire offrir par mon père.

Sa voix était si pleine d'amertume et de haine que je me suis demandé si c'était bien celle du fils de la maison, celui qui avait mon âge.

— Ne t'approche pas, a-t-il repris. Parce que je ne sais pas ce qui me retient de te casser la gueule. J'en meurs d'envie. À. Chaque. Fois. Je ne veux plus te voir ici.

— Et qu'est-ce qui te fait croire que tu pourrais m'empêcher de venir ? a rétorqué l'autre avec un rire cynique.

Leurs voix me pénétraient jusqu'à la moelle, comme si le poison qu'elles portaient attaquait mon squelette.

— Tu es sourd ou quoi ? a rétorqué le jeune homme. Je n'ai plus peur de tes coups. Un de ces jours, tu vas payer, Daryl. Ça, je te le jure. Un jour ou l'autre, je vais te tuer.

J'ai poussé un cri étouffé. Il y a eu un bruit sourd et quelqu'un est tombé en entraînant des objets dans sa chute.

Je n'osais plus frapper à la porte et j'allais partir, mais j'ai été prise de vitesse. Le battant s'est ouvert à la volée et je me suis retrouvée face à un adolescent qui devait en effet avoir à peu près mon âge — dans les dix-sept ou dix-huit ans.

L'autre, le plus âgé, se tenait dans la pièce, courbé sur un bureau auquel il s'appuyait des deux mains. Il y avait des livres à ses pieds. Sa lèvre inférieure était entaillée et saignait abondamment.

Autour de lui, des étagères en noyer chargées de livres couvraient les murs du sol au plafond. Une bibliothèque… J'en ai eu un pincement au cœur, parce que c'était évident que je n'aurais pas le droit d'en profiter.

— Qu'est-ce que tu fous là ? m'a demandé le jeune homme d'un air furieux.

Ses yeux plissés m'ont fait l'effet de deux fusils braqués sur moi.

J'ai baissé la tête. Mes joues étaient tellement brûlantes que j'avais l'impression qu'elles allaient prendre feu.

— Tu écoutes aux portes ? m'a-t-il demandé avec un tic nerveux de la mâchoire.

— Non, je n'ai rien entendu, ai-je répondu d'une voix étranglée. Ma mère travaille ici. Je la cherchais.

Malheureusement pour moi, je n'ai jamais su mentir. Il a tout de suite compris que j'avais tout entendu.

Il a fait un pas vers moi et j'ai reculé. Je n'étais pas une froussarde, mais son regard était tellement méchant que je n'avais plus qu'une envie : prendre la fuite. Seulement j'étais comme clouée au sol, les yeux rivés à ses lèvres rouges et pleines.

Ce mec va me briser le cœur, a susurré une voix dans ma tête — idée qui m'a stupéfiée, parce qu'elle était absurde.

— Comment tu t'appelles ? a-t-il demandé.

Il sentait délicieusement bon, une odeur épicée de jeune homme, avec un léger parfum de linge propre — lavé par ma mère, dont la lessive était une des nombreuses corvées.

— Emilia.

Je me suis éclairci la voix, tout en lui tendant la main.

— Mes amis m'appellent Millie. Vous pouvez m'appeler Millie.

Son visage est resté de marbre.

— Tu vas regretter d'être venue ici, Emilia, a-t-il répondu en imitant mon accent du Sud.

Quant à ma main tendue, il ne lui a même pas accordé un regard.

J'ai laissé retomber mon bras, le visage de nouveau rouge de honte.

— Tu étais au mauvais endroit au mauvais moment. La prochaine fois que tu entres dans cette maison, apporte un sac à cadavre, parce que si je te croise, tu es morte.

J'en ai eu le souffle coupé.

Il est passé devant moi pour sortir de la pièce en me bousculant d'un coup d'épaule.

Mon regard s'est tourné vers l'autre homme et nos yeux se sont rencontrés. Du sang coulait de sa lèvre sur le cuir noir de sa botte, mais il ne faisait pas un geste pour l'essuyer. Il a eu un petit rire méchant.

Extrait

Je lui ai tourné le dos et j'ai pris mes jambes à mon cou, avec un goût de bile dans la bouche, prête à vomir.

Pas besoin de préciser que Rosie a dû se passer de son médicament pendant le week-end et que mes parents n'ont pas été payés une minute plus tôt que prévu.

Il m'a fallu deux mois avant d'oser à nouveau entrer dans la maison des Spencer — ou plutôt leur caveau —, et encore, c'était parce que je n'avais pas le choix. La peur au ventre, j'ai traversé la cuisine et grimpé l'escalier en pierre à marches suspendues.

La chambre de Vicious se trouvait à l'étage, tout au bout du large couloir, face à l'escalier. Je ne m'en étais jamais approchée et j'aurais préféré ne pas avoir à le faire. Malheureusement, on m'avait volé mon livre de maths. Quelqu'un avait forcé la serrure de mon casier pour le vider de mes affaires et le bourrer de cochonneries. Quand je l'ai ouvert, tout un tas de canettes de soda vides, du papier-toilette et des préservatifs usagés m'étaient tombés dessus.

Je n'avais pas bronché, mais j'avais bien décrypté le message : « Tu n'es qu'un déchet. » J'étais tellement habituée à ce genre de brimades — ça durait depuis deux mois — que je n'avais même pas rougi. Tous ceux qui avaient assisté à la scène avaient ricané, mais je m'étais contentée de rentrer dans ma classe, la tête haute.

Les élèves du lycée All Saints n'étaient pas des saints, plutôt des enfants trop gâtés, pourris de privilèges, méprisants avec ceux qui ne leur ressemblaient pas ou qui ne jouaient pas leur jeu. Rosie s'était plutôt bien adaptée, heureusement pour elle. Mais moi, comme j'étais la bête noire de Vicious Spencer et que j'avais un style à part question vêtements, on ne m'épargnait pas. Tout le monde se moquait de mon accent du Sud et de ma façon de m'habiller. Je n'avais eu aucune chance de m'intégrer.

Le pire, c'était que je n'avais même plus envie d'essayer. Je méprisais ces gamins immatures autant qu'ils me méprisaient. Je ne les trouvais ni sympas ni intelligents. Ils ne possédaient aucune des qualités que je recherchais chez un ami.

J'ai frappé trois coups à la porte d'acajou de Vicious. Tout en me mordillant nerveusement la lèvre inférieure, j'ai inspiré profondément. Mais rien n'aurait pu calmer le pouls que je sentais battre à mon cou.

Faites qu'il ne soit pas là.

Faites qu'il veuille bien être sympa.

Je vous en supplie.

Un léger bruit a filtré de dessous la porte. J'ai retenu mon souffle.

On aurait dit un rire.

Sauf que Vicious ne riait jamais. C'est à peine s'il souriait de temps en temps.

Il a chuchoté d'une voix rauque quelque chose que je n'ai pas compris et on lui a répondu par un gémissement. OK. Il était avec une fille. Ça m'a donné une bouffée de chaleur. Les oreilles en feu, j'ai essuyé mes paumes moites contre mon bermuda jaune — un jean coupé qui m'arrivait au genou.

Cette fille, je la détestais déjà !

En tout cas, il était là et j'avais besoin de son livre de maths pour réviser mon interro.

— Vicious ? ai-je appelé, en m'efforçant d'affermir ma voix. C'est Millie. Je voudrais t'emprunter ton livre de maths. Je n'ai plus le mien et j'ai un contrôle demain.

Ce livre ne va pas te manquer, je n'ai pas l'impression que tu as l'intention de réviser.

Il n'a pas répondu, mais j'ai entendu un soupir étouffé — elle —, un froissement de tissu et le bruit d'une fermeture Éclair. Que l'on faisait descendre, c'était évident.

Le front appuyé contre le bois de la porte, j'ai fermé les yeux.

Allez. Il te faut ce livre. Mets ta fierté de côté.

Dans quelques années, tout ça n'aurait plus aucune importance. J'aurais oublié Vicious et ses frasques depuis longtemps. Quant à

Extrait

Todos Santos, cette ville de snobs, elle ne serait plus qu'un souvenir lointain et poussiéreux.

Quand Josephine Spencer leur avait offert cette place, mes parents avaient accepté avec enthousiasme. Les soins médicaux étaient mieux remboursés en Californie et nous n'aurions pas de loyer à payer. Maman allait s'occuper de la cuisine et du ménage des Spencer ; papa, du jardin et de l'entretien de la maison. Ils s'étaient quand même demandé pourquoi le couple qui était là avant eux avait démissionné, mais de toute façon, une offre pareille ne se refusait pas. Ils avaient eu le travail par ma grand-tante, une amie de la mère de Josephine Spencer : une occasion de ce genre ne se présenterait plus jamais.

Ils s'étaient bien adaptés à leur nouvelle vie. Pas moi. J'avais hâte d'aller à l'université pour oublier cette ville.

Et pour ça, il fallait que je décroche une bourse.

Mais pour décrocher une bourse, il me fallait d'excellentes notes.

Et pour avoir ces excellentes notes, il me fallait un manuel de maths.

— Vicious !

Je trouvais ce surnom ridicule, mais Vicious détestait son prénom et, aussi bizarre que ça paraisse, je n'avais pas envie de lui déplaire.

— Je vais seulement recopier quelques formules. Je ne garderai pas ton livre longtemps. S'il te plaît.

J'ai dégluti pour faire descendre le nœud que j'avais dans la gorge. Ça me pesait de demander un service à Vicious, mais est-ce que j'avais le choix ?

J'ai de nouveau entendu le rire de la fille — un rire idiot, suraigu, qui me perçait les tympans — et j'ai eu brusquement envie de pousser cette porte pour me jeter sur Vicious et le bourrer de coups de poing.

Il a gémi de plaisir. Rien que pour me provoquer, j'en étais sûre. Depuis notre première rencontre sur le seuil de la bibliothèque, il prenait un malin plaisir à me rappeler que je n'étais rien et que je vivais chez lui.

Dans sa maison.

Dans son lycée.

Dans sa ville.

Quand je dis *sa* ville, ce n'est pas une façon de parler : la ville lui appartenait vraiment. Baron Spencer fils — surnommé Vicious parce qu'il était aussi méchant que pervers — était l'héritier d'une des plus grandes fortunes de Californie. Les Spencer possédaient une société de transport d'hydrocarbures, la moitié du centre-ville de Todos Santos — dont le centre commercial — et trois parcs de bureaux d'entreprises. Vicious avait assez d'argent pour les dix générations de Spencer à venir.

Mon cas était très différent. Ma famille étant pauvre, je n'étais pas une héritière. M'instruire, c'était préparer mon avenir.

Je n'en voulais pas à Vicious de ne pas comprendre ça, mais je refusais de me trouver privée du droit d'étudier parce que des gosses de riches s'étaient amusés à me voler mon livre de maths. Et parce que celui qui se trouvait derrière cette porte ne daignait pas m'ouvrir pour me prêter le sien.

— Vicious !

Il continuait à m'ignorer, c'était insupportable. Je me suis mise à frapper le battant du plat de la main, tellement fort que je me suis fait mal au poignet.

— Allez ! Ouvre !

J'étais sur le point d'abandonner, prête à enfourcher mon vélo et à traverser la ville pour aller emprunter le manuel de Sydney, un élève de ma classe, mon seul ami au lycée All Saints.

Mais j'ai entendu Vicious ricaner et dire :

— J'adore te voir ramper. Supplie-moi, ma chérie, et je te le donnerai.

C'était à moi qu'il s'adressait. Pas à la fille qui était avec lui.

À moi.

Extrait

Et tout en sachant que c'était exactement ce qu'il attendait, j'ai craqué.

J'ai poussé la porte pour faire irruption dans la chambre, le poing tellement crispé sur la poignée que le sang ne circulait plus dans mes doigts.

C'est à peine si j'ai remarqué l'élégant mobilier sombre et le poster géant représentant quatre chevaux blancs galopant dans l'obscurité. Mon regard s'est dirigé tout droit sur le grand lit qui trônait au milieu de la pièce, avec ses draps de satin noir. Vicious était assis sur le bord du matelas, une fille de mon cours d'éducation physique sur les genoux. Elle s'appelait Georgia et ses grands-parents possédaient des vignobles dans la vallée de Carmel, au nord de l'État. Les longs cheveux blonds de Georgia couvraient l'une de ses épaules comme un voile, et le teint pâle de Vicious faisait ressortir la perfection et la douceur de son bronzage des Caraïbes.

Il l'embrassait en me regardant, ses yeux bleu sombre rivés aux miens, en la léchant comme une barbe à papa — sa langue apparaissant par intermittence. J'aurais dû me détourner mais je n'y arrivais pas. J'étais happée par ce regard, incapable de baisser les yeux. J'ai haussé un sourcil, pour montrer que ça ne me faisait rien.

Sauf que ce n'était pas vrai. Bien au contraire.

Ça me faisait tellement d'effet que je ne pouvais pas me détacher de ce spectacle. Les joues de Vicious se creusaient quand il enfonçait sa langue dans la bouche de Georgia, tandis que son regard brûlant guettait ma réaction. J'étais brusquement traversée par une vibration inconnue, comme envoûtée, piégée dans une sorte de brouillard. C'était sensuel, inapproprié, mais plus fort que tout. J'aurais voulu me libérer, mais ça m'était réellement impossible.

Ma main serrait de plus en plus fort la poignée de la porte et quand Vicious a commencé à caresser la taille de Georgia, j'ai cru que j'allais m'évanouir.

Le voir embrasser cette fille était totalement insupportable, mais fascinant.

Extrait

Je voulais regarder.

Je ne voulais surtout pas regarder.

Mais ça revenait au même : je ne pouvais pas les ignorer.

Admettant ma défaite, j'ai battu des paupières et détourné les yeux vers une casquette noire Raiders posée sur le dossier de sa chaise de bureau.

— Le manuel de maths, Vicious, ai-je répété. J'en ai besoin et je ne quitterai pas cette chambre tant que tu ne me l'auras pas donné.

— Va te faire foutre, Conchita, a-t-il grommelé tout contre la bouche rieuse de Georgia.

J'ai eu l'impression qu'on me plantait une épine dans le cœur. Je ne comprenais pas ce qui m'arrivait. Pourquoi je ne pouvais plus respirer, pourquoi je tremblais, ce que c'était que cette douleur au creux de mes reins. Vicious était un sale type. Il était dur, sans cœur, plein de haine. J'avais entendu dire que sa mère était morte quand il avait neuf ans, mais il en avait maintenant dix-huit. Sa belle-mère, Josephine, avait l'air plutôt sympa et elle lui laissait faire tout ce qu'il voulait.

Il n'avait donc aucune raison d'être aussi cruel. Et pourtant il l'était avec tout le monde, et en particulier avec moi.

— Le. Livre. De. Maths, ai-je articulé lentement, comme si je m'adressais à un demeuré.

Il ne se gênait pas pour me montrer qu'il me prenait pour une idiote. Je faisais pareil.

— Dis-moi où il est. Je le déposerai devant ta porte quand j'aurai fini. C'est le moyen le plus rapide de te débarrasser de moi et de reprendre tes… activités.

La fermeture Éclair de la robe de Georgia était déjà défaite et elle s'occupait de la braguette de Vicious quand elle s'est finalement écartée de lui, tout en poussant un soupir exaspéré, les yeux au ciel. Elle m'a dévisagée avec une petite moue de reproche.

— Sans déconner, Mindy… Tu es lourde.

Je m'appelais Millie et elle le savait très bien.

Extrait

— T'as rien trouvé de mieux pour occuper ton temps ? Vous ne jouez pas dans la même cour. Tu n'as pas encore compris ?

Vicious m'observait avec un petit sourire entendu et méprisant. Pour mon malheur, je lui trouvais un charme fou. Il avait des cheveux noirs et brillants, coupés à la mode, courts sur les côtés, plus longs sur le dessus. Des yeux bleu indigo, sans fond, étincelants et froids. Une peau tellement pâle qu'il ressemblait à un fantôme — à un très beau fantôme.

Mon œil de peintre était sensible à la beauté de Vicious. J'admirais les traits anguleux de son visage, sa silhouette sculpturale. Son corps lisse, bien proportionné et harmonieux, était un chef-d'œuvre de la nature.

Mais il inspirait aussi toutes les autres filles du lycée. Une fois, j'avais surpris une conversation entre Georgia et sa copine dans les vestiaires du cours de gym.

— Il est carrément beau ce mec, avait dit la copine.

— Ouais, avait répondu Georgia. Mais à l'intérieur, c'est tout pourri.

Il y avait eu un temps de silence, puis elles avaient éclaté de rire toutes les deux.

— C'est vrai que c'est un salaud, mais ça fait partie de son charme, avait conclu la copine.

Le pire, c'était que j'étais de son avis.

À All Saints, Vicious était une star. C'était le genre de garçon qui savait toujours quoi faire et quoi dire. Rien ne l'impressionnait, mais il impressionnait tout le monde. Il possédait une sorte d'aura mystérieuse et masculine à laquelle personne ne résistait. Il suffisait qu'il entre dans une pièce pour capter l'attention. Il n'avait même pas besoin de parler.

Et il roulait en Mercedes, évidemment. Pour la plupart des filles, ça comptait aussi.

Je me suis appuyée d'une hanche au chambranle, les bras croisés, en prenant un air blasé et en détournant la tête vers la fenêtre — je craignais d'avoir les larmes aux yeux si je regardais encore une fois Vicious ou Georgia.

— Dans la même cour ? ai-je ricané. Je crois surtout qu'on ne joue pas le même jeu. Je n'aime pas les jeux malsains.

— Tu les aimeras quand je t'aurai poussée à bout, a-t-il rétorqué sèchement, sans agressivité, mais sans la moindre trace d'humour.

J'ai eu la sensation qu'il m'avait arraché les tripes pour les piétiner sur son si beau plancher de bocoa, mais j'ai pris un air détaché.

— Le livre de maths ? ai-je répété pour la deux centième fois.

Jugeant sans doute qu'il m'avait suffisamment torturée, il a désigné du menton son sac à dos Givenchy noir. Il était rangé sous le bureau — lequel était installé devant la fenêtre qui donnait sur l'appartement des domestiques et entre autres sur ma chambre. J'avais déjà surpris Vicious à m'observer et je m'étais demandé pourquoi.

Pourquoi ? Pourquoi ? Pourquoi ?

Pourquoi m'espionnait-il, puisqu'il me détestait ? Je n'avais pas cherché à approfondir la question, sans doute parce que j'avais peur de la réponse. Je me suis dirigée vers le sac et je l'ai ouvert en soupirant pour fouiller à l'intérieur. Au moins, comme ça, je tournais le dos à Vicious et à Georgia qui avaient recommencé à se tripoter. Je me suis efforcée de ne pas prêter attention à leurs gémissements et à leurs bruits de succion.

Mais quand j'ai sorti le manuel de maths et que j'ai reconnu les fleurs de cerisier que j'avais dessinées sur la tranche, une rage froide m'a submergée. Je les ai contemplées un instant, interdite, le souffle court, les poings serrés, avec le sang qui affluait à mes tympans.

C'est lui qui a saccagé mon casier.

D'une main tremblante, j'ai sorti le livre du sac à dos.

— Tu m'as volé mon manuel ?

Je me suis tournée vers Vicious, le visage crispé.

Avec ça, il venait de franchir une étape. Jusqu'à présent, il s'était contenté de se moquer de moi ; mais voler mes affaires, puis remplir mon casier de préservatifs usagés et de papier-toilette, c'était une agression caractérisée.

Tout en soutenant mon regard, il a repoussé Georgia pour la faire descendre de ses genoux, comme si elle n'était qu'un chiot excité avec lequel il avait assez joué. Puis il s'est levé. J'ai fait un pas en avant. Nous étions maintenant nez à nez.

— Pourquoi tu me fais ça ? ai-je lâché d'une voix sifflante, en scrutant son visage pâle et défait.

— Pourquoi pas ? a-t-il rétorqué.

Il affichait sa moue habituelle, mais je me souviens avoir été frappée par la tristesse de son regard.

— Il faut croire que ça m'amuse, a-t-il ajouté.

Il a fait signe à Georgia de s'en aller et lui a lancé sa veste en lui accordant à peine un regard. Il ne la traitait pas mieux que moi, au fond.

Ça m'a fait plaisir.

Parce que j'avais beau essayer de résister, il me faisait craquer. Je craquais pour sa mâchoire carrée. Je trouvais ses interventions en classe intelligentes et spirituelles. J'approuvais en secret tout ce qui sortait de sa bouche, même s'il était cynique et matérialiste, tandis que moi j'étais plutôt une incorrigible idéaliste. Et surtout, dès qu'il entrait dans mon champ de vision, mon cœur faisait des bonds.

Et en même temps je le détestais.

Mais je détestais encore plus Georgia, parce que c'était *elle* qu'il avait embrassée.

Mes parents étant ses employés, je ne pouvais pas me permettre d'être ouvertement en conflit avec lui. Aussi je me suis mordu la langue pour ne pas l'insulter, tout en traversant sa chambre comme une furie avec l'intention de sortir. Mais je n'ai pas pu franchir le seuil parce qu'il m'a retenue par le coude. Puis il m'a attirée contre son torse d'acier. J'ai ravalé un gémissement.

— Défends-toi, Conchita, m'a-t-il craché au visage, les narines frémissantes.

Ses lèvres étaient tout près des miennes. Trop près. Encore enflées des baisers d'une autre fille et d'un rouge qui tranchait avec sa peau blanche.

— Pour une fois dans ta vie, défends-toi, merde !

Je me suis dégagée de l'étreinte de sa main, en pressant mon livre contre ma poitrine comme un bouclier, puis je suis sortie en courant et j'ai filé tout droit dans l'appartement réservé aux domestiques, sans même reprendre ma respiration. Une fois dans ma chambre, je me suis jetée sur mon lit en soupirant de soulagement.

Vicious ne méritait pas mes larmes, aussi je n'ai pas pleuré. Mais j'étais en colère, bouleversée et, je l'avoue, plutôt en miettes.

J'ai entendu de la musique qui venait de chez lui. *Stop Crying Your Heart Out*, d'Oasis. Il avait mis le volume à fond pour que j'entende. Il continuait à me provoquer. Je ne pouvais même pas être tranquille chez moi.

Quelques instants plus tard, j'ai entendu rugir la Camaro automatique rouge de Georgia — Vicious se moquait d'elle en disant qu'il fallait être vraiment idiot pour acheter une Camaro automatique. Georgia roulait à fond dans l'allée bordée d'arbres. Elle était furieuse, elle aussi.

Vicious était un être dangereux qui faisait souffrir tous ceux qu'il approchait. Malheureusement, la haine qu'il m'inspirait était prisonnière d'un autre sentiment qui ressemblait à s'y méprendre à de l'amour et que j'avais du mal à étouffer.

Mais il ne me briserait pas, ça, je me l'étais juré.

Composé et édité par HarperCollins France.

Achevé d'imprimer en avril 2020.

FIRMIN-DIDOT

à Mesnil-sur-l'Estrée (Eure)

Dépôt légal : mai 2020.

Pour limiter l'empreinte environnementale de ses livres, HarperCollins France s'engage à n'utiliser que du papier fabriqué à partir de bois provenant de forêts gérées durablement et de manière responsable.

Imprimé en France